爱情虫洞，
穿越时光的爱恋

ARCTIME 时代出版
时代出版传媒股份有限公司
安 徽 文 艺 出 版 社

大圣

不是作家

曾是教师　警察

专业古文学研习者

老式文青

业余诗人

资深民谣爱好者

一支爱思想的芦苇

作品散见于报纸刊物专著

第一次以“大圣”为名发表作品

AIQING CHONG DONG
CHUANYUE SHIGUANG DE AILIAN

爱情虫洞，穿越时光的爱恋

大　圣◎著

时代出版传媒股份有限公司
安徽文艺出版社

图书在版编目(CIP)数据

爱情虫洞,穿越时光的爱恋/大圣著.—合肥:安徽文艺出版社,2016.1

ISBN 978-7-5396-5671-7

Ⅰ.①爱… Ⅱ.①大… Ⅲ.①长篇小说-中国-当代
Ⅳ.①I247.5

中国版本图书馆 CIP 数据核字(2016)第 010934 号

出 版 人:朱寒冬
责任编辑:汪爱武　　　　　　　　装帧设计:张诚鑫

出版发行:时代出版传媒股份有限公司　www.press-mart.com
　　　　　安徽文艺出版社　www.awpub.com
地　　址:合肥市翡翠路 1118 号　邮政编码:230071
营 销 部:(0551)63533889
印　　制:安徽新华印刷股份有限公司 (0551)65859551

开本:700×1000　1/16　印张:21.75　字数:360 千字
版次:2016 年 1 月第 1 版　2016 年 1 月第 1 次印刷
定价:38.00 元

目　　录

我满世界找你
不知能否遇得到
如果听到花开了
爱就不会再错过

我在梦里想你
是否还在爱着我
如果从此不醒来
你就永远属于我

我去天堂等你
从来没有离开过
如果来生再相遇
你会不会选择我

——题记

序：回望的忧伤

自知不适合为这部小说作序，领命之后，迟迟未动。岁末年初，一大堆博士、硕士论文需要评审，之后是参与一系列的答辩，再后，我开始在忐忑中拜读它。必须承认，它一下子就抓住了我的心。

小说核心人物叫许友梅，核心事件是他一场场的爱与被爱。在这部小说中，几乎每一场爱情故事都被作者叙述得荡气回肠，作者讲故事的能力令人惊叹。对广大受众来说，最富有诱惑力的也许正是或凄冷哀婉，或唯美浪漫的爱情故事，而作者似乎又不仅仅在说故事，在每一段爱情故事背后，我们仿佛又能看到作者回望历史的忧伤和对现实世界的关怀。作者写的是爱情，但又不仅仅是爱情。

许友梅是小说中极鲜明的形象，是整个悲喜剧的核心。他生于乡村、长于乡村，能吃苦，好学习，聪明又勤奋。只要他愿意，无论在乡政府还是在省计生委，他都能"混个人模狗样"。他也许很普通，可绝对不平庸。他对爱的追逐未能超脱美色的诱惑力，同时他又是一个感情至上主义者甚至唯情主义者。他理想的爱情臻于纯粹，有气质，有意境，然而纯美的理想一次又一次被沉重的现实击碎。他何其幸运，一次次得到爱；他何其不幸，一次次感受爱的哀痛。他是一个追梦者，却一次次经历梦碎。面对现实的巨大压力，他能够不放弃持守，尽管有些表达显得有点儿优柔寡断。他正派、善良、乐于助人、不屈服于恶势力，却屡受冤屈。当初在家乡时,他被当成杀害周麻子的凶手而遭逮捕,关了三四年。最后在深圳创业期间,他又为同乡大头和川子贩卖毒品所累,被羁押三月,公司被查封了,账户也被冻结了。在家乡农村时,他为情所困,曾投水而为死神拒绝。在深圳,他感情、事业、整个人生的理想均归于破灭,一生刻骨的追求竟如此幻灭!这个热衷于做“暖男”的男人,竟这样撕扯着读者的心肺。而英子,兰兰,祁红,胡玉玫,沈洁漪,吴小曼,白莎莎……出现在这部小说中的每一位女性,许友梅经历过又失去或舍弃了的每一位女性,都各不相同,或如兰,或如蕙,或如清风,或如朗月,或竟如山鬼狐仙,胡然而天也,胡然而帝也。她们的所作所为、气质、性情乃至芬芳,都有极高的辨识度。面对这一切,我们不能不为作者塑造人物的能力而惊讶。

不过,这部小说并不满足于叙述这些形象的感情纠葛。其人其事所关联的家乡农村,县城的荆涂师范,双河乡政府,由计生工作串联起来的双河乡以及江州六合区城乡接合部,省城的滨江大学,省计生委,深圳城乡接合部的城中村等,都是被那一特定时代塑型的“小社会”。作者无意于过多地刻画环境,他更喜欢径直将读者带入小说之外的实存。更重要的则是,他以特定的人物和事件,极清晰、极有力地凸显着那个并不遥远的时代。其中基层计生工作以及由此激发的社会冲突,得到了空前的,可能最富有深度和力度的表现。作品讲述的有一些现实可能你并不陌生,但大量的现实则可能在你想象之外。

古人尝云:“食色,性也。”这部小说的核心就是食与色,它涌动着丰厚的人性,有的邪恶,有的正常或正当,有的则熠熠生辉。比如小说写道:

> 大哥比英子大两岁,从大哥开始能下河游泳时,英子就跟在大哥的后面,坐在岸上看大哥脱得赤条条的,像一只小泥鳅在水中翻腾蹿跃。那时候,大哥还是不要脸的年龄,经常和小伙伴们比谁潜水时间长,比谁能浮在水面久。大哥不仅浮得久,还能得意地将头浸入水面下,全身只露小鸡鸡一个部位挺立在水面上,像是小荷才露尖尖角。每逢这时,英子就把手中抱着的大哥的衣服丢掉,双手捂着脸,嘴里喊着“羞羞羞”,然后偷偷地从指

缝中瞟水中的大哥。

这是少年时代隐约懵懂的爱与性,是成长中不可捉摸的探求的触须。小说又写道:

煤油灯发出幽弱的光,油烟把我们的鼻孔熏得乌黑。我们一家围坐在一起吃晚饭,一盘雪菜,一锅玉米馍馍,一盆山芋干稀饭。因为山芋干在晾晒的过程中遇到了连阴雨,发了霉,等再晒干磨成面粉煮成稀饭的时候,喝起来就苦不堪言。……于是我们就抢着去吃雪菜,通过盐味来改善一下苦味。一盘雪菜自然是不够的,饭还没吃到一半,一盘菜已经被我们风卷残云了。大哥说,他定个规矩,以后他用筷子敲打一下盘子,大家才可以夹菜,盘子不响,不准夹菜。

人们对孩提时代的最深刻的记忆,往往都跟吃穿有关。发霉地瓜干煮成的稀饭的味道,没有经历过的人难以想象。小说还写道:

村里有个习俗,下葬的时候,怕死去的人饿着,一般都会在下棺材前往刚挖的坑里扔大饼子。每当这个时候,我和大头、川子都会在棺材下到坑里之前,争先恐后地跳下去抢大饼子吃。……英子下葬的那天,我和大头、川子都去了,我们头上顶着一米多长的白布匹,布匹的下端已经拖到了地上,每人手里拿着一个白纸糊在麻秸上的丧棒子,抢在浩浩荡荡的送葬队伍前面,去给英子送行。那天,我们没有一个孩子跳下坑去抢大饼子。英子走的时候已经多天没有吃过饱饭,没有人忍心再去跟英子抢吃的。

在那饥肠辘辘的年代,孩子们出于对一个美好生命的尊重和同情,克制了自己作为生物体的最原始的欲望。这种例子无须枚举。总之,作者在小说中写了形形色色正常或正当的人性,写了形形色色邪恶的人性,也写了形形色色闪光的人性。

所有这些人物、故事和环境，都源于作者丰富的感受和阅历。若关在书斋里面，小说中很多人物和事件、很多情节和细节都不可能想象出来。情色、出轨、网恋、赌博、贩毒以及吸毒，从20世纪六七十年代到现今的历史层累，丰富厚重，多姿多彩。当然这还不只是阅历的问题，其中包含着作者对世事人情的独特理解、思考和认知。

此外令人惊讶的是，在语言层面上，这部小说融汇了粗粝的本色和精细的纯美。肯定有人觉得这类内容和语言俗不可耐，但这是生活的原生态，有时真实得让人羞于直视。广大社会的真实生活如同寒风中粗粝的皮肤，不是所有作家都有能力呈现这种特质的，因为他们没有接地气。小说用"小警老许"与综艺节目主持人的现实互动支起叙事框架，再由"小警老许"为主持人来书写许友梅一段段爱情悲欢。这一框架中不仅纳入了为大众喜闻乐见的综艺节目，而且大量吸收了网络流行语言，"渣男""你丫""哈皮""逗比""悲催""贱男""暖男"之类的流行语汇，俯拾皆是。这些均有助于读者直接切入当下的社会语境。从某种意义上说，小说粗粝的一面呈现的是一个富有活力的本色社会机体。

而小说的主体部分则凸显了作者唯美的追求。比如它写道：

> 四张桌子，来了七个同学，只剩大哥坐的第一排空一个位置，这个美妙的身影就落座于大哥旁边，一阵阵百合花般湿润的体香迅速蔓延开来……

又写道：

> 大哥呆呆地杵着。二月的天气，草地的绿意还没有吐出，一片苍黄。……大哥想对着天空喊些什么，却发现天空仿佛在瞬间都化成了碎片，落入眼中，变成了热泪。

感伤而孤独的日本作家川端康成，是亚洲极善于写感觉的小说家之一。小说上述两个片段写影写香、写天空碎落,使我不禁想起了川端康成的小说。《雪国》最后写道,主人公岛村目睹叶子从失火的影院二楼坠落,驹子从岛村身边飞奔出去,仿佛抱着自己的牺牲和罪孽一样抱着叶子;"待岛村站稳了脚跟,抬头望去,银河好像哗啦一声,向他的心坎上倾泻了下来"。这岂不正是天空碎落在大哥许友梅的眼中吗?我当然清楚,不能拿岛村类比许友梅,不能拿驹子、叶子类比这部小说中的英子、兰兰、祁红、胡玉玫、沈洁漪、吴小曼、白莎莎等一系列女性。可是为什么突然有前面那些联想呢?是因为那人性的探求和回望的忧伤吗?也许,还因为那基于细腻感觉的艺术的纯美?

跟很多有识之士一样,作家对这个时代的阅读风尚充满了担忧。他在小说中写道:

> 呵呵,十几亿人口怎么了?你知道现在还有几个人读书吗?在这个快餐碎片成为主流阅读的时代,已经没有人再关注文艺、关注纯文学的东西了……
>
> 我为了使自己成为主流,让更多的人接受和喜欢,我就得逗比和戏谑,三句不离下半身。
>
> 现在的年代,已经快没有文艺、只有碎片,没有爱情、只有肉欲了。
>
> 你说的确实是时代的现象,"短、平、快"的阅读习惯,正在消解着阅读的严肃意义,使读书彻底沦为一种娱乐化的消遣。

有些诗人和作家也在堕落,不再关注文艺应当肩负的社会责任,文艺完全沦为市场的奴隶。

的的确确,这是十分可怕的,我们的很多同胞已经不怎么读书。在日本东京的地铁上,有很多人读书。在美国麻州,开出或驶入哈佛广场的地铁上,有很多人读书。不管他们读的是哪种书，反正他们是在读书，这就行了。可在中国，即便是在北京，即便是在北大、清华乃至国家图书馆之间的地铁上，也很少有人在真的读书。与此同时，文艺越来越多地被市场拘囿。我相信作家关注的不只是文艺或纯文学的问题，文艺或纯文学的问题也从来不只是文艺或纯文学的问题。也许这个社会陷入群体性的迷失已经太久了，“人有鸡犬放，则知求之；有放心，而不知求”。两千多年前有哲人曾感慨：“大声不入于里耳，《折杨》《皇华》则溘然而笑。是故高言不止于众人之心，至言不出，俗言胜也。以一企踵惑，而所适不得矣。而今也以天下惑，予虽有祈向，其庸可得邪！”作者对于这个时代，显然是“有祈向”、有引导的。在这文学被极度边缘化的时代，我十分敬佩他的努力。我们也应该意识到，只有文学才真正属于每一个人；文学阅读作为一种修养，而不一定要去研究，那种境界就是美好的。

所以，在这个喧嚣的年代，你应该在可以摆脱俗务的闲暇中，寻一角安静，去阅读许友梅、英子、祁红、夏清、沈洁漪他们的故事。你会为这些人物和故事哭或者笑。你会从中读出自己的现在或者过去。是的，我相信每一位读者都可以从这部作品中，读出自己的青春和成长，读出眼前的或者刚刚逝去的那个时代。

这样的作品应该献给青春，献给生命，献给乡野，献给经过各种挣扎、从乡野中走进城市的每一个，献给很多人尚不时回望的那些岁月。

每一个时代都有每一个时代的故事，每一个时代都有每一个时代的书写者。我诚恳地以此期待“大圣作品”。

常森

（作者系北京大学中文系教授、博士生导师）

序篇　寻找主持人

1. 我要做一期特别的节目

我软躺在沙发里，看着沈嘉在电视上谈笑风生，瞅一眼正在旁边打瞌睡的大哥，脑子里突然闪现一个奇妙的念头，便一骨碌爬起来。

我说："大哥，我给你报名，你去上《玫瑰相亲》节目吧。"

大哥微睁开有点惺忪的双眼，像小时候一样开始瞪我："滚，我丢不起这张老脸！你脑子进水了，怎么会想到这个歪主意？"

我知道大哥是死要面子活受罪，孤独都在脸上写着呐，便开始循循善诱。我说："大哥，现在流行帅大叔，越老越吃香，可不能埋没你这张老脸，你还是有机会能吃到嫩草的。"

"你就会贫。"大哥爱理不理的，小声嘀咕了一句。

我突然提高了嗓门说："喂，老大，你不能就这样一辈子打光棍吧？年纪胡子都一大把了，再不'脱单'，你以为你是周杰伦，还能找个男的玩'双节棍'啊！"

我看他怒眼圆睁，没等他挥起拳头，就一溜烟跑了。妈的，我小时候被这王八蛋打怕了。

我没有死心，继续异想天开。

我想去找沈嘉，请他为大哥做一期特别的《玫瑰相亲》节目。

《玫瑰相亲》节目里面的那几位爷，我最喜欢沈嘉这小子，每次看到他油光锃亮的脑门，我都感觉那是智慧在熠熠发光。我这辈子佩服的人不多，沈嘉算一个。机智幽默，妙语连珠，这么大个腕还经常自黑自嘲，从不牛气哄哄地教训人，我觉得挺亲切，比家中那位亲哥还亲。遇到变态的男女嘉宾，我恨不得上去立马把他们拍死，沈嘉却仍然能绷得住，调侃中暗含冷嘲热讽，言语犀利而不刻薄，既让他人能下来台，也不失自己的风度。后来有个招财进宝的家伙倒也挺有味道，一张苦大仇深的脸，我最喜欢看他坐在台上对全国人民打瞌睡的样子，一点也不装。可后来才知道那是吸毒的后果，活生生地被他给骗了，后来大嘴姐姐狠狠踢，一脚把他踢出电视台了吧。苦海无边，早日回头是岸吧。后来的嘉宾、主持们就不用说了，个个帅气如潘安，暖男胜过火焰山啊，你瞧台上那一帮色色的女嘉宾，一个个全花痴掉了哈。唉，我什么时候也能被花痴一回啊，哈哈。

至于柳雪那个漂亮的老娘们，嘿嘿，我不好意思说了，我发现大哥特迷恋她，只要电视上一有她的镜头，大哥眼睛就发直，就差没流口水了，这时我就在一旁吼吼。《玫瑰相亲》的舞台上不缺面容姣好的气质美女，也不缺身材火辣的性感女郎，花枝招展、搔首弄姿的女嘉宾更是屡见不鲜。我发现，大哥眼里只有柳雪，对别的美女一律视而不见。那天，有个大胸的女嘉宾上身穿得太性感，让男人一见就不免有幻想。我问大哥："你有没有反应?"大哥问："什么反应?"我对他下面指了指。他低头看了看，立马明白了，然后狠狠地骂了我一句："你怎么这么庸俗!"

我庸俗吗？我想了想，好像有点，可我为什么会庸俗呢？这不是从小偷听偷看你谈恋爱落下的病根吗？

还在我少不更事的时候，你和英子谈恋爱，谈恋爱就谈恋爱吧，还玩起了文艺范，明明你想人家英子了，却不去找她，拿笛子吹什么《九九艳阳天》，长长的笛音划破了村庄上方黑漆漆的夜空，清脆婉转的，确实好听。估计英子也知道你是在勾引她，故意迟迟不来。等你拉《二泉映月》的时候，英子听得凄凄惨惨戚戚的,再也按捺不住,就开始朝我们家跑。再等你换口琴吹奏《泉水叮咚响》的时候,我们家屋里屋外已经挤满了来听音乐的人,密密匝匝,还有几个孩子挤不进来,已经爬到墙头上。那时候农村没有文化生活,看一场露天电影,都要熬上个一年半载的。文化生活极度匮乏的乡亲们,听你吹拉弹唱,可能已是最高的精神享受了。这时候,英子从人群中斜着身子,挤到你的前面,含情脉脉地看你。大家就开始起哄:"英子,来一个! 英子,来一个!"你和英子恬不知耻地对视着,重操起二胡,英子羞赧地开始唱:

天涯呀海角
觅呀觅知音
小妹妹唱歌郎奏琴
郎呀咱们俩是一条心

人群散了,你和英子却不散,你们躲进小房间里。你不知道,这个时候,我经常躲在窗下偷听你们谈情说爱,不一会儿,我就听到了你们噼里啪啦地亲嘴声,然后是你呼哧呼哧的喘气声、英子的娇吟声、床板的嘎吱声。原来谈恋爱也是一首好听的音乐,似懂非懂的我,那时候经常在窗户下面浮想联翩,然后跑去和还没有走远的大人们绘声绘色地描述你和英子如何谈恋爱。大人们听得起劲,用手拍着我的后脑勺,说:"这孩子有性欲了。"那个时候还不知道性欲是何物,受到表扬的我很有成就感,于是开始像盼着过年一样,盼着你和英子的下一个恋爱,盼着再次拥有性欲。

后来长大点我才知道,性欲这家伙竟他妈是个庸俗的东西! 你说我庸俗,这都是你打小把我熏陶坏的,你能怪我吗?

可我觉得你就是太不庸俗,才光棍至今。

不能由着他继续阳春白雪了,哪怕你吃阳春面的时候,能意淫下白雪公主也好。我决定去江州找沈嘉。

大哥知道我真要去江州，直骂我是神经病。我已经不管这个可悲的老光棍了。周末的早上，他刚坐飞机滚回他所在的城市，我就给江州的一个哥们老朱打电话，让他带我去找沈嘉。我能想象出，老朱接到电话，嘴巴张得一定比浦口的长江水面还要大。他说："你没病吧，他是名人，仅微博上的粉丝就三千多万了，想找他的人排成队都快能绕地球一圈了！我带你上哪找他去？"我说："你的地盘你做主，这点事你搞不定，多少年的兄弟就没得做了！反正我已经开车上高速了，你看着办吧。"

老朱说："谁他妈和你是兄弟，既然来了，老子什么也不干，就陪你扯回犊子吧。"

我说："哈哈！好，我们不是兄弟，是同志好吧？"

老朱说："滚犊子，再啰唆，等会儿老子把你扔进滚滚长江喂鳄鱼！"

老朱是东北人，大学时我的死党，毕业后到江州工作，长得人高马大，皮黑肉糙，加上个性生猛，头脑简单，让我觉得很好玩。我驾车两三个小时也就到了江州，刚下高速公路，远远地就看见老朱像根大棍子杵在路边等我，本来就很粗的脖子上又顶着一张宽银幕的大黑脸。我减速，拉开车门骂道："老朱，你他妈在这招嫖啊，也不举个牌子，别人怎么知道你这'东北鸭'怎么卖的？"

老朱呵呵上了车，说："你怎么这么慢啊，害得老子等你半个多小时了。有好几个美女停下来，问我带路多少钱，老子告诉他们，这辈子只卖身不带路。"

我说："你就吹吧，如果有美女要带路你早就不在这等我了，倒贴钱你都跑得麻溜的。"

老朱一路指点着，车子不一会儿穿过长江大桥，传说中的江州古都就展现在我们面前了。

"我们去哪？"我问老朱。

"带你去见沈嘉啊。"老朱得意地说。

"你小子这么快就搞定了？"我一脸的惊讶，将信将疑。

"我是谁？搞定个主持人，还不是小菜？"

我生平第一次对"东北鸭"老朱肃然起敬。

老朱指引着我不一会儿就将车子开到了一座大型商场的停车库里，我学着老朱的口音说："瘪犊子玩意儿，带我到这里来干什么？"老朱笑着说："一会儿你就知道了。"我们进了电梯，上了三楼，没走多远，老朱手向前一指说："你要找的人在那，你进去吧！"

我抬起头，看到一个城墙造型的T形门，门口挤满了密密匝匝的人，好像都在排队等吃饭。我头立马大了："怎么这么多人？你们江州吃饭的地方都这样吗？最讨厌吃饭排队了，哪怕是免费的，也不想为一顿饭耗时间。"

我扭头要走，老朱拦住我说："你不看看这是谁开的店吗？"

我穿过食客的缝隙，看到旁边的墙壁上五个白色的大字，竟然是：

沈嘉的小面

我晕，又被这个黑猪头涮了一把！我朝老朱飞起一脚。

老朱边躲边嬉笑着说："我没有办法帮你见沈嘉，请你吃一碗沈嘉小面总是可以的吧？嘿嘿。"

2. 机会来自法医秦明和张佳一

那天我们在"沈嘉的小面"门口排了一个多小时队才轮上座，一个穿着红色衣服的服务员笑靥如花，问我们吃什么。为报复老朱，让他出点血，我分别点了粉蒸排骨、粉蒸肥肠、红油抄手、夫妻肺片和口水鸡，顺便也为老朱点了份重辣的小面。老朱说："你是猪啊，能吃这么多。"我说："老子饿了，你不是猪，面归你，其他都归我。你不带我见沈嘉，我天天在这吃沈嘉面，非把你吃成穷光蛋、吃成朱光头不可!”

“服务员!”老朱扯了一嗓子,那个如花的服务员又跑过来。“先生有什么需要?”

“这位爷想见见你们家沈董事长,你可以安排下吗?”

“对不起,我安排不了沈董事长,只能帮你安排到沈董的小面,你看他们。”“如花”指指面馆内乌泱泱的食客,“他们也都想见沈嘉,我没有办法,你如果真的想见,我给你两点建议。”

我立马竖起了耳朵:“一、你去上《玫瑰相亲》。二、你天天来这吃面,总有一天会遇见他。”

我把刚入口的粉蒸肥肠全部吐到了老朱的小面里。

老朱结完单,我揪着他开车到江州电视台大门口,决定对沈嘉死看硬守。老朱说:“你他妈的真是疯了,早知道你是这种人,老子根本不结交你。”我说:“你想断交也可以,赔我这些年青春损失费!”老朱呸了一口,骂了一句不要脸,没再说话。我们坐在电视台门口的台阶上抽烟,静等着沈大爷能够早点出来。我甚至想好了见到光头的第一句话说什么,是夸他脑门亮还是嘴巴歪。可沈大爷始终没有出来,最后是一个凶巴巴的保安出来,嘴里冒着奶奶个呆皮之类的江州话让我们滚蛋,老朱改用江州话回骂了一句,保安这才住口。

到了晚饭时间,也没有见到沈嘉,老朱说:“我们走吧,我带你去孔子庙喝酒去。”

我说:“我不去孔子庙,我还要去吃沈嘉小面。”

老朱吐了。

吃了两天的沈嘉面,焐了两天的电视台台阶,也没有见到沈嘉。老朱心里苦不堪言还要对我赔着笑脸,我算知道了什么叫皮笑肉不笑。眼看着周日要结束了,老朱知道我要回去上班了,脸上的表情才渐渐舒缓,这时我含情脉脉地对那个保安说:“这两天谢谢您陪我们了哈,为了表达我的敬意,我决定下周还来,专程来看望您。”

保安无语，老朱终于忍无可忍，开始对我破口大骂，我以嬉皮笑脸应付他。

其实我只是吓吓狗日的老朱。从江州回来，我知道这样不是办法，一时也就断了去见沈嘉的念想。

暂时不去江州，我开始专心写大哥的感情史。

周末，法医秦明喊我去吃小龙虾。秦明这小子虽然比我小很多，我却要和网友一样尊称他为老秦，老秦嘚瑟着不但照单全收，还搂着我的肩膀说："小许呀，我今晚带你去见一个神秘的人，保准你感兴趣。"

我说："老秦你就吹吧，什么神秘人物？是你的女粉丝啊还是你解剖过的人头骷髅？你在殡仪馆待久了，逮谁谁都是神秘人物。"

老秦笑着说："你小子行，如果见到他，你还能牛×起来，老子管你叫老许，你叫我小秦！"

"你本来就是小秦好吧，取个大名字吸引一帮女网友乱嗡嗡地追你，等老子成名了，搞一大帮师奶灭你！"

我们边走边相互调侃，不一会就到了"老八龙虾店"。

"神秘人物"还没到，我和老秦边抽烟边吹牛。

对老秦这小子，我打心眼里还是有一份敬重的，三十刚露头，就已成为畅销书作家，一本《尸语者》引来无数拥趸。第一本书就发行了十几万册，随后是一年一个大部头，几本书一路狂销，让我等等闲之辈望尘莫及。我说："老秦，不带这么玩的吧，同样都是握枪杆耍笔杆子的，你让我辈还怎么混?"老秦说："唉！谁让我手里多一把手术刀呢?"得意之扬扬，恨得我牙根痒痒，真想立马把他当小龙虾吃了。

看官肯定会问我为什么会攀上老秦这个名人，我只好如实交代，我们是同行。不知看官会不会因为我的警察蜀黍（叔叔）身份而质疑以上的文字，一个警察怎么可以如此表达？其实我是嬉笑怒骂写文章，温良恭让对老百姓的。工作是工作,码字归码字,这两件事最好不要掺和在一块。您说,写小说的时候还板着个警察训犯人的臭面孔,谁还愿意看你的文字啊？您说是吧？呵呵。

“他来了。”老秦说。

我慢条斯理地抬起头,看到眼前出现一个蓄着长发的谦谦君子,我盯着他的脸,拍着脑门,竟一时语塞,这……不是……那谁吗？

“你好,我是张佳一。”神秘人物报出大名并热情地向我伸出手,我用还没被小龙虾污染的双手迎了上去,同时狠狠地踢了老秦一脚,“你小子真不厚道,认识这么大个名人怎么不早说？吓老子一跳。”

老秦笑呵呵地向张佳一介绍了我:“我同事,老警小许。”

“小警老许。”我向张佳一纠正。

“有什么区别吗?”张佳一问。

“区别大了,”我说,“小警老许是谦称,意为位卑职低年龄长;他喊老警小许,是讽我牛气哄哄才气小,同时还在年龄上占我便宜。”

张佳一说:“你们俩还真是有趣。”然后我们坐下来开始吃饭。

我们三个人要了四斤小龙虾,两斤带头的,两斤不带头的,又要了几瓶啤酒。张佳一喝酒不带劲,却完全被小龙虾的美味馋住了,不一会儿,盆中的虾子就被我们赤手空拳剥完了。张佳一吃得最多,吃完看着眼前的空盘子对老秦说:“味道真不错,能再来两斤吗?”

惹得老秦气不过,说:“老张,我书写不过你也就算了,没想到龙虾也吃不过你,太伤自尊了。”

老秦因为菜没点足有点不好意思,也为了尽地主之谊,新的一份上来后,他开始不停地把剥好的小龙虾递到张佳一的盘子里。这小子真够势利的,我有点气不过,看着张佳一吃兴正浓,就故意问老秦:“老秦,你解剖小龙虾和解剖尸体的感觉有什么不同?”

张佳一看老秦,我和老秦却一起看着张佳一笑,张佳一“哇”的一口吐了出来:“喂,我怎么忘了你是干这个的!”然后一股脑儿把剥好的龙虾还给了老秦。

老秦问我:“你要吗?”我把头摇成了拨浪鼓:“怕,好怕怕。”

一会儿混熟了,我就开始不正经,我问张佳一:“张大才子,有个问题我能讨教下吗?”

“你说。”张佳一一本正经,脸上滑过面对书迷时才有的表情。

“花木兰代父从军,天天混在男人堆里,却没有人发现她是女儿身,你知道是为什么吗?”

张佳一对我的问题显然有点失望,但也出于礼貌地想了想,似乎没想出好的答案。

“对小许的问题,你千万别按常规思路去想,那是找不到答案的。”老秦插话,好像他已经知晓了答案似的。

张佳一只好摇了摇头。

“你记得《木兰诗》里‘爷娘无大儿,木兰无长兄’这句话吗?”

张佳一边吃龙虾边点头:“怎么了?”

“明明一句‘爷娘无大儿’已把花木兰是长女的意思表达清楚了,后面为什么还要啰唆一句‘木兰无长兄’呢?”

“作者肯定是有所隐喻的。”老秦毕竟是拿手术刀的,他明白了,不知道是因为这小子思维转得快,还是因为他对人体器官更敏感。

张佳一好像还没明白。

“因为木兰无长胸啊!”我说出答案时,张佳一一直绷着的脸终于露出了笑容。

酒过三巡,待张佳一吃尽兴了,老秦对张佳一说:“小许想见下沈嘉,你能帮忙引见下吗?”

擦!我怎么把这个给忘了,张佳一也做过《玫瑰相亲》的嘉宾主持啊!

老秦你小子这个时候还记得我的事,真够意思!

张佳一说:“行,改日我给老沈打个电话吧。”

酒足饭饱后,我们演沙家浜第二场,转移。

张佳一说:“谢谢你们的小龙虾,和你们在一起,还是很开心的。”

“从你的世界路过之后,请让我们留在你身边。”我这话接得有点谄媚,恶心。

“呵,你也看过我的书?”张佳一听我这么说还是蛮开心的。

“你他妈这么说,我们俩不就成狗了?”老秦从背后给我一脚。

靠,丢人,忘了这词。

“也罢,反正都是在狗窝里混的人。”老秦这话的高明之处在于,既自我解嘲,也把张佳一给带进来了,同时这句话也可理解为:我们都是人,混在狗窝里。

我给老秦竖了个大拇指。

张佳一没有在意,他说:“在我的字典里,狗是最美好的动物,狗的世界比人的世界纯净。”

3. 终于见到你

第二次去江州我让老朱开车到车站接我,我不想开车了,我要用乘车的时间再整理下思路,见到沈嘉该如何给他讲大哥的故事和我的创意,才能引起这位名人的足够兴趣。

看到老朱在出站口等我,我迎面就骂:“你他妈就不能为我造造势吗? 整个‘欢迎著名作家小警老许光临我市’的牌子来接我你会死啊?”

老朱说“你装×也就得了,别又学会装蒜了,我丢不起那人。”

我说:“你什么都用我教,一点本事没有,看老子今天带你见位神秘人物!”我模仿老秦的口吻。

老朱说:“又来装蒜了,你还是装×专业些。”

“去哪?”上车后老朱问我。

“沈嘉的小面啊,这还用问?”

“我靠,你不是神经病,你已经彻底分裂了。”

老朱无奈地摇摇头,骂骂咧咧地一路把车开到那座大商场楼下。

我们再次进入沈嘉的小面时,正有一大堆食客围着个光头签名,我想里面应该就是传说中的沈嘉了,不禁有些小激动,同时想到自己一大把年纪,也被别人当成追星族还挺丢人的,就硬绷了一会。待粉丝大多散去,我才走到那团光亮的近前,我顿时感到有点眩晕,不知道是因为激动,还是因为他的脑门太亮了。

“你好,沈爷。”我心里想喊的是“嘿,沈嘉!”,嘴巴里冒出的却是另外几个字。

“你好！欢迎光临沈嘉的小面,请问有什么需要?”

靠,沈爷,你也太职业了吧?

“我……”因为太激动,一时没组织好话语。

“是需要我的签名吗?”

我摇摇头:“我是小警老许……”

“小警老许？这名字有点意思,我们好像不认识吧?”

“你是不认识我,但你应该认识张佳一吧?”

“当然。怎么,你们认识?”

“他给你打过电话的。”

“哦!”他拍了拍自己光亮的脑门,好像在记忆里搜索着什么。

“是张佳一介绍我来的。”

“噢,我想起来了,他是打过一个电话,你是要上《玫瑰相亲》吗?”

“我不上,是我大哥的事情。”

“你大哥呢?”

“他没来。”

“那你让他到报名点报名好了。”沈嘉看着我不走,说,“需要的时候,我可以给节目组打个电话。”

“他不上《玫瑰相亲》。”

“那你还有什么事？”

“我想为他做一期特别的节目，也许你认为我是异想天开，我可以耽误你一点时间吗？”

“我时间不多。”

“二十分钟？”我看沈嘉没点头，赶紧加一句，“十分钟也行。”

沈嘉点点头，把我引进了他面馆里的一个小房间。

“沈嘉，我想请你签个名。”老朱总是成事不足败事有余，这个时候不合时宜地冒出来打岔。

“滚！”我一把把粗壮的老朱推了出去。老朱嚷嚷着：“我也想上《玫瑰相亲》！”我“咣”的一声直接把他关在了门外。

沈嘉一脸狐疑地看着我：“你怎么可以这样对我的客人？”

我连忙表示歉意，告诉他那是我的一哥们，脑子有点不好，我怕他做出出格的事来。

沈嘉似有所悟地哦了一声。

十分钟没够，二十分钟也没够，我和沈嘉谈半个小时了还没散。

“说说你大哥吧。”

我打开了话匣子，这些话是我坐在车上就反复想好了的。

“大哥名字叫许友梅，名字出自《诗经》。”

“是那首《召南·摽有梅》吧？”

“是的，沈爷，您真渊博。”

我顿时对眼前的光头肃然起敬。

“在许氏的家谱上，到我和大哥这一辈，是友字辈，于是父亲在为大哥取名时，很自然地将‘有梅’唤作‘友梅’，既兼顾了辈分，又沾上了诗之光华。”

“你父亲这样给大哥起名字，是希望大哥在爱情和婚姻上能够顺风顺水，将来有好的感情归宿吧？”

我再次肃然起敬。

“可是大哥名字出处的这首诗，是一首待嫁女子求爱的诗，诗的内容……”

“摽有梅，其实七兮。求我庶士，迨其吉兮！摽有梅，其实三兮。求我庶士，迨其今兮！摽有梅，顷筐塈之。求我庶士，迨其谓之！”

沈嘉一口气把全诗背了出来，令我瞠目结舌！

在我的目瞪口呆中，沈嘉说，这首诗是不是可以这样翻译：

枝头梅子纷纷落
树上还剩有七成
追求我的众小伙
趁着现在好时辰

枝头梅子哗哗落
树上还留有三成
追求我的帅哥们
今天就是好时分

枝头梅子呼呼落
畚箕筐子满满盛
追求我的男嘉宾
等你开口牵手成

我佩服得五体全部哗啦啦投地。

我和沈嘉说，听说现在有一门学问叫“姓名学”，我没有读过这方面的文字，可我联想到大哥一辈子曲曲弯弯的爱情史，却总是觉得冥冥之中与这名字、与这出处有关。

第一段感情经历　文艺青年的初恋

“说说你大哥的感情史吧，他有几段感情经历？”

“七段，先说哪一段？”

“不按时间顺序吗？”

“也行，但大哥的第一段感情史年代太久远了，我怕你不喜欢听，许多年轻的观众也不爱看。”

“那总不能先说第七段，最后说第一段吧。就我个人而言，我喜欢带点历史味的东西，况且，你说的故事，和我肯定不会有代沟的。”沈嘉笑笑，“至于观众嘛，我想那应该是萝卜、白菜的问题。我相信，只要是好东西，观众就会喜欢。一句话，永远不要低估观众！”

“好吧。”我从包里拿出一沓文稿递给沈嘉。

“这么多？这是三段 VCR 短片的脚本吗？”

“不是，这是第一段感情经历。”

“啊？你没有搞错吧，这么长的东西 VCR 怎么拍？也没办法播啊！”

“你们的 VCR 容量太小，容不下大哥厚重的感情史。所以我想做一期特别的节目。”

“你不是要做电视剧吧？”

“也未尝不可。电视剧版的《玫瑰相亲》。”

沈嘉狐疑地看了我一眼，不无嘲讽地说：“不要太有想象力了，好吧。”

也许沈嘉只是出于礼貌，拿起文稿看了下，但他这一看就再没放下，彻底忘了他只给我的十分钟时间。随着他的表情越来越投入，越来越专注，越来越津津有味，我也就叫了一碗沈嘉小面，津津有味地吃了起来。

1. 青梅竹马

对大哥的最早记忆，还停留在20世纪70年代。

北风那个吹，雪花那个飘，“十年动乱”即将结束，历史尚未走出“文革”时代。

那时候，大哥还是个文艺青年。

大哥和他的同学们一道撕碎了课本，砸烂了学校的课桌，并揪出了他们的“大毒草”老师进行批斗后，已经百无聊赖地待在家中多日。

大哥没有读完高中，便回到家乡务农。可大哥是个有文化的青年，一个有文化的青年农民。那时候，村子里有个高中生，是件了不得的事情。大哥几乎承包了全村人与外地亲属来往信件的撰写和阅读，快春节的时候，来我家请大哥帮着写信的村民几乎要排队，排上一个上午或下午才能轮到。我的母亲就会在堂屋里摆出几条长凳子，烧好一锅开水，把我们兄弟姐妹吃饭用的饭碗拿出来，倒出满满的几大碗白开水，坐在长凳上陪来求大哥写信的客人聊天、喝茶，一直到午饭或晚饭时，客人们才会散去。

进入腊月的时候，来写信的人不多了，大哥便忙着为全村人写春联。我们从镇上买来几沓厚厚的红纸，兄弟姐妹几个裁纸的裁纸，研墨的研墨，然后围坐在一边看大哥甩掉棉袄，挽起衣服袖子，舞着一支巨大的毛笔，开始挥毫泼墨。大哥在我们裁好的红纸上写“新年纳馀庆，佳节号长春”，边写边向我们普及春联知识，告诉我们这是史上最早的一副春联，春联如何对仗，如何认识上联和下联，上联和下联分别贴在大门的哪一边。我对中国民俗和古文化的最早了解和认识，就是从春联开始的。一个上午下来，大哥书写的一副副春联被我们挂满房前屋后，红彤彤一片，煞是壮观。多年以后，我在影院里观看张艺谋的《红高梁》和《大红灯笼高高挂》时，脑海里竟会跳出当年老家宅院里悬挂着的那些春联，这是我记忆里最浓烈的色彩和最有味道的红。等到腊月二十八九的时候，村里家家户户的大门上，都会贴上大哥的手迹，外地亲戚过来拜年，不管走进哪一家，我都会自豪地指着春联对他们说："看，我大哥写的！"

为村民们写春联自然是不能收钱的，买纸买墨的钱虽然不多，可那个时候我们家穷得几乎揭不开锅，就这一点钱也是贴补不起的。于是大哥做出一个大胆的决定，要将他的春联推向市场。我们兄弟姐妹几个两人抬桌子，一人扛长凳子，一人抱着笔墨纸砚，一大早便向附近的集市上出发。到了集市，我们在入口处摆开桌椅板凳，铺开纸张，安置妥当后，大哥扯开嗓门喊："写春联啰，写春联啰！"我用细尖的童音学着大哥的样子跟着吆喝，不一会儿便有赶集的农民陆陆续续围拢过来，大哥开始现场写春联。大哥很有范儿，很有点书法大师的味道，那气场一点也不比现在现场签名售书的作家弱。遇到有点文化的，大哥还会和对方切磋几下，根据对方的需求，来个现场创作。大哥的这个本事全仰仗他小时候饱读诗书的功底。那时候，我常常还在睡梦中就能听到大哥在院子里大声诵读"红酥手，黄縢酒，满城春色宫墙柳""泪眼问花花不语，乱红飞过秋千去""落日楼头，断鸿声里，江南游子。把吴钩看了，栏杆拍遍，无人会，登临意"。我像刚入私塾的学生，虽不知道大哥朗诵的是什么，但却感觉他很有文化。大哥推向市场的春联，按照现在说法就是统一标价，从不多收客人一分钱，哪怕是客人很满意，多给五分、一毛钱，大哥也会很客气地将多给的部分还给他们。一个上午下来，集市快散了的时候，我们的衣服口袋里便有了丁零当啷的硬币撞击声。小时候，我们听着那硬币声就觉得特幸福，因为不仅过年我们可以有肉吃了，而且一个年关下来，兄弟姐妹几个的学费也有了着落。

大哥有才气，人长得也俊朗、帅气。那时候，大哥是我们的偶像，是我们兄弟姐妹的骄傲，只要一提起大哥，我们就会竖起大拇指，说我大哥如何如何，崇拜之情溢于言表，以至于我们的表达最后都习惯性地流露出"我大哥体"，这在我的文字叙述中都留有这样的痕迹。

在我的家乡，门前有一条小河，清凌凌的波光照亮了大哥的童年。

英子是大哥青梅竹马的女朋友。大哥比英子大两岁，从大哥开始能下河游泳时起，英子就跟在大哥的后面，坐在岸上看大哥脱得赤条条，像一只小泥鳅在水中翻腾蹿跃。那时候，大哥还是不要脸的年龄，经常和小伙伴们比谁潜水时间长，比谁能浮在水面久。大哥不仅浮得久，还能得意地将头浸入水中，全身只露小鸡鸡一个部位挺立在水平面上，像是小荷才露尖尖角。每逢这时，英子就把手中抱着的大哥的衣服丢掉，双手捂着脸，嘴里喊着“羞羞羞”，然后偷偷地从指缝中瞟水中的大哥。

大哥放牛割草，捕鱼打鸟，无所不能。为讨英子欢心，大哥时常利用放牛的机会，从喂牲口的炒料中偷出炒熟的黄豆给英子吃，或是像电影《渡江侦察记》里的战斗英雄那样，匍匐着越过地面的钢丝绳，去偷生产队晾晒的粉丝和队长老婆挂在窗外的咸肉，然后拿到村外野地里煮咸肉粉丝。英子嘴馋，跟在大哥后面嗲嗲地叫着“梅哥哥”，这让大哥很有成就感。他学着大人的样子把双手背在后面，气宇轩昂地把泥巴踩在脚下，对英子说：“长大后，我就娶你做老婆了！”英子边吃边乐，仰起被柴火灰糊成黑红色的小脸蛋，抹抹嘴角的汤汁，笑盈盈地说：“好吧，我同意啦。”

等大哥和英子都上学了，大哥自然成了英子的护花使者，英子也像跟屁虫似的亦步亦趋跟在大哥身后。在他们上学放学经过的村子后头那一大片庄稼地里，我经常听到大哥响亮的歌声和英子咯咯咯的笑声。在学校里，大哥为了营造声势，在自己的肚皮上画了个大大的美人图，逢同学便说：“这是我老婆，她叫英子，你们谁也不许欺负她！”同学们便轰地炸开了。有懂事早点的同学去报告老师，说大哥和英子在谈恋爱，老师自然是不理会：“他还没发育呢，你们瞎起什么哄，写作业去！”

中学要到十里外的镇上去住校，大哥为了陪英子一道，小学快毕业时，生生地让自己挂科，留了两级，任凭老师骂、母亲打，都不起作用，大哥理直气壮：“我就是要和英子一起上学，我们定过终身的！”那个时候，英子就已经为大哥深深感动,女人一感动,就容易产生感情。这个事情不分年龄。

上中学了,大哥可以理所当然地用家里的唯一值钱的家当——一辆旧自行车,载着英子去镇上上学了。

大哥和英子分在同一个班级。

因为大两岁,大哥比同班同学要高一头,便坐在最后一排,英子坐在第一排。上课时,大哥盯着英子的马尾巴辫子,常常走神。有时老师提问喊到大哥名字时,大哥还沉浸在想入非非中,等老师怒问"想什么呢"时,同学便一起回答:"想英子呢。"于是全班同学便哄堂大笑,大哥和英子都面红耳赤,不好意思地低下了头。大哥和英子好,在班里已不是秘密,但大哥和英子同村,互相帮助又没有做出格的事,老师也不好干涉什么。但随着年龄的增长,大哥的青春就开始不断地躁动起来了。晚自习后,大哥不想回寝室睡觉,就去操场打一会儿篮球。那时候,学校还没有灯光球场,但大哥凭着路灯的微光,一样也可以把球投进篮筐内。英子也学着大哥的样子,练习投篮和跑三步篮。两人打累了,就坐着操场边的草地上休息。夜色朦胧中,大哥就开始有憧憬,便控制不住,过去抱住英子,英子在心里早已把自己当成大哥的女人,也不反抗。大哥抱着英子,身体就开始不老实,下半身就开始膨胀,血液也跟着澎湃,就去亲英子的嘴巴。英子开始想躲闪,但大哥执意要,英子也就顺从,就由着大哥亲自己嘴巴,把舌头也吸进嘴里,身体灼热地燃烧起来,大哥就开始解英子衬衫的纽扣,在英子刚发育的乳房上啪啪地咂出响声来……大哥还想得寸进尺,学校熄灯铃响了,大哥和英子也清醒了,只能手挽手地往回走,一直走到寝室门口才分开。

大哥和英子知道,他们现在还不能往下发展。自从那个晚上后,两人主动避免再往黑暗的地方去。但一到周末,大哥就要带英子回到十几里外的村庄去,这个时候,英子坐在后排,车子在坑坑洼洼的土路上颠簸着,英子就从后面自然地搂住了大哥的腰身,大哥就又开始膨胀起来,回头深情地望着英子,英子也回以爱意的目光。大哥有点心猿意马,看夜色将晚,前后都是密匝匝的高粱,一阵风吹过,高粱发出哗啦啦的响声,就趁一个颠簸,故意将车子歪倒在地上,英子也随着车身轻轻倒地,大哥就势扑上去,开始边亲英子,边去解英子的裤子,英子喊着“不要不要”,但大哥哪里能把持得住,下体已经肿胀成铁棒,快把衣服撑破了,索性将东东掏了出来。英子起先还挣扎着,没一会儿只好依了大哥,大哥在黑暗中紧张地摸索了半天,也不知道怎么才能把那东东弄进去,最后直逗得英子哈哈大笑:“你真笨,你真笨。”然后两人一起坐在地上笑起来。青春的萌动以笑场结束,大哥和英子清醒后,又坐在地上长吻了一会才爬起来。他们约定好好念书,一起上高中、考大学,然后再好好恋爱,结婚生孩子,生一大堆孩子。

大哥的青春就在膨胀中度过。可还没等到他们考大学,轰轰烈烈的“文化大革命”就开始了,学校开始不上课了,大哥、英子和同学们涣然而散。

大哥和英子失学后,美好的前程一下子变得暗淡,没有书念,两个人就正儿八经地谈起了恋爱。

大哥和英子谈恋爱的情景,我只是在窗台下偷听过。至于后来发生的那件事情,我是从大人们绘声绘色地描述中想象出来的。但这件事情,不仅彻底断送了他们的爱情,也彻底改变了大哥的命运。

那一天,风吹麦浪,大哥和英子热情相拥,忘情地亲吻,麦田被两人压倒了一大片。大哥刚开苞的身体比打了鸡血还要起劲,英子娇羞万分又兴奋异常,在大哥进入她体内的一刻,她就同时欢快地叫了起来……

大哥虽然已经记不清这是他第几次进入英子的体内,但在野外,还是他们的第一次,大哥想起了《诗经・野有死麇》的句子“舒而脱脱兮,无感我帨兮,无使龙也吠”。诗中的女子和男子相爱了,在树林子里偷欢,女的对男的说“慢慢来啊莫慌张,不要动我围裙响,别惹得狗儿叫汪汪”。古人也真是率性而风流啊,性与爱都能用诗歌表达出来,就这么大胆地表达爱就爱了。第一次在野外和英子亲热,没有狗叫,也没有人偷听,觉得这里好刺激啊,他们可以在这里恣意妄为,天当房,地当床,他可以和英子在这里尽情享受鱼水之欢,任他的小鸟在英子的身体里展翅翱翔。

田埂上走来一支队伍，大队书记周麻子带着“毛泽东思想宣传队”的队员们演出归来，远远地看到这边有一块麦子倒下了，好像还有动物的嘶叫声。队员过来报告说，有动物在破坏庄稼，周麻子命令，全体队员一起围拢，抓住破坏农业生产的野生动物！

大哥和英子沉浸在爱河里，丝毫没有听到由远而近的挂在宣传队员身上锣鼓的叮叮咚咚声。大哥忘情地向英子的身体进攻着，几乎要咆哮着迎接快乐顶峰的到来，躺在大哥身下的英子却渐渐地感觉到天空似乎变暗了一些，好像有一块阴霾罩住了他们，便努力地把眼睛睁开一条缝，她分明看到了已围成一圈的宣传队员各种各样的怪异眼神，快乐瞬间崩逝。

站在旁边的周麻子贪婪地看着衣衫不整的英子，口水连连，已经滴到了地上。

2. 下一个月圆时，你能回来吗

大哥和英子被以破坏农业生产罪和流氓罪游街示众。

大哥和英子都被五花大绑，大哥的胸前挂着个“破坏农业生产”的木牌子，脖子上还挂着两把麦苗，英子的胸前挂着个“女流氓”的木牌子，脖子上还挂着一双旧布鞋。我不明白为什么要把鞋子挂到英子的脖子上，就问旁边的大人，大人说：“那是破鞋的意思。”我接着追问：“破鞋是什么意思呢？”众人便哄堂大笑，说，等你会搞了，就知道是什么意思了。我带着疑问回去问母亲，母亲就直接抽了我一个大嘴巴子，算作回答。

给大哥定罪的是周麻子。周麻子是大队书记，大队书记是威震一方的土皇帝，集公检法的权力于一身，随便起个罪名就可以将人逮起来。我们小的时候都知道周麻子的淫威，哪家的孩子在哭闹，大人只要喊一声“周麻子来了！”，小孩子的哭声就会戛然而止，那恐惧不亚于狼来了。其实我们当时只知道怕周麻子，却不知道因为什么怕。周麻子有多厉害，做过什么坏事，我们一概不知。

周麻子家里有个大鼻子老婆，大鼻子的鼻子特大，几乎盖住了左右各半张脸和下面的嘴巴。周麻子和大鼻子年轻的时候身体各有瑕疵，都找不到对象，两人就凑合在一起过。那个时候，周麻子根本想不到后来能当上大队书记，大鼻子也想不到能当上官太太，等周麻子一身居要职，大鼻子就感觉对周麻子失去了管辖和控制。周麻子当初相了N次亲，可左右十里八村的女青年没有一个能看得上周的一脸麻子，很受打击和挫伤的周麻子得势后便开始疯狂报复，他将当初相过亲的各个生产队的女青年一一列出，一有机会就找她们家的麻烦，刁难女青年或她们的父母，轻则扣工分，让你全家人吃不饱，重则找个理由，将你家人关起来。直到有些已成人媳、已为人母的乡下妇女上了周麻子的床，他才肯善罢甘休。一时间大家对周麻子谈虎色变。我们知道周麻子的淫威，但我们不怕大鼻子。小的时候，大鼻子只要在下课时间经过我们的小学校门口，我们就一起站在校门口高喊“大鼻子，长又长，一拖拖到地面上；大麻子，深又深，一个麻子一个坑”。大鼻子停住脚，一脸愠怒地盯着我们，嘴里不停地谩骂着，然后向我们靠近。这个时候我们就会忽地一下作鸟兽散。等大鼻子转身要走，我们又迅速聚拢，继续喊大鼻子长又长。我们把对周麻子的仇恨转嫁到了大鼻子身上，其实现在想来，大鼻子是残疾人，也是受害人之一，我们当初那么做，是很不人道的。工作以后，我很少回到故乡，如果大鼻子还健在的话，我真想去对她真诚地说声对不起。

晚上，游了一天街的大哥和英子被关在了大队部一间小房子里。那间小房子没有窗户，在我的记忆中就是个小黑屋，是专门用来关押“牛鬼蛇神”的。因为大队部离我们的小学校仅一墙之隔，我们经常在下课或放学时分看到周麻子把被他定了罪的社员关进小黑屋。

母亲蒸了两块玉米饼、煮了三个大山芋让我们给大哥和英子送饭。我们姐弟三人沿着我平时上学的路线，摸着伸手不见五指、张口不见牙齿的黑夜去往大队部。远方有星星点点的火光在鬼影丛丛的夜色里飘荡着。听大人说，这一段弯路，夜里经常闹鬼。我有些害怕，二哥说：“不用怕，走黑路的时候只要不回头，鬼是不会盯上你的，只要你一回头，鬼就会勾你的魂或吸你的血。”于是我们三人一路朝北，头也没敢回一下，一路小跑，终于气喘吁吁地跑到了大队部。

我们咚咚咚地敲响小黑屋的门，只听到英子在里面“嘤嘤”地哭泣，然后听到大哥向门口走来的声音。我擦亮一根火柴，发现门是从外面锁着的，我摸了摸那把大铁锁，坚实而牢固，便立即放弃了破锁的想法和冲动。大哥从里面把门掰开一条缝，我们把晚饭从门缝塞给大哥的时候，我借助最后一丝微弱的火柴光，看见在漆黑的小屋里，大哥原本清澈的眼睛，已经变成血红色，里面似乎有火焰在燃烧。大哥看到是我们，眼光似乎稍微温和了些，说：“回去吧，回去告诉妈妈，让她不要担心，我们明天就回去了。”

经过一天一夜的禁闭和思考，大哥渐渐清醒：“关关雎鸠，在河之洲。窈窕淑女，君子好逑。”从古到今文人雅士一直歌咏着的爱情，在他和英子这里怎么就成了流氓？他和英子你情我愿，两小无猜，又没招谁惹谁，凭什么说他们是流氓！即使压坏了一片玉米，也没有到破坏农业生产的程度吧？

大哥应该是在告诉我们第二天就会回家的那个晚上，就做好了反抗的心理准备。

第二天，游街照常进行。

周麻子带着两个民兵，一大早就把大哥和英子从黑屋中押出，沿着坑坑洼洼的泥土路，向集市上进发。因为是周末，我没有课，便去看大哥游街。在集市的入口处，透过熙熙攘攘的人群，我看见大哥的脸渐渐由红变白，血红色的眼睛里一根根血丝在白天显得更加清晰，如打铁铺里飞舞着的铁花。两个民兵一次又一次按下大哥高昂着的头颅，让大哥低头认罪，大哥一次次倔强地仰起，脖子上的青筋开始一根一根地暴出，我仿佛听到了大哥血管里血液沸腾和咆哮的声音，眼睛里面似乎喷出了火苗，脸上顿时变得杀气腾腾。

我有点害怕，天气虽然很热，我却感到身上有点发冷，此刻特别想缩在母亲的怀里。黑压压的人群，有人在笑嘻嘻地喊着：“打倒流氓，打倒破鞋。”空气中唾沫飞舞着,吞噬了我弱小的身躯。

喧闹的声音突然停止了,我看到大哥已经立定,然后憋足了劲,脸被憋成紫色。随着一声巨大的吼叫,我看见大哥将捆缚在身上的绳索啪啪地挣断了,断头的绳子似乎还冒着丝丝热气,大哥轻轻一抖,绳子掉落在地上。

挣脱了束缚的大哥,一个扫堂腿,将两个民兵同时打翻在地上,两个人在地上捂着腿嗷嗷地叫着。周麻子惊愕地睁大了双眼,转身想逃,大哥纵身一跃,跳起有一米多高,对着周麻子的后背飞起一脚,周麻子"哎哟"一声倒下,摔了个狗啃屎,血水顿时从口中汩汩淌出。周麻子挣扎着爬起来,大哥冲上前去,朝着干了无数伤天害理缺德事的周麻子裆部,又飞起一脚,周麻子还没来得及捂住自己的命根子,就被大哥踢得仰面倒下,后脑勺着地,昏死了过去。

人群中传来阵阵掌声、叫好声,长期受虐于周麻子淫威的村民们,看到周麻子倒下,甚是觉得过瘾、解气,不知不觉发出了声音,还有胆小的,不敢喊,只是在一边偷着乐,对大哥竖起了大拇指。

大哥威风凛凛,像个大义凛然的英雄,昂首阔步走到英子面前,三下五除二解开捆绑英子的绳索,把脖子上的木牌扔在地上,用脚踏上去,踩了个粉碎,然后扯下挂在英子脖子上的旧布鞋,一把甩向了天空,破鞋像两只黑色的燕子飞出了我们的视野。大哥把英子的头揽过来,靠在自己胸前,然后是轻轻地吻,小声呢喃:"乖,别怕……"

英子哭了,大哥再次捧起她的脸,在众人的吼吼声中,开始肆无忌惮地和英子热吻起来。

爱就爱了,流氓就流氓了,妈的周麻子,你能奈我何!

煤油灯发出幽暗的光,油烟把我们的鼻孔熏得乌黑。我们一家围坐在一起吃晚饭,一盘雪菜、一锅玉米馍馍、一盆山芋干稀饭。因为山芋干在晾晒的过程中遇到了连阴雨,发了霉,等再晒干磨成面粉烧成稀饭的时候,喝起来就苦不堪言。大哥介绍经验说:"喝的时候不要尝味道,这样你就感觉不到苦味了。"我们按大哥说的尝试,可总是做不到,越是不想尝味道,那苦味就越厉害,于是我们就抢着去吃雪菜，通过盐味来改善一下苦味。一盘雪菜自然是不够的，饭还没吃到一半，一盘菜已经快被我们风卷残云了。大哥说他定个规矩，以后他用筷子敲打一下盘子，大家才可以夹菜，盘子不响，不准夹菜。大哥在家里具有绝对权威，我们猛吃了几口玉米馍，吃了半碗山芋稀饭，一起眼巴巴地看着大哥，静等着他发号施令。

我们没等来盘子的响声，却听到门口传来一阵急促的脚步声，我的两个小伙伴大头和川子飞似的跑到了我们家，小小身躯带来的一股旋风差点将微弱的煤油灯火吹灭，一枚灯花掉了下来。

“大哥……哥，周麻子带人……来了！”大头上气不接下气地说。

“还来了几个民兵！”川子补充。

大哥还在气定神闲地吃着，母亲一把将他拉起，扯了件衣服，把家里仅有的几块钱塞给大哥，把他推出了房门：“快跑！出去躲躲，跑得越远越好！没有我的话，不准回来！”

周麻子赶到我们家时，我刚刚吃完第二个馒头，没有了大哥的约束，我可以肆无忌惮地享受盘子里的雪菜，准备马上把它消灭个精光。

我可怜的小小美梦没有成真，当我又抓起一个馒头时，凶神恶煞的周麻子已经进屋，飞起一脚，咣的一声将我们的饭桌踢了个底朝天，碗筷盘子哗啦啦地撒落在地上，屋内顿时狼藉不堪。

“妈的，还有饭吃？把狗娘养的许友梅交出来！”周麻子的头用网兜罩着，里面还缠绕着一层一层的纱布，后脑勺的部位有一块殷红的血迹。从后面看周麻子的头，很像一面日本国旗。

“友梅不在家。”母亲话没说完，被周麻子一把推了个趔趄，母亲踉踉跄跄地靠在门板上。“老不死的东西，滚一边去，今天不把你的孽种交出来，就把你们都关起来！”周麻子叫嚣着，几个随来的民兵，把枪从肩上放下来，用刺刀挑着左右厢房的帘子，开始搜查各个房间。

我们心中充满了仇恨，却噤若寒蝉，如果大哥在，一定会和周麻子拼的。

周麻子查无所获,悻悻地走了。临走时放下狠话,一周之内如果不把许友梅交出来,年底就让生产队把我们家的工分扣完、口粮扣完,饿死我们全家!

听到将要没有吃的,我哭了。母亲朝我狠狠地瞪眼:"不争气的东西,不许哭!"

村庄西头的柴垛里,大哥和英子依依不舍,紧紧地抱在一起。

"英子,我要出去一段时间,你和我一起走吧?"

"我走了爸爸妈妈怎么办? 我不走,梅哥哥,你走吧,我等你回来。"

"英子,我舍不得你!"

"梅哥哥,我也舍不得你!"

想到即将到来的第一次分离,大哥和英子紧紧地吻在一起。"梅哥哥,你再要俺一次吧!"梅子说完就开始解上衣的纽扣,大哥开始亲英子,英子静候着大哥临行前的最后一次进入。

大哥不知道,这也是他最后一次进入英子的身体了。

田野里传来阵阵蛙鸣声,空气中弥漫着泥土、青草和野花的香味,月光静静地洒落在村庄房屋上、树梢上、大哥和英子相亲相爱的柴垛上。

"英子,你为什么总是睁着眼睛?"

"梅哥哥,我在看月亮,今晚的月亮真圆! 下一个月圆时,你能回来吗?"

3. 俺生是许友梅的人,死是许友梅的鬼

大哥走后,周麻子没有再找我们家的麻烦,对着家中剩下的老弱残兵,周麻子一时觉得实在无法下手。

但英子的噩运却开始了。

英子是大哥殴打大队干部致伤又脱逃的共犯,周麻子派人来押英子到大队部交代罪行。

两个民兵把英子送到周麻子的大队书记办公室后就心领神会地走出去，周麻子得意地淫笑着打量英子，屁股是屁股、胸是胸，比他妈的大鼻子要强一万倍。周麻子一见到英子，心头的愤怒反而消退了，开始喜笑颜开。

“来，英子，坐我这儿，我给你说，许友梅的事情在我这里说大就大，说小就小，只要你乖乖地听我的话，许友梅的事情我可以一笔勾销，不再追究！”周麻子大手一挥，显得十分威武和大度。

“你想要俺怎样？”英子弱弱地问。

“怎样？哈哈哈……”周麻子一脸淫笑，色眯眯地盯着英子高高的胸脯，说，“俺也想像许友梅那样……”

“呸，真不要脸！”英子朝地上唾了一口，脸上生出几分刚毅，“俺生是许友梅的人，死是许友梅的鬼，你休想！”

周麻子恼怒了：“你敬酒不吃吃罚酒，还没有哪个女人敢对我姓周的这样！妈的，今天老子就把你给解决了！”

周麻子说完，就开始上来撕英子的衣服，英子惊恐地向墙脚退缩。周麻子步步进逼，一直把英子逼到墙脚，英子蹲下身子，双手抱在胸前保护着自己，周麻子一把揪起英子的头发，把英子拖向他办公室的里间，拖到他摧残了无数知青和乡下妇女的床上，英子痛苦地挣扎，周麻子开始撕英子的上衣，英子的衣服扣子撒落在地上，衬衫被撕成了碎片扔到一边，周麻子继续撕英子的裤子，英子死死地护住自己的腰部，然后向周麻子连抓带咬，周麻子的胳膊上被英子咬了一口，退回到一边，面露凶光。

周麻子是不会放弃的。

下午把英子关进小黑屋后，周麻子出去喝酒。晚上，喝得醉醺醺的周麻子回来了，还带回两瓶白酒。周麻子让人把英子从小黑屋送到他大队部办公室后，开始继续审问英子和许友梅共谋的罪行。两个民兵还像往常一样要自动退出，周麻子把他们吆喝住了。

“让英子陪我喝酒，让她酒后吐真言。”周麻子打开酒，把他喝茶用的大瓷杯倒满了，然后端到英子面前，"你也渴了、饿了，陪老子喝一杯吧！"英子咬紧自己的嘴唇，不愿意喝下去。周麻子把茶杯一放，对两个人说："你们给她灌下去！"

两个人便开始分工合作，一人用肘部夹住英子的头，另一只手捏住英子的下巴，另一外一个开始找工具，周麻子递上一双筷子，筷子掰断了，周麻子又找到一把螺丝刀，自己动手来撬英子的嘴巴，英子的门牙被撬断了，嘴巴里开始出血，再也支撑不住了，嘴巴现出了一道裂缝，周麻子又拿起旁边的一把剪刀，把英子的嘴巴彻底撬开了，周麻子便开始往带血的嘴巴里倒酒，一瓷杯倒完了，周麻子把剩下的半瓶也倒下去，然后另开一瓶，也给英子灌了下去。周麻子一挥手，让两人退了。

没过多久，英子就不省人事了。

被酒精麻醉已经毫无知觉的英子，大哥深爱的女人，就这样被周麻子糟蹋了。

周麻子，你这个该遭天谴的禽兽，看我大哥回来不杀了你！

大哥在外面躲藏了一段时间，回来了。

在外的这一个多月里，大哥去见了一个重要的人——我的父亲。

这是我第一次提及我的父亲，你一定有点纳闷，其实原因很简单，我的童年一直没有见过父亲。记忆里，"父亲"只是一个名词，被讳莫如深地提起过，我却一直连父亲长什么样都不知道。

听我母亲讲，我的父亲1946年参加工作，在部队里当报务兵。1949年解放后，父亲就到我们滨江省邮电管理局做报务工作。父亲电报技术精湛，随便一篇报文，他不用查电报簿，就可以在最短的时间用手指嘀嘀嗒嗒地发出去。1957年"反右派运动"中，父亲理所当然地被打成了右派。1966年"文革"来临后，父亲又被戴上高帽子到处游街。父亲被造反派打成反革命，原因很简单，他是有文化的"臭老九"，又精通电报技术，不把他打倒，很可能会利用电报技术私通反动派，破坏“无产阶级文化大革命”。父亲入狱后，母亲只好带着我们兄弟姐妹几个，投奔到娘家，就是发生这个故事的小山村，从此我就有了灰色的童年和一个村庄的舅舅，大哥的故事也从这里拉开了序幕。

我最早关于父亲的记忆，是我们一大家人挤在一辆人力三轮车上，往县城里赶，好像是到一个叫法院的地方，去见即将入狱的父亲。父亲的模样那时我还记不清楚，只记得他戴着脚镣走路时发出的哗啦哗啦声，我已经记不清楚那个场景是后来看电影《红岩》留下的印象，还是父亲临去监狱时留下的印象。那个时候还弄不懂“英雄”与“罪犯”的差别，所以也常常混淆这样的场景。

父亲入狱后一直没有家人去探视过，因为路途遥远，我们家始终攒不足去看他的路费。父亲入狱第几年后，终于在狱中见到了他的第一个亲人——我的大哥。

大哥是揣着母亲塞给他的家中仅有的几元钱上路的。大哥没有去处，便决定去远方见我们的父亲。盘缠自然是远远不够的，大哥凭着年轻强健的体魄和电影《铁道游击队》《三毛流浪记》带给的能量，一路上抢馒头，偷干粮，扒装货的汽车，钻运煤的火车，最后跳上轮船穿过宽阔的水湖，经过半个月的行程，终于在水湖劳改农场和父亲相见。这些情节都是后来大哥自已说的，小小年纪的我们对他的壮举佩服得五体投地。

父亲和大哥见面的细节和场景，我自然也是不得而知的，只是从后来大哥点点滴滴的描绘中想象那天他们见面的情景：父亲是政治犯，脚上依然拖着重重的镣铐，从被关的小屋子里走出，见到大哥时再坚强的汉子也禁不住潸然泪下。父亲因为手上也有镣铐，只能同时把手插向一边的口袋，从里面摸出一个馒头递给大哥，大哥不顾满手污垢，一把抓过来，三两口就吞了下去。父亲满含泪水，举起带铁链的双手，抚摸着大哥：“孩子，别哭。”然后把大哥紧紧地搂在怀里。

那次见面，父亲给了大哥巨大的精神力量，大哥一辈子在人生和情路历程上坎坎坷坷，能够迈过一个又一个人生障碍，我觉得都依赖于那次见面获得的巨大精神能量。而我却没有这样的运气，童年缺失父爱的我，性格中总缺少大哥的刚强和勇气，多了一层胆怯和懦弱，否则，我们也可以像大哥那样不甘平淡，轰轰烈烈走过一生。

英子被周麻子关了整整一个星期。每天晚上，英子被关进小黑屋，白天，就被周麻子带到他的大队部“交代罪行”。英子起初因为酒精中毒，完全失去了反抗能力，等酒精退去的时候，英子的身体已经被周麻子摧残得羸弱不堪了。七天里，英子被周麻子蹂躏了六次，直到第七天周麻子再也举不起来，对英子的身体也失去了新鲜感，才把精神已经恍惚的英子从小黑屋中放回。

英子被放回的那天，正赶上我们放学，我和大头、川子见英子头发凌乱、面容枯黄、目光呆滞，走路已经一瘸一拐弱不禁风，我们想到英子可能是生病了，就过去一齐搀扶她，但英子却好像不认识我们了，惊恐地把我们的小手甩开，然后对着我们哇哇地叫起来。当我们看到英子的裤子上还有斑斑血迹时，猜想情况可能比我们知道的要严重得多。

英子被放回家后不吃不喝躺了一天。不管父母问什么，都一概不理。第二天起来的时候，就直接把一根绳子甩上了房梁，套了个活扣，然后晃晃悠悠踩上凳子，把自己的头钻进绳套里，把凳子踢翻了。

英子的父母在万分焦急的同时，也保持了警觉，听到凳子响后就急忙跑了出来，呼喊着把英子放了下来。

英子被放下来后失声痛哭。英子没有死成，从此父母轮流看守，不再给英子寻短见的机会。

大哥回来后，带着他的思念，首先就来找英子。

英子家的大门紧闭着，大哥敲了半天，英子的母亲才出来，从门缝里窥见是大哥，英子的母亲除了惊喜之外还有点慌张，连忙喊英子，告诉她大哥回来了。

英子仍然不开门。任凭大哥在门外说什么，英子死活不开。大哥在门外向英子回忆了自己这段时间在外面的见闻，表达了对英子的刻骨思念，直到最后，大哥听到了里面嘤嘤的哭声，只好作罢。敏感的大哥对英子的反应有点惴惴不安，只是他还不知道英子的遭遇比他能想象的还要糟糕。

4. 那天的太阳很晃眼，刺得我眼睛生疼

大哥虽然回来了，但慑于周麻子的淫威，始终不敢露面。

大家也觉得老是这样下去也不是办法，母亲便和大哥商议对策。漆黑的夜晚，直到我们家的那盏煤油灯绽放出了灯花时，母亲和大哥才商议出最后的结果：把我们家唯一的一件大家当——一头刚生完猪仔的母猪卖了，去贿赂周麻子，请求他大人不记小人过，放大哥一马，也放我们家一条生路。

第二天早晨，当母亲到猪圈里去牵那头母猪时，发现猪圈的门竟然是开着的，母猪已经不在，只有它生下的那头小猪仔安然地躺在猪圈的一角。

猪圈的门本来是从外面锁着的，那把大锁还在，只是门框因为长久风吹雨淋已经腐朽，不知是因为母猪吃不饱自己拱开门跑了，还是有人从外面拉开门把猪偷走了，一时间母亲慌了手脚。

母亲把我们兄妹四人紧急召集起来，安排了寻猪的任务，大哥往西、二哥往北、姐姐往南、我往东，我们向村庄的四个方向分头出发，母亲给我们规定的时间是即刻出发，能找多远就找多远，太阳不落山不准回家。

我们每人怀揣着母亲刚煮的一个山芋，算作是早晨和中午的伙食，就上了路。我朝着太阳升起的地方，一个角落一个角落地呼唤，因为我们同时从村庄的中心出发，所以我还能听到哥哥姐姐同样的呼唤声，一时间，整个村庄里都响起了我们一家“喽、喽、喽”唤猪的声音，那声音中饱含着我们全家人热切的期盼，我们希望奇迹会出现，希望那头猪能回到我们家的怀抱，如果是那样，我们一家人一定会抱着猪喜极而泣，幸福无比。

还没有到中午的时候，山芋就已经被我吃完了，我们自己的村庄已经找完，我开始向东边的邻村进发，我不停地呼唤，不停地向人打听，嗓子渴得早已冒烟，找到有井水处，我便趴到打水农户的水桶里，咕咚咕咚地喝个饱，来不及说

声谢，就继续迎着太阳奔跑。

天黑的时候，我不仅没有找到那头猪，自己也迷失了方向，找不到回家的路了。

看着太阳落山，夜色越来越浓重地将我包围，远方的村庄里，野狗的狂叫声越来越凄怆，我感到越来越恐惧，我把头钻进村庄外面的一个草垛里，害怕地哭了。

第二天早晨，我被一个早起拾大粪的村民发现，他拎着我的双腿把我从柴垛中拉出来的时候，我才睁开惺忪的双眼，知道漫漫长夜已经过去，但不知我们家那头猪找到了没有。

按照我说的地址，拾大粪的村民将我送回家的时候，我才知道，母亲和哥姐他们一夜没睡，天黑回到家的时候，他们没有找到猪，却发现我被弄丢了，于是他们开始在夜色中把我和猪一起找。

当我头顶着草末回到家的时候，母亲一把抱住我哭了，丢猪的悲痛因为我的失而复得烟消云散。

猪没有了，周麻子家还得去。家里能卖的，只剩下那头可怜的小猪仔了。

第二天，母亲把猪仔拉给了做牲口生意的大舅，请他代为到市场上卖了，并从他那里先预支了三十元钱。母亲怕三十元不够，想请大舅能预支五十元。大舅说："这头猪仔值不了五十元钱。"母亲说："刚生下来的时候就有人愿意出三十元买，现在又养了两个月，几斤肉还是能长出来的。"大舅不耐烦了，说："如果不相信我的话，你自己拉出去卖好了。"

母亲手里捻着大舅捋出的三张十元大票子，赶到集市上换成了四瓶白酒、四瓶罐头、四袋糕点。这些东西在那个时候，快够一个农民结婚下的彩礼了。

大哥用当初驮英子的旧自行车，驮着几乎是我们家的全部家当换回的礼品，来向周麻子负荆请罪。

周麻子的老婆大鼻子听到敲门声便来开门，来人不认识，但一看自行车上挂着东西，大鼻子立即笑了。大鼻子的笑从面部是看不出来的，只能从眼睛的光芒中看到。见过大鼻子笑的人都说，大鼻子的笑表现在脸上是上笑下不笑。

周麻子没有出来，大哥进得门来，只能看到周麻子背对着他，端坐在堂屋的中央，留给他的是一个阴森森的背影。

周麻子没有说话，只轻轻地一咳，立即从里屋蹿出两条凶猛的大狼狗。

小时候，我一直怕狗，因为那时候经常有同学在上学的路上被从柴火堆里突然蹿出的狗咬伤。这种惧怕一直遗存到现在，目前在我生活的城市，我只要一见到有衣着光鲜的美女或少妇拉着大型狗在我们散步的广场上放养，我就立马对美人与狗一起退避三舍。

大哥不怕，他有对付狗的作战经验。大哥说，再凶猛的狗向你袭来时，你都不能躲、不能跑，因为人的速度是跑不过狗的，你只要一跑，说明你怕了，狗很快就会冲上来咬住你的腿或脚。人与狗对峙，一定要勇敢与智慧。大哥说，在狗袭来之前，你首先要判断它是不是真的要咬你，真正要咬人的狗会用眼睛注视着你且目露凶光，抽动鼻子，尾巴撅起，头往下低，脖子和背上的毛会竖起来，面对这样的狗，你只要蹲下身子，把手放在地上，貌似要捡东西做武器状，狗便摸不准你的底细，不敢前行。大哥说，这个过程中，你的眼睛一定不要躲避，要逼视着对方，狗能读懂你的眼神，它不敢进攻。后来我再遇到狗来侵袭时，我用大哥的办法对付它们果然屡试不爽。我没想到这个办法也能让我受益终生，不仅遇到狗时我可以这么做，就是后来在我的从警生涯中，每当和黑恶势力对峙时，我用大哥当初教的对付狗的方法对付他们，也是屡战屡胜。

大哥和两条大狼狗对峙和僵持着，狼狗发出阵阵狂吠，尾巴夹在后腿裆部，只在原地来回跳动，就是不敢向前。大哥说，狗只要把尾巴放在屁股下面夹起来的时候，就证明它是处于恐惧中，这个时候，它不敢进攻，你不用怕它。

周麻子见狼狗取不下大哥，就轻咳了几声，两条狗立即摇着尾巴退回到屋内。

周麻子这才转过身来，先瞅了眼挂在车上的礼物，表情似有所缓解，但一看到大哥的脸，立即变得一脸愠怒：“你、你终于来了。”

大哥一脸谄媚：“周书记，我来看您。”大哥想，俗话说，伸手不打笑脸人，索性就再笑得灿烂些。

周麻子突然从门扇的后面操起一根木棒,像疯狗一样忽地蹿了出来,举起木棒对着大哥的头部凶狠地砸了过来,大哥本能地用双手抱着头部,木棒咣的一声变为两截,大哥没感觉到痛,却感觉右手失去了知觉。周麻子挥舞着半截木棒,直愣愣地迎着大哥的面部刺来,大哥又本能地用左手护住面部,木棒刺开了大哥的左手,在大哥的脸颊处刺出了一个坑,离眼睛近在毫厘间,殷红的鲜血从大哥的脸上汩汩地冒出。周麻子不罢休,抽回木棒,在大哥捂着脸的当口,用木棒横扫向大哥的膝盖处,大哥应声扑通一声双膝着地,周麻子再次挥舞木棒,对着大哥的头咣的一声击打了下去,大哥便失去了知觉。

“我打的就是你这个反革命的兔崽子,臭流氓!”周麻子并不消停,用右脚狠狠踩着已经昏迷过去的大哥的胸膛,右脚踩累了,又换左脚使劲地踹踢着大哥的头部。

周麻子家的门外,围满了密匝匝的人,没有人敢说话,大家都噤若寒蝉,有的人已经被吓得瑟瑟发抖。

我和二哥被母亲支派着来看情况,等我们赶到,拨开密匝匝的人进去看时,我哇的一声哭喊了出来:“大哥死了,求你们救救他!”我跪在地上,使劲地晃动着围观人的脚,但没有一个人敢轻举妄动一下。

当晃完几条大腿小腿后,我颓然地坐在地上,眼睛抬向了天空,那天的太阳很晃眼,刺得我眼睛生疼,立即火辣辣地流出了泪水。

也就是在大哥去找周麻子的这一天,英子在家中开始不停地呕吐,从早晨一直吐到下午还是不停。因为这一段时间身体过于虚弱,英子以为是肠胃出了问题,死活不愿意跟母亲去镇上的诊所。英子母亲去找镇上的医生,医生一听情况不愿意为这点小毛病出诊,英子母亲只好把村里的接生婆喊来看一看,接生婆像个老中医那样给英子把了下脉,然后让英子脱掉裤子给英子做妇检,接生婆没有洗手就把手指探向了英子的阴部,摸索了一会后对英子母亲说:“你女儿有喜了。”

英子的精神瞬间崩溃了，她这才想起，自己已经很久没来例假了，从时间上看，孽种应该是周麻子播下的。

5. 她一定是带着大哥的爱情到了天堂里

英子的尸体被人发现时，是在我们家乡前面那条波光粼粼的小河里。

那条小河曾是她看大哥游泳的快乐之河，英子选择这种方式和世界告别，也许是她幻想着进入水中就是投入了大哥的怀抱。小河边挤满了围观的人群，面对早夭的如花少女，有人扼腕叹息，有人唏嘘不已。人群密不透风，我使出了吃奶的劲才从大人们腿间的缝隙挤了进去。

这是我第一次见到死人，可我一点不怕，因为英子是大哥的女人，我们的家人。英子穿着崭新的碎花裙子，头发还是整整整齐齐的。可以看得出，走之前，英子还刻意打扮了自己。英子的脸上似乎还带着微微的笑意，嘴唇已经变白，可依然很美丽。英子没有给大哥留下什么话，也许她确实不知道该如何开口向大哥道出原委，道出真相，道出她经历的黑色的一周和她肚子里的秘密。

英子的肚子已经鼓起，我想，那里面一定是装满了水。可大人们不这么说，人们纷纷猜测英子的死因，有一个人低声说："肚子这么大了，会不会是怀孕了?"或许是大家都听到了这句话，或许是接生婆走漏了风声，于是围观的人一传十、十传百，很快大家都知道了英子的死因——她怀孕了。

在我的家乡，在那个年代，未婚先孕确实是一件很丢人现眼、辱没家风的事情。意外怀孕后，要么找个赤脚医生做人工流产，要么赶紧奉子结婚，即使找不到孩子的父亲是谁，还可以赶紧找个老光棍替代。农村里因为付不起昂贵的彩礼钱，老光棍已经多如牛毛。怀孕不至于让人丢了性命，其中一定藏着天大的秘密。大家心里猜测这事应该与周麻子有关，但谁也不敢说出来。

大哥那天被抬进医院依然昏迷，母亲让我和二哥在床前使劲地叫喊，好把大哥从昏睡中唤醒。我和二哥轮番不停地“大哥大哥”地呼唤着，大哥就是不醒，母亲让我去叫英子，请英子来喊醒大哥。

也就是在那个时间，我在小河边见到了英子。英子走得很安详、很静谧，我想，她一定是带着大哥的爱情到了天堂里。

大哥因为脑震荡，颧骨撕裂，在医院整整躺了三天后才能勉强拄着双拐下床。没有人敢跟大哥说英子的情况，即使大哥问起，我们也是顾左右而言他。大哥在医院再也待不住了，拄着双拐要出去找英子。

英子按照农村的习俗正要入土为安。

前来给英子送行的人浩浩荡荡，很多人自发地带着布匹和纸钱，跟在送葬的队伍里面。几乎所有人都知道了事情的真相，大家对周麻子敢怒不敢言，只能用这种特殊的方式祈祷英子在另一个世界能够安好，祈祷英子在天堂里有幸福的爱情和生活。

小的时候，和我同年龄的大头、川子等小伙伴，最喜欢凑热闹看村里死去的老人下葬。老年人一过七十，去世后村里人称为白喜，下葬前要闹喜丧，请来两班喇叭对着唱，两台草台班子为抢风头，经常会各派出一个女鼓手或女唢呐跳脱衣舞，哪一边脱得光些，人群就会往哪一边跑，直到最后两个舞女都脱得一丝不挂，锣鼓喇叭也敲得、吹得震天响，闹喜丧才算达到了高潮。村里的老光棍最喜欢这个时候，而我和大头、川子对这个不感兴趣，我们喜欢第二天看下葬。村里有个习俗，下葬的时候，怕死去的人饿着，一般都会在下棺材前往刚挖的坑里扔大饼子。每当这个时候，我和大头、川子都会在棺材下到坑里之前，争先恐后地跳下去抢大饼子吃。大饼子是用小麦面粉做原材料，在通红的柴火锅上烙制而成，味道脆香无比。那个年代，我们一般只有在麦收季节才能够吃上几顿白面馍馍，其余时节都是吃难以下咽的玉米饼、山芋面、高粱粉，吃得我们个个面黄肌瘦、瘦骨嶙峋。我们能在不是丰收的季节，吃上白面大饼子，确实是意外的享受。

英子下葬的那天，我和大头、川子都去了，我们头上顶着一米多长的白布匹，布匹的下端已经拖到了地上，每人手里拿着一个白纸糊在麻秸上的丧棒子，抢在浩浩荡荡的送葬队伍前面，去给英子送行。那天，我们没有一个孩子跳下坑去抢大饼子。英子走的时候已经多天没有吃过饱饭，没有人忍心再去跟英子抢吃的。

我们用这种特殊的方式祭奠英子，祭奠大哥深爱的女人。

就在大人们抬动棺材要将英子入土的时候，我们忽然听到了一声声嘶力竭的呼喊："住手——"

大哥拄着双拐，不知何时已经出现在坟地。知道大哥会出现的，只有我一个人，母亲不让我们告诉大哥，可我还是忍不住。我幼小的心灵觉得，我们没有理由残酷地剥夺大哥见英子最后一面的权利，就偷偷跑到医院告诉了大哥真相。

大哥面对英子的棺材静静地伫立着，他求大人们打开棺材让他再看一眼英子，棺材板上的钉子被一根根起掉，英子苍白枯槁的面容最后一次定格在大哥的脑海，大哥看着英子，一动没动，没有一滴泪水，没有一声哭泣，但我看见，大哥的眼睛里已经燃烧起愤怒的火焰，映红了那天的晚霞。

小的时候，大哥经常给我们讲大仲马的《基度山恩仇记》的情节，那个时候的大哥一脸阳光，还没学会仇恨。可每当大哥讲到大副爱德蒙·唐泰斯受到陷害后的悲惨遭遇时，我们兄弟姐妹都潸然泪下，一直等大哥讲到后来大副以基度山伯爵身份成功复了仇，我们才破涕为笑，心中充满了快意。我不知道那天站在英子棺材前的大哥，有没有想到他给我们讲过的爱德蒙·唐泰斯的故事，我只知道这个时候的我内心也是一片阴霾，像蒙冤的大副。

一直等到出院，大哥没有回家，而是径直去看英子。

英子的坟前，伫立着大哥瘦削的身材，格外地形单影只。

风吹荒野，大地发出阵阵哀鸣。大哥捧一把黄土，轻轻地撒落在英子的坟茔上。大哥依然没有哭。

傍晚，大哥开始磨刀霍霍，刺啦刺啦的磨刀声划破了村庄的夜空。没有人敢去问大哥要做什么，母亲只是唉声叹气，也没有去阻拦。

复仇的火焰已经如熊熊烈火在大哥的胸膛里燃烧。

月黑风高，大哥怀揣钢刀上路。临行前大哥还喝了一碗酒，算是给自己壮行。我们偷偷地躲在门后面看，身上已经开始瑟瑟发抖。

多年后，已经开始从事公安工作的我常常想，大哥如果当时去寻找法律帮助，后来的命运该是什么样子。于是我开始回过头来学习和了解那个时代的公检法历史，我把自己的思绪和思想又拉回到少年时代，拉回到那段发霉的记忆中。设想着如果大哥当时报案，还能采集到的证据有哪些。周麻子强奸罪的所有物证，包括受害人都已不复存在。当我把这段故事说给法医秦明听的时候，他对我说："你怎么还如此单纯？我虽然没有经历那个年代，但我知道当时即使有证据，在那个公检法已被'红卫兵'砸烂的年代，在天高皇帝远的偏僻农村，能定得了周麻子的罪吗？"

我深深地理解了大哥，有仇不报非君子，大哥，你是血性男儿，你是好样的，哪怕此一去万劫不复，我们也永远支持你！

起风了，夜色有点阴森，劳作了一天的社员们大多早已安睡。大哥设想着把周麻子摁在床上的时候，把钢刀插在哪里就能一刀结果他的狗命。

周麻子家没有灯光，只有一把大铁锁把门，大哥飞起一脚，"咣"的一声将周麻子家的大门踹开，里面呼地又蹿出那两条大狼狗。

这次大哥是有备而来，取这两条狗的性命自然不在话下。这次他没有做匍匐状，狼狗看大哥来势凶猛，也不甘示弱，扑到大哥跟前，想取大哥的左胳膊，大哥右手执刀藏掖在背后，等狗至近前，大哥手起刀落，被大哥磨得飞快的刀刃，没有砍下周麻子的头颅，却先“咔”的一声，砍下了狗的脑袋，一股狗血喷到了大哥的脸上，溅到了大哥眼睛里，大哥抹了一把，努力睁开眼。失去了头颅的狼狗在地上抖动了几下，便瘫软了下去。另外一条狗见形势不妙，绕过大哥，夺门而出，仓皇逃命。

大哥进屋后没有找到周麻子，连大鼻子也不在。

大哥的第一役只结束了一条狗命，无果而返。

此后大哥又提着那把钢刀一连到周麻子家去了五个晚上，周麻子都不见踪影。

到第六个晚上的时候，大哥没有再去，因为再过一天就是英子的“五七”祭日。按我家乡的习俗，在亲人去世后，每到安葬后的第七天便是一个祭日，以后每逢七必祭，一直祭到七七四十九天。“五七”是一个大的祭日，一般亲人们都要准备很多祭祀品，到坟上烧给故去的人，这在我们家乡叫“烧五七”。那个晚上，我们在家和大哥一起扎轿子，大哥说，英子活着的时候没能娶到她，他要扎一台花轿送给英子，希望她在那边能嫁个好人家；如果英子不嫁，就让她坐在花轿里等着，等着大哥以后过去娶她。

大哥用铁丝缠绕竹竿做好轿子的骨架，我们便往花轿四周糊白纸，白纸糊好了，大哥又用红纸给花轿糊好了顶篷的时候，大头跑来报告，说周麻子家的房子被人点了。

我们放下花轿，爬上屋后的墙头向北眺望，只见周麻子家所在的村庄，浓烟滚滚，火光冲天，映红了夜色中的半个天空。我是第一次见如此蔚为壮观的场面，拍手欢呼，有点兴奋异常，如果不是大哥及时扶住，我差点从墙头上跌落下来。

周麻子接连在外躲避了数日，人困马乏，这个晚上他派人探听到大哥没来寻仇，就潜回家中想好好睡一觉。

周麻子躺下后没多久，房屋就燃烧起来了，当他被热浪和浓烟呛醒的时候，赶紧起身准备夺门逃命，发现门窗都已被人从外面锁死，周麻子在房间发出了声嘶力竭的一声长叫，便殒命火海，被烧成了一具木炭。

第二天，大哥坐在英子的坟前，旁边放着昨晚扎好的花轿，大哥喃喃着："英子，对不起，我没能亲手杀了周麻子为你报仇。现在他的狗命归西了，你也该安息了。生前，我没能让你坐上花轿，成为我的新娘，现在你去了天堂，我把花轿给你捎过去，下辈子，你一定还要做我的女人！"大哥积郁很久的泪水，终于以排山倒海之势喷涌而出，我从未见过大哥如此悲恸过，感觉那一刻地动山摇，花轿的灰烬被大哥的哭声振得高高扬起，飘荡在英子坟茔的上方，和天空的阴霾结合在一起，遮蔽了整个村庄。

6. 我和沈嘉谈创意

我没有想到，大哥的第一段感情史，就深深地吸引住了沈嘉，他用了一个多小时的时间，头都没抬一下，一口气就把手中的文稿读完了。

"没想到大哥的第一段感情史如此悲惨。"沈嘉一脸的沉郁。

"怎么样，比你的 VCR 是不是要好看？"我内心有点小得意。

"好看好看！"沈嘉的回答像网友的跟帖一样简单。他想了想，可能对自己的回答不满意，接着说，"我们那是找对象，你这不只是大哥的感情史，更是大哥的血泪史啊！"

"如果你们的 VCR 都拍成这样的，会是怎样？"

"你是要拍电影啊！我们一期节目还容不下你大哥的这一段感情史，别人还怎么找对象？"

"所以我建议你们的节目要改良，或者哪天看的人少了，你们就拍电视剧版《玫瑰相亲》。"

"你又开始异想天开了。"

"这不是异想天开。你想想，在每天晚上的黄金时段，我们不看那些狗血电视剧，看你和柳雪老师站在台前，台下坐着乌泱泱的来找对象的男女嘉宾（我一直觉得你们的男嘉宾和女嘉宾太少了），你向他们和全国的观众开讲情感故事，这些故事可以向全国征集，网络里会写故事的高手多的是，小警老许就算一个，嘿嘿，前提是真人真事。你找国内最大牌的导演们把这些故事拍成有深度的VCR，每一段情感故事拍成一集电视剧那么长，播完一集，你和柳雪就VCR中的故事聊聊天，情感导师的角色就扮演好了；台下男嘉宾和女嘉宾聊聊天，有志趣相投的，对象就找成了。这样我们看到的都是像电影电视一样好看的个人感情经历，观众再也不用看那些渣男呆货神经病在VCR里张牙舞爪了！”

我说得浑身是劲，发现沈嘉在旁边已经快睡着了。显然，他对我的想法丝毫不感兴趣，唉，有名就是任性啊！

可我不会放弃。

“沈爷、沈爷，”我喊醒他，“大哥的故事你还听不听？”

沈嘉终于睁开了惺忪的双眼：“那你说说后来的事情吧！”

“大哥第一段感情结束了，可故事远没有结束。”我停了下，看着沈嘉说，“那天大哥从坟地回到家的时候，公安局的人已经在我们家等候多时了。”

从沈嘉脸上的表情可以看出，他显然对这个故事比对我的创意更感兴趣，问我：“火不是你大哥放的，公安局找他干什么？”

“当时我们都认为公安局是例行调查，被公安局的人带走时，大哥笑着对我们说：‘你们不用怕，我很快就会回来的。’可后来发生的事情并没有大哥想象的那么简单，大哥这一去就再也没有回来。”

“他蒙冤了？”沈嘉显得很吃惊的样子。

“是的，几个月后，大哥以放火杀人罪被判处无期徒刑。”

“喔，判这么重！他们有没有进行过深入的调查取证？”

“是有人曾经到我们的村庄调查取证过，对于我们兄弟姐妹提供的证言，他们认为有利害关系且我们是未成年人而不予采信。他们收集了大鼻子和部分村民的证人证言，在我的家中，他们又搜出一个‘物证’——一把钢刀，有人证明,大哥曾带着这把钢刀找周麻子寻仇未果。法院最终认定大哥有杀人作案动机,作案证据确凿,事实充分。法院又收集了两个民兵的证人证言,鉴于周麻子强奸大哥女友的犯罪事实在先,遂做出以上判决。”

“那真是太冤了。幸亏没被判处死刑立即执行,不然‘呼格吉勒图案’提前二十年就开始上演了。”

“是啊,‘呼格案’发生在1996年,今天才引起全社会的广泛关注。大哥的冤案发生在‘文革’末期,如果被判处死刑,可能永远都没有翻案的机会了。我从事公安工作后,曾对当初大哥的这一判决进行过历史性的审视,我想查阅当时对大哥定罪量刑依据的是什么法律。通过调集那一段时期的历史档案,发现从1949年到1979年,我们国家还没有一部刑法。在1979年我国第一部刑法实施以前,法院审理刑事案件时,定罪、量刑标准主要不依据法律而是依靠政策。唉,我可怜的大哥,就在那个法制还不健全的年代里,却因为‘莫须有’的事实,触犯政策,白白蒙冤,遭受牢狱之灾。”

“唉,真是天理何在?公平正义何在啊?”沈嘉很有触动,站起来走走,望望窗外。

“后来,我常常想,如果没有英子的死,没有那场大火,大哥的命运会是怎样?也许他会参加高考,成为一个人人羡慕的大学生,可以将他的文艺青年进行到底。”

“可这就是当时所处的那个时代,时代给了你这样的命运,无论如何抗争,最终也都是头破血流。”沈嘉发出了声声感叹。

“是的,沈爷,有一个网友在我的小说里跟帖说:‘有人住高楼,有人在深沟。有人光芒万丈,有人一身锈。世人万千种,浮云莫去求。斯人若彩虹,遇上方知有。’大哥和英子的爱情就像这句话一样是美好的,只是美好的感情遇上了糟糕的年代,生活的贫困阻挡不了爱情的甜美,但是周麻子却打破了美好的夙愿。周麻子是那个年代丑陋一面的代表,周麻子不只是一个人,他是那个时代的产物,你觉得这不应该引起我们深思吗?你不觉得,把这样带有历史味的故事拍成电视很好看吗?”

沈嘉藐视一眼还在喋喋不休的我,头也不回地走了。

靠！还是这么任性。

可我就是要和你倔强到底!

沈大爷,我还会再来的。

第二段感情经历　那一场青涩纯美的爱恋

第二次见沈嘉，是在一周后。其间沈嘉竟然主动给我打过一次电话，问我大哥的第二段感情经历写好了没有，我深受感动和鼓舞。沈嘉虽然对我的想法不感兴趣，但人家那么忙，还能对大哥的故事感兴趣，实属不易啊！我连天加夜地赶稿，终于可以在周五时完稿。下班后，我驾车再次赶往古都江州。

我攀上沈嘉这个高枝，已经彻底地把黑脸老朱甩一边去了，哈哈，他总是在电话中罗里吧嗦地问我什么时候再到江州，让我为他要一本沈嘉签名的书。我说："你丫大老粗要书干什么，等老子将来出书了，送你十本八本签名的，供你老婆孩子一家上厕所能用上半年的。"老朱说："就听你扯犊子吧，你还能出书？恐怕老子永远都等不到用你的书纸揩屁股的时候。"

"老朱，我来测试下你的性格。"反正一个人开车也无聊，我戴上耳机，继续在电话里撩老朱，"人家都说上厕所揩屁股用哪只手是有讲究的，你知道不？"

老朱说："你又想胡咧咧啥？"

"真的，不信你以后观察下，凡是用左手揩屁股的人大多比较聪明，性格比较细腻，用右手揩屁股的人多是四肢发达、头脑简单，你用哪只手？"

"老子就是头脑简单了，你说咋地？"

"那这么说你是用右手了？"我引老朱上当。

"我当然用右手！"老朱有点不耐烦。

"可我们揩屁股用的都是手纸，你干吗用手啊？"

老朱骂了句"他妈的"，就把电话掐了，我在电话这头为阴谋得逞狂笑不止，哈哈！

唉，我怎么、怎么还是这么庸俗！

沈嘉，你能帮我提高点精神境界吗？

车子开得飞快，不一会儿就到了江州。沈嘉说他在江州电视台等我，我心里想如果能遇到他们在拍《玫瑰相亲》节目就好了，我也能亲眼看看那些讨厌的女嘉宾。当然女嘉宾中也有我喜欢的，比如那种人长得漂亮，还有才气的，我对灵魂里有香味的女人一点抗拒力都没有。可惜，这样的款式太少，即使有一两个也早被土豪们牵走了，想必现在她们早已结婚生子，或是人老珠黄了……唉！人面不知何处去，徒有老许空相思！悲悲悲！算了，不想了，还是想想我们沈大爷吧。

我报沈嘉的大名通过门卫，那个呆货保安已经不再拦我了，我一路直抵沈嘉的办公室，竟然连一个美女的影子也没有看到，真是悲催，不是说江南出美女吗，难道美女都跑到苏杭去了，给江州一个也没有留下？要么就是被眼前这个魅力和脑袋的光芒都四射的沈大爷全包养起来了？不会啊，沈嘉在圈子里一向口碑好、没绯闻的，可这个事谁又能说得清楚呢？也许人家藏而不露呢，有道是：知人知面不知心，老沈原来是淫棍，劈腿人人有，不露是高手啊！

哈哈，沈爷，调侃下，你不要生气哦，就是因为你身板正俺们才敢说说玩。地球人都知道，沈嘉一心给别人找对象，是造福社会的人。那天，我在公交车上，也遇到一个造福社会的事。年轻的母亲，夏天的衣服本来领口就很低，孩子在旁边站不稳，使劲拉母亲的衣角，害得母亲走光了，母亲啪地就给孩子一耳光，骂道："小小年纪你就知道造福社会了！"

呵呵，沈爷，都是为人民服务啊！

"砰砰砰"，我敲门，沈爷，我来了！

沈嘉正低着头在写着什么，看我来了，就打声招呼请我坐下。

"谢谢沈爷！"

"喊我老沈。"沈嘉客套着。

小沈好吧，我心里嘀咕着，话没冒出来，否则，他肯定觉得我这样的小人物真是不知天高地厚了。

“你大哥的第一段感情经历后来我又读了一遍，故事发生的时间正好是在我的童年，你的描写激起了我儿时的许多记忆，看完你写的你大哥的故事，我才感觉我的第一本书写得一点不过瘾，所以我对后面的故事还比较感兴趣。”

“沈爷，你的书哪都好，就有一点美中不足。”

“请赐教。”

“写得太平实，一点也不哈皮，你看我的童年，小时候逮麻雀、抢西瓜、偷看寡妇洗澡……啥都干！你的童年就没有过一点刻骨铭心的东西。”

“我如果像你这样写，书会被禁，人也会被观众拍死！”

“唉，名人啊，就是没有我们平头百姓过得自在。你肯定也有过想说不敢说的童年或过去。”

“这个真没有。”

“你没有的我都有。”

“都写在第二段感情经历里吗？”

“里面有一些，但不是全部，因为我不像你，能写个人传记，我们写自己写得再好都没人买账，所以我只好写大哥。”

“写好了吗？”

“还是那个问题，接下来就是20世纪80年代初发生的事情了，我还是担心年代久远的问题。有人建议我用倒叙的手法，先写他现在的感情经历，那是许多人都喜欢看的都市爱情故事，由大哥向女主角讲述过去发生的故事。”

“我觉得完全没有必要，你第一段感情史写得很好，一定能吸引住读者的。”他顿了下，露出个揶揄的笑，“你不是电视剧版《玫瑰相亲》吗？感情经历都是顺着讲，最好看的就应该放在后面。”

“沈爷高明！”我竖拇指。这也是个恶习。

“老沈老沈，”沈嘉这个笑不揶揄，“后来怎样？你大哥蹲了几年监狱？”

“三四年吧？”

“哦，那也不短了，毕竟是蒙冤入狱。他是怎么被洗清冤情的呢?”

“有一点小曲折，首先是我父亲先出狱了。因为大哥犯下的是刑事案件，不属于清理‘文革’时冤假错案的范畴，所以他出来的要迟些。”

“哦，你父亲……我差点忘了这个情节。”

“父亲出狱后第一件事，就是收集案发时大哥不在现场的证据。因为时间已经过去太久，大哥不在现场的直接证据一时难以找到。父亲又从公检法入手，试图调阅当时审理大哥的卷宗。也是因为时隔太久，办理大哥案件的那些人有的已经不在原来的工作岗位，有的已被清理出公检法队伍。当时我们全家人感受到了前所未有的困境和绝望。”

“是的，大哥那段苦难的人生，是那段苦难的历史造成的。”

“正在我们全家人一筹莫展之际，上海市公安局两名民警到我小时候的乡村，专门核查一起纵火案。据说他们抓获了一名杀人犯，是当初曾下放到我们大队的知青，罪犯为争取宽大处理，主动交代了自己在下放期间，女朋友被周麻子强奸后，他一怒之下放火烧毁了周的房子的犯罪事实。末了那个罪犯交代说，他选择那个时机作案是因为当时有个农村青年正找周麻子寻仇，公安很容易就怀疑到对方的头上，他可以侥幸逃脱。后来的事实果然如他想象的那样，他想到了那个年轻人可能还在狱中，所以他交代这宗罪行既是为争取宽大处理、减轻罪行，同时也是良心发现，让那个蒙受不白之冤的年轻人早日恢复自由。”

“事情的转机还是很偶然的，不然，可能真成了永远洗不白的‘呼格案’了。”沈嘉摇摇头。

“有个网友天真地问，查明是冤案，有人会负责吗?”

“那怎么可能？一定是个年轻的小网友吧，在那个年代，还没有所谓错案追责制度，能洗清罪名，已经是万幸了。”

“这也是我写大哥感情史的动机，就是想让更多的年轻人了解那个年代，所谓忘记过去，就意味着背叛。”

“好，我赞同，这个选题很有意义。”

“你是赞同制作成特别的《玫瑰相亲》吗？”我弱弱地问。

“你继续说你大哥的故事，他出来的时候怎么样，样子有变化吗？”沈嘉依然没有接我的话茬。

我只好继续和他说大哥的事，他不接茬丝毫不影响我写大哥故事的兴趣。我接着他的话说：“他出来的那天场面很壮观，我清楚地记得那是冬天的一天，我没有去上学，我向母亲要了钱，到邻村买来一串最长的鞭炮，爬上我们家瓦房前面最高的一棵大柳树，我的小伙伴用竹竿挑起鞭炮递到我手上，我把它挂在树梢上，静等着大哥出现。听说大哥要回来了，几乎一个村子里的人都来了，大家裹着厚棉袄，哈着热气，抽着旱烟袋，妇女带着孩子，陆陆续续续地挤到了我家门口的那块旷地上。那些当初经常找大哥写信、写春联的，还有经常受周麻子欺压的人，都挤到最前头，像恭候英雄一样，等待看大哥第一眼。”

“吆喝，场面够大哈，比我们《玫瑰相亲》的现场人还要多吗？”

“你又没带我上过《玫瑰相亲》，我哪知道。”

“你要进去当个观众，这问题还是不大的。怎么？你想当男嘉宾吗？”

“啊不！”我把头摇成了拨浪鼓，“我是来为大哥制作特别的《玫瑰相亲》的，哪能假兄济私？”

“那继续说你大哥吧。”

“好吧。那天直到傍晚，大哥才回到家。当我看到大哥从门前公路上的一辆旧中巴车上下来的时候，我就点燃了鞭炮，噼里啪啦的鞭炮声淹没了人群叽叽喳喳的说话声。当我们见到大哥的刹那，小伙伴们都惊呆了，原本健壮的大哥竟然变得骨瘦如柴，只有头发和胡子疯长了出来，把大哥的脸几乎遮了个严实，我童年记忆中原本清澈、明亮的眼睛，不知什么时候已经变成寒冷的窑洞，阴气逼人，他的样子变成了我们想象中鬼的模样。”

“那是真正的沧桑，他经历的那段苦难日子我们永远都无法想象，更不要说现在的年轻人了，所以我对你的故事感兴趣，不要以为真有人想给你拍电视剧啊。”

“后面的故事还精彩着呢，为什么不可以考虑一下呢？”

“那就闲言碎语不要讲，开始你的精彩篇章吧！”

我又把一沓稿纸递到了沈嘉面前。这次没有沈嘉的小面吃，但喝着沈嘉的鸟粪咖啡也挺不错滴(的)，嘿嘿。

1. 第一次相亲

父亲被平反昭雪，恢复工作。不仅如此，国家还补发了父亲入狱期间的工资共7000余元，这在当时，在我那还依然贫穷的乡村，立刻像炸开了锅。在我的乡亲眼里，父亲虽然遭受了牢狱之灾，但最终能获得这么一笔巨额补偿，也算是灾有所值、难有所报了。

我们家在原来茅草房的前面，也是村子中最显著的位置，建起了全村第一栋四间大瓦房。房子上梁那天，噼里啪啦的鞭炮声震响了十里八乡，同时也正式宣告着我们家苦难生活的彻底结束。四间瓦房的最西一间是留给大哥的，我的父母按照乡下风俗，住在了最东一间，从东往西第二间是过道，直通后面旧草房和院落，我和二哥、姐姐挤住在第三间，也就是紧挨着大哥的一间。大哥回来后足足有一个月的时间几乎没离开过他的房间，只是在吃饭时间，母亲会问大哥想吃什么、想喝什么，可大哥总是不说话，一般只是抓起馒头或端起米饭就吃，家里只有沉寂和死闷。

一个月后，母亲带着大哥找到村里的理发师傅，剃掉了头发和胡须，脸上似乎也显出了活人气，这个时候，我的父母才办了场丰盛的酒席，算是为大哥接风洗尘。

村子有威望的长辈、曾在困难时帮助过我们家的邻居，都被父母请来了。那天，来的人坐满了七八桌，四间房子不够用，还有几桌摆在了外面。大舅二舅和三舅在我家院子里垒起了临时的土灶台，舅妈们帮着洗菜择菜淘米做饭。晚宴上，母亲的眼泪明亮如星，父亲喝得有点醉了，红扑扑的脸转向贪吃着的我，说了句“没出息”，嘴角却露出盈盈笑意。

那晚，大哥喝了足足有一斤半白酒，脸上除了还没有彻底散去的阴郁外，没有一点醉意。

月光如水，静静地洒在我家的房前屋后，大地被涂上了一层银灰色。夜深了，村里的长辈们才开始散去。

那晚，大哥酒后跑到英子的坟墓上去，和英子窃窃私语。

我的父母听取长辈们的建议，决定给大哥张罗门亲事，大家说早点结婚好让大哥冲冲喜。可周围十里八乡的姑娘们来了一拨又一拨，大哥连正眼都没有看过她们。

大哥不和人说话，只和死去的英子说话。村里人都说大哥是被英子的鬼魂附体了，我的父母不相信这个说法。每天晚上，我和二哥、姐姐一起写作业时，总是听到父亲在隔壁的房间里和大哥谈心，说些人死不能复生，活着的人生活还得继续之类的话。父亲还以自己的经历现身说法，告诉大哥，人生不管遇到什么挫折和困难都得坚强，只要努力没有什么坎迈不过去。

父亲像个心理诊疗大师，日复一日地抚平着大哥心中的伤痕。

过了一段时间，我惊奇地发现，大哥的眼睛又亮了起来，我知道，我们的大哥真的要回来了。

若干年后，就大哥当时的身体状况，我曾咨询过法医秦明，他说："我虽然对此没有研究，但我判断你大哥当时应该是精神遭受重创和长期压抑后形成的抑郁状态，如果长期得不到缓解，可能会积郁成疾，发展为抑郁症。"

我的家乡地处滨江省的西北部，地理位置虽然偏僻，但农村改革的春风还是很快就吹到了这块贫瘠的土地上。父亲办完了离休手续，没有选择留在县城里生活，而是领着大哥和我们回家务农。

父亲用补发的工资为家里买了一台手扶拖拉机，大哥对手扶拖拉机产生了浓厚兴趣，没事总爱摆弄，还不准我们碰。大头和川子趁大哥不在要摆弄几下的时候，看到大哥阴着脸来，便匆忙躲开了。

农忙时节,大哥开着他心爱的拖拉机,颠簸在我的家乡曲曲弯弯的道路上。

大哥农忙时收粮割麦,农闲里帮助乡亲修理手扶拖拉机。大哥虽然没有学过机械修理和制造,但凭他的兴趣和聪明很快掌握了手扶拖拉机的工作原理。机器出现故障,大哥很快就能找到问题出在哪儿,三下五除二,让机器立马运转起来。周围十里八乡的农民,遇到拖拉机出现故障,就会来找大哥。大哥对他们总是有求必应,随叫随到,而且从不收取一分钱的费用。乡邻们都很感谢大哥,大哥在我们周围十里八乡的名气也越来越大。

名气大了,周围村庄就有女孩子开始向大哥示好,有的在大哥帮人修机器的时候就主动过来递茶送水,送煮熟的鸡蛋或漤好的柿子。人家姑娘的好意,大哥也不好推脱,就揣在口袋里,带回来给我们姐弟吃。每当这个时候,我们就觉得特幸福。我的小伙伴大头和川子只能眼巴巴地站在一边流口水,这时候,大哥也多会给他们一份。

给大哥提亲的人也开始多起来,前面的乡亲走了,后面的乡亲又来了,有媒婆自己来的,也有媒婆带着女孩子直接来的。大哥依旧躲着,一个不见,我父母只好亲自接待。

父母以英子为参照物,在提亲对象中经过精心挑选,相中了一个叫兰兰的姑娘并把她推荐给大哥。

大哥和兰兰的见面是在几天后。在我们家里,兰兰躲在介绍人的后面,样子很害羞,偶尔偷偷地瞄一眼大哥,脸迅速红到了耳根。

兰兰留着长长的辫子,细细的腰身,像我们村庄的柳枝一样婀娜,模样儿和英子倒是有几分相像。我们姐弟几个躲在里屋门的后面,偷偷地瞅着有可能成为大哥媳妇、我们嫂子的那个女子,不管大哥满意不满意,我们是先满意了。

大哥对兰兰好像也不反感,在父母的逼迫下,答应先处处看。这在介绍人和我的父母眼里,基本算是答应了这门亲事,乡亲们更是把兰兰当成了大哥的对象甚至未婚妻了,因为在乡下,是没有处一处这一说的,行就是行,不行就拉倒,处处你不要了,人家女孩子还怎么活。

大哥生于农村长于农村,对此应该是十分清楚的,可他的思想就是比别人前卫些，否则怎么是文艺青年？我们不知道大哥处处看的想法从哪里来的，当时也认准是大哥已经同意这门亲事，以为我们家很快就要迎娶这位未来的嫂子了。

那段时光大哥似乎比以前快乐了一些。兰兰家离我们家不远，走二里地就到了，大哥很少去找兰兰，倒是兰兰抛开女孩子家的矜持，经常来找大哥玩。

大哥开拖拉机下地时，兰兰常坐在后面的拖斗上快乐地上下颠簸着，扬起的尘土将他们的背影淹没在道路尽头的庄稼地里。

从小就喜欢偷听偷看大哥谈恋爱的我似乎又有了新的期望。自从大哥和兰兰认识后，我常常呼唤着大头和川子两个小伙伴尾随，想找回童年的记忆和欢乐。大头和川子两个腥猫，过去每每小鸡鸡想勃起时，就缠着我绘声绘色地给他们讲大哥的恋爱，我被他们缠烦了，他们手里好吃的好玩的都孝敬给我了，我就决定带他们身临其境感受一下我大哥的恋爱。

可结果往往都是让他们失望而归，以至于他们都怀疑起了我当初向他们描绘景象的真实性，怀疑我是专门为了诈取他们的食物和玩具。因为我们跟随大哥所听到的是两人只说话，甚至连亲嘴的声音也没有听到，留在我记忆里的声音再也听不到了。当初美妙的音乐变成了枯燥的说话。只是有一次，大哥和兰兰在村头的柴垛旁约会，月色朦胧，蛙鸣虫叫，我凭经验感觉今晚有戏，那天兰兰也已经扑倒在大哥的怀抱里，一切似乎应该水到渠成了，我们三个屏住呼吸，静候着剧情高潮时刻的到来。

可故事并没有朝我们期待的方向发展，在我们感觉大哥和兰兰嘴巴快要贴到一起的刹那，只听大哥说了声“对不起”，就仓皇地丢下兰兰跑了，留下兰兰一个人在柴垛里嘤嘤地哭泣了好久。

我们三个小伙伴互相检查了一下，除我之外，另外两个人的小鸡鸡都已经勃起，我分别给他们的两个小家伙一顿当头棒喝，没有出息的东西，真是没见过世面。

从那天以后，大头和川子再也没有兴趣和我一起听大哥恋爱，而我似乎也失去了耐性，把母亲派我们去刺探消息的任务全当作耳旁风，呼啦啦一闪而过，然后我们就跑到村头去偷看寡妇洗澡了。

偷看寡妇洗澡比偷听大哥谈恋爱有意思多了。晚上七八点钟的时候，张寡妇就烧好水，在堂屋里倒了满满一木盆，然后过来关门的时候，我们就知道张寡妇该脱衣服了，我们三个悄无声息地摸到大门口，隔着门缝往里看，只看到张寡妇白晃晃的奶子在胸前耷拉着，都快搭到了木盆里，就差在水里荡漾了。张寡妇的奶子长，在村里是出了名的，据大人们说，有一年夏天，张寡妇正在擀面条，她一岁多的孩子要吃奶了，张寡妇就边擀面条边把奶子拉出来让孩子在下面吃，等她擀完面坐下来休息的时候，孩子奶还没吃够，张寡妇就把奶子从肩膀上面往后一扔，孩子趴在她后背上张口接住就津津有味地吃起来。

我们没有看过这样的场景，从门缝里偷看张寡妇的奶子倒是家常便饭，直到出了一件事我们才被迫停止。当时我们天真地认为张寡妇既然是寡妇，肯定也不在乎我们看她一下。只是这一次，张寡妇已经出水了，我和川子像往常一样扭头就跑，却不见大头跟过来，原来这家伙入了迷，等张寡妇开门的时候，发现门口有个孩子倒了进来，一看那孩子已经脱掉裤子，小鸡鸡还硬着，张寡妇立马就明白了怎么回事，然后一把把大头拎起来，径直拎到了大队部，大队书记通过大喇叭喊大头的爹去领流氓儿子，大家才都知道了我们偷看寡妇洗澡的事，这事后来我们才没敢再干过。

那个时候，我不知道大哥是怎么了，连大头和川子都会勃起了，你怎么对兰兰就无动于衷呢？就这个问题，我和大头、川子讨论的结果是大哥的小鸡鸡肯定坏掉了，否则对送上门来的女孩子为什么要躲？

或许是小小年纪的我们那时候确实不懂大哥，我常常看到大哥做完农活，四肢朝天地躺在草地上，溪水静静地从他身边流过，大哥望着遥远的天空，目光呆滞而忧郁。

等麦子收完的时候，大哥突然对我父母说，他要退婚，参加高考。

大哥的想法着实吓了父母一跳。参加高考他们没意见，但退婚的事情他们坚决反对。因为不管怎么说,兰兰是很不错的姑娘,你参加高考的事八字还没一撇,就想甩掉人家,不光兰兰家不同意,自己父母的脸没处放,邻居的唾沫也能把你淹个半死。

退婚不成,大哥暂且搁下,一心高考。他找来了应考必备的课本,夜以继日地复习备考。

当时的高考已比1977年刚恢复时成熟规范许多,加上大哥入狱几年学业上已经耽搁,再次高考已非易事。对此,父亲劝大哥不妨参加中专考试更有把握些,再说取得中专文凭以后还可以继续深造。大哥采纳了父亲的建议,找来了全套初中课本,开始和我们一起学习。

从此,大哥白天务农,晚上和我们一起学习,有了大哥的精神鼓励,我们姐弟的学习也日渐长进。我不再和大头、川子他们鬼混,开始好好学习,天天向上,以至于后来我考上了理想的大学,而大头和川子却依然像原来一样,混迹于田间地头。长大后,他们俩又开始混迹于城市边缘,吃喝嫖赌样样俱沾。

一年后,当我升到初二年级的时候,大哥不负众望,成功考上了我们荆涂县的中等师范学校,成为一名预备教师。

在20世纪80年代初,能够考上中专,转为非农业户口,吃上商品粮,已经是一件非常了不起的事情。为早日脱离农门,一拨又一拨成绩优异的学子们,放弃了上高中、考大学的机会,挤上了这条脱离农村的快捷途径。那段时间,中专学校是个香饽饽。

大哥是我们村里的第一个高中生,事隔多年后,大哥又成为我们村第一个中专生,大哥的事迹,再次轰动了我们村周边的十里八乡。

当我们一家沉浸在大哥出人头地的快乐中时,只有一个人又喜又忧,兰兰时而为大哥的出息自豪,时而表现出对他们未来的隐忧。大哥入学的前一天,兰兰来见大哥,末了大哥把兰兰送回家,兰兰却返回来将大哥送了一程又一程,把自己哭成了泪人儿。就像后来有一首情歌唱的那样:月亮走,我也走,我送阿哥到村口，到村口……

2. 初见祁红

荆涂师范学校位于县城东南涂山脚下的那片石榴林里，与荆山下的县城隔着淮河水遥遥相望。荆山和涂山是传说中大禹治水的地方，上古时期，大禹改变他父亲鲧的治水方法，变堵为疏，三过家门而不入，把阻挡我家乡的母亲河流淌的一座大山从中辟开，一分为二，分别命名为荆山和涂山，淮河水从两山之间穿过。从此，我的家乡再也没有遭受过洪涝之灾，反而变成了盛产大米、小麦、黄豆和高粱的鱼米之乡，同时荆山和涂山脚下，成了盛产石榴的肥沃之地。每年石榴开花季节，漫山遍野，姹紫嫣红，蔚为奇观。到九月份的时候，沉甸甸的石榴已经挂满了枝头。

大哥先是坐汽车到县城，然后步行穿过整个城区，来到淮河岸边的渡口，花一毛钱坐上轮渡横穿过淮河，然后再步行约一个小时，翻过一座山头，石榴树掩映着的荆涂师范学校的全景就展现在大哥眼前了。

大哥对新的学校生活充满向往。可见到学校第一眼，大哥心里却满是失望。从山坡上望下去，学校不起眼地蜷缩在山脚下，只有几排孤零零的破旧平房，然后就是环绕四周的土灰色围墙，围墙的高度甚至高出了平房的屋顶。有点像他待过的劳改农场，没有钢丝电网，却一样的森严沉重，与他之前想象的气派和亮堂相去甚远。这般严实的校园，怕是山风也吹不进去吧。

揣着这份忐忑，大哥开始了他的新生活。刚入学，便遇上半军事化的校风校纪整治运动，这对于生性自由且有着浪漫情怀的大哥，无疑又是一次严重的挫伤。20 世纪 80 年代初，学校还没“军训”这个概念，但大哥的学校却开始了比之还要严酷十分的入校整顿。

县城是没有驻兵的，学校就从半军事化的公安局请来民警进行指导训练，公安局的刑警、交警、户籍警等警种很多，听说学校要搞军事化的训练，公安局直接派出了从事监所管理的警察来进行指导和训练。

训练第一课，大哥甚至产生了错觉，他又回到了那所劳改农场。

“立正，向右看齐！”面对着新生歪歪扭扭的队伍，教官对准站在队伍外面的女生的屁股就是一脚，女生的眼泪马上在眼眶中打转。一个男生脱离队伍探头来看被打的女生，教官过来啪就是一个巴掌。“看你们的队伍，站成什么样子？”教官怒吼着，俨然把学生当成了看守所里的犯人。

校长池寒冰坐在操场中央高高的台子上看新生训练，对于教官的严格，他频频点头表示满意。

“报告校长，队伍集合完毕，请您指示！”教官终于集合完队伍，向校长报告。

池校长清理了下嗓门，然后拍拍面前话筒，话筒发出嗡嗡响声，校长开始讲话：

“我先问一个问题，你们知道什么叫师范吗？”

队列一片安静，没有人敢发出声响。校长继续说：

“范的意思是模子，例如钱范就是钱模子，铁范就是铁模子，那么师范，就是培养老师的模子！学高为师、身正为范，己身不正，何以正他人？以后，如果你们能顺利毕业，都将要为人师表，那么，看看现在的你们，哪有一点人民教师的样子？”

同学们面面相觑，努力想找出哪里出了问题。校长走下台，眼睛里透出冰冷的光，令同学们不寒而栗。他走到最后一排队伍的后面，用手捋了下一个男生的头发，扯了一把另一个男同学穿着的花衬衫，然后又盯住了前面一个女生被牛仔裤包得紧绷的臀部。

“看看你们的身上，有多少资产阶级的情调和腐朽思想！我要通过三年的训练，给你们彻底洗脑！”校长愤愤地重新走上台，“入学训练的第一课：清理‘大包头’！”

校长说的“大包头”，就是今天除了明星和艺人之外已经很少有人再留的大背头，把头发留得厚厚、长长的，整整齐齐地梳在脑后。20 世纪 80 年代初，是大背头最流行的年代，这个发型，最经典的莫过于周润发了。那时候我和大头、川子挤在村子里唯一一个 14 英寸黑白电视机前，一起收看《上海滩》时，就被发哥的大背头、黑披风迷倒，江湖义气，兄弟情义，再加点暴力美学，成为那时候我们争相模仿的偶像。在那个年代，同样流行的还有喇叭裤、花衬衫等，一起构成 20 世纪 80 年代的流行元素。

学校理发室的师傅早已经站在旁边做好了准备。起先大哥还纳闷，穿着白大褂的理发师站在旁边做什么。

还有几位老师也一起过来，校长带着员工理发队，开始检查队伍，人人过关。

大哥不知道校长为什么对学生的长头发如此仇恨，此后学校又组织过无数次的清理“大包头”运动，直到班里的男同学谈“发”色变，有意无意总要强迫症似的用手摸摸自己的后脑勺，生怕自己的头发一夜之间如雨后春笋般地冒出来，然后被校长揪住。

那天，大哥的头发也被凌乱地剪了几刀，校长的要求很苛刻，男生后面头发的长度必须短到他用手抓不起来，才算合格。

不一会儿工夫，学校操场上就覆盖了一层薄薄的碎发，风一吹，碎发齐刷刷地被吹到操场边的草地上，这时候所有的男生都成了锅盖头。

“大包头”被清理结束后，校长宣布第二个清理项目：喇叭裤、牛仔裤和男同学的花衬衫。刚剪完头发的几把剪刀，开始找喇叭裤、牛仔裤，找到的裤脚处都被剪开了一道长长的口子，让你无法再穿出来。穿花衬衫的男生袖口也同样被剪下一道长长的口子。第三个清理项目是专门对女同学的，校长带头检查出三个穿高跟鞋、两个涂口红和一个化妆的女生，要求这几个女生下课必须写出检查，检查要深刻，不得低于二千字。

清理活动结束后，教官才开始给新生练队列和齐步走。

从没有经过专业训练的队伍自然是乱得不成样子，一上午的课上下来，有七个男同学和三个女同学被打，动作笨拙跟不上趟的，中午被罚站在阳光下两小时。等下午训练结束的时候，就有一个女同学当场晕倒了。

大哥的寝室在学校那几排平房的中间,实际上就是一个大通铺。三间平房中间没有任何遮拦,整整齐齐地摆满了二十五张床,床分上下两层,大哥班里共五十名男生就齐刷刷地挤在这间大通铺里。大哥刚进去的时候,不禁想起了夏衍的作品《包身工》中的描写:在七尺阔、十二尺深的工房楼下,横七竖八地躺满了十六七个"猪猡"。跟着有威势的喊声,在充满了汗臭、粪臭和湿气的空气里面,像被搅动了的蜂窝一般骚动起来。打呵欠,叹气,寻衣服,穿错了别人的鞋子,胡乱地踏在别人身上,叫喊,在离别人头部不到一尺的马桶上很响地小便。大哥的三年就将睡在这样一大通铺里,成为五十个"猪猡"之一。

床铺的位置是入学前班主任就根据姓名安排好了的。大哥的床位靠近墙角,是上铺,下铺的床框上写着他的同学的名字:花边。起先大哥以为自己看错了,仔细辨认了下,确实是那两个字。

"哟,是谁踩了我的床铺了耶?不要这样好不好?人家有洁癖的啦!"一个嗲嗲的声音响起,一个长相阴柔、身材婀娜、紧身裤把臀部内裤的线条都绷得历历在目的同学,弯着腰,不停地掸着他下铺的被单。这就是将和他睡三年上下铺的兄弟,花边兄弟。

花边后来在课堂上自我介绍说,花姓是祖上给的,父母在起名字的时候社会上还没有"花边新闻"这个词组,他的另外两个兄弟分别叫花面、花里,兄弟三人凑一起正好是一床花被子。在那个温饱还存在问题的年代,有一床花里花面还有花边的被子,也算是一件奢侈品了。

后来的学校生活,花边兄弟倒是给大哥增添了很多的乐趣,同时,花边同学也在有意无意间对改变大哥的命运和生活轨迹发挥了不大不小的作用,从我写作这个角度说,花边同学也推动了大哥爱情故事的发展。

校风校纪整治运动结束后,新入学的同学从外观上保持了高度的一致,那个时候还没有校服,但头发已然整齐划一了。校园外面的村民只要看到师范学校的学生,就禁不住啧啧赞叹:"看这个学校管理得多好,没有一个长头发和花衬衫。”当一帮齐刷刷的锅盖头安静地坐在教室里的时候，长得柔柔弱弱、一介书生样的语文老师兼班主任段文华走进教室给同学们上课。

学校按寝室床铺的排列，把大哥和花边同学排在了一张课桌上。段老师第一节课讲的是马致远的《天净沙·秋思》，他声情并茂地朗读：“枯藤老树昏鸦，小桥流水人家，古道西风瘦马。夕阳西下，断肠人在天涯。”然后开始摇头晃脑地给大家讲解。段老师的解说和点评很有味道，花边同学却不听课，总是和大哥说小话：“喂，许友梅，我不喜欢这个老师呃，他怎么有点女人味耶？”大哥小声说：“嗯，我觉得也是，和他相比，你还挺阳刚的。”花边仿佛没有听出褒义贬义，甚是开心，说：“唉，也不知道祁红同学是不是喜欢我这款的。”

大哥班里五十名男生、十名女生，好像班里面确实是有个叫祁红的女同学，大哥还没怎么关注，花边同学已经在前几个晚上的梦呓中反复叫过无数遍了。

一、二、三三个年级的篮球比赛在大哥入学一个月后举行。

大哥的篮球水平也和他游泳时能将小鸡鸡举出水面一样，是童子功。上小学的时候，他就开始天天在他们那帮孩子堆里摔皮球，在学校的破篮球架下打发光阴。大哥从小球感就好，带球过人上三步篮时，两个人也防不住他。上中学后，大哥个子高了，弹跳也好，一双舞文弄墨的手柔性十足，同伴传来的球，哪怕高了些，或即将出边界，大哥只要手能接触到球，球就乖乖地被粘了回来。那时候，英子经常坐在篮球场外看大哥打球，听到英子不断的拍手、叫好声，大哥越发起劲，水平也上升飞快。后来在劳改农场改造期间，大哥也是他所在的刑事犯区队的篮球队长和中锋，把其他区队的劳改犯打得七零八落。

篮球场上人山人海，掌声雷动。大哥他们的第一场比赛是对抗三年级队，三年级队是强队，他们不仅个个强壮威猛，队员经过了两年多的磨合，配合意识已经很强，面对一年级刚刚搭起来的草台班子，自然不放在眼里。上半场，三年级队凭娴熟的配合频频得分，大哥打后卫，想把整个队组织好，无奈中锋过于紧张，面对势在必进的球，却频频失误，尽管大哥奋力抢到了八个篮板球，命中四个三分球，但对方分数一直遥遥领先。

花边在旁边叫破了尖细的嗓子。祁红着一身碎花连衣裙，和她的同学也来为一年级队呐喊助威。中场休息的时候，祁红同学一直笑吟吟地看着大哥，当和祁红的目光相遇时，大哥突然想起了也曾这样看他打球的英子。

下半场开始了，大哥的一年级队虽然落后十几分，但大哥给队员们鼓劲说："只要比赛没停止，我们就不能放弃。他们虽然比我们有经验、整体配合好，但对我们进行的防守并不严密，我们可以制造很多突破上篮得分。"通过上半场的表现，大哥在队员中已经有了威信。他们及时调整了战法，在防守上由半场人盯人改为全场人盯人，并让两个控球熟练的同学打后卫，大哥改打中锋以力求多得分。花边同学在旁边摩拳擦掌，硬闹着要上场给大哥打边锋，被其他同学推到了一边。

哨声再次响起，一年级队通过有效防守，成功阻止了对方的进攻。大哥凭借身高、弹跳和娴熟技术频频得分，很快把比分逼近。下半场快结束的时候，双方已经战成了40:39，一年级队只落后一分。离终场结束还剩下一分钟，三年级队及时叫了暂停。比赛变得紧张好看起来。

大哥对最后一分钟的打法进行了精心部署，发球权在对方手里，首先要有效阻止对方进攻，防止再得分，否则就有了三分的差距，即使一年级队在有限的剩余时间能投进一个三分球，也只能在分数上逼平对方，还要通过加时赛决胜负。如果成功防住了，就可以通过一次有效进攻，获得胜利。花边从后面把头从队员中伸过来，只露着个脑袋，说："按许友梅的打法，我看行！"话没说完，头已被队员按了回去。

战术明确后，双方再次上场。三年级队发球，一年级队严防死守，不给对方上篮的机会。也许由于求胜心切，三年级队终于有一个队员绷不住了，还离三分线很远，发现有一个防守空当，就把球投了出去，三不沾，球径直出了边界。

还剩下二十几秒，正好还有一次进攻机会，一年级队两个后卫运球过半场，却迟迟不进攻，对手也明白，这是不再给他们留进攻的时间。等时间将尽，球必须出手的时候，大哥甩脱对方一个防守队员的盯防，跑动着向三分线内靠近。后卫明白，把球高高地抛给了跑动着的大哥，大哥空中接球，顺惯性直接跑出三步篮准备直接上篮。对方一看大事不妙，三名队员过来围堵，在大哥面前形成了一道严实的人墙，大哥的三步篮已经开始起动，停下来就是带球走步属于违例。大哥别无选择，集聚全身所有的能量，以前所未有的弹跳高度，越过人墙中的一道缝隙，大哥看自己抱球的双手已经超过篮筐的高度，就尝试完成他有史以来从没完成过的动作，双手“呼”的一声把球灌进篮筐，球进了！大哥为保持平衡，用双手把自己悬挂在篮筐上，身体轻轻回荡了几下。

一瞬间，所有的人都目瞪口呆，空气似乎凝固了。那个时候，电视还没有普及，转播的体育节目更是少之又少，大多数人还是第一次见到什么是灌篮。看到球进了，很多人似乎还没转过神来，紧接着就是掌声雷动，连二、三年级的队员和观众也为大哥最后这一扣鼓掌。

终场哨音几乎随着大哥扣篮的动作响起，大哥押哨得分有效，一年级队以41:40赢得比赛。一年级的队员和同学欢呼着跑向球场庆祝胜利，几乎是一个年级的同学都抱在了一起，热情相拥。花边被挤在人群外边，够不到拥抱大哥，就从后面抱住了祁红。

一场篮球赛让大哥在学校一时名声大噪。

3. 还记得那首《四月的纪念》吗

兰兰来信了。

当大哥从学校大门口的传达室拿到兰兰的信时，这才恍然想起，入学一个月来，他一直没有回过家，新的生活已经让他差点忘了，生活中还有一个叫兰兰的姑娘。

兰兰读过几年小学，字也写得歪歪扭扭的，但字里行间却渗透着对大哥的想念之情。兰兰还在信中说了一些她们村庄里的事情，告诉大哥村里的手扶拖拉机坏了，现在要到县城的农机站去修，村民们都很怀念大哥的好。兰兰说了一些我的父母的身体情况，说我的父母很喜欢她，我们姐弟们俨然也把她当成了未过门的嫂子。末了，兰兰问大哥，学校的女同学漂亮吗？最后还不无担心地说，大哥不会像陈世美和高加林那样变心吧？信的结尾说，大哥如果变心了，她就死给大哥看。

高加林和刘巧珍是路遥小说《人生》中的人物，大哥入学后的那段日子，兰兰常来我们家，在旁边看我和姐姐、哥哥一起写作业，作业写完就和我们一起围在收音机旁边，听高加林和刘巧珍的故事，已经情窦初开的我们开始被那个年代纯真的乡村爱情故事打动。

大哥没有回兰兰的信。因为他实在不知道和兰兰说什么，也许兰兰一开始就没有真正走进过大哥的内心。大哥对着信纸一筹莫展，半天也憋不出一个字来，心里想着英子却思如泉涌，大哥决定把他和英子的故事写成文字。

学期中间的时候，大哥的小说《飘逝的柳絮》在《江南》杂志发表。

这在师范学校里算是件非常露脸的事，连高年级的同学都知道一年级出了个才子，班里的同学近水楼台争相传阅着，不时有女同学对大哥投来艳羡的目光。祁红为大哥和英子的故事感动得流出了热泪。花边在旁边不停地发出“啧啧”声：“喂，这个女人实在是太可怜了哎。许友梅，你写的这个故事到底是真的还是假的？”

段文华老师对大哥的小说大为赞赏，他认为是自己教导有方，培养出了一个有才华的文艺青年，他号召同学们向大哥学习，勤学善思多写，提高文字水平和文学素养。末了说，学校即将举办诗歌朗诵比赛，希望大家积极参与，在比赛中取得好成绩，为班级争光！

下午放学的时候，祁红递给大哥一张纸条，约大哥到学校后面的山上转转。

夕阳的最后一抹余晖洒落在山体上，满山遍野的石榴，在晚风中摇摇欲坠。大哥已经很久没有这么开心和轻松过，这时候他才感觉到，学校的生活还是很美好的。

祁红特意洗了头发,头发很随意自然地飘散在肩上,随山风轻轻飘荡,清香在空气中飘荡着。大哥一直都没认真看过祁红,今天,当被大家公认的班花亭亭玉立地站在自己面前时,他才开始认真地打量和观察起来。

祁红是个美人,除了有他喜欢的一头飘逸的长发,还有一张圆润的、找不到瑕疵的脸庞,红润的嘴唇透着清纯和诱惑,明亮清澈的眼睛带着青春期特有的神韵和味道。难怪花边对祁红这么着迷。

"许友梅,你写的故事好感人,我没有想到,在我们生活的这个年代,还有这样的事情发生。"祁红说。

"是的,一段不堪回首的往事,我写这篇文章就是为了祭奠英子,她如果知道我已经来上师范学校了,在天堂里也会为我高兴的。"凄凉再次掠过大哥的心头,他的眼睛开始变得忧伤。

"你爱她吗?"

"我用生命在爱着她,可她却提前结束了自己的生命。"

"人死不能复生,活着的人更应好好珍惜现在和未来,不是吗?"

"你说得有道理,我已经在努力了。"

"你有兴趣参加诗歌朗诵比赛吗?"

"有合适的诗歌吗?"

"还记得那首《四月的纪念》吗？我们合作一个男女诗朗诵吧。"

诗歌朗诵比赛一周后在学校的大礼堂举行。

每个班级限报两首诗歌参赛,几乎所有的班级都进行了选拔赛。大哥所在的一(一)班共有七人报名,有六首诗歌参赛。花边也自己创作了一首诗歌参加班级内的选拔,当他娇柔地上台,嗲声嗲气地还没朗诵完,就被同学们的笑声淹没了。最后,段文华确定由大哥和祁红作为一对选手参赛,另一个选手确定由祁红的同桌尚小静朗诵纪宇的《风流歌》。

比赛开始。报幕员开始宣布比赛规则和评委名单,评委由池寒冰校长等三位校领导和段文华等六位语文老师组成,比赛采取当场亮分制,去掉一个最高分和最低分,折算出选手的平均分,即为最后得分。

第一位选手开始上场。他朗诵的是《园丁之歌》。

大哥和祁红根据抽签结果是第五个上场,当报幕员报出大哥和祁红登场朗诵《四月的纪念》时,选手还没有登场,一段优美的钢琴曲《蓝色夜曲》就缓缓地飘荡出来。音乐老师印青阳坐在评委后面的钢琴前,用轻柔的手指舒缓地演奏着,大哥和祁红还没出来,音乐声就已经感染了全场。

大哥着白色衬衫,祁红穿着红色长裙,两人缓缓登台,开始朗诵:

(大哥)二十二岁,我爬出青春的沼泽,像一把伤痕累累的六弦琴,喑哑在流浪的主题里。你来了——

(祁红)我走向你

(大哥)你风铃草一样亮晶晶的眼睛

(祁红)你说你喜欢我的眼睛

(大哥)擦拭着我裸露的孤独

(祁红)孤独,为什么你总是孤独

(大哥)真的

(祁红)真的吗

(大哥)第一次

(祁红)第一次吗

(大哥)太阳暖融融的手

(祁红)暖融融的

(大哥)轻轻地

(祁红)轻轻地

(大哥)碰着我了

(祁红)碰着你了吗

(大哥)于是往事再也没有冻结愿望

(祁红)冻结愿望

(大哥)我捧起我的歌

(祁红)捧起你的歌

(大哥)捧起一串串曾被辜负的音符

(祁红)捧起一串串曾被辜负的音符

(大哥)走进一个春日的黄昏

(祁红)一个黄昏,一个没皱纹的黄昏

(大哥)和黄昏里不再失约的车站

(祁红)不再失约　永远不再失约

……

大哥醇厚略带忧郁的嗓音与祁红甜美清丽的声音糅合在一起,显得缠绵悱恻,青涩中带着忧伤,感动了现场的观众,再加上优美的音乐旋律作背景,声音仿佛天籁,令人如痴如醉。大哥和祁红都很动情,祁红有几次眼眶都湿润了。当他们朗诵结束时,全场爆发出经久不息的雷鸣般掌声。

等下一个选手朗诵结束后,报幕员开始报大哥和祁红的分数:“去掉一个最高分 10 分,去掉一个最低分 0 分,5 号选手得分,9.82 分!”当报出 10 分时,全场爆发出一阵欢呼声,当报出 0 分时,全场爆发出一片“嘘”声,这么唯美的朗诵,竟然有人给 0 分! 好在这个分数并不影响成绩,大哥他们获得了全场最高分。

在工作人员统计分数宣布最终比赛结果前,印青阳老师登台为大家献上了一首《年轻的朋友来相会》,评委都被池寒冰校长拉到后台合议比赛结果。印老师的配乐是大哥在比赛前临时想起的,因为对音乐的热爱,大哥在班里的第一节音乐课结束后就去找印老师拜师学艺,很快师生两人就成了好朋友。印老师在听完大哥的想法后又看了遍原诗作,很快确定了背景音乐,为起到意想不到的舞台效果,比赛前谁都不知道大哥他们选择的是配乐诗朗诵。比赛直到最后一个选手朗诵结束,也没有人再超过大哥和祁红的分数。第一名已经理所当然，大哥和祁红就等着宣布最后的结果了。

结果却大出所有人的意料，当报幕员报出一、二、三等奖的名单后，却没有大哥和祁红的名字，所有的观众都不理解，开始窃窃私语，礼堂内喧嚣起来。报幕员最后说："由于5号作品《四月的纪念》内容不够健康向上，评委会决定取消比赛成绩。比赛到此结束，再见！"

池寒冰校长还在后台骂骂咧咧："都是怎么当评委的？这算诗歌吗？我看就不应该登台，你们为什么都不打零分？我看你们的思想都有问题，都是资产阶级情调！"

晚上，祁红和大哥再次相约在学校后的山坡上，祁红嘤嘤地哭泣："为什么会这样？这么优美的诗歌，为什么说它不健康？再说，我们表现得那么好，评委都打出了最高分，难道一点标准和规则都没有吗？"

大哥轻轻地拍了拍祁红的肩膀："没事的，不就是一等奖吗，我们不要了，想开点。"

"可我就是想不开！"祁红一头钻进大哥的怀里，哭得更厉害了。

4. 祁红清澈明亮的眼神让他渐渐忘却了伤痛

兰兰来学校找大哥了。

她给大哥写了好几封信，却没有收到回复，就到学校来探个究竟。

兰兰坐车先到县城，到农贸市场把篮子里的鸡蛋换成了粮票，准备送给大哥贴补伙食。她从别的村庄里的师范生那里打听到，学校每个月只供应学生十五斤粮票，其余的要家里贴补，才能够填饱肚子。

兰兰的到来，让大哥的学校起了一阵不小的波澜。

那时候，学校明令禁止学生谈恋爱，可大哥入学前已经在乡下私订终身，这让同学们特别是那帮刚入学的男同学们在羡慕和嫉妒之外，都有点蠢蠢欲动。

兰兰到学校的时候已是下午，正赶上放学时间。同学们正纷纷走出学校往后面的山坡上去散步透气，兰兰不停地拦住学生，问他们可认识许友梅。兰兰不知道大哥在哪个班级，她只能这么问。

问了几个同学，大家都摇摇头，直到花边出现，才对这个打听许友梅的女孩子发生兴趣。

“找许友梅？我认识，你是他什么人啊？”

兰兰脸红了，说：“俺是他女朋友。”

“哦，许友梅有女朋友？没听他说过啊。”

“俺真的是，他父母都同意了的。”兰兰脸更红了。

花边看兰兰害羞的样子，就学着兰兰说话的腔调说：“俺相信了，你跟俺走吧。”

花边把兰兰带进了他们宿舍，大哥不在，花边就开始大声介绍：“同学们，这位是许友梅的女朋友，大家过来看看吧，还挺漂亮的哦！”

同学们呼啦啦围拢过来，围着兰兰看，还不时发出“啧啧”的赞叹声：“许友梅真有艳福啊，家里还藏了一个这么漂亮的女朋友！”

兰兰羞得低下了头。

大哥不知什么时候回来了，看到大家围拢在一起，还不知道发生了什么事，等走至近前，才发现是兰兰来了。他先是愣了一下，然后拨开围观的同学，一把拉着兰兰往外走，兰兰感觉有人拉自己的胳膊，惊恐地想躲开，发现是大哥，立刻像遇到了救星，眼睛里发出动情的光亮，紧随着大哥往外走，寝室发出了“啾啾”的起哄声。

兰兰的突然到来，不仅让大哥措手不及，也让他很窘很生气。他头也不回，不顾兰兰是否能跟上他，大步流星地走出校门，一直走到远离学校的一个山坳里，兰兰在后面直喘着粗气，跟了上来。

大哥平息了下，待兰兰走到跟前，便问：“你怎么来了？”

“给你写那么多信你也不回，俺来看看你。”兰兰有些委屈，但看着眼前的大哥，两个月来的痛苦很快烟消云散了。

“我有什么好看的？你来得正好，我一直想找你谈一谈，过去没有时间，今天正好是个好机会，我想我们的事情是该说清楚了。”

兰兰看大哥冷漠的样子，尽量憋住眼眶里的泪水不流出来：“你，你不想要俺了吗？”

“兰兰，我们不合适，我从来没有喜欢过你，我的心里只有英子。这次回去后你就开始自己新的生活吧！”大哥平静地说。

兰兰的眼泪再也止不住，哗地流出来了：“俺就知道会有今天，没想到来得这么快。”兰兰说这话的气候，已经泣不成声了。

大哥不知道该如何安慰她：“对不起，兰兰，我知道你是个好姑娘，是我不好，早该给你说清楚的，可我父母总是不同意。事已至此，你说，我还能为你做点什么，我会尽量满足你的。”

“俺不要你做什么，俺就是要和你在一起！”兰兰过来一把抱住大哥，生怕他消失了。

“这是不可能的，我不爱你，怎么会和你在一起？”

“你一定是爱上别的女孩子了，否则不会对我这样！”兰兰的哭声中似乎带有了愤怒，“我要知道她是谁！”

“没有。”

“我不信！否则，我不会死心的！”

“信不信由你，我的心里只有英子，未来是否会有其他的人，现在还不知道。”

“我们为什么不能在一起，怕我拖你后腿吗？我不会的，以后我为你做什么都行，做牛做马地侍候你，对你好还不行吗？”

“你的好我不需要，你还是远离我的生活吧，这样对你我都好。”

“我会死给你看的！”

兰兰哭着跑开了，消失在山野里。天早已经黑了，大哥不放心，在后面追了一段，兰兰跑得一点也不慢，朝着来时的路向县城的方向跑去。

那天晚上，大哥一直跟在兰兰的后面，直到上了渡口的船，把兰兰安顿在县城旁边的一个小旅馆里，才放心地赶回学校。

大哥到学校之前，晚自习已经下了，而大哥有女朋友的事，在这个时间段里，已经传遍了学校的每一个角落。

清晨，空气很清新，夜间下了场小雨。

上早操的铃声响过之后，学校的大喇叭里传出音乐和口令声："现在开始做，第六套广播体操。伸展运动，预备，起 ……"

一（一）班的学生都整齐地立在班级门口的空地上，开始伸左脚，两手手指腹前交叉，提肘，两臂经胸前平屈翻腕向前伸至前举……花边同学显然起迟了，大家做到四肢运动的时候，他才跑进队伍，跑到大哥的后面，边交叉上举两臂，边气喘吁吁地说："许友梅，你怎么吃着碗里看着锅里的？"

"我怎么了？"大哥一头雾水。

"那天有人看到你和祁红上山了耶，你这事做得不仗义啊！"

大哥说："怎么不仗义了？"

"你知道，我是喜欢祁红的啊。"

"那你继续喜欢好了，关我什么事？"

"你现在脚踏两只船，祁红还怎么会喜欢我啊？"

"那你继续努力好了，我不和你竞争。"

"那我们可说定了啊。"花边美美地笑了，开始随音乐做扩胸运动，两手半握拳，两臂经前至胸前平屈后振……

大哥不得不承认，他和祁红在一起朗诵诗歌的感觉很美好，祁红清澈明亮的眼神让大哥渐渐忘却了伤痛。那个晚上，当祁红扑向他怀里的时候，他有点措手不及，但随即被男人怜香惜玉的情怀和美好的触觉所取代。祁红是年轻、漂亮、充满活力的，他们班的男生除了花边直不愣愣地表达出对祁红的喜欢之外，其他人也多是在私下里议论着、觊觎着，大家也多是在外围猜测着，这样一个美人，最终会花落谁家。当祁红在他怀里嘤嘤哭泣的时候，大哥心里不仅充满了自豪和喜悦之感，还突然涌起了要保护她的冲动，就像那首诗所写：

我不是岩石，也不是堤坝
不是可以依靠的坚实的大树
可是 如果你愿意
我会勇敢地用并不宽阔的肩膀
和一颗高原培植出的忠实的心
为你支撑起一块永远没有委屈的天空

此后的日子里，大哥和祁红经常在下午课后的时光里，偷偷跑到校园后面的石榴林里，透过即将西下的夕阳或晚上斑斑驳驳的月光，一起看琼瑶的《窗外》《心有千千结》《月朦胧鸟朦胧》。有一次，因为月亮太圆太明亮，他们读得忘记了时间。

熄灯铃响了，花边看上铺的大哥还没回来，就去报告了班主任老师。

山间的空气越来越凉了，因为山体还保留着太阳的余热，一时间空气变得氤氲起来。大哥和祁红深深地被琼瑶笔下纯美的爱情故事吸引和感动着，祁红的眼睛在那个夜晚也变得更加明亮，被书中跌宕起伏的爱情感染得时而微笑时而哭泣，胸脯也随着情绪不断地起起伏伏。最后，当祁红向大哥靠近，还想像那个晚上那样钻到大哥怀里时，大哥略显迟疑，最后还是躲开了。

雾气越来越大了。

段文华老师带着班级的学生，打着火把，呼喊着"许友梅——祁红——"的名字上山来找他们。段老师在接到花边的报告后，女生寝室那边也报告祁红没有回来，两个学生都夜不归宿，是巧合还是两人在约会？段老师立即组织班干部和部分学生代表上山寻找失踪同学。

"祁红——"花边也在队伍里，嗲嗲的声音在静静的山林里传得很远。

大哥和祁红已经准备往回走了，是祁红先听到了花边的叫声。

"他们好像来找我们了，怎么办?"

"我们从后山下去，绕道回校吧。"大哥带着祁红向山下奔跑，祁红跑累了，大哥果断地把祁红背在身上，祁红自是乐意和高兴，毫无保留地把整个胸脯都贴在了大哥的后背上，幸福地闭上了眼睛。大哥感受到了那对坚实而富有弹性的双乳，浑身充满了力量，背着祁红一溜小跑。因为跑得匆忙，竟然跑丢了一只鞋子，大哥感到脚下生疼，停下来找鞋子。

两人扒遍了路边的草丛，也没有找到那只鞋子。

寻山的人声音由远及近，好像朝这边走来了。

"不找了，我们走吧!"大哥对祁红说。

"那我自己走，不用你背了。"祁红说。

"我可以继续背你。"

"你不怕一只脚会疼吗?"

"这样就不会一只脚疼了。"大哥脱掉脚上的鞋子，"嗖"的一下把它甩向了远方的树丛。

祁红"咯咯"地笑起来，一个纵身，再次跃上了大哥的后背。

大哥背着祁红，光脚走在山间坎坷小路上，心中的爱意在荡漾。

当他们到学校的大门前时，发现大门在黑漆漆的夜幕里紧闭着。

大哥让祁红站在自己双肩上，然后倚门慢慢站起，把祁红顶向了大门的上沿，祁红抓住栏杆，缓缓翻过，然后顺势滑下地面。看祁红平安着地，大哥一纵身就跃上了大门的铁栏，然后翻过顶端，一纵身跳了下去。

举着火把的队伍没有找到许友梅和祁红，只找到了路边草丛中的一只鞋。

第二天上午，段文华老师就把许友梅喊到他的办公室，调查昨晚的"失踪"事情，据说是有人把此事报告到了校长池寒冰那里。

"许友梅同学，你昨晚去哪了?"段老师讲古文还可以，审讯却没有技巧。

"我去了趟县城，回校晚了点。"大哥早有准备。

"哦,你能证明你没有和祁红在一起,证明你们没有谈恋爱吗?"

"老师,谁说我在谈恋爱了?说话要有证据的好吧?"大哥从口袋里掏出一张过河的船票。手撕的,上面没有日期,"你看,这是我昨晚坐轮渡的票。"

段老师盯着票看一眼:"好吧,没有谈恋爱是好事,否则学校是不会放过你们的,也会给我们班丢脸。你去把祁红喊来。"

大哥去教室喊祁红,并在班级门口就和她串好了口供。

段文华老师调查的结果是:昨晚"失踪"的两个同学,男同学去了县城,女同学在山上读琼瑶的书忘记了时间。

下午,学校召开全体师生大会,校长池寒冰怒气冲冲走上主席台,手里拎着一只鞋子,把桌子擂得啪啪响。

"听说昨晚一(一)班有同学失踪了,而且还是一个男同学,一个女同学。"池寒冰的话有些意味深长,同学们都等着校长通报结果,好看看热闹。

"班级调查的结果是两个人没有在一起。好吧,那么请问,这只鞋子是怎么回事?"校长再次把桌子擂响了。

大家脸上都露出好玩的表情,"一只破鞋!"有同学开始小声嘀咕议论着。

"据调查说男同学去了县城,那么鞋子怎会跑到了山上?"池寒冰继续追问。

大家笑起来,开始对校长的问题发挥想象力。

"一只脚去了县城,一只脚到了山上,这腿劈得可真够大的!"同学在下面嘻嘻哈哈地感叹。

"鞋子是那个男生的吗?即使是那个男生的,也不能证明他在谈恋爱吧?"有女同学在抱不平。

"安静!安静!"校长第三次擂响了桌子,"这个事现在虽然查无实证,但起码是出现了早恋的苗头!以儆效尤,请段文华老师把这只鞋领下去,就从这只鞋开始,抓好学生的思想教育工作!"

段老师上台,把那只鞋拎了下去,大家心里想"欧吼"两声起起哄,却没有一个敢发出声音。会后,大家都在打听和猜测那只鞋是谁的。

花边已经开始不理大哥,每当晚上上床时,就在嘴巴里低语着:“夺人所爱,言而无信,言而无信,非君子也,哼！哼！哼!”

5. 他们把对彼此的好感和美好的情愫深藏在心底

兰兰还是经常给大哥写信,看样子没有因为大哥的话而死心,虽然大哥一封信也没有回过。

等暑假到来的时候,大哥提前托邻村的同学给家里带来口信,他假期不回来了,留在学校里学习。他希望通过两年的努力,能在毕业时争取到学校仅有的一个保送滨江师范大学深造的名额。

兰兰在暑假到来前的一个月,往我们家跑的频率就已经明显增加了,等暑假真的到来的时候,她才从我们姐弟的口中知道,大哥假期也不回来了。

“他是在躲避我吗?”兰兰时常怔怔的。我们也搞不清她是在问我们,还是在自言自语。此后,兰兰在大哥的一个假期里还是往我们家跑了数趟,期望着幸福能在某一天不期而至。

等不到大哥,兰兰时常在大哥的床头一坐就是一天,呆呆地什么话也没有,夜幕降临的时候,她才回去。我时常发现,兰兰每次走的时候眼睛里都好像蒙了一层雾。

假期里,学校图书室还照常开放着,大哥没有别的去处,天天泡图书室学习或写作。假期里留校的老师和学生不多,大哥在图书室里基本上只能遇到两个人:一个是段文华老师,一个是图书管理员陈柔媚。

此前,关于段文华老师和陈柔媚的关系,大哥早已从高年级同学那里耳闻了一些,但池寒冰校长一直没动他们,大家都有点拭目以待。段老师是上海插队的知青,在乡下做农活时和赵大妹相识,生活上颇受赵大妹的照顾。段文华那个时候看不到自己的未来,生活也极度空虚无聊,便与赵大妹结了婚。婚后的段文华真是苦不堪言,赵大妹晚上上床前从不洗脚、刷牙,熏得段文华在被窝里睁不开眼睛,有时候已经睡着了,赵大妹一个翻身,一股恶臭就把他又熏醒了,段文华没有办法,只好戴上口罩继续睡。赵大妹对这一切美其名曰:保持劳动人民本色,让段文华少摆知识分子臭架子。后来段文华到师范学校教书,一家人也搬到了县城住,可赵大妹的劳动人民本色一点没变。赵大妹一直保留着裸睡的习惯,有天早晨起来,直接套了件连衣睡裙就到农贸市场买菜,蹲下买辣椒的时候,发现菜农的眼神不对,一直盯着她身子的下面看,还在心里纳闷,这个乡下人看人怎么色眯眯的。辣椒买好了,赵大妹才发现自己忘记带篮子。那个时候,菜市场上还没有开始用方便袋,赵大妹就把裙角拎起来,在怀里形成了一个兜,对菜农说:"倒这里吧。"赵大妹一路兜着辣椒回家,发现马路上的人好奇怪,都侧目而视,盯着自己看。还没进家门,就喊:"段文华,段文华,你出来看看,今天怎么回事,我就买点辣椒,怎么一个县城的人盯着我看?"段文华一看赵大妹赤裸着的下体,气得差点吐血。从此,段老师一上街,就有人对他指指点点,说:"快看,这就是那个赵辣椒的丈夫!"段文华觉得自己知识分子的颜面已被赵大妹丢尽,从此就待在学校里,放暑假的时候也不愿回家。

学校图书管理员陈柔媚也是上海下放知青,同样的身份,让段文华和陈柔媚的关系近了很多。两人私下在一起的时候,经常用上海话进行交流,这事让池寒冰校长很有意见,开大会强调任何人任何时候都必须说普通话,因为我们是师范学校,推广普通话是每个人的职责和义务。陈柔媚的老公提前回了上海,在那边还没有房子,陈柔媚不愿意回去和她老公一大家人挤在一个小平房里,假期也就留在了学校。

假期的学校甚是安静无聊,陈柔媚天天整理图书,段文华天天去看杂志读小说。大哥在的时候,他们两个人依然可以肆无忌惮地用上海话聊天。大哥发现,他们两人聊得火热的时候,彼此看对方的眼神已经很是动情,大哥是过来人,这个时候多是主动走开,一个人回到空旷孤零的大寝室。他不在的时候,段文华和陈柔媚会发生什么,他虽不得而知却能想象得出来,段文华四十刚出头,还算是一枝花的时候，陈柔媚三十多一点，正是青春犹在的好年华，两个人的眼神早已流露出干柴遇烈火的炽烈，只差一个独立的空间就会燃烧在一起了。

学校很多人都期待着的一出好戏，终于还是在那个暑假上演了。

段文华一个假期都没回家，赵大妹终于按捺不住了，就趁一个晚上到学校去看段文华躲在学校到底做什么。赵大妹敲不开段文华的单身宿舍的门，就使劲用脚踹，门被踹开的时候，陈柔媚在段文华的床上还没穿好衣服，赵大妹上来“啪”地给了段文华一个巴掌，然后上来撕陈柔媚，直到把陈柔媚的内裤和胸罩都撕扯掉后，拎着内衣扬长而去。段文华和陈柔媚仓皇失措，面面相觑，不知道赵大妹要干什么。等人哥从他的寝室里听到动静，出来看时，就见赵大妹举着一根几米长的竹竿，陈柔媚的内裤和胸罩被挑得高高的，像一面面小旗帜，在半空中迎风飘展。陈柔媚的白色内裤和红色胸罩不时从竹竿上掉下来，赵大妹就呸呸地往上吐几口唾沫再踹上几脚，然后重新挂起来，从校内走到校外，然后一路哭诉着往县城走去。从此，在那个鲜有明星绯闻的年代里，段文华和陈柔媚的风流韵事就成了学校内外、县城内外茶余饭后最桃色的新闻。

校长池寒冰坐不住了，他早就对两个“上海蛮子”看不惯了，学校还没开学，立即开会宣布对两人的处理决定，段文华老师调离师范学校到县城的实验小学去教书，陈柔媚没地方去，放在学校食堂专门卖学生饭票。

一波未平一波又起，开学后，段文华老师和陈柔媚的事情刚处理完，音乐老师印青阳和女学生尚小静的师生恋也被曝光了。

印青阳老师和大哥一样也是文艺青年，正所谓物以类聚人以群分，印青阳和大哥成了好朋友。大哥经常去跟印老师学习吉他，他们在一起弹唱流行音乐《迟到》《校园的早晨》《三月里的小雨》。祁红和尚小静也经常随行前往，到印老师的单身宿舍里一起探讨音乐和人生，兴致来时，四人还一起合作，印老师弹钢琴，大哥拉二胡或吹笛子，来个土洋混搭，祁红和尚小静有时就会随着音乐开始唱歌，美好的感觉和情愫开始流淌。

大哥和祁红之间已经有了些美好的情感，有时当着印青阳和尚小静的面也会不时地流露出一点，当他们四目相对时，印老师和尚小静也会相互会心地笑。当大哥和祁红离开时，尚小静却不愿意走，就留下来继续跟印老师学习弹琴唱歌。

没过多久，两人就学到了印老师的单人床上，被前来求教的学生撞见，学生立功心切，就去报告了校长。

池寒冰校长再次大发雷霆，把玻璃杯子都摔碎了，培训人民教师的堂堂师范学校，老师竟和学生搞师生恋，真是成何体统！

印青阳老师同样也是被调到了一个小学去教儿童音乐，念尚小静同学还是学生，少不更事，本着治病救人的原则，学校给了她一个记过的处分。

这两件事对学校的震动很大，从此，很多男生女生路上遇到也会目光游离，相互躲闪，谨防男女间授受不亲。

新学期没有了语文和音乐老师，同学们上音乐课时就自发唱《黄河大合唱》：

一般是大哥先带头朗诵：

黄河！
我们要学习你的榜样，
像你一样的伟大坚强。
这里　我们要在你的面前，
献一首长诗，
哭诉我们民族的灾难。
……

全班同学就开始一起唱：

风在吼　马在叫

黄河在咆哮　黄河在咆哮

河西山岗万丈高　河东河北高粱熟了

万山丛中抗日英雄真不少

青纱帐里游击健儿逞英豪

端起了长枪洋枪

挥动着大刀长矛

保卫家乡　保卫黄河

保卫华北　保卫全中国

……

开始时音乐课唱,后来语文课也唱,唱《咱们工人有力量》《我为祖国献石油》《我爱五指山,我爱万泉河》……直到来了新的语文和音乐老师,课程才恢复了正常。

大哥和祁红从此就没有在学校里出双成对地出现,路上遇到也是相视一笑,假如有其他人在场,两人就装着不认识,视若陌路,把对彼此的好感和美好的情愫深藏在心底。花边再次看到了希望,和大哥也和好如初,夜里又开始不停地梦呓,喊祁红的名字。每当大哥听到时,就在上方使劲地把床晃得"嘎吱嘎吱"响,花边没晃醒,倒把邻床晃醒了,被晃醒的同学睡眼蒙眬地伸过头来问:"你是在手淫吗?"大哥装作在打呼噜,只听花边还在叫:"祁红、祁红 ……"

第二天,一班男同学都围着花边开始查床单,床单没查到精斑,就有同学扯开花边的内裤看,花边同学脸羞得通红,赶忙捂住,话语也变得结结巴巴:"你们、你们干什么?人家还是处男啦好吧,怎么可以这样对待一个处男呢,人家是有贞操观念的!"

6. 我希望永恒的是我们的爱恋

兰兰这是第二次来学校找大哥了。

这一次她是轻车熟路，直接找到了大哥的寝室，大哥依旧不在。

花边热情地接待了大哥的女朋友，热情中包含着他对兰兰和大哥未来的祝福，包含着他对自己和祁红未来的期盼。花边带着兰兰去找大哥。

花边在教室里没有找到大哥，班里的同学说好像去后山散步了，花边就和兰兰一起到学校后面的山坡上去找。

大哥和祁红已经很久没有上山了。

学校的空气紧张，大哥也把这份情感埋藏在心底，相继在《淮河》《江南》等杂志上发表两篇有关早恋题材的小说《井台上》《根二、豆芽和小丁香的故事》，抒发着青春期对爱情特有的向往。祁红从同学的手中传看过大哥的小说，她从字里行间捕捉到了大哥对她的爱，很受感动，再也按捺不住心中涌动着的情感，在水房打水的时候，她趁没人注意就递给大哥一张纸条。

秋末冬初的山风，已经带着丝丝凉意，不时地把祁红的红色围巾掀到大哥的脸上，大哥感觉到暖暖的。月亮已经升起来了，斑斑驳驳的光影洒在树林间，不远处传来山上泉水流下的叮咚声，真是个美好的晚上！已经很久没有这么轻松和开心了，他们的手不知什么时候已经自然而然地牵到了一起，爱意在两人的心中涌动着。

他们沿着山间小路，一直走到了他们那天晚上最后去过的地方才停下来，这是他们一起读琼瑶作品的地方，等到四目相对时，他们都读懂了对方眼中盈盈的爱意和冲动。

当花边带着兰兰漫山遍野找到大哥和祁红的时候，他们两人同时被看到的情景惊呆了。大哥和祁红正紧紧地拥抱在一起，两人如胶似漆地亲吻着，早已忘记了外面的世界。

“许友梅,你就是一个陈世美!”兰兰哭泣着大吼一声。

“许友梅,你背信弃义!”花边也大吼一声,开始哭了。

分不清两人的哭声谁更悲痛,大哥和祁红怔怔地立着,不知如何安慰他们。

兰兰哭着跑开了。

花边也哭着跑开了。

花边跑回了学校,经过一个晚上的痛苦折磨和激烈的思想斗争,最终选择在第二天一早到校长池寒冰那里告发。

一个星期后,学校经过研究宣布了处理意见,比照对印青阳和尚小静的处理结果,给了大哥和祁红各一个记过处分。

兰兰后来回家后,把这事先告诉了自己的父母,然后她的父母又找到了我的父母,两家人商量的最后结果是:等大哥学期结束了,回来做他的思想工作,让他回心转意,早日和兰兰订婚。

我的父母凭着对自己儿子的了解,尽管知道这难度很大,也只能这样做权宜之计。

在我们的朝思和暮盼中,大哥寒假也没有回来,后来我们才知道他一个人跑到了滨江师范大学,去看他未来要就读的学校是个什么样。

关于兰兰的事情,那天大哥向祁红解释清楚后,祁红很快也相信了大哥,这件事情基本没有影响到他们感情的发展。大哥约祁红一起去滨江师大时,祁红怕父母不同意,暂时也不敢向父母摊牌和大哥的感情,只能乖乖地回家待着。

兰兰的父母等了一个假期,发现未来的女婿竟然连春节也没回家过时,就在第二学期的开始,找到了大哥的学校。

兰兰的父母没有直接找大哥,而是到了校长池寒冰那里,他们向校长汇报了女儿和许友梅相识相处的过程,希望学校能主持正义,给他女儿一个公道。

校长池寒冰虽然没有给大哥再追加处分,但从此许友梅就成了师范学校的反面典型,道德败坏分子,成了学校大会小会上校长点名批判的对象。

有和祁红的感情支撑着,大哥对此有足够的承受能力,一面应付着学校的批评,一面私下和祁红来往着,只是行踪更隐秘而已。爱情一旦被压抑,反而会像野草一样,更加野蛮生长。

中等专科师范学校一律是三年制,等最后一个学年到来的时候,大哥一边备战毕业考试,希望能考出好成绩,像往届一样,按成绩第一名被推荐保送到滨江师范大学读本科,一边还要响应学校号召,参加将在 11 月份举行的全市大中专学生田径运动会。

9 月份刚开学,学校就开始举行预选赛,大哥报了跳高和 100 米跑、1000 米跑三个项目,大哥每一项成绩都处于遥遥领先水平,理所当然地成为校运动队运动员。祁红本来对体育是不感兴趣的,但因为大哥参加,心中就有些纠结。因为学校里的女生实在太少,所以体育部主任李伟老师就动员和撺掇学校的女生都报名试试。祁红就这样参加了预选赛,一试,还被选上了,参加 800 米跑项目。

运动员名单确定后,被选上的同学就不用再上课,被拉到县城的体育场去集训。那是全县唯一的一个运动场,荆涂师范学校只有一个篮球场,远远满足不了田径训练的需要。

白天,大哥和祁红穿上学校发的蓝色运动服参加学校的集训。训练前,李伟老师先做了集训总动员,宣布了集训纪律,然后男生就先围着 400 米一圈的大操场跑上 12 圈半共 5 公里,女生跑 7 圈半共 3 公里,跑完之后再进行各个项目的体能和专业训练。每到傍晚,大家累得筋疲力尽的时候,就回到学校在体育场旁边租的集体宿舍,用自来水洗澡、洗衣服,然后睡觉。

有一天,等大家都往回走的时候,大哥和祁红就互对一个眼神,故意落在队伍的后面,然后找机会脱离大部队。

大哥和祁红都没有回宿舍,他们到附近荆山脚下的淮河边去玩。

9 月的天气还很闷热。荆涂县的县城依山傍水,城郊风光旖旎,大哥和祁红呼吸着山间清爽的空气，白天的疲劳已被水面上刮来的晚风吹得干干净净。望着远方淮河水平漂来星星点点的船帆，大哥觉得心旷神怡，祁红也是兴高采烈，主动拉起大哥的手，温情与爱意瞬间在两人心中萌动。

已经很久了，被压抑的情感和爱恋终于可以在大自然赐予的优美环境里释放，大哥和祁红紧紧相拥，甜言蜜语，甚是亲密，当他们把双唇紧紧咬合在一起时，感觉这美妙的情愫好像已经等了一万年。

淮河水静静地流着，缠绵着他们的爱恋，不远处有几只水鸟翅膀轻轻地拍打着水面，激起的涟漪轻轻荡漾着，一圈又一圈……

此后，每天锻炼结束，大哥和祁红都要来水边。后来大哥干脆每天都另带一套干净衣服，训练完就来水边先洗澡，然后洗衣服。大哥洗澡的时候，祁红就坐在岸边看，大哥突然感觉好像回到了童年。就开始给祁红讲他和英子的故事，讲他们幸福而忧伤的童年。祁红虽然从小说里读过一点大哥的故事，但远远没有现在大哥描述的真切和细腻，祁红经常被感动得泪水涟涟。

后来祁红也跟大哥学，提前带好衣服，傍晚的时候来水边。祁红穿着薄薄的内衣内裤，站在水边腿直打战不敢下水，大哥就在深水区撩水泼祁红，等把祁红的衣服都泼湿了，祁红就开始还击，和大哥打水仗。大哥把祁红泼得睁不开眼的时候，就靠近祁红一把把她横抱到深水区，祁红的脸被吓得煞白，双手紧紧搂住大哥的脖子惊叫着不准大哥放手，大哥故意逗她、吓唬她，祁红就把大哥的脖子抱得更紧了，身体隔着一层湿润的内衣紧紧地贴在大哥的胸前，大哥就开始亲祁红的身体。祁红的身体就开始放松舒展，变得绵软，仿佛一汪淮河水……不一会儿，他们就紧紧地结合在一起。

月色明亮而皎洁，洒落在微波荡漾的淮河里，洒落在大哥和祁红的身边。

大哥说："多么希望这一刻能够永恒。"

祁红说："我希望永恒的是我们的爱恋。"

大哥说："只要淮河水不干涸，我就爱你一万年。"

7. 那年的冬天来得特别早

他们的爱情到不了一万年。

就在大哥和祁红在淮河水里尽情享受他们爱恋的时候，一出悲剧却在上演着。

自从大哥寒假也没回来后，兰兰就不再到我们家来了，而是在家茶不思饭不想，开始绝食，后来就变得精神恍惚。

兰兰的父母开始到处为兰兰寻医问药，得到的回答都是兰兰患的是相思病，心病需要心药治，要么让许友梅回心转意，要么找个人嫁了。

兰兰的父母跑到我们家找了我的父母无数趟，我的父母虽然答应继续做大哥的思想工作，但心里也明白对此他们基本无计可施。

兰兰的父母开始不耐烦，经常到我家门前开始骂骂咧咧，一边骂我的父母养子不教，教子无方，祸害贤良，一边开始给兰兰不停地介绍人家。

兰兰多是不见。

即使在父母的软硬兼施下见了本村或邻村的小青年，也是一句话让别人知难而退："你比得上许友梅吗？"

兰兰说："俺这辈子，生是许友梅的人，死是许友梅的鬼。"兰兰说这话的时候不知道，在她之前，已经有一个姑娘说过同样的话而且真的变成了鬼。

村里人都说，兰兰是被鬼魂附体了，但是是谁的鬼魂附的体，他们说不清楚。

兰兰的父母请来了当地出名的神医，但神医一点也不神，就在神医在门外装神弄鬼时，兰兰已经在房间里喝下半瓶农药，等神医进房间时，发现兰兰已经口吐白沫死了。

大哥在县城体育场的训练已经结束，比赛即将开始。

离比赛半个月前,李伟老师专门召开女运动员会议,给每个女生发了几枚药片,告诉她们说:“为了避开在比赛期间来例假影响成绩,请经期和比赛时间重合的同学提前吃药,把周期提前。”

祁红吃了药,周期却没有提前。

祁红认为可能是药物没起作用,就没把它放在心上,心想即使比赛时来例假了,她也不用担心,直接弃赛好了,自己本来就没想拿名次,只要能和许友梅在一起,看他拿好名次就心满意足了。

比赛如期在珠城市体育运动中心举行。

赛场上人山人海。为给运动员加油助威,荆涂师范学校还派出了阵容强大的观摩团,花边同学也是观摩团成员,他已经很久没见到祁红了。

大哥一口气拿下100米跑第三、1000米第二和跳高第一的好成绩。大哥每取得一项好成绩,祁红都很兴奋,比赛场上同学多,祁红不敢跑过去和大哥拥抱,只能对大哥眉目传情,表达她的爱恋。

祁红的800米跑成绩也不错,一路过关斩将,顺利地进入前8名,取得决赛权。

女子800米决赛在下午举行。祁红对大哥说,她腹部有点疼痛,身体发虚,还有点想呕吐,不想参加决赛了。大哥也觉得祁红从来没有参加过运动量这么大的比赛,怕祁红身体吃不消,也建议祁红放弃比赛。李伟老师找来运动会上安排的保健医生,医生给祁红量了体温,测了血压,对李伟老师说:“身体没检查出问题,可以参加比赛。”

为了学校的荣誉,也不辜负两个月来的训练,祁红下午还是站在了运动场。花边看到祁红出场了,很是兴奋,大声喊叫着:“祁红,加油！祁红,加油!”

哨声响起,女子800米决赛开始。

祁红第一圈勉强还能跑得动,当裁判摇铃提示还剩一圈的时候,祁红跑在了第四的位置,只要坚持下来,稍微再加把力,还是有希望进入前三取得名次的。

大哥为祁红鼓劲,花边和学校的啦啦队也起身大声地呼喊着祁红的名字,为祁红呐喊助威。

祁红身上的汗水把运动衣全打湿了,前面的头发全都湿得粘到了脑门上,还剩下100米的距离,祁红还是第四。“冲、冲、冲!”场上叫喊着,大哥为祁红捏了把汗,还站在终点的位置,等祁红冲刺过来接应。祁红看到了大哥在前方等她,攒足了身上仅存的最后一点力气,向终线冲去。

祁红快到达终点线的时候就感觉脑子一片空白,紧接着是身体失去了知觉,随着惯性向前倒去。

看到一个运动员倒下了,全场一片唏嘘,附近位置的人都跑下看台观望。大哥把祁红扶起放在自己怀里,祁红脸上连一点血色都没有,胳膊摔破了皮,嘴唇上也流血了。

场地上的医生跑过来,后面还跟着一副担架。祁红处在晕厥中,被抬上救护车运往医院进行救治。大哥跟上了车,花边不顾医生阻挠也跟上了车。

祁红进医院没多久就苏醒了,是因为运动过量造成了突然晕厥。学校把祁红交给了大哥和花边同学轮流看管,李伟老师临走前交代如果有什么问题可以随时向学校报告。

为保险起见,医院对祁红的身体做了个全面检查。

这一检查真的发现了问题。医生对祁红主诉的腹部疼痛怎么查也找不到原因,最后内科医生建议对祁红进行妇科检查。

祁红怀孕了。

池寒冰校长这是第二次接待兰兰父母了。

在池寒冰校长听完兰兰父母带血的倾诉后,弯身向兰兰的父母深深地鞠了三个躬。

池寒冰校长答应兰兰父母,让大哥回去先为兰兰披麻戴孝,把兰兰尽快安葬,人命关天。池寒冰校长请他们相信,学校一定会主持公道,给他们一个交代。

当池寒冰校长送走兰兰父母后，花边同学走进了校长办公室。

那天，当医生递过来祁红怀孕的化验结果时，大哥在，花边同学也在。

大哥看了化验单的瞬间脑袋就蒙了，花边受惊的程度丝毫不亚于大哥，迟疑了一下，上来就揪住了大哥的衣服领子："说，是不是你干的？是不是你干的！"

大哥甩开花边的手，颓然地坐到病房的椅子上。

这事很麻烦。大哥这才开始后悔自己的疏忽。那个时候，卖避孕套的地方虽然不多，但自从大哥和祁红那个晚上在水中突破了防线以后，大哥还是低着头，红着脸，到县城的一家国营药店买了盒避孕套。后来大哥和祁红再在一起亲热的时候，大哥每戴上它，就感觉自己成了橡胶人，一点感觉也没有，当火辣辣的激情来临的时候，大哥总是忍不住，选择赤裸裸地和祁红享受肌肤之亲、鱼水之欢。

快乐是要付出代价的，而且还可能是沉重的代价。

后来的事情出在花边身上，花边知道祁红怀孕后很受打击，在又一次经过一番痛苦挣扎后，他最终还是选择向学校告发。

听完花边同学的报告，池寒冰校长气得已经说不出话来，把办公室里能摔的东西都摔完后，訇然倒在象征他权位的藤椅上，血液开始汹涌地往头上涌。

池寒冰校长因为血压急剧升高差点引发脑溢血，幸亏学校卫生所的医生抢救及时。三天后，当池寒冰校长意识稍微清醒些，躺在病床上就做出了对大哥和祁红的处理决定。

一周后，大哥怀揣着学校的开除处分决定书，被学校用一辆北京吉普车送回了村里。

大哥到家的时候，十里八乡的村民们都纷纷跑来看，那个时候还很少能见到有小车开进村子里，起初还以为是哪个大人物荣归故里。

那年的冬天来得特别早，立冬刚过，就迎来了第一场雪。

雪花漫天飞舞，时而旋转，时而升腾，世界开始变得模糊混沌，大地上的一切声息似乎都隐匿了，只有给兰兰送葬的队伍穿行于白茫茫的天地间，猩红色的棺材在银色的世界里缓缓移动着，唢呐在乡间小路上凄婉地吹奏着。我和大头、川子依旧举着白纸丧棒，跟在吹吹打打的队伍后面，唢呐奏出的声音凄凉哀婉，像天上飘下来的雪片，落在冰凉的心里。

大哥头顶白色布匹，表情凝重而悲痛，脚步有些沉重，人们不停地向空中抛撒着纸钱，纸钱和雪片一起飘落在人们的脸上、头上、肩上，大哥麻木地向前走着，棺材的猩红仿佛兰兰的灵魂，随着凄婉的唢呐声在天地间回荡。

兰兰的墓地离安葬英子的地方不远，村里的老人说这是最后一块风水宝地，前边就是英子常去看大哥游泳的那条小河，后边是一块高高的丘陵地，算是有点依山傍水的境界了。埋葬兰兰的坑是昨天村里人就帮着挖好了的，现在坑里坑外都已经被白雪覆盖了，兰兰的父母已经哭得死去活来，开始往坑里扔烙好的大饼子。我和大头、川子等小伙伴们像当初对待英子一样，没有一个下去抢兰兰在阴间的饭食。

兰兰的尸体已经被放进棺材里，众人抬上棺盖把兰兰盖住，就有人开始往棺材上钉钉子。兰兰母亲嘶哑着喉咙，哭声惊天动地，两根粗大的绳索吊起棺材，按头北足南方位缓缓放入坑内。

天地间静极了，大哥双膝着地，深深地跪了下去，半身埋在满地的雪片和纸钱里，一捧一捧地埋土筑坟，手指不知什么时候流血了，一滴一滴地洒在白色的土地上，大哥把带血的泥土又一捧一捧地填入坟内。

天黑的时候，终于将土填完。有人将花圈插在坟上，兰兰母亲焚化了兰兰生前的一些衣物，哭了一阵子后，才被家人拉着恋恋不舍地离去。

送葬的人陆陆续续地走了，天地间万籁俱寂，只听到雪花降落的“沙沙”声，只有大哥一个人还孤零零地跪在坟前，像一尊冰冷的雪雕。

村里人都说，我大哥克女人，兰兰和英子都是被我大哥克死的，这辈子哪个女人沾到他，都会命归九泉。

那个时候的我，相信了这句谶言。

8. 对话沈嘉——他竟然对祁红的下落感兴趣

我把沈嘉的咖啡都快喝完了，他终于把大哥的第二段感情经历读完了，阴郁和沉重不时爬上他的脸："怎么又是一段悲催的故事！你能不能把故事写得阳光些？"

"不是我故意写成这样的，那段发霉的历史带给我的就是这样的记忆。"

"也是，人物的命运永远脱离不开他所处的时代，如果是现在，不可能发生那样的故事。"

"随着时间的推移，故事会越来越轻松的，特别是新世纪后，唯美浪漫的都市情感剧将会登场。"我故意用了"情感剧"三个字，就是想慢慢渗透和改变他，眼前这个任性的光头老男人。

"那是后话，你眼前要做的，是把你大哥的感情史写好。"

"咦？"我在心里嘀咕，这算不算是他已经有所让步和妥协？

"你觉得前两段感情经历加起来怎样？能不能拍成一部电影？"我开始得寸进尺。

"你又开始发挥想象力了。不过挺好，没有想象力你也写不出这样的文字。"

"这可都是大哥的真实故事，不是我想象的。"

"这么悲催的故事，估计拍成电影也通过不了审查。"

"为什么？"

"你懂的。"

"电影名字我都想好了。"

“叫什么？”

“苦×的艰难爱情。”

“滚！”

“哈哈，沈嘉，原来你也会爆粗口，对女嘉宾怎么不这样？”

“因为女嘉宾不冒脏字。”

“我这是网络语言。”

“你的故事不完整。”

“怎么了？”

“祁红呢，她的命运你没有交代。”

“沈爷，你怎么老喜欢记挂女的？她又不能来上《玫瑰相亲》。”

“正经点，祁红后来怎样了？”

“还能怎样？她也被学校开除了。”

“学校为什么开除她？”

“学校说，她不仅在校谈恋爱、怀孕，还扮演了不光彩的第三者，没有她，兰兰也不会死。”

“兰兰的死与你大哥关系都不大，与祁红何干？”

“我问谁去？”我想想，“不对，应该是大哥问谁去？他找谁说理去？”

“如果在现在，这应该不算什么大事，现在的大学生，凡是在学校谈过恋爱的，有几个没有性经历的？即使避孕失败，最多也是女生吃点苦，背着老师和家长，随便找个医院，打掉了事。”

“你这么说，不怕网友喷你啊？”

“喷什么？”

“大学生的恋爱和性啊。”

“那怎么会，这是事实。”

“这算是时代的进步还是退步？”

“当然是进步！”

“好，那你帮我找个女嘉宾晚上进步下呗？”

“滚！”

“沈爷，你又爆粗口了，这回我可没说脏字！”

“你想脏事了。”

“沈爷，我严重抗议，这怎么能是脏事呢？这是好事啊！”

“发生在你身上，就是脏事。你们写作的人是不是都这样？”

“我又没出过书？怎么成了写作的人了？你才是写作的人。”

“我的书很干净。”

“你是名人，写什么都有人买。我也想写干净的书，卖不掉啊！”

“那你写完当厕纸好了。”

“沈爷，原来你也这么有才啊！”

沈嘉追问祁红的下落问题，其实我也不知道，我给大哥打电话，煲了一个多小时，大哥起初是拒绝回答我的问题，不想重提那段发霉的故事，经不住我在电话里软磨硬泡，才从他的口里套出一些星星点点的记忆，我将它们串联在一起，写在下面一段文字里，用邮件发给了沈嘉。

祁红也是在同一天，被送到了家里。据说学校这么做，是为了怕两个同学对这个决定想不开，再出什么差错。

兰兰下葬的那天，正是大哥和祁红约定的私奔时间。大哥和祁红在被学校的吉普车送回村子前的那个晚上，在山上见了最后一面。那天晚上，他们相拥而泣，面对已经黯淡的未来，做过种种假设和谋划，最后的决定是私奔。那天大哥虽然还清晰地记得他和祁红的约定，可他却没有办法脱身。

第三天的时候，兰兰的丧事才彻底处理完，大哥清早就乘车赶到了淮河岸边的那个渡口。这是他过去上学的必经地，也是他和祁红约好的见面地点，时间虽然已经过去两天，大哥依然在原地等待祁红。大哥从中午等到晚上，一直等到淮河里的船帆都消失在水天尽头，等到太阳落进了被大雪覆盖的荆山里，也没见到祁红的身影出现。

大哥不死心，联系不上祁红，他决定就在那里等下去。

大哥每天晚上回到县城，花几块钱找一个大通铺旅馆落脚，然后第二天就再回到渡口去等祁红。他每天早出晚归，直等到荆山上的雪都快化完了，光秃秃的山脊露了出来，他掰了掰手指算了下日子，已经足足等了祁红二十多天。

他觉得这样等下去不会再有希望了，但他仍然不死心，就决定到祁红的家去看一看。

祁红的家在河的对岸，涂山南二十里的地方，大哥一路打听到祁红家的时候，发现祁红的家里已经人去楼空。村里人告诉他，祁红一家人在半个月前就搬走了，至于搬到了哪里，邻居们都说不知道。

大哥颓然地坐在祁红家的房门前，潸然泪下。

其实那一天，即使大哥不是因为安葬兰兰，他们的私奔计划也没法完成，因为祁红回到家后，就失去了自由。

祁红的父母是省城下放知青，早有回归故里之意，一家人就在等着女儿毕业，现在出了这件事，再也不愿在这个地方待下去。他们把祁红带到医院做完流产手术后，悉心看管和照料了半个多月，做好了相关准备工作，就带着受伤的女儿远走高飞了。

沈嘉收到邮件，给我打了个电话。

“那后来呢？”

“沈爷，你问题少年啊，戴着红领巾问这问那，还有什么后来？”

“祁红在你大哥的生命里再也没有出现？”

“这个我还真不知道，你得问我大哥？”

“我上哪问去？我又不认识他。”

“可他认识你啊，你说柳雪老师想知道，他一准告诉你。”

“他喜欢柳雪？”

“岂止是喜欢？”

“不会是爱吧？如果是那样，下次我可有话题和柳雪聊天了。”

“这个你也得问他。”

“我都问他，要你干什么？”

“你没要过我啊，如果要我可以上的。”

“滚滚滚，你太恶心了，真受不了你们这帮骚客！”

沈嘉挂掉我电话后，我又给大哥打电话，向他追问沈嘉的问题，大哥不说，我以柳雪老师的签名照做诱惑，他发了这么一条短信：“后来，她在我的生活中又出现过，只是那时，爱已成往事……”

我随手就把短信转给了亲爱的沈爷，还没要过我的沈爷，哈哈。

第三段感情经历　有性无爱

那天，沈嘉给我回短信说："你大哥短信语焉不详，下次见面再说吧。"

我问："什么时候再见面？"

他说："那得看你什么时候把你大哥的第三段感情经历写好啊。"

我说："下周末，我去江州。"

他说："又没人催你，你干吗这么拼啊？"

我说："你都这么大名气了，还开小面挣钱，到底谁更拼啊？我知道，你卖小面不是为了挣钱，是为了圆你一个梦，或者说为了好玩。我写小说呢，既为了梦想，也为了挣钱。"

沈嘉说："谁说的，我卖小面也是为了赚钱。秃子头上的一碗面，能不能赚钱，要经得起市场考验。我卖小面，你卖剧本，大家一起拼吧拼吧。"

我说："好嘞，好嘞，小警老许的虐心情感大戏即将隆重登场——

大哥的爱情磕磕碰碰，凄冷哀婉；

大哥的爱情步步惊心，唯美浪漫。

电视剧版《玫瑰相亲》，沈爷陪你听故事，一定给你好看！"

周末，我又自己开车到江州。我已经彻底不理睬老朱了，我没时间听他啰唆，我要写写写，和沈嘉聊聊聊，只能对老朱卸磨杀驴、落井下石了，正所谓"狡兔得而猎犬烹，高鸟尽而强弩藏"，和老朱说这些也是对牛弹琴，算了吧，老朱，再见吧，瘪犊子！等我出书了，一定给你签名送上二十本，够你一家上厕所用半年的。

和沈嘉的第三次见面，我们选在了小面旁边的咖啡馆，我问沈嘉为什么不直接到他店里，他说："人太多，就你一个就够我应付了，我哪能应付过来那么多人？"我说："是哟是哟，绕地球一圈呢。"他问："什么地球一圈？"我说："你不懂，我说的是粉丝。"他说："你说的是地球仪吧。"我说："对对对，和你发型一样的地球仪。"沈嘉说："贫贫贫，接着贫。"

沈嘉一帽遮顶，架着墨镜，我们进了咖啡馆，正式打开了话匣子。

"祁红的下落问到了吗？"

"大哥似有隐衷，我以后见到他，一定给你问到，在后面给你交代。"

"好吧，那你接着说你大哥。"

"大哥被学校开除后，情况很不好。"

"发生了什么？"

"他抑郁了。"

"哦！"沈嘉不无同情地说，"他经历和承受的确实太多了，后来病治好了吗？"

"你知道这个病的，有一次电视上你和那个患此病的主持人聊天，还假惺惺地问他身体怎么样？他的身体最近好像恢复得不错。可我大哥恢复得就很艰难，医生说，即使一时治好了，遇到挫折和打击什么的还有可能重犯。"

"他在第三段感情里还会有挫折和打击吗？"

"第三段还好，也许他刀枪不入、百毒不侵了。但他的生活和工作遇到了问题。"

"这个我理解，每个人都不会一帆风顺的。"

"你当然理解，网上说你的经历就是一部励志小说。"

"那又拍不成电视剧。"

"靠，不带这么讽刺人的吧？你要真想拍电视剧，就到我这部戏里客串下好喽。"

"你还真挺不要脸的，我不去，又演不了男主角。"

"男主角太苦难了，给你演你也不演。"

"谁说的？我就喜欢苦难剧。"

"好吧,那给你看看大哥的苦难工作和生活吧！现在最好别看。"

"为什么?"

"太生猛,我怕你喝不下去咖啡。"

"那我还真的现在就要看看。"

"好吧,那给你。"

我憋着一脸坏笑,看沈嘉打开稿子,我倒要看他到底能否扛得住。

1. 恍惚间有一抹光亮突然射进了自己的心里

夜幕降临的时候,村子里的人已经早早上床歇下,大哥白天在床上躺了一天,晚上就一个人出去,到荒郊野外溜达。

清冷的月光从光溜溜的树杈间洒落下来,白天觅完食的麻雀有的钻进了柴垛里,有的还蹲在树梢间,只是再无声息。远处有几个小伙伴打着手电筒,拎着弹弓,在挨着树打麻雀,受到惊吓的麻雀叽叽喳喳地鸣叫着飞向远方的夜空。大哥形单影只,穿行于夜色里,他裹了裹身上的棉袄,还是感到有一股彻骨的冷气从裤管里往上钻。

母亲派我们出去盯着大哥,我和大头、川子不停地用热气哈手,热气好像还没吹到手上,就变成了冰雾。其实我们早就没有了盯大哥的兴趣,只是母命难违,起先我们就跟在大哥后面,发现大哥只是在荒野里晃悠,一会儿说,一会儿笑,一会儿走,一会儿跑,跟着这样看多了,我们就失去了耐性。后来大哥一出家门,我们就紧随着出去打麻雀,大哥溜达大哥的,我们打我们的麻雀,一个晚上下来,都会有十几只的收获。我们钻到村子后面的废弃旧仓库,点燃树枝一边取暖一边烤麻雀,等麻雀快烤熟的时候,整个村庄里都弥漫着诱人的麻雀香味。

我们全然忘了母亲交代的任务,一个月后,还是出事了。那天晚上,大哥蹲在小时候他常去游泳的那条小河边，吸了半包香烟，然后一纵身，像当初英子一样跳进了小河里。

大哥跳下去的时候，把河面的冰层砸出了一个大窟窿，碎裂的冰片发出清脆的响声从河面滑向了岸边，被砸出的冰窟窿很快又结上了一层薄冰。沉入河床的大哥被冰冷的河水刺激着，头脑反而清醒了，求生的本能使他很快向水面上浮来。快到水面的时候，厚厚的一层冰抵住了他的头顶，他试着从下面撞开冰块，可水的阻力让他一点劲也使不出来，他反复试验几次，直把头抵得生疼，冰层却像一座山，死死地把河面罩住。

在大哥还剩下最后一口气息，就要濒临绝望的时候，他摸回到了那个刚砸出的冰窟窿，一下子就顶破了那层刚结的薄冰，水面发出哗啦啦一声响，大哥像一个黑色的水怪，从水面一跃而出。

大哥对那条河太熟悉了，所以能很快找回冰面的入口。而且会游泳的人投河自杀是淹不死的，即使是水面上结了冰。

大哥回家后，身体已经快冻僵了。那个时候，我和大头、川子正美滋滋地用牙齿撕扯着刚烤熟的、喷着扑鼻香味的麻雀，那是世界上最罕见的美味。若干年后，我寻遍了城市里的大小野味烹调馆，都再也找不回那个时候的味道。就像沈嘉开小面馆，肯定是怀念家乡和小时候的味道。

那个晚上，大哥开始高烧不退，后来思维就变得模糊，说话胡言乱语，病情开始恶化。

村里人都说大哥是被英子和兰兰的鬼魂附体了。要从根本上解决问题，只有驱邪除鬼。

大舅没有征求我父母的意见，通过他在卖牲畜的牛行里结识的关系，找到了一个当地颇有名气的神医，傍晚的时候带到了我们家里。

夜幕降临的时候，我的父母做农活还没有回来，大舅和他请来的神医就到了。

我放学还没有到家的时候，就听到了锣鼓喧天的声音，神医在我们家房前屋后都贴满了黄色的咒符。有一个人画着大花脸,身上的衣衫七零八落,模样很是奇怪,先是在我们家门口装神弄鬼地舞弄一番,然后就开始进入堂屋内跳舞,边跳边开始点燃手中的一个木棒,然后开始从口中往外喷火,把我们家里里外外喷了个遍,空气中弥漫着煤油的味道。

大哥这个时候还在房间里迷糊着,他的生活早已黑白颠倒,屋外驱神弄鬼的声音丝毫没有惊醒他的乱梦。

神医对着大哥睡觉的床先是喷了几口火,然后在大哥的门上、墙上和床上都贴满了咒符,然后开始对着睡觉的大哥跳舞,嘴里同时发出了“哇哇”的叫声。

大哥惊醒的时候,也不知道自己是在梦境里,还是在比梦境可怕的现实里。

神医丝毫没有减轻大哥的病情,我的父母意识到了问题的严重性,开始带着大哥四处求医问药。

他们到了我们家乡所在的珠城市最好的中医院,拿回几味药,大哥吃了几个月依然不见好转。

他们又到了滨江省的省会城市,找到最专业的神经病学医院,医生在经过一番言语疏导后,没有采纳我的父母要求住院的想法,说那样情况只会越来越糟,大哥现在的情况除了药物治疗外,还需要转移注意力,改变环境。

当父母带着大哥路过滨江大学门口时,一路沉默的大哥眼神里似乎恢复了些许光芒,对父母说,他要进去看一下,父母跟在他后面。大哥面对着菁菁校园,驻足良久,对胸前别着滨江大学校徽、背着双肩包来来往往的大学生,表现出无限仰慕之情,一直到天快黑了,大哥才同意和父母离开校园。

大哥说:“他要考大学,将来考滨江大学,成为一名大学生。”我父母知道,大哥的思维又开始迷糊不清了。

农闲季节,村里人只有两种休闲方式:一种是打麻将、推牌九等赌博活动,一种是天一黑就上床,吭哧吭哧和媳妇做房事。地球人都知道,这是农村计划生育工作难搞的重要原因之一。

我和大头、川子虽然都已进入青春期，理所当然地没有女人愿意和我们做爱。大头和川子性欲极强，我们晚上打完麻雀，他俩都要挨村逐户地听乡下的农夫和他们的媳妇做爱，可听得多了，也逐渐腻了。我小时候听过大哥的恋爱，对此早已没有了兴趣。我们的兴趣就逐渐转向推牌九赌钱上。每天上学，我们就早早地背着书包，来到离学校不远的小沟壑里，用三十二张牌九玩输赢，先是一分钱两分钱地赌，钱输完了，大头和川子就把新发的课本撕下来，用纸张换钱赌，一般是十张纸换一分钱，直到有人把课本的纸张也快输光了。听到学校上课的预备铃声响起，我们才依依不舍地告别小沟壑。

玩牌九成了我和大头、川子等小伙伴们的童子功。

我的父母见大哥终日闷着，医、药、神对他的病都没有效果，除了唉声叹气也没有别的办法。大哥不理人，却乐意和我们一起玩牌九，起初是在家门口和我们玩，后来撵到学校门口跟我们玩。大哥玩牌九的时候，似乎是和我们一般大的孩子，斤斤计较，分毛不让，后来我发现，大哥只有这个时候，状态似乎好转了些。

我报告了父亲，父亲放下农活，开始带着大哥和村里的大人们一起推牌九。有时会赢个十元八元，有时会输掉几十元。

父母把家里的一头羊卖了作本钱，支持大哥推牌九。

一个年关下来，大哥竟然赢了好几百块钱，拍着鼓鼓的口袋，大哥有时候竟然会笑了。

没过完正月十五，大哥又把钱输光了。那天，把最后一笔钱输个精光的时候，大哥竟然呜呜地哭了。

大哥输完钱，天已傍晚，他没有直接回家，而是跑到英子和兰兰的坟上去，接着哭。

英子的坟头上已经长满了柏树，虽然是冬天，依然带着厚厚的绿意。兰兰的坟头上也被厚厚的枯草布满了，静等着开春泛出绿意来。大哥踩着落日，一路泪流满面，从兰兰的坟头哭到英子的坟头，从坟头上掠过的刺骨寒风像锥子般扎着他的脸，大哥双膝跪倒，匍匐下身子，像个孩子放声呜哇地哭着，惊得乌鸦从柏树上飞起，落在不远处，随着他的哭声嘶叫着，泪水和鼻涕不停地从他的指缝中流出，哭声越来越大，越来越悲痛，直到枯黄的田野被圆球似的夜幕笼罩住了，大哥才停止了哭声。他抹干了泪水和鼻涕，觉得心情因为刚才的哭泣而忽然间变得轻松一些，恍惚间有一抹光亮突然射进了自己的心里，他顿时觉得漆黑的夜晚突然变得明媚而灿烂起来。

这一哭，大哥的病竟然奇迹般地好转了。

2. 过去不知道什么叫作爱，现在不知道什么叫做爱

春节过完，村里人都各干各的事去，再没人赌钱，大哥终日阴郁着脸，又开始闲着没事做。

这时候村主任到我们家，对我父母说，想请大哥帮着村里写写计划生育标语，工钱好商量。

我的父母生怕大哥闲得病情再恶化，正愁着给大哥找点什么事做，立马就应承了下来。大哥听说是写字，也没有拒绝。

此后，我们就能看到大哥每天拎着铁皮油漆筒和毛刷，走村串户写标语。每找到醒目的一面墙，大哥把毛刷当成毛笔，把墙体当成宣纸，开始泼洒他的书法艺术。标语内容是村干部提供好的，大哥只管照着写：

女儿也是传后人。

一人结扎，全家光荣。

该扎不扎，房屋倒塌；该流不流，扒房牵牛。

一胎生、二胎扎、三胎四胎刮刮刮！

宁可血流成河，不准超生一个！

大哥和村主任商量，标语的内容是不是太血腥了，能不能换柔和点的。村

主任说:“你别管内容,只管把字写好看就行了。”

以前村里墙上的标语不多,有那么几条也是工工整整的方块字,写字的人先用尺子量好,画好虚线,然后往里涂油漆。大哥不用这么干,因为大哥有书法功底,再大的字大哥都不用画线。只见大哥挥动毛刷,在墙体上挥舞,不一会儿工夫,一串鲜活的字迹从大哥手下流出。大哥不断变换字体,灵活运用仿宋、楷体、行书,甚至草书也偶尔运用,让枯燥的标语变得生动而有趣。

大哥的字写得好,写得快,常常引来村民围观,大家啧啧赞叹,有文化的人就是不一样。这个时候,我和大头、川子只要一放学,就跑去看大哥写字,我们觉得大哥的字比老师的黑板字要漂亮得多。大哥写字的时候,我们就抢着帮大哥拎铁桶、捡毛刷,俨然三个小跟班。

大哥每天屏心静气地在墙上练书法,什么事也不再想,什么事也不再管,过了一段时间,脸色变得红润亮白了,眼睛变得清澈明亮了,精神状态基本上就恢复正常了。

年底,双河乡计划生育工作组来我们村检查的时候,发现我们村的标语是全乡最出彩的,工作组的同志边赞叹不已,边打听这字是谁写的。

两天后,大哥被村主任带到乡计划生育办公室,计生办主任是个胖胖的五十多岁的妇女,姓李,村主任让大哥喊李主任。李主任对大哥说,想请大哥帮个忙,帮乡里写写计划生育标语,报酬请大哥提,他们尽量让大哥满意。

李主任给了大哥两个月时间,让大哥把双河乡 22 个行政村标语都写上,在每个村的醒目位置至少写 10 条标语,多写报酬另计。

大哥骑着计生办提供的一辆除了铃铛不响其他部件都响的旧自行车,后支架上挂两个大铁皮筒子,中间夹着毛刷,开始一个村一个村地刷标语。大哥每天跑三个村,每个村刷上了 15 条标语,一周结束的时候,大哥把 22 个行政村刷了个遍,各村计生干部报来了数,大哥 7 天总共刷了 330 条标语。

李主任接到 22 个村的计生干部的验收报告时着实吃了一惊,大哥的速度惊人,各个村都说字写得很漂亮,他们很满意。

大哥把乡计生办的自行车交给李主任，李主任问大哥要多少钱，大哥说，他不要钱，只当是练练笔，舒活舒活筋骨，以后如果有需要尽管提。

几天后，大哥又被李主任叫到乡计生办，李主任让大哥帮忙写篇文章，题目是《农村计划生育工作之我见》。大哥说，他没做过计划生育工作，他不会写。李主任说："一回生二回熟，拣你知道的随便写。"

大哥不懂计划生育工作，但大哥文笔好，思维敏捷，他把自己多年在农村见到听到的有关计划生育工作的事情糅合在一起，一会儿就写成了洋洋洒洒的一篇文字。

李主任拿着大哥写出的文章去找乡党委书记、乡长汇报。回来后，李主任说："通过组织观察和考验，发现你人品好、能力强、作风正，如果你愿意，就到我们乡计生办来上班吧！"

一张桌子，一把椅子，放在李主任对面。

大哥还没做好心理准备，就稀里糊涂地成为一名基层计划生育干部。

在我的乡亲眼里，一个乡干部，远比一个教书匠要值钱得多，大哥虽然被学校开除没有当成老师，却一下子到了乡政府工作，引来一片艳羡和惊叹声，"真是老天有眼""是金子总会发光"，大家都这么说。

若干年后，我大学毕业考取硕士研究生，回到家乡时，乡亲都好奇跑过来围着我问，研究生是干什么的，将来毕业能不能回来当个乡干？

在农民的眼里，乡干部是很大的官。那个时候，我们全家都很高兴大哥能够恢复健康，并且希望他在乡政府能混出个人模狗样来，将来好出人头地。

大哥到乡政府上班的当天，李主任为表达对大哥的欢迎，特地备了晚宴，李主任去给张书记和刘乡长汇报，张书记和刘乡长晚上竟然也来了。

我的家乡荆涂县是人口大县，也是计划生育工作重点县，全县统计的 180

万人口,加上计划外生育的黑户口至少有200多万,计划生育工作是压倒一切的硬任务。县委县政府规定每年年终考核后三名的乡镇领导就地免职,因为计划生育工作不力的乡镇领导被免了一批又一批,大家不得不把工作重心转到计划生育工作上来,乡政府一段时间差点成了计划生育政府。为表达对计划生育工作的重视和支持,书记、乡长正好晚上也没有其他安排,就来参加大哥的欢迎晚宴了。

书记坐中间,乡长和李主任各坐一边,大哥按李主任的安排,就在她旁边落座。前来陪酒的,还有四个女性。书记说,请“四大名捕”入座吧,四个女子乐呵呵地笑着,依次坐在靠外的位置。

双河乡的女干部不多,只有四个。而这四个人都因为计划生育工作出了名,她们有一个共同的响亮名字——“四大名捕”。

“四大名捕”分别是“铁手”“冷血”“无情”和“追命”。“追命”是李主任毋庸置疑,被她人流引产的小生命不计其数,村民们背地里都咒骂她说,被她杀掉的那些小生命迟早有一天会向她索命的。此语后来竟一语成谶。其他三个人分别是乡团支部书记小王,兼职计生办的工作,主要任务是给妇女上环,那时的环还不是现在的塑料环,而是不锈钢环,小王因而获得了“铁手”的大名。乡纪检办的小张也是被抽调到计生办帮助工作,因为戴副黑框眼镜,工作中又铁面无私而获得“无情”的美誉。“冷血”是计生办的妇检员胡玉兰,大家都称其为“冷血胡”。冷血胡的得名有三个原因:一是她主要负责男女结扎术前的备皮和手术后的清创等工作,平时见血最多;二是有一次她没经过认真妇检就给一个妇女直接上环,结果因为那妇女患有子宫肌瘤而导致大出血,险些出人命事故;第三是因为已经二十五六岁了还没有结婚,这在农村已经是标准的剩女了,可冷血胡相过无数次亲,她谁也没有看上,不管相亲对象对她多上心,她都无动于衷,表现得很冷血。

四个人中冷血胡是个大美女。上小学的时候,省文工团到她的学校里招舞蹈演员,一眼就看上了这个身材比一般孩子高挑、面容俊俏的小女孩,可她父母思想保守，死活不让女儿长大当戏子，文工团的领导多次上门做思想工作都未果。小姑娘失去了当演员的机会，上中学时赶上“文革”又被下放到双河乡当知青。国家成立计划生育管理部门时，要在农村组建基层计生干部队伍，招收条件必须是女性、下放知青，冷血胡就成了第一批计划生育干部。

冷血胡是城里人出身，人又长得漂亮，现在又成了国家正式计生干部，在小小的双河乡，自然就没有哪个年轻人能入她的眼，所以就这么一直剩下来了。剩女又是美女，自然很容易成为焦点话题，乡政府的人只要趁她不在，就会拿冷血胡讲段子、开玩笑。有人说：“‘冷雪胡’剩下来的原因是：过去喜欢一个人，现在是喜欢一个人；过去是不知道什么叫作‘爱’，现在是不知道什么叫‘做爱’。”然后大家就是一阵哄笑。

讲段子，是乡政府工作之余的一项主要事情。那天晚上，酒过三巡的时候，计划生育工作的重要性已经谈完，就开始进入段子时间。

大哥第一次接触这样的饭局，当看到书记、乡长和主任唾沫星子飞舞，一段段不堪入耳的荤腥笑话从他们齿缝间冒出时，他只觉得恶心，连菜也懒得吃，只顾低着头喝酒。那天晚上，大哥喝了有一瓶白酒，却没有出现一点醉意，书记和乡长都喝得醉眼蒙眬，不停地拍着大哥的肩膀说：“小许，不错，海量，有前途！”

大哥没有试过，他不知道自己的酒量为何这么大，好像从来还没喝醉过。大哥后来在乡政府的工作能迅速打开局面，除了工作能力之外，与酒量也不无关系。当地的老百姓都知道，在乡政府工作，一要会喝，二要会拍，如果没有这两把刷子，趁早别在乡政府混。

大哥那天和四大名捕也分别碰杯敬了酒，大家讲黄段子的时候，冷血胡也只是浅浅地赔着笑。李主任说：“好了好了，笑话到此为止，还有两个没结婚的呢，别把年轻人教坏了。”大哥和冷血胡就对望了下，当四目相遇的时候，大哥发现，“冷血胡”的目光并不冷。其实后来的事实证明，真正冷血的是大哥。

3. 冷血胡的眼睛是明亮的，像沉沉夜幕中的星星

大哥接触计划生育工作后的第一个任务是和工作组一起下乡检查。

天黑的时候，工作组才出发，两名联防队员开着派出所的一辆旧摩托车在前面开道，张书记开着乡政府配备的摩托车紧随其后，副乡长一级都骑着自行车跟在张书记后面。大哥随李主任和四大名捕上了一辆手扶拖拉机，后面还跟着几辆空的农用手扶拖拉机。大哥不知道租这几辆手扶拖拉机干什么，虽然觉得有点奇怪，也没有多问。当时公安部有规定，公安机关不准参加非警务活动，但在基层，计划生育工作又是压倒一切的硬任务，书记要求派出所必须参加，派出所只好安排两名联防队员随行。

队伍趁着夜色浩浩荡荡地开进了马五咀村，村主任马大炮和几个计划生育专干已经守候在村头多时，马大炮向张书记报了个到，就带着几个人跳上了后面的手扶拖拉机。李主任这个时候开始让大哥发手电筒，大哥把拖拉机上的一个纸箱子打开，看到里面有几只手电筒，就给身边的人每个人发了一只。

几声狗叫打破了村庄的静谧，大哥随队伍进村了。明晃晃的手电光在夜色中搅动着，不时撕裂开夜幕。检查第一户时，张书记示意不要敲门，而是挑开窗帘，大家一起拿手电筒朝里面扫射，这一扫果然发现了问题，发现床上躺着个大肚子孕妇。这时候工作组才理直气壮地敲开门，让睡眼蒙眬的孕妇和她丈夫出示准生证，夫妻俩显然拿不出来。李主任问这是第几胎了，女的就开始号啕大哭，男的就跪在地上开始求饶，说他家三代单传，就指望他媳妇第二胎能生个儿子好传宗接代，求工作组放他一马，他祖宗八代都会感政府的恩戴政府的德。李主任说："你恐怕不是第四胎也是第三胎了吧？"就挥了挥手，立即有几个计生专干上来把孕妇架走，送往停在村头的手扶拖拉机。

又检查了几户，都没有发现异样。到达第五户人家的时候，发现家里只有一对老人，检查组准备离开，李主任进屋发现里面有一张空床，被子没有叠，很

随意地卷在一边。李主任伸手摸了一下,让大哥也摸了一把,感觉里面是热的。然后和一对老人打招呼算是告别,说了两句类似打扰了的话就走了。

李主任向张书记汇报后,示意大家不要走远,然后从外面把这家的房子前前后后包围了起来。果然,没过半个小时,一个挺着大肚子、步履蹒跚的孕妇从家后面踅了回来。大家一拥而上,孕妇束手就擒。

查到第六户张二狗家时,工作组遇到了点麻烦。

当工作组悄悄地摸到张二狗家时,发现门窗紧闭,但里面却有动静。为怕打草惊蛇,张书记示意大家把手电灭了,然后他趴在门缝上偷听,里面的动静好像停止了。为怕里面的人从后门或跳窗逃跑,张书记示意破门,一个专干上去一脚,"咣"的一声就把大门踩开了。大家一拥而上,齐刷刷地打开了手电筒。刺眼的手电光下,一对夫妻赤身裸体正在交欢,见到一群不速之客,仓皇分离,一起惊恐地对工作组睁大了眼睛。

"你们、你们要干什么?"张二狗打开了房间的灯,开始打量着来人。

"计划生育检查!"李主任大声说,然后扯开了张二狗媳妇刚披在身上遮羞的衣服,"办准生证了吗?不办证干这事怀孕了怎么办?"

当张二狗媳妇的衣服再次被扯掉,赤身裸体地又一次展现在众人面前的时候,她不干了,开始是小声辱骂,继而破口大骂:"你们这帮断子绝孙的东西,能不能做点好事?我们就干了,犯哪门子国法了?干这个事也要经过你们同意吗?别说我们已经结婚了,就是不结婚,老娘干了就干了,你们也管不着!"

大哥瞅着这一幕,脑海里忽然浮现出当初他和英子在玉米地里被捉的情景,这一幕何其相像,只不过一个是在野外,一个在室内,那一次是他被捉,这一次是他随着工作组来捉人,几年过去,他的角色竟然转换得这么快,大哥的心里有了激烈的碰撞。同时他很佩服那个女人反抗的勇气,比他们当初要勇敢得多。大哥正想着,发现那女的套上一件花裤衩,已经跳下了床,从门后面操起一把铁锹朝着来人挥舞了起来,大家齐刷刷地退出了屋外。

张二狗媳妇得势不饶人,继续叫嚣着,挥动着那把大铁锹,向众人扑来。张书记和李主任退到了一棵大树后面,张书记对两个联防队员说:"现在看你们的了。”两个联防队员面对一个半裸着的妇女，也觉得不好对付。张书记一把从联防队员腰里拔出了枪，对着天空“砰砰”地放了两枪。张书记是部队出身，对枪并不陌生。

大哥也被枪声吓得一怔，只听张书记喊一声：“给我上！”工作组的同志这才反应过来，趁着张二狗媳妇被枪声吓呆，一拥而上，将女人擒获。

这时张二狗从屋内端着把铁钗冲出来：“放下我老婆！不然我和你们拼命！”

女人不好对付，以暴制暴要容易得多。几个村干部为在张书记和工作组面前展示神勇，挥舞着从柴垛边捡到的木棒，一通乱打，将张二狗打趴下。

“敢破坏计划生育工作，都给我带走！”张书记一声令下，两人被五花大绑了起来。

连结局都一样，大哥回忆起那次也是这样被绑着押走时内心的羞辱、愤怒和不满。当工作组把张二狗夫妇交给大哥押向手扶拖拉机的时候，如果不是有另外一个计生干部陪着，大哥不知道自己会不会自作主张给两人松绑，甚至将他们放了。

十点半的时候，工作组几乎把整个村庄都搜索了一遍。张书记对村主任马大炮说：“让大家到你家休息一会儿吧。”

马大炮好像惊悸了一下，连连点头说：“好好，我先回去让我媳妇准备下，烧点水。”

“不用了，我们坐坐就走。”张书记看都没看马大炮一眼，径直往马大炮家走去。

等马大炮叫开他媳妇房门的时候，大家发现马大炮家里横七竖八地躺满了大肚子的妇女，妇女们显然没有料到村主任家也被抄，一时间惊恐万状，缓不过神来。

书记一声令下，妇女被统统押上了拖拉机。

李主任告诉大哥，马大炮的村主任干不久了。

果然如李主任说的那样，那天晚上行动后，马大炮就因袒护超生妇女被摘了乌纱帽。而后来大哥才知道,那天晚上张书记之所以能了解到马大炮家的情况,是因为马大炮手下的一个计生专干向张书记告了密。张书记之所以要整掉马大炮,是因为春节的时候,马大炮是22个村主任中唯一一个没去他家拜年送礼的人。马大炮被免职后没多久,告密的那个计生专干就顶上了马大炮的位置。

那个晚上,工作组共抓获计划外怀孕妇女18人,两女户未结扎的21人,三女户未结扎的14人,几辆拖拉机被塞得满满的。一行人的脸上好像都很有成就感,唯有大哥,心里涌上说不出来的味道,这就是他以后的工作吗?大哥看着拖拉机上的这些人,恍惚中,他和英子也被押在其中,身边张书记的那张脸在慢慢变化,一会儿变成了周麻子。拖拉机"轰隆隆"地发动了,把大哥从幻觉中惊醒,李主任正在喊他上车,他恍然醒悟,自己现在已经和张书记、李主任他们在一个阵营,他感觉很不舒服。当拖拉机一路颠簸着在夜色中穿行着的时候,大哥感觉头晕,有点想呕吐。

那个晚上,冷血胡一直跟在大哥的前后左右,不时和大哥对望下,然后笑笑。大哥发现,冷血胡的眉宇间似乎透着一股迷人的表情和光彩,那个晚上,唯有冷血胡的眼睛是明亮的,像沉沉夜幕中的星星,天越黑,星光越熠熠生辉。

计生办在乡政府的院子里,是一个独立的二层小楼,工作人员分散在小楼里办公,其他房间用来关违反计划生育政策的人,有两女户未结扎的,有长期不到计生办妇检的,有欠抚养费的。因为计划生育实行株连政策,找不到当事人的就抓父母,找不到父母的就去抓岳父岳母。抓的人多了,不好看管,张书记就下令工作人员都合并到一楼的房间办公,把计生办的二楼全部腾出来,在楼梯口安装上防盗门,专门用来关人。被计生办抓来的人由其家属负责送饭,直至当事人或结扎或上环或交了抚养费才能放回去。计生办为看好二楼的人,排出了轮流值班表,每天安排一男一女值班,专门负责护送被关押人员解决大小便等问题。楼上的人关得多了,空气不流通,也不能洗澡,各种怪味就会掺杂在一起,不仅熏得里面的人受不了,而且大哥他们在一楼办公也能闻到恶臭,发展到后来,每个从计生办门口走过的人也得捂着鼻子。

加上那天晚上抓来的53个人,计生办的二楼确实是人满为患了。按照规定,计划外怀孕需要做人流或引产手术的,要由各个乡镇分期分批送到县计生服务站去,由专门医生进行手术,但由于各个乡镇都积压太多需要手术的人,县计生服务站早已应接不暇了。按照县计生服务站的接受能力,李主任粗略地算了一下,轮到现在关押的这一批人手术,至少还要半年时间。这么长的时间,不光被关押的人受不了,容易出问题,就是计生办和乡政府的人恐怕被那怪味也熏得受不了。

李主任向张书记汇报后,乡政府做出决定,自己动手,解决问题。

那个晚上,乡计生办灯火通明,结扎和人流手术即将开始。

结扎的手术简单些,首先开始了。第一道程序是备皮。这是冷血胡的活,但因为需要做手术的人太多,按照常规的分工,人远远不够用。大哥被李主任安排,做冷血胡的帮手,跟冷血胡从第一道程序开始学起。大哥学着冷血胡的样子,先穿上白大褂,然后戴上口罩,从外形看,已经有点像医生。大哥按照冷血胡的指点,取来了剃须刀和滑石粉,先看冷血胡做,自己在旁边跟着学。

大哥进乡政府以前,从来没听说“备皮”这个词,对将要干的活,一点也没底。

一个两女户的妇女被张无情和王铁手架着进来,妇女一脸的惊恐和慌乱。冷血胡让妇女脱掉裤子,妇女死活不愿意,李主任在门外看着说:“绑上!”便有一个男计生专干进来协助,按住了妇女的双手,张无情和王铁手便找来绳索,将妇女的双手分别固定在床沿上,然后开始解妇女的腰带和裤子,妇女边蹬腿,嘴里边开始骂骂咧咧。李主任说:“你要是老实,给你做银夹;如果你不老实,就给你输卵管剪断!”这一招果然奏效,妇女想到即将到来的手术,便乖乖地瘫软了自己的身体,张无情和王铁手很快轻车熟路地妇女的下半身剥了个精光,然后把四肢牢牢地固定住。大哥后来才学明白,结扎手术分两种:第一种就是李主任说的用银夹在女子输卵管或男子输精管上卡上一根银质的夹子,阻止排卵或排精,起到避孕的作用。另一种原始的方法就是把输卵管或输精管剪断,再用羊肠线扎上,以彻底防止受孕。

李主任对冷血胡和大哥说:“剩下的是你们俩的活了。”

冷血胡开始备皮。她先让大哥往妇女的阴部涂滑石粉,大哥刹那间竟然面红耳赤,幸好还戴着口罩。冷血胡显然感受到了大哥的局促和紧张,用口罩上方的眼睛嗔怪地看大哥一眼,说:“你可真纯,现在像你这样的人真是比大熊猫还要珍贵!”边说边自己动手,不一会儿就把妇女的阴部涂成了白茫茫一片。

冷血胡开始给妇女剃阴毛,那熟练的程度,比大哥自己给自己剃胡须还要得心应手。大哥那天没有动手,就只看看,感觉自己脑门上已经爬满了密密麻麻的汗珠。

冷血胡边备皮边看着大哥的窘态发笑,因为不专心,把妇女的阴部刮破了一块皮,流了一点血,但等到大哥看完李主任的手术,才发现这一点血实在是毛毛雨,不足为奇。

冷血胡备好皮,和大哥退在一旁,看李主任做手术。

李主任早已穿戴整齐,拎着一把明晃晃的手术刀走了过来,只见她在妇女肚子的左下角摸了下,像是在找位置,然后就听“刺啦”一声,李主任一刀就划了下去,妇女的肚子上立刻就渗出了鲜红的血液,妇女声嘶力竭地惨叫,疼得差点晕过去。李主任说:“叫什么叫,当初快活时怎么没想到有今天!”说完把手术刀一丢,从旁边拿了个铁钩子,对着刀口伸了进去,然后把一条细细的输卵管钩了出来,李主任接过冷血胡递来的银夹,把钩出来的输卵管从中间夹住,确认卵子再也不会从这根管道中游过去后,就把带着银夹的输卵管塞回腹内,然后让冷血胡开始缝针。

李主任亲自操刀了几例结扎手术,算是示范,便把手术刀交给了冷血胡。她看大哥在这里也帮不上手,就带着他和王铁手到另一个房间做人流手术。

另一个房间的人流手术已经做好准备,李主任照例做第一个。一个怀孕妇女被带上来,李主任让大哥找来把手电筒,让大哥打着,站在旁边。李主任拿过扩阴器,先把妇女的阴部扩开后,就把人流机吸头往妇女的阴道里送,感觉吸头应该到了子宫胚胎的位置，便开始用自己的右脚踩动脚踏吸引器，大哥听到人流机发出了“呼哧呼哧”的声音，随着妇女的一声声惨叫，一堆模糊的血肉顺着人流机的吸管被抽了出来……

按照同样的程序做到第三例的时候，李主任又遇到了点困难。因为第三个妇女身材矮小，又刚刚怀孕不到两个月，李主任借着手电筒和日光灯微弱的光芒，很难把吸头送进妇女子宫胚胎的位置。她试了几次无果后，无奈地仰头看看日光灯，然后又对着大哥的手电筒摇了摇头。

“你去把摩托车推过来。”李主任对大哥说。大哥放下手电，把院子里那辆配给计生办的摩托车推到了门口。

“放哪？”大哥不解地问。

“你发动起来，把车头对准床，打开大灯！”李主任指导着大哥怎么做。

一道强烈的光芒对准了妇女躺着的单人床，整个房间也随之豁然明亮。

“左一点，再右一点。”李主任指点着大哥小角度调整着光束的位置，最后光束最强点对准了妇女的阴部。李主任借助强光的指引，很快把吸头送进了妇女的子宫。

那天晚上，直到李主任累得满头大汗，摩托车的汽油耗尽、灯光开始变得暗淡，小月份怀孕的妇女都全部做完的时候，他们才开始收工。

大哥一晚上只是观摩和学习，想到今后自己也要这样工作，不禁再一次汗水涔涔。

4. 我不是开玩笑，我真的喜欢你

四大名捕的名字起初只是在乡政府内部叫，但自从那一战之后，四大名捕几乎是一夜成名，威震整个双河乡 22 个行政村，同时也让大哥目瞪口呆，惊诧不已。

大哥到计生办工作不久，就接到村民举报，桥头集村的农民王富贵为躲避计划生育，丢下土地不种，终日在淮河和涡河一带以跑船拉货为生，据村民们说，他们在船上已生下五六胎女儿，具体数目没人能准确说上来。举报人说，王富贵因为母亲病危，今晚将把船停靠在涡河岸边的桥头集附近，下船探望老母。

大哥按照李主任的要求，将接到的举报整理成文字，计生办报到乡里，张书记亲自带队，决定抓住这个反面典型，以儆效尤。天色将晚，桥头集村的计生专干潜伏在涡河岸边的草丛里，发现王富贵的船靠岸后，就去报告张书记，张书记一挥手，就带着队伍冲上了船。大哥随队伍上船检查，发现船上除王富贵夫妇外，还有一个和王富贵媳妇长相相似、年纪较轻的怀孕妇女。他们点了下船上的孩子，不连妇女肚子里的，总共有七个，均是女孩。经询问，那个年轻的怀孕妇女是王富贵的小姨子，七个女孩子中有两个是她的，现在她怀上了第三个。王富贵小姨子生的孩子全是王富贵的，王富贵看老婆生不出男孩，就对姐妹两人同时播种，三个人就在船上过起了一夫两妻的生活。正当张书记一行准备将他们全部带上岸时，王富贵的小姨子提出上一趟厕所。因为随行的都是男人，也不好看管，只能看着那妇女向船尾的临时厕所走去。当她走到船尾时，妇女不顾已怀孕的身体，突然纵身一跳，跳进了河水里。张书记在船上喊话，那妇女却不顾一切地蹚着河水往前跑，也不上岸，而是躲在河边的一个芦苇荡里，河水已经没至她的大腿处。张书记派人看守好船上的人，就带着另外的人上岸对那妇女喊话让她上来。那妇女不上来，却开始求饶："求求你们，放过我吧，让我生下这个孩子吧，我找人看过了，这胎是个男孩，只要你们让我生下这个孩子，你们做什么都行。"那妇女边说着话，边把自己的裤子脱掉扔进了河里，赤裸裸的下身对着张书记等人，夕阳下粼粼的波光在妇女的会阴处荡漾。那妇女继续说："来来来，我现在就报答你们的大恩大德，随便你们怎么搞，只要不让我跟你们去流产，你们做什么都行！"几个大男人见状，一点办法都没有，最后窘在那里。张书记只好派人去求援，四大名捕开着两辆摩托车"呼啦啦"应声而到，后面的一辆摩托车还带着人流机。四大名捕不像男人那样喊话啰唆，四人鞋子一甩，挽起裤脚下到河里，分别捞起那妇女的四肢，把半裸着的妇女抬上岸。她们没有把妇女拉到乡卫生院去，而是拉到桥头集村部的临时妇检室，直接把妇女按在了床上，冷血胡按头，张无情按脚，追命李不管妇女呼天抢地的喊叫声，把人流机吸头呼哧一下插进妇女的阴道子宫里，王铁手开始呼哧呼哧地踩动人流机，没用二十分钟，就给那妇女的胎儿带血抽了出来。做完手术，四大名捕把人往村计生专干那里一甩，便骑上摩托绝尘而去。当时有许多围观的群众，看到四大名捕的“壮举”，无不大惊失声。从此，四大名捕声名大噪，那帮再难缠的乡下妇女，只要一听到四大名捕的威名，无不闻风丧胆，丢盔卸甲而逃。

其实，那是他们看不到，四大名捕也是女人，也有柔情的时候。特别是冷血胡，只要一见到大哥，便不再冷血。

那天晚上，正赶上大哥和冷血胡当班，天色已经不早，大哥累了一天，想去睡觉，可冷血胡待在大哥的办公室就是不走，时不时莫名其妙“咯咯”地笑着，大哥面情瓤，也不好意思撵人家走。冷血胡和大哥一会儿扯到东，一会儿扯到西，看大哥面露倦怠，突然来一句：

“那天你看我备皮的时候，脑子里在想什么？”

大哥被问得措手不及，闹了个大红脸，冷血胡突然过来，一把从后面抱住大哥，鼻息带着微微的热气，温湿着大哥的后脑勺，轻声说：“许友梅，我喜欢你！”

事情来得这么突然，大大出乎大哥的意料，大哥丢下句“对不起”便落荒而逃。

从此，大哥只要一见到冷血胡就远远地躲着，冷血胡有所察觉，有一天就堵住了他。“许友梅，你见我跑什么？我又不给你备皮！”惹得大哥又是一阵面红耳赤，转身就逃。

“许友梅，我不是开玩笑，我真的喜欢你！”

大哥已经很久没有和女人近距离接触过，英子和兰兰相继为他而死，祁红也下落不明，内心深处的这个伤痕不是一天两天就能消弭的。那场大病以后，大哥对女人几乎已经失去了兴趣,冷血胡的目光他不是读不懂,但这丝毫激不起他内心的波澜,他的心情平静如水,而面对冷血胡突如其来的赤裸裸的挑逗,他只能选择躲避。

双河乡的计划生育工作有条不紊地开展着。

在乡下,传宗接代、养儿防老是几千年来根深蒂固的传统观念,而当这个传统观念和现行的计划生育政策相遇时,便形成了强力的对抗。为保证计划生育工作能够消除一切阻力,势如破竹般深入开展,上级赋予计生部门的权力也越来越大。

权力是把双刃剑。权力越大,与老百姓的关系就会越紧张,矛盾就会越来越突出。

此后,大哥随着计生工作组下乡扒房、挖粮、牵牛、开走拖拉机,做这些事情的时候,内心是极为矛盾的。他知道,老百姓传宗接代的观念根深蒂固,国家如果不从政策上予以控制,人口带来的问题势必积重难返,但如此执行政策的方式大哥却十分不适应,但同时也找不到解决问题的办法。特别是在双河乡这样偏远的农村,解决超生人口的问题和任务越来越迫切,而那些急于生个男孩传宗接代的农民对抗情结也越来越激烈。

那天,工作组检查磨盘王村,张书记带队,四大名捕陪同前往。这个村地理位置偏僻,自古民风剽悍,赌博、盗抢、打架斗殴都是远近闻名,计划生育也是问题突出,乡里决定抓这个典型,拨掉几个钉子户。

第一站到朱二黑家,朱二黑老婆已生了三个女儿,现在又怀上了第四胎,乡里决定今天一定要把朱二黑媳妇弄到乡里流产。

“计生办的来了!”不知哪个村民喊了一声,整个村庄瞬间都得到了这一消息,怀孕的、未妇检的都躲起来,村里的几条大黄狗开始“汪汪”地叫起来。

“朱二黑,把你媳妇交出来,不然就把你家房子给扒了!”李主任在朱二黑的门前开始喊叫。朱二黑家的三间破草房可怜兮兮地躺在一片瓦房中间,可以想象出里面已经是一贫如洗。

朱二黑正蹲在墙脚扒饭，眼睛中闪过一丝惊慌，回头扫了下自家房子，随即镇静了下来。

“房子你们可以扒去，但我要留个种传后。”朱二黑几乎是不买检查组的账，继续扒碗中的剩饭。

张书记一挥手，示意检查组进屋搜找朱二黑媳妇。

朱二黑“啪”地丢掉了手中的碗筷，从墙边抓起一把农用铁钗，把钗头对准要进他房间的人，怒吼着：“谁绝我的后，我就和谁拼命！”

“呶、呶、呶！”围观的群众越来越多，开始起哄，给朱二黑打气助威。

村民们突然朝工作组这边围拢过来，人群中飘过来一股臭气熏天的味道，这时候人墙自动闪出一条缝来，几个妇女端着屎盆子从人群夹缝中向工作组靠近。

“泼呀，泼呀！”人群中爆发出喊叫声，张书记、李主任和四大名捕显然闻到了臭味，正单手掩鼻挡住恶臭，忽然天空就下起了粪雨，张书记的头上、身上都挂满粪便，粪水顺着头发往下淌，有几股还流到了他嘴巴里。

站在队伍前面的四大名捕无一幸免，全部挂彩。李主任气得嘴唇发抖；王铁手竟然哭了；张无情的眼镜被泼掉了，目光显得有点呆滞。冷血胡无助地望着大哥，用目光向大哥求援。

四大名捕从没有吃过这么大亏，从此威名扫地，气势开始走滑坡路。

朱二黑“嘿嘿”地奸笑着，想要乘胜追击，平举铁钗就向四大名捕扑过来，站在最前面的正是冷血胡。

大哥觉得再不出手就要出大事了，从侧面一个箭步上去，一把夺下朱二黑的铁钗，飞起一脚将朱二黑踢趴下，几个计生专干上来将朱二黑的双手扳到背后按在了地上，其他人就一起进屋将躲在角落里正瑟瑟发抖的朱二黑媳妇拉上了车。

等到战役结束，张书记抖抖身上的粪便，赞赏地看了大哥一眼，说：“小许今天表现不错！”然后拍了下大哥肩膀。

围观的人群已经散去,张书记打电话给派出所,让他们好好查一查,有哪些妇女对计生干部泼粪,查到一个抓一个,决不放过一个人。

派出所的同志还没有查出泼粪妇女,李家湾村又发生了针对计划生育干部的投毒案件。

那天是一个副乡长带队到李家湾村检查,检查结束的时候天色太晚,就住在了村部里。村部很简陋,连个院墙也没有。夜里,副乡长起来小解,发现有一个黑影出现在村部的压井旁,副乡长大喊一声:“干什么的?”黑影撒腿就跑了。第二天早晨,大家坐在桌子旁正准备吃饭的时候,副乡长讲起了昨晚的事情,引起了一个村专干的警觉,他说:“大家别慌动筷子,我先检查一下。”然后唤来了外面的一只猫,村专干把饭和菜先给猫吃了,然后看那猫的反应,没想到,猫还没吃到一半,就“喵喵”地叫两声,颤抖着倒在地上,伸了几下腿就一命呜呼了。

大家吓得一身冷汗,随即向派出所报了警。派出所取样后经过上级部门化验,确定是有人在井水里投了毒鼠强。毒鼠强是剧毒物,俗称“三步倒”,中毒者一般走不出三五步就会倒地,意识丧失,瞳孔放大,迅速死亡。

派出所查了一个多月,最后也没查出是谁投的毒。

冷血胡拎了一大兜苹果,来感谢大哥那天出手相救。

大哥说:“不用不用,都是同事,我也是做了应该做的,不能让别人欺负我们女同胞。”冷血胡只是笑吟吟地站着,对大哥发笑。

“我那天说的事,你考虑得怎么样了?”冷血胡问大哥。

“嗯? 什么事?”大哥一时想不起来冷血胡问的是什么。

“你就装吧你!”冷血胡嗔怪地看着大哥,显得很委屈。

大哥对冷血胡躲得越远,她就追得越紧。

很快,冷血胡就捕捉到一个能够走近大哥的机会,她决定好好利用这次机会,发挥四大名捕秋风扫落叶般的狂飙,一举将大哥拿下。

5. 冷血胡的双眸，竟如河水一般生动和流盼

扒房、挖粮和牵牛根本阻止和动摇不了双河乡农民养儿防老传宗接代的强烈欲望，于是便有了大批大批的妇女或年轻夫妇选择逃往外地经商或打工，形成了一批批黄宏、宋丹丹小品里的超生游击队。在他们中间流行这样几句顺口溜："外出辛苦一阵子，生儿幸福一辈子。""家产随你拉，房子任你扒，不生儿子不回家！"

随着外出躲避计划生育人员的不断增多，流动人口计划生育管理工作的难度越来越大，双河乡计划生育工作面临的形势也越来越严峻。

乡里准备派出工作组，前往江州、上海等双河乡流动人口比较集中的地区开展清理工作。因为乡镇一级难得有机会出一趟门，大家都觊觎着这个美差。最后的决定是：张书记亲自带队，为方便工作，要求计生办去一男一女两个同志，其他从几个重点村里抽调村主任和计划生育专干陪同前往。张书记带队，按规则应该是李主任带一个人去，李主任经过考虑，决定带大哥去。哪知道在出发前的一个晚上，人员就有了变化。

这个事情本来没有冷血胡的份，当她知道初步确定的工作组人员后，下班就跑到张书记那里软磨硬泡了一个晚上，活生生把计生办主任给顶了下来。第二天一早临出发前，张书记对拎着行李准备出发的李主任说："考虑到家里计划生育工作任务还很重，不能群龙无首，你还是留在家里主政吧！"把李主任当场气得面红耳赤，也不敢发作，等他们走后，李主任把办公室的茶杯摔了个粉碎。

李主任如果跟随工作组一起走，也许能躲过后来的一场噩运。

张书记带着工作组，从珠城市乘火车，第一站到江州。

当大哥随着工作组走出江州火车站的时候，天已经黑了。在双河，这个时间早已是黑灯瞎火、村民们上床睡觉的时间，仅能见到的一点光，也许就是飘荡

在荒郊野外,星星点点如鬼火一般萤虫的光亮了。可眼前的这座城市依然不眠,鳞次栉比的高楼大厦,时尚靓丽的红男绿女,灯火阑珊处伸向远方的宽阔的马路,对大哥都有着无穷无尽的吸引力。一时间,大哥仿佛出现了幻觉,他突然变身为这里的一员,骑着鲜亮的自行车正匆忙赶回城市一角的家中,家里年轻貌美的妻子和聪明可爱的孩子正摆好碗筷等待着他回家……可当一辆汽车拉着响笛呼啸着从他们身边经过时,很快就把他拉回到现实中,他看着走在前面提着行李、穿着土布衣衫、走得歪歪扭扭的来自双河乡的工作队伍,他很快清醒了,他们不属于这里,他们只是这座城市的匆匆过客,到这里来是寻找未妇检和未结扎的妇女,他们是要将她们带回双河去,给她们上环、结扎、做人流的。

当他们换上公共汽车一路颠簸着向城市的郊区开去时,大哥进一步清醒,他们不仅不属于这里,对他们而言,连住在这里一个晚上也是奢侈的。因他们的工作对象多在城市的边缘谋生,他们今天晚上只能住在城郊接合部去,找一家每间房子不超过二三十元的小旅馆先住下,以方便明天的工作。

大哥一路沉思和遐想的时候,一直忽视着一个人的存在。冷血胡一路上在和张书记悄悄私语的同时,不时地打量着不远处的这个男人,见他时而沉思,时而显得有些忧郁,她琢磨不透,眼前的这个男人,他想要的是什么,她时不时上下打量着自己为出这趟远门或者说专门为这个男人而精心打扮的自己,搞不明白,自己为什么对他一点吸引力都没有,而只有张书记在耳边小胡小胡地聒噪着,声音中充满着丝丝的亲昵和暧昧。

当天晚上,他们在六合区城郊住下。张书记是领导,自己住一个房间,冷血胡一个女同志,也单独开一个房间,其他人都是两两一个标准间。大哥连一个热水澡也没有洗上,就带着疲倦和困顿和衣睡下,同房间一个来自庙岔子村的村主任一夜如雷鸣般的呼噜声丝毫没影响他睡个好觉。

第二天的工作就在六合区城郊接合部开展,这里是双河乡农民外流江州躲避计划生育的主要集聚地。出发前工作组从县计生委开具了介绍信,在当地计生部门的配合下,摸排工作进行得比较顺利,他们一共找到七户人家,六户人家当事妇女不在,工作组以他们没有回家妇检为由每户罚款两千元。大哥代表计生办负责收款，一万多元现金把大哥的腰包装得鼓鼓的。第七户人家是庙岔子村人，在城郊搭建了塑料大棚养殖蔬菜往城市里卖，好像赚了些钱。当工作组走到他们搭建的简易房屋前里，看到一个孕妇，工作组连忙想叫住她，可那妇女一闪就不见了，大家立即就明白了，他们要找的这一户，已经计划外怀孕。

工作组人员有了底气，径直敲开了房门。一个男子开了门，看年纪应该是孕妇的丈夫，凶巴巴地望着他们，听工作组说完来意，忽然转身从房间里拎出一把明晃晃的钢刀来，指着工作组疯狂地叫嚣起来："你们他妈的胆子不小啊，搞计划生育都搞到江州来了，老子这几年挣的钱都够买你们几个的狗命了！我请你们立马滚蛋，不滚蛋老子立马给你们放血！"

情况有点始料不及，工作组人员立马簇成了一团，冷血胡躲在最后面，想往大哥的怀里躲，大哥轻拍了下冷血胡的肩膀，说了声："不用怕。"算是安慰。张书记平复了下紧张情绪，劝年轻人说："你把刀放下，我们有话好好说，我们是按照国家的计划生育政策执行公务，你知道阻碍执行公务、破坏国家计划生育是犯王法的吗？"

"公务算个屁，王法算个屁，谁让老子断子绝孙，老子今天就跟谁拼命！"男子继续叫嚣。

双方僵持不下，空气凝固着。

这时候，听到一声咳嗽声，和大哥同宿的庙岔子村的村主任站到队伍前面，他一点不畏惧男子手中的钢刀，径直走过去手指着男子的鼻梁骂道："三猴子，你他妈的想找死是不是？来江州混两天就不知道天多高地多厚了！你说今天怎么搞？在江州搞还是回庙岔子搞，大爷今天奉陪到底！拿把刀有什么了不起，大爷今天让你捅，你有这个胆吗？来，往这捅！"村主任把自己的胸脯拍得"啪啪"响，直逼着男子。

"叔，俺不知道您也来了。"男子竟突然变成了笑脸，对着村主任说，"我不是针对您的，您老人家别生气，我这就给您赔不是，您大人不计小人过。您坐，您坐，我这就给你倒茶！"男子乖乖地把钢刀"咣"的一声扔掉，立马上来给村主任捶背。

“妈的,三天不打上房揭瓦,你小子想翻天了,快给书记道歉!”

“书记,对不起,都是我的错,我少不更事,我向您赔礼道歉。”男子变得唯唯诺诺起来。

双方坐下,最后的处罚结果是:让男子交五千元保证金,限期一个月内引产,如果到期不引产,保证金就变罚款。

对这个处罚双方都心知肚明,男子不会引产,保证金在交的那一刻就已经变为罚款。

收完罚款,从男子的大棚里出来,天已经黑了,在江州的工作也就算结束了。虽然一天收了一万多元罚款,但最后发生的这件事让张书记心里很不悦,他一脸铁青一言不发地走在返回的路上,心里琢磨着这个刁民为什么对我这个书记趾高气扬,反而对村主任俯首帖耳。

庙岔子村的计生专干给我们兜底说:“村主任家兄弟五个,打起架来一拥而上,在庙岔子村人称‘五虎’,五虎在村里横行霸道,家家谈虎色变,兄弟五个又个个不绝后,分别是儿女成群,家族人丁兴旺,所以才有这么大底气。”

当知道了庙岔子村村主任的威力原来是来自家族的力量后,张书记的不快很快就烟消云散了。家族的势力再大,也没有我书记的权力大,搞得不好,老子一样把你撤了,管你几个儿子孙子。书记觉得村主任这个事情就是个反面典型,你教育别人女儿也是传后人,自己却生下几个儿子,搞得刁民不怕我这个书记,却怕你这个有几个儿子的村主任。可是,在农村,这就是事实,农民们有这样一句口头禅,说一千道一万,没有儿子都扯淡。

张书记才不去想农民们的这种观念给计划生育带来的阻力,没有空去研究国家的计划生育政策在基层落实中遇到的困难和问题以及如何去破解这些难题。回到那家小旅馆,张书记指示大家立马收拾行李。大家以为是坐夜车赶往下一站上海,张书记一拍大哥的腰包说:“我们是万元户了,岂能住在这样的小地方? 走,我请兄弟们今晚入住金陵饭店!”

众人一阵欢呼,分乘了三辆出租车,出租车刚到鼓楼区,37 层、110 米的中国第一高楼金陵饭店就矗立在他们的眼前了，冷血胡兴奋得脸色潮红，不停地拉着大哥的手指着高处看。

他们从出租车下来，带着几分神秘色彩的金陵饭店就在自己面前了，大家仰着头观望了下，对着门前“衣冠不整恕不接待”的标志，不由自主地从上到下打量了下自己显得土气的衣服。当他们步入皇宫一样金碧辉煌的大厅时，一行人都被那气势震到了，几乎是战战兢兢地走到服务台前，却傻了眼，服务台后面写着宾馆的价格，标准间九十美元。张书记拍拍自己的腰包，心里嘀咕着，妈的，住宾馆还得用美国钱，老子不住了。

大家又回到门外“望店兴叹”了一会儿，最后商议的结果是：选择买票参观位于36层的璇宫，10个人花了五十元，第一次乘坐了电梯，而且还是国内第一部高速电梯，从底部直达36层只用了不足三十秒的时间，他们进璇宫后，每人捧着一杯赠送的咖啡，尝着从没有过的苦味，嘴里边喊着“好喝”，边艰难地下咽着，大哥想到了以前喝发霉山芋稀饭的情景，他们以刘姥姥进大观园的心情在璇宫里待了一小时，正好璇宫转了一圈，俯瞰了整个江州城全貌之后才下得楼来。

在金陵饭店位置不远处，他们找了家中档酒店安顿下，然后就在酒店门口大吃了一餐江州特色宴，每人都喝得醉醺醺之后，张书记宣布下面的节目自由行动。

村里来的几个人嚷嚷着换个地方继续喝酒，张书记说他不干，不让住金陵饭店他心里不甘，今晚他要去找秦淮名妓陪他潇洒一晚。冷血胡问大哥晚上做什么，大哥说他要去看看桨声灯影里的秦淮河。冷雪胡说：“我也去！”

十里秦淮，飘荡着微凉而又迷离的夜色，微微荡漾着的柔波显得恬静而委婉，大哥站立船头，在内心感叹着这流淌千年的河水里，不知融入了多少文人骚客的失意和落寞，他仿佛拨开了历史的烟雾，穿越到那烟雨朦胧的三月，柳色抽新，华灯初上，轻纱幔绕的画舫里，觥筹交错，“秦淮八绝”个个窈窕身段、纤纤素手、婉婉歌喉，在灯影摇红里依稀可辨，她们沐浴着十里香艳、六朝金粉，在飘摇的烟雨里长袖漫卷，舞尽一个朝代的婉转与缠绵……船头远方的灯火明了，黯淡的水光如梦似幻，闪烁着的粼粼光芒，与天上的星星交相辉映着。

如此美妙的境界，大哥竟有点陶醉，回头望时，冷血胡深情款款地凝望自己的双眸，竟如河水一般生动和流盼，是景色所致还是情之所至，他竟对身边的这个女人开始心生好感。当冷血胡倚过来用双手环住他的腰围的时候，他竟然没有拒绝，和她紧紧地相拥在一起，听着秦淮河水静静地从心头掠过。

那天晚上，村一级几个人全部是一醉方休。等大哥和冷血胡回到宾馆的时候，刚进房间就被张书记用宾馆电话叫了过去。进去后，大哥大吃一惊，房间里坐着两位警察，还有一个几乎半裸的女子，大哥一看就明白了，一定是张书记和秦淮名妓交欢时被警察逮个正着。警察决定给张书记处两千元罚款，张书记翻遍全身给警察看，身上的钱也不足千元。警察说那就通知单位来取人，问张书记是哪里人、什么单位时，张书记一边说自己是农民，没有单位，一边盼望大哥快点回来，当大哥接听电话时，张书记才知道救星来了。

大哥用今天刚收来的社会抚养费给张书记交了罚款，警察把张书记教育了一番，张书记唯唯诺诺言之恳恳，表示痛改前非、决不再犯时，警察这才走人。

第二天一早，他们匆匆离开江州，赶往下一站上海。到达上海站时，张书记在站前广场上拉住一个叫喊着卖假发票的，问好价钱后买下几张塞到了大哥手里，告诉大哥，就用这些发票充抵昨晚的罚款。

上海的工作主要在双河乡人比较集中的宝山区进行，工作开展得异常顺利，共找到十一户躲避计划生育的，罚了两万多元罚款。其中最后一户在双河时已经生了两个女孩，到上海后一边做土木工程挣钱发了家，一边和老婆辛勤耕耘，终于修成正果，生下一个男孩。听到工作组来后，主动找到工作组要求交五千元罚款，同时为工作组摆下酒席，又请来几个上海的朋友作陪，席间酒足饭饱之后，对工作组千恩万谢，说感谢工作组，感谢国家的计划生育政策，如果不实行计划生育，把他从双河逼出来，就没有他的今天，直到现在他可能还是一文不值的穷光蛋。

那天晚上，一行人都喝多了，大哥被张书记强逮着代酒，已经不记得喝下了多少酒，几乎是人事不省地被冷血胡连扶带拖地带到了她房间。

就在当晚，冷血胡带着酒意赤裸上阵，酣畅淋漓地把大哥上了。

6. 对于突如其来闯进自己身体里的这个女人，大哥惊魂未定

当他们从上海回来时，家里已经发生了一件天大的事。

按理说出了投毒的事情后，计生办应该引起警觉，但有些事情确实又是防不胜防的。

李主任没有去成江州和上海，虽然带着情绪，但工作还得开展。

李主任带队下乡，查到了马吴咀村一个两女户未结扎，女方带着两个女孩已经外出躲避，家中只剩男子一人。李主任安排人员继续在乡里排查，她准备和王铁手用临时租来的拖拉机把这个男子送到乡里先关起来。拖拉机驾驶员正要开动时，男子提出夜里有点凉，要求回家拿几件厚衣服防寒。征得同意后，男子回到家里拿了几件衣服，衣服里裹了一把铁锤。李主任和王铁手坐在拖斗靠前的位置，那男子蹲在拖斗里，车走到半路上的时候，那个男的突然从衣服里掏出铁锤，对着坐在前面的李主任后脑勺上就是一锤。王铁手正昏昏昏欲睡，忽然听到"砰"的一声响，睁开眼时发现李主任的后脑勺上脑浆已经迸出。王铁手一刹那惊呆了，好在她也经常接触手术，并没有被脑浆和血液吓蒙，而是立即上来抓住那男的挥锤的手，司机立马停下来过来增援。那男的见拖拉机停了马上跳下拖斗仓皇逃窜，钻进了路旁的庄稼地里。

司机和王铁手还没把李主任送到医院人就不行了，王铁手和司机同时向乡政府报告，并向派出所报了案。

荆涂县公安局将案件逐级上报，省公安厅在全省范围内发出了通缉令。

李主任的后事由乡计生办主办，乡政府为抚慰李主任的英灵，将她一直在务农的丈夫安排进乡计生办，乡政府承诺给李主任的唯一一个儿子发放抚恤金一直到十八周岁。

因为李主任突然因公殉职，计生办一时群龙无首。

乡党委召开紧急会议，研究计生办的人事问题。会议开了整整一个下午，也没有研究出合适人选，而计划生育工作又是迫在眉睫的大事情，工作一天也不能停，会议就决定由大哥临时负责，牵头开展工作。

大哥临危受命，感到压力沉沉。

刚宣布大哥主持计生办的工作不久，就迎来了省计生委组织的全省工作大检查，面对一大堆积重难返的问题，大哥感到一筹莫展。

荆涂县计生委为推动工作深入开展，每年都向乡镇计生办下达结扎、上环、人流和引产四项计生手术任务，由乡镇再分解到各个村。

县里下达任务指标是根据人口生育比例测算出来的，乡级对村级就很难测算，因为村级人口基数小，形不成比例，所以就胡乱分配，严重脱离现实，再加上部分手术对象外逃，完成手术任务就很困难。形势紧，任务重，村级迫于压力，就动歪脑筋，拿钱到卫生部门买手术证明单。能买到手术证明单完成任务的，就是先进单位，完不成任务的村就要进笼子，村领导就要被免职。这样的结果是：一方面有大量的无证生育、多胎生育等计划外生育的人大量存在；另一方面是计生部门为了粉饰太平，体现工作成绩，就采取做假报表、假台账的办法以应付检查。所以每到有检查的时候，是超生户和计生办都最忙的时候。超生户要东躲西藏继续游击，计生办要加班加点补假台账。核查台账与妇检记录、手术记录与报表能否对得上，然后再去做假月报、假季报、假年报，大哥对这样弄虚作假很是反感，但大家一直都是这么做，他又不是负责人，也不好说什么。现在让他主持工作，那么问题就来了。

县委、县政府向双河乡党委、政府下达了死命令，这次全省检查抽到双河乡，双河乡计划生育的工作情况就代表着全县的整体情况，要举全乡之力做好迎检工作，绝不允许出现任何纰漏和问题，绝不允许给县委、县政府抹黑，谁让全县的计划生育工作进笼子，就砸谁的饭碗！

张书记在全乡会上向各村支部书记、村主任和计生专干传达县委、县政府的指示时，一脸严肃。为做好迎检工作，他要求，把全乡 22 个村的计生专干都抽到乡计生办，供大哥统一调配使用。

大哥利用有限的时间，对即将到来的检查工作进行了周密部署。

检查组说来就来了。

由省计生委一个姓赵的业务科科长带队、抽调地市一级的计生专干组成的工作组到达双河乡的时候，没有直接到乡政府，而是直接进入偏僻的黑皮沟村进行暗访。

幸亏大哥此前及早制定了预案，当检查组进入黑皮沟村后，提前设置在村口的两个农民打扮的计生专干一个到乡计生办报告，另一个跟随在检查组后面进村。大哥随即调动多个计生专干开着摩托车迅速向黑皮沟村集结，到达村口后，计生专干的主要任务就是盯着省计生检查组进了哪几家进行暗访。

大哥也打扮成要去干活的农民，远远地看检查组如何进行暗访。他发现，检查组很有经验，进得一个农民家里后，就和家里的老人聊起了家常，说他们是县扶贫办的，来了解农民收入情况，在聊了一大堆农业生产后，检查组问："家里几口人啊？"

"儿子儿媳妇都在外面打工，只有两个孙女在村里上小学。"老人回答。

"在农村没有个男孩子可不行，还准备要个大孙子吗？"

"哎哟，不为了生个孙子，儿子儿媳妇干吗要出去打工啊，地都荒掉了也没人种。"

不知不觉间，这一户的情况已经摸清，等检查组一结束，大哥统计了检查组进村的情况，一共进了十八户。

大哥把手里的计生干部分成两拨，留一拨人分别进入刚才检查组进入的十八户，详细了解他们刚才向检查组说出的家中情况和问题，另外的人由大哥带着回到乡计生办，把黑皮沟村的计划生育原始台账调出，准备和了解的情况进行核对。

到了吃午饭的时间，检查组暗访结束，到双河乡政府接受午宴，准备下午再把上午暗访到的情况与乡计生办的台账进行比对。这个时候，大哥派出的计生专干已经全部回到乡计生办，他们抽出这十八户的台账，和刚才了解到情况进行仔细对照，大多与原始台账不符，他们分工合作，将不符的内容一一修改，然后按原样装订成册。等到张书记和刘乡长陪着检查组快吃完午饭的时候，大哥他们的假台账已经做好，开始修改月报表、季报表、年报表了。

下午的明察异常顺利，检查组仔细将他们上午暗访的情况和乡计生办的台账进行比对，结果令他们异常吃惊，暗访到的情况与台账完全符合，抽样调查说明双河乡上报的情况无一例假台账，事实充分说明双河乡的计划生育工作不仅底数清、情况明，而且基础工作扎实，该结扎的结了，该上环的上了，该人流的流了，该引产的引了。他们这一组检查了三个市九个县二十七个乡，没有哪个市、哪个县、哪个乡的工作能做得如此完美，如果工作都能做到双河乡这样，那么全省的计划生育工作都会走在全国领先的位置。临走的时候，检查组的赵科长握着张书记的手说，他回去后，一定要树立双河乡这个计划生育工作先进典型，把他们的工作经验向全省推广！

张书记呵呵地笑着，眼睛眯成了一条缝。

这次检查让大哥在全县乃至全省计生系统一举成名，双河乡受到荆涂县的表扬，荆涂县受到滨江省的通报表扬。

从此，大哥一跃而成计生系统的业务标兵。

张书记和刘乡长一见到大哥，总是很亲切地拍拍大哥的肩膀：“小许，要做好勇挑重担的思想准备啊！”

有好心人提醒大哥，机会来了，自己一定要抓住啊。

道理和规则大哥是懂的，但大哥做不出，他有些迷惘，这是他想要的生活吗？

宁沪之行回来后，冷血胡再也不用像以前那样对大哥的躲闪无从下手，只要看到大哥的房间里就他一个人在，就大摇大摆地走进来，肆无忌惮地抱着大哥亲一下。

那个晚上，大哥在醉意蒙眬中感到冷血胡把自己剥了个精光，神志虽然已经不清，但却丝毫不影响冷血胡给他带来的久违的快感，已经压抑很久了，虽然酒精让他一个晚上都不能起身应战，只是被冷血胡沉沉地压在下面，但他同样感受到如山洪般暴发的高潮呼啸而来。

这一段时间，虽然工作很忙，但却丝毫不影响冷血胡到他身边和他打情骂俏，冷血胡显然已以大哥的女朋友自居，而对于突如其来与其说是闯进自己生活，不如说是闯进自己身体里来的这个女人，大哥总有种惊魂未定的感觉，对这个女人他还知之甚少，他和她会有未来吗？大哥内心深处一片茫然。

计生办的事情越来越多了。

在乡镇一级，计划生育工作是财政的主要创收手段，政策规定不符合规定生育子女的公民，应当依法缴纳社会抚养费，规定谁超生，就罚谁，而且有严格的处罚标准。每年乡政府为了多罚钱，就向村级摊派社会抚养费，村级再向超生户分解。很多超生户都是超生游击队，村一级完不成任务，就向社会上借高利贷来完成任务，导致村级财政出现大量赤字。征收上来的钱都纳入了乡政府预算外资金，自由挥霍使用。

发展到后来，乡政府不仅依靠计划生育创收，只要有哪项工作开展不下去，就以计划生育的名义推动肯定奏效。

没过多久，乡政府就接到了一个大任务，有上级大领导要来荆涂县视察，县里安排了双河乡一个点，要到一户农民家走访。乡政府接到任务后，首先给这户农民家里修建了厕所，配上了冰箱和彩电，可沿途的安保又是个大问题。

乡里召集沿途五个村的支部书记和村主任到乡里开会,排查上访人员,防止他们拦轿喊冤。经排查黄庙村有一个叫刘发洪的退伍军人对村支部有意见,经常带人上访告状。对这样的上访户不好处理,张书记指示,将类似这样的人,由计生办找个理由,全部抓到计生办小楼关起来。

大领导到来的头一天晚上,大哥按照张书记的指示,带人敲开了刘发洪家的门,刘发洪问找他什么事,大哥说:“是计划生育检查。”刘发洪说他本人和子女都没有违反计划生育的事啊! 有一个计生专干说:“你有个侄子在外打工找女朋友了,没回来办妇检手续。”刘发洪说:“谈恋爱就要办手续吗?”计生专干说:“反正有人举报这事,你就得跟我们走一趟,等事情查清楚了就放你回来。”刘发洪不愿意,几个计生专干一拥而上将他按住,扭上了一辆拖拉机,然后关进了计生办的二层小楼上。气得刘发洪隔着楼梯口的防盗门对计生办的同志破口大骂。

大领导来的那天,双河乡全乡发动,各个部门的人都安排了任务,境内沿途公路上都有乡、村的干部在路边以做农活为幌子,看见有可疑人员上公路就要上去阻拦。大哥的任务是确保被视察农民家门口这一段路的安全,那天,他开着派出所提供的一辆破摩托车,在这个路段不停地来回巡逻着。

大领导的检查一结束,计生办的人才打开铁门,对刘发洪说,你的事查清楚了,是有人诬告,现在你可以回去了。刘发洪问,是谁在背地里搞他。计生办的同志说:“对于举报人,我们得保护,这个不能告诉你。”刘发洪问:“那我这几天就白关了?”计生办的同志说:“还能怎样? 不服你可以去投诉,反正没有人会受理你。”刘发洪骂了声“×他娘”,就气呼呼地走了。

工作一时闲了下来。张书记和刘乡长可能因为前段时间工作过度劳累,先后不同时间住进了医院。

张书记因为小肠气住进了县医院。书记住院后,先是党政办公室的人去看了,接着是纪检、宣传和组织部门的人去看了,看的人一般不带东西,只带信封,信封里装多少，视各部门的财力和心意，也有私下关系好的，提前通个气，免得钱数差距太大。书记住院的时候，乡长就到没去看望书记的部门转了转，检查下书记不在时的工作，临了会说一句："张书记住院了，其他各部门都去看望了。"刘乡长怕下面不知情，也在这个时机到22个村检查了一圈工作，末了也会说一句："张书记住院了，其他各村都去看望了。"

书记出院后，乡长也住进了医院，是急性阑尾炎发作，需要开刀切除。乡长住院后，张书记也到各部门、各行政村检查一遍工作，顺便提醒下刘乡长住院了。

书记和乡长出院后，清点了下来探望人员和单位的名单，发现都没有乡计生办这一单。

大哥不是做不好这件事情，而是不情愿这么去做，他翻来覆去想着自己到乡政府以来发生和做过的事情，晚上总是睡不着。

7. 整个大院里都荡漾着她撩人的笑声

等乡长也出院后，乡党委就开始酝酿乡计生办主任的人选问题。

组织人事部门推荐了两个考察对象人选：许友梅和胡玉兰。

许友梅同志工作能力强，特别是在主政计生办的工作期间成绩明显，不足之处是到计生办工作时间不长，资历较浅。胡玉兰同志在计生办工作时间长，经验较为丰富，不足之处是工作成绩不明显，能否挑得起计生工作大梁有待观察。

党委组成人员对两个人选一时难以形成统一意见，酝酿的结果是观察一段时间再研究确定。

冷血胡这段时间打扮得越来越漂亮了，经常化着淡妆花枝招展地从大哥门前走过，和大哥的目光对视时，却不再像过去那样含情脉脉，多是莞尔一笑就走开了。

从宁沪归来后，大哥发现这个女人似乎正发生着某种变化，她身上经常变换着从城市里购来的各色时装，特别是从江州路上带回的各色丝巾，每天变换着不同的色彩和花形，披在前胸后肩上，在死气沉沉的乡政府大院里，似乎别有一番姿色和味道。从城里归来后，她不仅又沾上一丝新潮和洋气，而且看人的眼神仿佛也发生了变化，变得更加摄人心魄。大哥经常发现，乡政府的人看冷血胡时，经常变得一脸的谄媚，丝毫掩饰不住自己内心深处的垂涎。

冷血胡往大哥房间跑的时间已经不太多，而总是找机会在书记、乡长的房间里穿梭着，"咯咯"地笑个不停，整个乡政府大院里都荡漾着她撩人的笑声。所有的男人都想入非非地竖起耳朵，似乎能从声音里分享点暧昧和快感。

这样的声音越嘈杂，大哥却越发感到清静。冷血胡除了工作必须来，一般不再到他房间来，这样他就不用再去费心地考虑他和冷血胡的个人问题。

这一天，大哥刚上班，就感觉乡政府大院的气氛有点凝重——由县纪委和县计生委组成的联合调查处，来调查核实双河乡在迎接全省计生工作检查时的弄虚作假问题。据说是有人给县纪委写了举报信。

调查组走访了黑皮沟村的十八户农民，询问了参与工作的村计生专干，弄虚作假的事实很快被调查清楚，所有的口供都指向一个人——受乡计生办许友梅的指派，他们只是按令行事。

鉴于许友梅在这起事件中负主要责任，调查组建议由双河乡党委给许友梅以记过处分，由于事件不仅涉及双河乡，而且可能会影响到荆涂县计划生育工作大局，事件不再上报，只在双河乡内部进行了通报。

半个月后，乡党委召开会议正式研究计生办主任人选问题，会议决定由胡玉兰同志担任乡计生办主任职务。

天气渐渐凉了，乡政府大院里布满了厚厚一层落叶，一有人走动，地面上就会发出“沙沙”的响声。

冬天来临前的深秋是阴郁的，大哥走在乡政府的院落里，惆怅的不是失去乡计生办主任的位置，而是自己生活的方向和未来。

可怜的冷血胡在计生办主任的位子没坐多久，乡政府就爆炸出一件天大的新闻，这一爆就将冷血胡和张书记两个人都炸得血肉模糊。

那天大哥刚到办公室，就听有人议论双河乡出大事了。

张书记和冷血胡是在床上的时候，被张书记的老婆李云芳逮个正着。李云芳早对张书记的外遇有所察觉，却佯装不知。出事那天她对张书记说回娘家有事，要过几天才能回来。张书记就用自己的专用摩托车将老婆送到了娘家。李云芳回到娘家后看到天色将晚就自己跑回来了，躲在离家不远的地方守候着。等看到张书记和一个女人进了家门后，又过了半个多小时，这才突然破门而入，将赤身裸体的张书记和冷血胡逮个正着。李云芳并不好惹，河东狮吼中拎起一把剪刀，把冷血胡的下体戳破，冷血胡身上血流如注被紧急送往了医院，然后又用剪刀逼着张书记交代自己的偷情过程。张书记虽然在人前风光，面对歇斯底里的老婆，那一瞬间他也觉得一切失去了控制，只能将与冷血胡的苟且之事和盘托出。

李云芳和张书记是高中同学，两人自由恋爱结了婚。婚后李云芳生了个女儿，可生过孩子后，因子宫肌瘤做了子宫切除手术，直接影响了夫妻性生活。张书记正青云直上，以后有可能还要到县里，甚至市里工作，哪能适应没有儿子同时还没有性生活，到双河乡工作后就对冷血大美女胡玉兰垂涎三尺。张书记发现冷血胡似乎对计生办刚来的小伙子许友梅情有独钟，一个未嫁，一个未娶，张书记的身份决定自己也不好干涉什么。可许友梅好像并没有这份艳福，自从计生办主任出事，将要产生新的人选后，冷血胡就主动投进了他的怀抱。一次出去检查时，两人就在玉米地里完成了第一次媾和。尝到了快感的张书记从此越发不可收，经常找机会和冷血胡野合，张书记还借工作之便，偷偷带着冷血胡到厦门旅游了一趟。张书记承诺先给冷血胡一个乡计生办主任干着，以后他当县委书记的时候就让她当县计生办主任，以后还有可能干市计生办主任。

正当冷血胡感到前程似锦的时候，没想到奸情这么快败露。冷血胡入院后，李云芳就将此事告到区委、区政府，区纪检书记带人来调查处理此事。

事情的处理结果是：张书记被免职，另有经济问题上交到县纪委进行查办。刘乡长受牵连也在接受县区纪委调查。冷血胡出院后被调往全县最为偏远的磨盘王乡计生办工作。

县区纪委调查了乡政府各部门负责人的问题，发现大部分都有向书记和乡长行贿的行为，有的情节严重追究了责任，有的情节轻微、涉案金额较少被免于处分。

县区纪委通过调查，发现只有一个人是清廉的，那就是乡计生办的许友梅。

风波过后，乡政府的人纷纷开始猜测，冷血胡和张书记如此隐蔽的奸情是如何败露，大家经过推断，认为去向张书记老婆李云芳告密的，应该是觊觎着张书记或冷血胡位置的人，觊觎他们位置的人有两个：一个是二把手刘乡长，一个是在提拔前蹊跷被举报、没能如愿坐上计生办主任位置的许友梅，刘乡长已经被查办，说明他行事不会这么拙劣和低下，而毫发无损的许友梅应该就是那个隐藏得最深的举报人。

有人说，许友梅举报冷血胡和张书记，不仅是为了报复自己的被举报、未被提拔，这其中还牵涉到他和张书记与冷血胡之间的三角关系，许友梅这么做可以说是一举两得、一箭双雕，不仅射得张书记和冷血胡双双下马，还引发了双河乡一场前所未有的官场大地震。

从此，乡政府的人对大哥见而侧目，避之如瘟神。

几个月后，双河乡新一届党委、政府成立，书记、乡长先后到位开展工作，大哥主动递交辞呈，辞去了在乡政府的工作。

8. 对话沈嘉——乡土爱情与都市爱情

看稿子期间，沈嘉上了三趟厕所，嘴里嘟囔着："真受不了你，受不了。"

我终于可以把坏笑释放了出来，对沈嘉说："喝咖啡、喝咖啡，你喝点咖啡就好了。"

"你哪来的生活?"沈嘉边抽纸擦着脑门上的汗珠边问我。

"艺术来源于生活，又高于生活啊。"

"你干过计划生育工作吗?"

"没有，为此段生活经历，我整整采访了大哥一周，他说当初就是这么干的。"

"我曾看过莫言的《蛙》，也是写计划生育的，也没有这么生猛。这种事情我不仅没有接触过，而且闻所未闻过。"

"你只顾帮别人找对象了好吧。"

"找对象是后来的事，那时候我还在读高中。这个话题不谈了，还是谈你大哥吧，他辞职后做什么?"

"老师，代课老师。"

"这个职业倒是挺适合他的。"

"是的，那个时候正好我上中学，他就在中学里教我们语文课。"

"他讲课水平怎么样？应该不错，他读过师范学校的。"

"我和班里的同学最喜欢听大哥的课，喜欢听他讲'关关雎鸠，在河之洲'，讲唐诗宋词元曲汉赋，讲刘邦项羽和孔乙己，我们很仰慕和崇拜大哥能把枯燥的课文讲得风生水起，把生硬的文字读得抑扬顿挫，把故事里的人物描绘得栩栩如生。大哥为把课本讲得生动，还充分发挥了他的书画功底，边用醇厚磁性的声音读课本，边用粉笔在黑板上三下五除二就把故事里的人物形象勾勒出来。我们对这些人物和语句产生了浓厚的兴趣，全班同学的语文课成绩也突飞猛进，到一学期结束的时候，我们班的语文考试平均成绩就超出别的班十几分。”

“这样的生活应该很好啊，给他再找个女人，可以好好过小日子了。”

“是啊，我们当时也认为大哥一辈子就这样过也挺好的，但大哥好像并不满足。”

“从哪看出来的？”

“每天早晨，当我们住校的学生起床做早操的时候，大哥就起床跑步。等我们进教室早读的时候，大哥也进了教室，陪着我们学习。在学生的眼里，大哥不仅是好老师，而且很是勤奋，他手里捧着的书，有时是语文，有时是英语，有时甚至是我们不懂的哲学，我们不知道大哥为什么要读这些书，这个问题直到我们毕业几年后大家才找到答案。”

“什么答案？”

“你应该知道，那个时候，正是脑体倒挂的年代，‘造原子弹的不如卖茶叶蛋的，拿手术刀的不如拿剃头刀的’，在学校里一帮穷知识分子正对未来的前途生计抱怨发愁的时候，大哥却两耳不闻窗外事，不断努力汲取知识的营养，三年后，不仅他带的班级在中考中取得了好成绩，考上五个中专生，他教的语文课平均分位居全县第一，同时，他自己也顺利取得高等教育自学考试专科文凭，成为国家认可学历的大专生。”

“倒是挺勤奋的，这样下去应该可以转正，成为一名正式工的吧？”

“大哥并没有满足这些，他有了更高更远的目标。那时候恰逢‘十亿人民八亿赌，还有一亿在跳舞，剩下的都是二百五’，学校里的穷教师们，下课后，多是在食堂炒几个菜，三五小聚，说东道西，个个喝得满面春风，然后开始几个人一伙围在一起打麻将、斗地主、推牌九，玩起了小刺激，大哥却一概不参与。在众多老师的眼里，大哥除了教学出色外，其他一无所长，不喝不嫖不赌，三十岁的人了，也不交女朋友，整天待在自己的小房间里，也不知道在做什么。‘手淫吗？好像也不需要那么久吧？’老师们经常开他的玩笑。”

“他一定有自己的想法和追求。”

“我离开双河中学继续读完高中后，也就是大哥在学校的最后一年，众人惊愕地知道了他在做什么。”

沈嘉没说话，盯着我看。

“1992 年，那个春天，那位老人在中国的南海边写下诗篇。我的大哥，也在那一年，迎来了他生命的春天。那一年，我的家乡，包括我家乡所在的荆涂县，发生了一件轰动一时的特大新闻：一个农村代课老师，没上过一天大学的人，靠自学考取了滨江大学硕士研究生，跟随国内著名学者常醒兵先生学习古代文学。”

“这确实挺出乎我的意料，也挺励志的。”沈嘉和大哥惺惺相惜。

“是的，大哥的生活轨迹从此由农村迈向了城市。”

“下一段感情经历，总算可以讲述你大哥的都市爱情故事了吧？”

“是的，乡土爱情就此终结，都市浪漫爱情故事就此拉开序幕！”

“如果说，大哥在农村的情感悲剧多与那个苦难年代有关，那么在城市里，他应该可以从容地拥有爱情、拥有幸福了吧？”

“是的，那一年，你刚进电视节目报当印刷工，大哥进入了他的大学，崭新的生活开始了。”

“我等待看他唯美浪漫的城市爱情故事。”

“不用你等待太久，一个礼拜。”

“还是这么拼啊？”

“你和大哥都这么励志，我不能贪图安逸啊！”

第四段感情经历　大哥的匆匆那年

第四次见沈嘉，我没有再去江州。沈嘉应邀来滨江大学演讲，我作为东道主，终于可以尽一次地主之谊。

为庆祝新闻传播学院成立十五周年，滨江大学隆重邀请了国内一些知名主持人为播音主持专业的同学做学术报告，同时也为提升一下学院的知名度和影响力。沈嘉两个小时的演讲，不时获得莘莘学子的阵阵笑声和掌声。演讲结束后，立即又被求签名和合影的学生们围了个水泄不通，沈嘉习以为常，一直赔着笑脸，被围了半个多小时才被校方的人解救出来。

沈嘉提出，学校不用再管他，他让我陪着，随便在校园里走走。

沈嘉离开学生堆后，立即用帽子和墨镜遮住容颜，我们穿过学校长长的林荫道，不时看到成双成对的男女同学或携手而行，或躲到大树后面的草地上亲吻。我们一直走到一幢学生公寓楼前才停住。

"这就是大哥上学居住的地方。"我指着公寓楼对沈嘉说。

"我们上去看看吧。"

"这幢单独的小楼是专门供研究生入住的，1 至 4 楼住着男生，5 楼和 6 楼住的是女生。"我和沈嘉拾级而上，边走边聊，我们一直走到顶层 6 楼。

"男生和女生之间没有隔离吗？"沈嘉问。

"4 楼和 5 楼之间有一扇铁门，由女生自己管理负责上锁，那道门从没有锁上过。你看，现在也是这样。"我们往下走，我指给沈嘉看，"可能是研究生相对年龄要大一些，学校的管理相对宽松，男生基本上可以自由出入女生寝室。"

"挺宽松的哈。大哥一下子到这样的环境，适应吗？"

“从当初荆涂师范学校的管理，到现在的滨江大学，真的是今非昔比了。”

“大哥的大学一定不会空白，这里应该有他的爱情故事吧？”

“当然有，第四段感情经历。”我从包里拿出一沓稿纸递给沈嘉。

沈嘉说：“行啊，你确实速度惊人。不过我现在还不想看，我想先转转，感受一下你大哥生活的氛围。”

我带沈嘉走进312房间门前，这是大哥居住过三年的地方。正是寒假时期，我很随意地敲了下门，没想到里面有应答声，而且还是女生的声音。

“谁啊？”

“我是沈嘉。”我故意答。沈嘉因我打他的招牌，有点不高兴，不过想进去坐坐，也只有靠点名人效应了，怎么办呢？我们是小人物啊，就靠你敲敲门、写写书、出出名、赚赚钱啦，嘿嘿！

“我还是柳雪呢，我可没有那么老。”女子应声开门，看到我们，“呀！真是沈嘉！快穿衣服，沈嘉来了！”

蚊帐里面的男生懒洋洋地从床上爬起来，冬天也用蚊帐，这是大学的特色。男生衣衫不整，显然是和自己的女朋友正在温存，嘴里嘟囔着：“什么沈嘉张嘉的，净坏人家好事！”

靠，我们家沈嘉是成人家好事的，好不啦？

当他真看到沈嘉时，表情显然被沈嘉头上的光芒照亮了：“哟！还真是沈嘉，你好你好！”

沈嘉伸出手：“不好意思，我们是想来感受下一位朋友生活过的地方，没想到惊扰到你们了。”

“没有没有！”女孩抢先说，“我们天天在一起的，难得看到您真人一次。”

“你想上《玫瑰相亲》吗？”我二百五地问一句，专门挑衅下他男朋友。

没想到他男朋友并不恼：“可以啊，她如果去，我也要去！”

“你是想专门为她而来吗？”沈嘉问。

“不不不，我去找一号，那个会摔跤的女胖子。”男孩子一脸激动。现在的孩子怎么了，口味怎么这么重？

“她上期已经被人牵走了。”沈嘉说，“你没有看到？”

“都怪你！”男孩转头对女孩子说，“非拦着我不让去，让你报名你也不去。”

“好了，你们别闹了。”沈嘉说，“《玫瑰相亲》是不接受你们这样已有男女朋友的嘉宾的。”

“我们可以分啊！”男孩子说，“我们俩都是彼此的初恋，我们都觉得应该再试试别的人。”

我和沈嘉都笑了。

“你们要找的人是谁？”

“他是你们的学长，以前也住在这个房间里。”

“哦。他是哪一届的？”

“九二届。”

“啊？这么老啊，我还没出生呢！”

“那时候学校是什么样子啊，他在学校谈恋爱了吗？”

“我们就是来寻找他的感情史发生地。”

“哇！这个我要看，爸爸妈妈的匆匆那年！”

1. 摽有梅与夏清

滨江大学新生欢迎会在入学半个月后举行。

首先登台的是主持人管炜。管炜虽然是研究生一年级新生，但读本科时已是学校出了名的文艺骨干，四年本科结束被保送为本校的研究生后，直接就当上了滨江大学研究生会的文艺部部长。管炜留着齐耳短发，一袭红色长裙，显得十分闪亮和耀眼，开口说话的声音和她的眼睛一样清澈明亮，立刻吸引了全场。

晚会的节目都是各个系推荐上来的，表演的节目多是20世纪90年代初的流行音乐，各个系的节目表演完了，研究生部推荐的节目才开始登场。大哥第一个上场，吉他弹唱《恋曲 1990》。

乌溜溜的黑眼珠和你的笑脸
怎么也难忘记你容颜的转变
轻飘飘的旧时光就这么溜走
转头回去看看时已匆匆数年

苍茫茫的天涯路是你的漂泊
寻寻觅觅长相守是我的脚步
黑漆漆的孤枕边是你的温柔
醒来时的清晨里是我的哀愁

大哥的声音有点感伤，我想也许是他想起了英子，想起了祁红，想起了过去的时光。

研究生部里第二个出场的是男女对唱《我悄悄蒙上你的眼睛》，男的叫黄达，女的叫何薇，两人虽然刚认识，还是第一次合作，但暧昧已经弥漫全场。

最后一个出场的同学叫夏清，她演唱了孟庭苇的一首《谁的眼泪在飞》。

悲伤的眼泪是流星
快乐的眼泪是恒星
满天都是谁的眼泪在飞
哪一颗是我流过的泪
不要叫我相信
流星会带来好运
那个悲伤的逃兵
怎么能够实现我许过的愿

夏清的歌声清婉而哀怨，流露出淡淡的孤独和伤感。

晚会结束的时候已经十点多了，大哥回到研究生公寓北楼312时，寝室里正热闹非凡。

大哥的室友李大宝、姚三胖正热火朝天地议论着他们年级的三大美女，住在大哥他们对面寝室的黄达也过来凑热闹。姚三胖说他喜欢管炜，喜欢管炜健康而又充满活力，声音也好听，而且听说管炜是本市人，家境殷实，有一定背景。大哥没有说话，他喜欢夏清那样的女孩，饱读诗书，温淑婉约，很像那个撑着油纸伞，丁香般结着愁怨的女子。何薇也不错，但跟黄达唱完歌后，两个人仍然卿卿我我，惹得大家很不满。

“玩玩而已，我不会动真格的，我喜欢的女生还没有出现。”黄达轻描淡写地说。

只有李大宝唉声叹气，说：“恨不相逢未娶时，恨不相逢未娶时啊！你们说，像我这样的，假如没结婚，我还有机会吗？”

李大宝是大哥寝室里唯一一个已婚人士，三十八岁，以前是黄梅县高中英语老师，老婆是黄梅县一家酒店的老板，有一个六岁的女儿。入学那天是老婆的专车把他送到校门口。大哥的另一个室友姚三胖，是开学时最后一个入住312寝室的，那天他带着自己的乡下小女友一起来到312。大哥和李大宝以为姚同学会安排女友入住学校的招待所，可姚同学为省钱，坚持让女友睡在寝室，大哥和大宝同学虽感觉别扭，但因为都是初来乍到，彼此还不是太熟悉，也不好说什么。后来，李大宝对姚三胖说：“那天晚上，你们弄的动静太大了，害得他刚从家里出来就开始想老婆了。”

对门黄达寝室里的两个数学系的同学都比较沉闷，他便经常到312串门，是312常客。就像男生们回到寝室的床上就谈女生一样，女生们的话题也多半围绕男生展开。其中谈得最多的，当数黄达。黄达不只人长得帅，还有强大的家庭背景，父亲是滨江省江北市委书记。黄达是独子，官二代，刚考上滨江大学，父母就在市里最好的位置给他买了房子，但黄达入学后基本不回自己的房子去，大部分时间都待在学校里。

在20世纪90年代，我们国家的研究生的待遇比本科生要好许多，大哥在所读的滨江大学，不仅不用交学费，每个月还可从学校领到几十元的生活补贴，除此之外，住宿也比本科生要宽松得多，312房间里只安排3个人。大哥以为以自己三十多岁的年纪入学，肯定是学生中的老大了，没想到第一天入住寝室，就发现李大宝比自己大许多，后来发现研究生里什么年纪的人都有，三个年级里结过婚的有十几个，有两个入学不久就开始在闹离婚。

李大宝入学一段时间后真正该想老婆的时候，却不想老婆了，他贪婪地望着穿行于楼梯之间走向研究生公寓北楼的5楼和6楼的女生。“真是美女如云啊！”大宝同志慨叹，因为“如”字发不清，听起来像美女“柔”云。

如果他和祁红生活在这样的情境下，也许会有幸福的归宿，大哥这样想，感觉到时过境迁，已恍如隔世。

大哥入学以后，有很长一段时间感觉对学校生活不是很适应，也许是在农村生活久了，也许是过去经历的东西太多了，不经意间，他的思维总容易回到过去，感觉今天的一切仿佛在梦里。深夜里，他在梦境中常常听到哭声，那声音一开始是英子的，一会儿变成兰兰的，一会儿又变成祁红的，一会儿又变成了冷血胡的笑声。大哥常常从梦境中惊醒，然后呆呆地坐在床头，等待天明。后来再遇到这种情况睡不着的时候，大哥索性打开床头的台灯，开始背英语单词，打发难熬的漫漫长夜。

研究生三年的课程，只有第一学年修外语，如果期末考试通过了，后面的两年就不再上大课，把全部的精力用在专业课和毕业论文上了。如果第一学年外语考试没通过，就得第二学年接着修，然后参加学期末的补考。外语课通过不了，是取不到硕士学位的。

第一学年的学习最为紧张，英语课让大哥很吃力，他时常对着那本《研究生英语》发呆，这不怪大哥，他读书时的中学，学校还没有开设英语课，到了我们上中学的时候，学校里也没有英语老师。学校一般从县城里高薪聘请英语老师，到周末的时候到学校来上一天的大课，不光是几个班级的学生挤在一起效果不好，就连老师的水平也确实不敢恭维。当然，以当时的条件，能有老师愿意到乡下来上课，已经算是不错的了。那时候，大哥也和我们一起坐在教室里，跟着请来的老师上大课，我们当时不知道大哥有将来要报考研究生的志向，所以也就不明白大哥为什么对英语这么感兴趣。所以大哥的英语除了早年的那几节大课外，基本都是靠自学，学成的也都是“哑巴英语”。入学第一课，他们的英语老师高建国让大家用英语做个自我介绍，大哥用生硬的语句说：“My name is xuyoumei. I study English by myself, so I can't speak it well. I'm sorry.”大哥脸红了，英语老师高建国说：“Oh, If I was taught by myself to become half of you, I would be fulfilled.”大哥没有听懂，问旁边的同学高老师说的什么，同学告诉他，老师说，如果是自学，他能达到你一半的水平，就很知足了。大哥苦笑了下。

英语课上，高建国老师常播放一些英语视频，多是英美喜剧片，幽默的表演不时赢得阵阵笑声，别人笑，大哥也跟着笑，一直到结束，大哥也不知道笑的是什么。

大哥感到了从未有过的压力，一定要尽快地放下过去适应现在的新生活，努力把英语赶上去，永远都不甘落后的大哥对自己说。

周六晚，是学校英语角的时间。

英语角在滨江大学的历史应该由来已久，每到周六的这个时间，天没黑，英语角就已经挤满了密密匝匝的学生。学生们自发集中的位置在校园的西南角，那里有一片树林掩盖着的两个小湖泊，学子们把它命名为“眼睛湖”。两池湖水由一座小桥相连，很像人的眼睛，平时多是情侣们谈情说爱的地方，一到周六的晚上，情侣们便自觉让出位置，叽叽喳喳的外语交谈声便传出很远。

大哥第一次进英语角，只能观望。男同学看有姿色不错的，多是走上前去用英语搭讪，无奈狼多肉少，多是三两个男生围着一个女生说话，也有聊得顺畅和投机的，是一对一的交流，女生靠着树，不时发出欢快的“咯咯”声。大哥听不懂他们在聊什么，是交流英语还是以此为名谈情说爱，心中只有艳羡的份儿。

一个熟悉漂亮的身影忽然飘进了大哥的眼帘，那个唱孟庭苇歌的女生——夏清来了，大哥正犹豫着是不是该上去打个招呼，她却径直朝这边走来了。

“你好！”大哥经过短暂的纠结，几乎是红着脸打了声招呼。

“Oh, do you know that you can’t speak chinese here?”夏清很是疑惑地看一眼大哥。

“I’m sorry.”大哥有点不好意思。

“OK, it doesn’t matter, let’s begin.”夏清说。

“……”大哥一时无语，竟然不知道该说什么，脑中有限的词汇量竟然一个也涌不上来，真是该死。

“Haha, you really should practice your oral English hard!”夏清又补充一句，“May I help you?”

“Thank you!”大哥心里说，“I wish you could be my English teacher!”可这句话没有说出口，其实这句大哥明明会说的。

无奈，夏清已经飘然而去。

大哥从英语角回到寝室的时候，312 里正热闹异常。

李大宝从附近的医科大学里带来了一帮他曾经的女学生，这帮学生显然是喝了酒，横七竖八地躺在三张床上，还有三个女生陪着李大宝在打牌，李大宝和对面的女生脸上贴满了纸条，李大宝的脸已经红得呈猪肝色，不知是酒意、是兴奋，还是因为输牌了。大哥进房间后，竟然觉得自己好像是个外人，没有人理他，也没有人让座和床，大哥在自己的床角刚找出一个屁股大的空间，正要落座，没想到床上的姑娘一翻身，就把他的空间占领了，大哥正要喊那姑娘起来，没想到她“哇”的一声就吐了出来，溅了大哥一个裤角都是污秽。大哥只好到盥洗室去洗洗。洗完之后，大哥没有回房间，就到对门的 313 室去转转，回访下常到这里串门的黄达。

313静悄悄的,门没有关,只留了条缝,大哥轻敲了下就径直推门进去,发现黄达和一个俄罗斯女郎正紧紧拥抱在一起亲吻,俄罗斯女郎长得很丰满,胸脯紧抵着黄达的胸膛,黄达的喘息好像有点困难,脸也憋得通红,俄罗斯女郎"哦哦"地叫着,似乎很快乐。他们丝毫没有理会外人的光顾,大哥说声"对不起"就慌忙闪了出来。

事后大哥问黄达,怎么和俄罗斯外教搞在了一起,黄达说:"为了纪念中苏人民的友谊。"

大哥说:"我还以为你要跟俄罗斯人学英语呢。"

黄达说:"我们是用英语交流的,她的口语不错,口感也不错,要不哪天你也尝尝?哈哈。"

大哥说:"不用了,我有洁癖,我还是更喜欢国产的。"

黄达说:"切,你太落伍了,男女之间是不存在洁癖问题的,难道你还想在滨江大学里找到处女啊!我告诉你啊,大一新生里可能有,到大二的时候,就全是二手的了。我问你,你知道怎么在大街上识别处女吗?你要想找个处女,必须学会这个。"

大哥笑着说:"这个你是老师,我还真不知道。"

黄达"哗"地从床头上拉出一大堆图片,大哥看过去,全是女人臀部的特写。黄达把图片分成两堆,对大哥说:"你看看,她们有什么不同?"

大哥说:"看不出来。"

黄达失望地摇摇头:"唉,一点专业知识都没有啊!我告诉你啊,你看这边的图片,美女的屁股比较紧绷富有弹性,而且两个屁股之间距离比较近,我告诉你,她们都是处女。你再看这边,有什么不同?两个屁股之间已经有一定间距,而且显得松松垮垮,这些全部都是有过性经历的!所以我的结论是:欣赏美女,一定要从臀部开始看,凡是看到超大的超宽的,就像宽银幕一样的,就不用再转到前面再去看了。只有看到精致的臀部,然后你再跑到前面去看。当然,你后来看到的,有的是想搂的,有的是想走的,有的是想犯罪的,有的是想逃避的,还有的是想正当防卫的。只有前后都经得起考验的，才是真正的绝色美女，而且有可能是处女，哈哈！”

大哥被黄达逗乐了，问：“你读的是哪个专业的研究生？”

黄达说：“法律啊。”

大哥说：“我还以为你研究的是生物学。”

黄达笑着说：“业余爱好，业余爱好而已！”

周一上午，大哥去上中国文学史课，这是所有一年级中文系研究生的必修课。姚三胖和大哥同属于古代文学专业，研究的是明清文学方向，和大哥一起早早地来到文东楼的小教室，其他的同学也陆续到了，准备听常醒兵教授讲古代文学史。

上课铃声响起的时候，显得容光焕发、精神矍铄的常先生夹着一大摞书走进教室，大家一起站起来，算是给先生行礼。

“都请坐！”先生笑笑，做了个让大家坐下的手势。

“报告！”一个清脆的声音响起，最后一个女生走进来。

大哥觉得声音似乎有点耳熟，抬头看时，竟然是她，她竟然也是中文系的！

夏清同学因为走得急，正气喘吁吁，加上天气还很热，白色上衣基本上全湿透了，粉红色的内衣清晰可见，凹凸的身材几乎一览无余。姚三胖眼睛立马瞪直了，不知是不是身体有了反应，开始在座位上东挪西晃，躁动起来。

四张桌子，来了七个同学，只剩大哥坐的第一排空一个位置，这个美妙的身影就落座于大哥旁边，一阵阵百合花般湿润的体香迅速蔓延开来，夏清甩一甩头发，想平复一下迟到的惊慌心理，发梢已经打到了大哥的脸上。大哥内心微澜，身板笔直地坐着。后排的姚三胖那个羡慕嫉妒恨啊，只能通过不停地从后面踢大哥的凳子来发泄了。

常先生和八个同学分别认识后，开始讲《诗经》。他说：“‘《诗三百》，一言以蔽之，曰思无邪。’对孔子这一命题的讨论，千百年来一直聚讼纷纭。《诗三百》中的雅、颂等篇，多是歌功颂德的‘无邪’之作。但令古今学者不解的是，

《诗三百》中有大量描写爱情生活的‘有邪’诗篇，为什么会被孔子以‘思无邪’一语蔽之呢？各位有什么高见？”先生用提问的方式开始与学生交流互动。

夏清同学已经学习了四年的汉语言文学，又坐在第一排，当常先生把目光转向她时，她开始说：“我认为对孔子的命题应该通过他背后的深厚文化背景开掘，才能还原出这一语的历史真面目。我们只要观春秋间对最‘邪’的诗——情诗的运用，便可窥见‘思无邪’的命意之所在。春秋随心所欲地用诗，给了孔子大胆的启发。所以我认为，孔子‘思无邪’一语的结论绝非无中生有，也非石破天惊，他以一个伟大综合者的身份和形象，在总结了前人和今人的实践经验后，以高度的理论自觉，对《诗三百》做出了这一高度的理论概括，成为诗学领域的重要命题。”

对夏清同学的见解，常先生频频点头：“夏同学能从孔子所处的历史文化背景的角度分析这一命题，观点很好。许同学，你怎么看？”

大哥虽非科班出身，但自幼喜爱读“四书五经”，深厚的功底也为大哥发表观点奠定了基础。大哥说：“夏清同学的观点我表示赞同，如果说孔子所处的文化背景是其得出思无邪命题外因的话，我认为还必须从西周礼乐文化养育出的孔子的理想人格基础中去寻找内因。可能在孔子时代，《诗三百》的邪意并没有消失殆尽，但孔子以‘仁’为思想核心，从构建理想完美人格的目的出发，要求以高度的理论自觉去抵制与防范这种淫邪，孔子以‘礼’为思想标准，用‘思无邪’来阐释这一标准的具体要求，第一次对《诗》的思想性质，做了具体明确的概括，不仅如此，‘温柔敦厚’‘乐而不淫，哀而不伤’还从‘无邪’的表达方式上做了总结。”

常先生点头，夏清也投来认可的目光。“两位的观点很好，”常先生说，“《诗》学专家们几千年来造成的迷雾，已经把《诗经》的本来面目蒙蔽得密不透风，就像一座高碑被蔓草和葛藤盘满了，而要使高碑露出真面目，深入探讨先秦《诗》学的起源过程，无疑是一个极有价值的学术课题。希望各位对这个课题能有兴趣。”

下课了，大哥和夏清并排走在学校的那条林荫道上，一路上他们又探讨交流了许多，大哥说，他决定毕业论文就准备写先秦诗学的起源。夏清说，现在就考虑毕业论文似乎早了些，她更偏爱现当代文学一些，她可能去写张爱玲的《一次苍凉的挥手》。

“许友梅，我发现你的《诗经》比你的外语可要强多了。”

“这是表扬还是讥讽？”

“你懂的啊，既然你和《诗经》这么有渊源，以后我就喊你‘摽有梅’好了！”

2. 薄薄的衣衫已经挡不住他们“肌肤之亲”

黄昏时分，管炜的声音飘荡在滨江大学的校园里。大哥听着优美的声音，享受着管炜不时插播的一段流行乐，他忽然感觉，自己正在慢慢适应和喜欢这青青的校园。

管炜在读本科时就是学校广播站的兼职播音员，被保送到新闻系读研究生后，依然兼职这一工作。虽然没有报酬和薪水，但她喜欢学校里每一个角落都飘荡着她声音的那种感觉。

一段悠扬的音乐过后，管炜通过电波向听众介绍“朦胧诗”，她先介绍了谢冕教授的文章《历史将证明价值》：新的生机勃发的诗歌在向我们招手，但回首诗歌在新时期崛起的艰难命运，我们的心情也不无悲凉地欢悦。中国的艺术也如中国的社会一样，每前进一步都要付出代价。诗为自己的未来不惮于奋斗，诗也就在艰难的跋涉中行进。如今是生活的发展宣布了障碍的消除。新思潮面临着新的考验，这便是：朦胧诗究竟要以怎样的前进来宣告自己的成熟？

接下来，管炜朗诵了北岛的《回答》：

卑鄙是卑鄙者的通行证
高尚是高尚者的墓志铭

看吧，在镀金的天空中
飘满了死者弯曲的倒影
……

姚三胖怔怔地坐在床头，听着管炜动听的声音，自言自语着："她怎么不朗诵舒婷的《致橡树》呢？"

姚三胖有个想法，为了能接近管炜，他决定加入学校广播站。

夏清在读研究生以前，就是中文系的高才生，也是学校"山花文学社"的社长。她想把一年级中文系的研究生都拉入她的文学社，以提高社团的整体水平和创作能力。她到312室来，动员摽有梅同学带个头。

美人光临，蓬荜生辉。姚三胖和李大宝抢在大哥前面开始献殷勤。

"文学社要外语系的吗？"李大宝笑成了一朵老花，"我可以加入吗？"

夏清笑笑："姚同学倒是可以加入的，怎么样，有兴趣吗？"

"不，我已经给播音社递材料了，我要加入学校广播站！"姚三胖看着夏清姣好的脸庞，色眼蒙眬，"不过，我两个都加入可以的吧？"

大哥对这些东西不感兴趣，还要补英语呢，心里想。可他面对美女递来的橄榄枝，似乎没有拒绝的理由："加入文学社，我有个条件。"

"哟，你不会耍大牌吧！说说，什么条件？"

"在社团里，你可以教我说英语口语吗？"

"欧、欧！"姚三胖和李大宝一起起哄，"许友梅，你醉翁之意不在酒吧？"

大哥说："我只不过想拜师，你们起什么哄？"

"拜师干吗舍近求远？你拜我好了。"李大宝挺身而出。

"跟你学更困难，黄梅英语我说不好。"大哥说。

"你明明就是想男女搭配！"李大宝和姚三胖再次起哄。

夏清脸红了。

大哥想起了徐志摩的那首《沙扬那拉》："最是那一低头的温柔"。

大哥觉得自己对夏清的感觉很好。这是很久违的一种感觉，大哥以为经过英子和祁红，他再也不会喜欢上别人，当初面对冷血胡的示爱，他丝毫点燃不起心中的激情。可新的环境里，夏清如水般的清澈、高洁和淡淡的书香气韵，却吹之不散地弥漫在大哥的精神世界里。

姚三胖在头发上抹了有三两摩丝，对着镜子梳得油光锃亮，又把眼镜扶一扶，直到从镜子中找到了自信，就拉着大哥往学校广播站走。姚三胖觉得自己心里没底，非拉着大哥陪着不可，本来大哥想到楼上去找夏清的，他已经加入文学社，夏清也半推半就着同意帮他辅导英语，大哥一下子有了许多可以接触到夏清的理由了。

来广播站竞聘的学生十多个，管炜和校宣传部的领导及几个播音员坐在一排长桌子后面，一个一个的学生进去又出来，姚三胖是最后一个进去，因为要结束了，大哥也就跟着一起进去，坐在旁边给姚三胖当亲友团。姚三胖进去后，看都不敢看管炜一眼，拿着考官交给的材料，脑门上已经爬满了汗珠，因为过度紧张，手也有些发抖，读出来的声音有些颤抖，连基本的翘平舌和前后鼻音也分不清楚，材料还没有读完，主考的宣传部领导说："好了，换下一个吧。"

"已经是最后一个了。"一个同学说。

"没有一个可以用的，怎么办？"主考显然对所有的面试人员都不满意。

"那位同学不是来竞聘的吗？"管炜对着大哥说。

"我不是，我陪同学来的。"大哥说。

"你是中文系的许友梅吧？我听夏清说过你。既然来了，就试试吧！"

管炜把一张朗诵材料直接送到了大哥手里，大哥也没好再推托，反正就是读一遍而已。

不用话筒，大哥纯正浑厚又有磁性的声音开始在房间里飘荡，大哥边轻松地朗读着干巴的文字材料，边想到当初和祁红在台上朗诵《四月的纪念》时的情景，不知不觉有些走神。

大哥朗诵完的时候,考官们却一起鼓起了掌:“就是他了! 我们这个岗位就是要宁缺毋滥。”主考官拍板,管炜也赞赏地对着大哥笑,旁边的姚三胖已经恨得牙根痒痒。

姚三胖整整一周没有理大哥。明明是陪人去的,却喧宾夺主,这和夺人所爱有什么区别? 姚三胖失去了进一步接触管炜的机会,大哥却感到骑虎难下,本来就对当播音员不感兴趣,现在如果不去,校宣传部不同意,管炜也会红颜一怒。

516 室是美女集中营,夏清、管炜和何薇三大美女齐刷刷地同住在这一个房间里,这是谁安排的?

大哥敲开那扇贴着孟庭苇《冬季到台北来看雨》宣传海报的门时,夏清和管炜都在,何薇去找黄达了。

大哥到 516 房间坐坐的想法和冲动缘于那首朦胧诗《周末,我们去了女同学宿舍》,不需要理所当然的借口,只是上去坐坐,不用讨论黑格尔和《大篷车》,却可以和夏清讨论英语和文学社。大哥感觉自己虽然早已过了青春期,但对这样的诗篇仍然很喜欢。大哥没有同时面对两个美女的经验,特别是两个美女如果都以为对方是来找自己的,就会面临考验了。

夏清和管炜是好朋友,都说漂亮女人不读书,还说漂亮女人之间不好相处,可夏清和管炜不仅同样优秀和漂亮,而且还能融洽得成为好朋友。

看着一个高大帅气的身影进门,夏清与管炜似乎都挺高兴,都把自己当成了女主人,一人倒水,一人削苹果。

两人忙碌完毕,一起坐下把目光齐刷刷地对准大哥,似乎等大哥道明探访人和缘由。

大哥感受到了这一微妙,如果没有广播站的事情,大哥可以理所当然地和夏清聊专业和英语,但现在他就不得不照顾下管炜的感受,特别是人家也拿出主人的姿态时。

大哥决定临时改变主意。

“两大美女都在哈，这么美妙的周末，怎么可以荒废呢？”

“谁说我们荒废了，不是有帅哥来访吗？”管炜说。

“是啊，无事不登三宝殿，摽有梅同志今天是打算来探讨诗经呢、英语呢，还是广播呢？”夏清笑吟吟的，话里透着小坏。

“都不是，我是来请两位看电影的，如何？”大哥说。

“啊？你一拖二啊，想得美！”管炜说。

“不是不是，是姚三胖同志想请大家吃饭，然后我请大家看电影。”大哥出来时三胖还在房间闷闷不乐着，大哥想这样岂不一举两得。

“还有这等好事，本姑娘应了。”管炜更快人快语一些。

“那好，我们在楼下等你们。”大哥飞身下楼，去做三胖工作，今天一定要让这小子掏腰包了，他才会快乐。

“三胖，别睡了，美女我帮你约出来了，剩下就看你的了！”大哥说话时，三胖还懒懒地待在床上，抬眼看了下大哥，然后把脸转向里边。

“马上管炜就下来了，你他妈的还不赶紧梳妆打扮！”男人就是贱，看从来不带口头禅的大哥骂人了，才似信非信地应了声：“真的假的？”

“爱信不信，不去我可自己去了哦。”大哥表现出懒得再理他的样子。

果然奏效，三胖懒洋洋的总算起来了，还没把衣服穿整齐，已经听到管炜在门口喊“许友梅、姚三胖”的声音，姚三胖一时手忙脚乱，开始骂骂咧咧地说：“你他妈怎么不早说，否则我可以洗把脸，打点摩丝，你看现在——”姚三胖对着镜子抓挠着头发，袜子都没来得及穿，就跑出去和管炜打招呼去了。

那一晚，他们去了一家重庆火锅，席间，大哥看着两个美女吃得起劲，不停地加菜，惹得姚三胖急得对大哥挤眉弄眼，大哥不理他，姚三胖又从桌子下面踢大哥，大哥故意弄出声响，“嗷嗷”叫着问姚三胖：“你踢我干什么？是不是让我上酒水啊？两位喝红酒还是白酒？”

“白酒就不用了，红酒倒是可以来一点的。”管炜说，然后看着三胖的表情，三胖嘿嘿笑着,大声喊:“服务员,上干红!”

那天晚上,姚三胖花了二百多元,基本上够一个月的生活费了,但三胖却没表现出一点心疼的样子,泡妞嘛,哪能不花点血本?

晚饭结束的时候,他们去了学校附近一家厂矿的电影院,那家电影院为招徕学生,每在周末的时候,早早地就把电影海报贴到学校的宣传栏,大哥关注今晚放映的是《天堂电影院》,知道是一部很不错的片子,所以在516时才灵机一动改口说看电影的。

落座的时候,两个美女坐中间,大哥坐在靠夏清这一边,姚三胖坐管炜一边,管炜迟疑了下,似乎想表达什么意见,但考虑到三胖同志今晚是花了钱的,似乎也应该用美色安慰下,也就没再说什么。电影放映到结尾的时候,夏清已经被剧情感动得哭得梨花带雨,大哥递过去一张纸巾,小小的细节却被管炜看到了。

电影散场的时候,竟然下雨了,虽然厂矿离学校不远,但雨势却不小。等了一会儿,雨丝毫没有停止的意思,大哥说:“没办法了,我们走吧!”四个人便一起冲向雨中。

大哥刚进入雨幕就脱下外套为夏清搭起了帐篷,然后回头对走在后面的姚三胖使眼色。姚三胖领会,立马也脱下外套要给管炜挡雨,管炜很客气地拒绝:“谢谢,不用。”三胖在雨中,看着前面三个人的身影,一脸惆怅。

风雨中,大哥和夏清靠得很近,夏清躲在大哥的腋下,俨然一只乖巧的小鸟。一件外套已经挡不住越来越大的雨水,他们的衣服已经全湿了,但大哥依旧将衣服举在夏清的头上,遮挡着倾泻而下的雨水。夏清紧紧地贴着大哥,薄薄的衣衫已经挡不住他们的“肌肤之亲”,大哥对异性已经冰封很久的内心在这场大雨中似乎开始解冻了,他竟然想,如果雨永远不停、路永远没有尽头,该有多好。

3. 夏清，我喜欢你

黄达和何薇已经开始正式谈恋爱，而且关系似乎发展很快。很多人都劝过何薇，说黄达不可靠，不是那种可以托付终身的人，还有人列举黄达的种种劣迹，包括和一名俄罗斯外教关系暧昧，何薇一律不理会，说："你们这是嫉妒，吃不到葡萄说葡萄酸，我有信心能驾驭得了他，让他改邪归正。"

黄达的本科读的是江北学院，又有良好的家庭背景和帅气的形象，主动送上门来的女孩子一拨接一拨，黄达交往过无数个，最终选中低年级的一个校花，谈了两年，等黄达毕业的时候，黄达就提出分手，可女孩子死活不同意，黄达被缠得没办法，毕业后就去了澳大利亚一年，然后带回来个外国妞，那女孩子才死心。黄达陪洋妞逛北京、游上海、去漓江、下海南玩了一圈后，就把洋妞遣送回国了。

黄达的经历听得李大宝和姚三胖垂涎三尺，李大宝非要跟黄达分享下澳洲妞、俄罗斯妞和中国妞的区别，问黄达和她们做爱的时候是什么感觉。黄达不说，姚三胖就上去敬烟，静等黄达大谈搞后感。黄达悠悠地吐出一个烟圈，卖关子说："时间太久，都忘了。"惹得李大宝和姚三胖上去一阵捶打。黄达敌不过，边求饶边喊："好，我说我说。"两人放手后，黄达很认真地说："搞多了都是一个味，有苹果味的、香蕉味的，还有草莓味的。你们喜欢什么味的？"惹得李大宝和姚三胖上去又是一阵擂打，李大宝边打边骂："你他妈的说的是套子味，净糊弄我们。"

黄达说："和外国人做爱，最重要的是做好防护，我们可以去搞他们的女人，但不能让他们的艾滋病来侵略我们，这是爱国的最高境界。"

大哥不管他们三个人怎么闹腾，依然安静地坐在靠近窗口的桌子上为夏清的文学社写稿。这个时候，有人敲门，大家齐刷刷地往门口看，原来是姚三胖的乡下女朋友来了。姚三胖没有惊喜,只有满脸的不高兴。

说起姚三胖,他竟然和大哥有过一段相同的经历。姚三胖从师范专科学校毕业后,在家乡当了几年语文老师,人长得很像刚出道时的尹相杰,正式的商品粮户口的老师多数看不上他,寂寞难耐之下,就和班里的女学生私下谈起了恋爱,并希望把学生培养成大学生或者是大专生。虽然姚三胖给女学生开了不知多少小灶,但高考时还是名落孙山。在升学无望的情况下,姚三胖就公开了和女学生的关系,反正学生已经毕业,姚三胖公开关系是想让学校给女学生安排个事做,学校正好也缺老师,就安排姚三胖的女朋友在学校当起了临时代课老师。学校里的同事都是双职工,唯有姚三胖找个代课老师,感到有点抬不起头,就发誓混出个人模狗样来,一使劲考上了滨江大学的研究生。

女朋友给三胖带来一篮子鸡蛋,还有两双布鞋,并对三胖说,全是她手工做的,现在很难买得到的。三胖看了一眼,就塞到床底下,穿上自己刚买的新皮鞋,拉着女朋友出去了,刚出门就开始教训女朋友:“以后让你别来就别来,我学习忙,没时间陪你!”女朋友不满地嘀咕一句:“也没看你在学习啊。”姚三胖立马嗓门变大了:“我学习的时候还要你看啊,我吃过多少苦、用过多少功,你不知道啊?”女朋友不再说话,嘤嘤地哭了。

第二天下午,文学社的组稿会议在理西楼一楼教室召开。夏清社长向大家介绍了新入社的成员,当介绍大哥时,夏清表现出很熟悉的样子说:“许友梅同学是我们中文系古代文学专业的研究生,对《诗经》和诸子百家等经典颇有研究,入学前已在省内外文学刊物上发表小说、诗歌等多篇文学作品,我们欢迎他的加入。”

女同学的掌声拍得响亮,有几个男同学应景性地拍了下手,小声嘀咕。

“怎么没有美女只有帅哥呢?本来就狼多肉少,唉!”

“谁让我们社长是女的呢?”

“不是有这么个大美女在你也不会来的。”

“还说我?你不也是奔着夏大美女来的?看样子都没戏喽!”

组稿会一直开到傍晚，大哥本来想找个机会和夏清共进晚餐的，可学校广播的时间到了，大哥就急匆匆地赶到学校广播站去，和管炜一起主持校园广播。

“同学们，大家好，又到了学校广播的时间了，我们总是在每一个黄昏和大家共度这一段美好时光。今天，我请我的新搭档许友梅同学先为大家朗诵舒婷的《四月的黄昏》。”

悠扬的音乐响起，大哥磁性浑厚的男中音在校园内响起：

四月的黄昏里
流曳着一组组绿色的旋律
在山谷低回
在天空游移
若是灵魂里溢满了回响
又何必苦苦寻觅
要歌唱你就歌唱吧，但请
轻轻，轻轻，温柔地……

管炜接着进行赏析：

“《四月的黄昏》是一首爱情诗，‘月上柳梢头，人约黄昏后’，四月的黄昏给人以无限遐想的空间，‘流曳着一组组绿色的旋律’，诗人用通感的手法把所写之物进行感觉转移，赋予听觉上的旋律，给予视觉上的绿色，给人以鲜亮、灵动之感，这是一曲爱的旋律，它‘在山谷低回，在天空游移’，诗人告诉我们，‘若是灵魂里溢满了回响，又何必苦苦寻觅。要歌唱你就歌唱吧，但请轻轻，轻轻，温柔地。’想爱就爱，不需隐藏，不要压抑，勇敢去爱，用心去爱 ……”

广播结束的时候，管炜静静地看着大哥，不愿离去。

“许友梅，你有没有觉得我们的名字有点渊源？”

“哦，《诗经·静女》‘彤管有炜，悦怿女美’吧？”

“哇,你是第一个说出我名字出处的人!”

“这不足为奇吧! 我是学这个的。”

“那你还有一件事肯定不知道。”

“什么?”

“你知不知道我喜欢你?”

……

一切都在猝然间发生,大哥还没有反应过来,管炜突然从后面紧紧地抱住了他。

“对不起。”大哥说,“我已经喜欢上了一个人。”

“是夏清吗? 我,哪一点不如她?”

“没有,你也是很好的女孩。”

“我不喜欢听这话,我要你喜欢我!”

“也许,我更喜欢她。”

“我不会输给她的。再说,她……”管炜欲言又止。

“她怎么了?”

“她已经有男朋友了!”

管炜说完,丢下大哥,夺门而出。

夏清应该是没有男朋友的,大哥仔细观察过。管炜这么说,也许是想让大哥离她远点。大哥看到夏清基本是一个人独来独往于课堂、寝室、食堂三点一线之间,就是偶尔身边飘过一两个小男生,也是一、二年级的本科生仰慕者,夏清对他们自然是没有多大兴趣的,除了大哥的陪伴,夏清经常是形单影只着。即使有点过去,大哥也能理解,本科四年,如此貌美如玉的姑娘,你能要求别人像一片空白似的单纯、纯洁吗?

4 月 29 日是夏清的生日,大哥觉得这是个好机会,应该为她好好庆祝一下。

生日的前两天,大哥从同学那里借来自行车,骑车到市文艺广播电台,花十元钱为夏清点了首歌，同时附上了自己专门为夏清写的一首诗。在剩下的两天里，大哥去订了生日蛋糕，要求在指定时间内送到指定地点，然后大哥分别约了管炜、何薇、姚三胖和黄达参加活动。

生日到来的那天，大哥带着练听力常用的收音机和当天买好的食品，大家齐聚在眼睛湖畔的草地上，大哥为夏清同学准备的露天生日会开始了。

4 月的夜晚，凉风习习，清爽怡人，有人抱着吉他在旁边的草坪上唱歌。当月亮爬上来的时候，大家吃完了大哥买来的食品，正好蛋糕也送到了，然后大家开始唱生日歌，吹蜡烛，等蛋糕吃完，大家就提议开始表演节目。在谁开始表演的问题上大家有些争议，夏清提议，大家玩丢手绢，逮到谁谁表演节目。

游戏开始了，大家仿佛又回到了天真烂漫的童年，姚三胖被逮到的时候，跳了一段肚皮舞，煞是可爱，黄达表演了一段武术，管炜和何薇也分别唱了歌，只剩下大哥和夏清还没有表演节目了。大哥留了心，他看到八点钟就要到了，这次，当何薇把手绢丢在大哥身后的时候，大哥装作不知，等何薇转一圈过来逮到他的时候，众人一阵欢呼，大哥从怀中掏出收音机，说："我的节目是早准备好的，现在开始啦！"

大家不知道大哥葫芦里装的什么药，都静静地听着，收音机里传来文艺台主持人甜美的声音。

"听众朋友们，大家好！欢迎你在晚八点准时收听我们的节目，今天是一个美好的日子，滨江大学的夏清同学今天迎来她二十三岁的生日，她的好朋友要先为她送上一首歌，下面请大家欣赏孟庭苇的《冬季到台北来看雨》……"

优美的音乐响起来了，孟庭苇伤感动听的音乐传出来：

冬季到台北来看雨
别在异乡哭泣
冬季到台北来看雨
梦是唯一行李
……

夏清听得非常感动,大家也不语,静静地听着。当孟庭苇唱到第二段的时候,主持人的声音再次响起:

“伴随着优美的音乐,她的好朋友‘摽有梅’同学还要为夏清同学送上一首诗——

夏风起
清凉几许
我凭栏独倚　看层林尽染
喜欢你　断鸿亦无语
欢喜里　带有悲情几缕
你是否　也像落红无意

感伤
谢落了岸边垂杨
上扬的柳絮　轻扬　轻扬
苍凉　不再像夕阳中的新娘
对着绿荫下的一潭
我被揉碎在浮藻间
恩泽于我
赐我在星光斑斓里放歌

你轻轻地来
是人间的四月天
我不想吹别离的笙箫 只想变成康桥里的水草
今生有约
生死契阔

灵动的双眸　让我
魂牵梦绕
唯你　唯我
一生相邀

“细心的听众也许能听得出，这是一首藏头诗，我们取每句诗的第一个字，就变成了一句话，而这句话，应该是送给夏清同学最好的生日礼物吧——

夏清我喜欢你，感谢上苍对我恩赐，你是我今生灵魂唯一

4. 两个人的寒冷靠在一起就是微温

大哥已经很久没有感受过爱情的滋润了，那晚，当曲终人散的时候，夏清和大哥四目相对，显得情意绵绵。

“摽有梅，谢谢你，你真的让我好感动。”夏清的声音在夜晚显得格外动听。

“那就做我女朋友吧？”

“想得美，你还没开始追我呢！”

“那就从今天开始吧，我跑得快，获得过短跑冠军呢，一定能追得上你！”

夜深了，夏清有点冷了，大哥脱下自己的外套给夏清罩在身上。

“这样你也会冷的。”

“我不怕，如果你需要，我还可以脱！”

“真的假的？”

“那我现在就做给你看！”

大哥说完，就把身上的最后一件衬衫脱下披在夏清身上，露出健壮的胸肌。看着大哥的样子，夏清笑了：“赶紧穿上吧，要不你会冻着的！”

“不会，如果我冷了，我想到一个取暖的好办法。”

“什么?”

“是这样!”大哥说完,就过来一下子把夏清抱在了怀里,“两个人的寒冷,靠在一起就是微温。”大哥轻轻哼出了孟庭苇歌里的句子,觉得这一刻很浪漫。

大哥和夏清紧紧拥抱,月光如水,洒在草坪上,洒在他们的身上。大哥想去吻夏清,却被夏清坚决地推开了。

“我们不可以这样的!”

“为什么?”

大哥看着夏清远去的背影,欢喜瞬间变成了怅然若失。

那个晚上,管炜哭了。当主持人播出那句话的时候,大家只看到夏清感动的面庞,却没有人关注到管炜的泪水。本科四年,漂亮又出色的她身边不乏爱慕与追求者,但管炜一直找不到感觉,她一直嫌他们太过稚嫩。直到那天晚会上大哥的出现,管炜一下子就被这个成熟男人淡淡的忧伤所吸引,他一定是一个有故事和阅历的人。此后,在房间里她又听到夏清有意无意地说起他,管炜更坚定了这个人也许就是自己苦苦寻找的那个人。可他为什么却忽视自己的存在呢?

管炜和夏清的关系出现了微妙的变化,管炜一连数日都不和夏清说话,夏清心知肚明,却又不知道该说什么。

在夏清的帮助和鼓励下,大哥的英语成绩也开始扶摇直上,很快突破了英语听力关,能用英语进行简单的日常交流。虽然他和夏清的恋爱关系还没有明确,但夏清至少没有拒绝和大哥在一起,他们经常出则成双,入则成对,一起去教室、图书馆、食堂。周末的时候,大哥还会请夏清下馆子,然后去看电影或跳舞。在夏清的带动下,大哥的舞技也进展得很快。

“身体要挺直,不要盯着自己的脚,身体不要上下起伏!”

“手在背后要轻触,不要像弹钢琴似的,以后这样和女孩子跳舞会遭扁的!”

大哥却故意把夏清紧紧地搂在怀里,纤弱娇柔的身躯在大哥的怀里轻轻蠕动着,温暖和幸福传遍大哥的全身。夏清伏在大哥的胸前,听着大哥的心跳,感受着大哥的爱意和温暖。

英语结业考试在6月份进行,空气陡然变得紧张起来。

大哥丝毫不敢懈怠,重新进入考研时的学习状态,向英语过关考试发起总攻。早晨,大哥也不再睡懒觉,戴上耳机练听力,上午开始练习阅读理解和语法,下午做模拟试卷,傍晚的时候去打一场篮球,或者晚上到操场上跑几圈,以保持充沛的体力和精力。

考试前的最后一节英语课,大家都期待高建国老师能对考试重点有所明确,但却迟迟盼不来老师,最后是大学英语教学部的小张跑来通知大家,高建国老师临时有事,请假了,让大家自己复习准备考试。教室"哄"的一下炸开了。大家开始在教室里唱歌,缓解紧张情绪。其中大哥改编了一首歌送给高建国老师,用的是钟镇涛《只要你过得比我好》的曲,歌名为《致老高》,大哥唱完第一段之后,同学们都会唱了,大家在这最后一节课开始大合唱:

这些年你过得好不好
是不是像我一样怕补考
像个孩子似的对着老高笑
能不能让我再通过
只要你不让我补考
不让我补考
我就永远对你好
一直到老
……

唱完大家一起鼓掌起哄,把桌子拍得"啪啪"响,试图赶走沉闷、压抑的空气。

考试如期在周五上午举行。

15 道听力题，大哥有把握地答出了 12 道，这多亏夏清的辅导和练习。有时大哥和夏清单独在一起时，夏清逼着大哥用英语和自己交流，以练习听说能力，大哥也正好趁机把自己平时想说又不好意思说出的话用英语表达，经常厚着脸皮问一些浅显得不能再浅显的问题，如问夏清这些句子该怎么翻译："我喜欢你，你也喜欢我吗？""爱一个人真的好难！""你愿意做我的女朋友吗？"夏清不理大哥，大哥就自己翻译出来问夏清自己说得对不对、发音准不准，夏清经常被大哥问得脸红红的。自然考试是不会考到这样的句子的，但正是在这样轻松的环境下，大哥感觉到学英语已不再是负担，而是乐在其中，所以长进飞快。听力测试结束后，考场只剩下"唰唰"的写字声。大哥感觉阅读理解和写作题都不是太难，只有少数内容把握不准，但过关应该不成问题了，做到最后的时候，大哥长舒了一口气，环视了下考场，发现姚三胖正接过前排座位递过的一张小纸条，正打开的瞬间，被巡视过来的高建国老师发现了，这真是非同小可。高建国老师和另一个监考老师小声嘀咕了几句，考场又恢复了平静。

当天晚上，中文系和新闻系的同学为庆祝英语学习结束，AA 制聚餐，大家兴高采烈，吃完饭大家就在小饭馆里唱歌，大哥唱了首不是十分流行却很深情的《两个人真好》：

两个人真好
两个人真好
你说你的世界可以不要
让平凡的我如此骄傲
两个人真好
两个人真好
我和你聊我让你摇
摇到外面世界都开始变小

我愿和你永远开心到老

哪怕明天风雨难料

大哥唱歌的时候不时地看一眼夏清，大家都说好听，夏清知道大哥是在用音乐表达自己的情感，内心也很感动。只有姚三胖闷闷不乐，一直低着头喝酒，等酒过三巡的时候，姚三胖突然“哇”的一声哭了出来，大家纷纷安慰，以为是失恋或家里出事了。姚三胖说，高建国老师已经和他谈了，要他下学年补考，作弊的事已经上报学校，等待学校研究处理。

大家再也没有兴致欢乐，第一学年最后一场聚会就这么散了。

放暑假前，研究生部公布了英语考试成绩，大哥考了 80 分，过关了。夏清、管炜和何薇三大美女果然厉害，都考到了 90 分以上，在班里名列前茅。姚三胖的英语被记零分，不仅要参加第二学年的补考，学校还给了他一个记过处分。

5. 夏清笑成了夏日里的一朵荷花

研究生的第二年是最为轻松的一年，英语和政治两门公共课已经修完，毕业论文和毕业分配似乎还很遥远，处在夹缝中的一年最没有压力。大哥跟着常醒兵先生学习经学、孔孟老庄、史记汉赋，学业上很有长进。那时候还没有扩招这回事，常先生每两年才有一个招生指标，一次只招一个研究生。大哥的课程多是在常先生家授课。因为在家，上课就随意了些，常先生常在授完课之余，还给大哥传授他的两个专长：京剧和太极拳。

常先生自幼酷爱京剧艺术，师事艺术大师姜妙香先生。爱好京剧的人都知道，姜妙香先生与梅兰芳先生曾合作四十余年，享誉海内外，他对京剧小生的吐字、用气、尺寸、劲头及四声“三才”等口齿技艺，均有独到之处，形成姜派唱法特色。常先生研习姜派小生多年，有一副瓷实洪亮、高亢甜脆的好嗓子。常先生的唱念富有力度，中气充沛，韵味深厚，没有脂粉气，使人有如沐春风之感，一般的内行也达不到那样的水准和高度。中央电视台戏曲音乐频道曾录制播放过常先生的专辑。

大哥跟常先生学唱《玉门关》《孝感天》《四郎探母》等唱段，既学唱腔艺术，也学姜派念白功底。因为大哥的嗓音基础好，尤擅长念白，如《玉门关》选段开头，锣鼓声中，大哥念："志气凌云，玉门关，投笔从戎，取立名。"一曲虎头引子，字、腔出口丹田气足，似虎啸龙吟一般，大哥把汉代班超固守边陲、开通西域的英雄气概表达得淋漓尽致，令常先生大为赏识。

常先生正在为京剧和太极拳后继无人而担忧，见大哥天赋极好，又有兴趣，便厚爱有加。20 世纪 90 年代初，著名表演艺术家梅葆玖先生来滨江省演出，常先生专门带大哥拜访了梅先生一行，令大哥大受鼓舞。

自古文史哲不分家，京剧艺术与古典文化也是息息相通，没有良好的古典文学功底很难理会到其中意韵，《孝感天》中的共叔段、《洛神》中的曹植、《四郎探母》中的杨四郎都是活跃在古典文学中的人物，大哥跟着常先生研习京剧与古文化、古文学，先后发表多篇论文在省内外学术期刊上。

大哥在学习之余经常把自己的最新学习成果展示给夏清，在学校的草坪上，当大哥在夏清面前咿咿呀呀唱起的时候，夏清总是止不住发笑，夏清一笑就成了夏日里的一朵荷花，大哥越发有兴致，等一曲表演完了，大哥问夏清自己唱得怎么样，夏清说："听不懂。"

大哥和夏清就这么相处着，关系却一直没有进展，说是普通朋友嘛，比之又进一层，说是男女朋友嘛，别说接吻连拉手好像都少有，直到后来发生了一件事，他们的关系才有了实质性的进展。

李大宝在这一学期出事了。因为周末寂寞难耐，李大宝多次去邻校找他的女学生玩，终于有一天，酒后乱性，和一个女学生上了床。上床也许不是什么大不了的事，关键是李大宝并没有就此打住，此后还是不断地去找那个女学生，并用老婆提供的比较宽绰的生活费，不断地给女学生小恩小惠，这周买双鞋子，下周买条围巾，两人上床的次数就不断增加。因为很多时候两人上床是随机发生的，李大宝虽然是过来人，但也很难每次都能采取措施，结果没多久，女学生发现自己怀孕了。

按说怀孕也不是天大的事，大学生上学期间怀孕的可能不只是一例两例，只不过学校睁一只眼闭一只眼而已。李大宝只要带着女学生随便找家医院神不知鬼不觉地打掉就行了，但那女学生不愿意了。好好的一个大姑娘，不明不白跟了李大宝这么久，要么让李大宝给个名分，要么让李大宝给一笔钱，女学生说你总不能让人流血又流泪吧？否则，只能向辅导员和学校告发了。名分李大宝当然给不了，他有老婆有儿子，和女同学本来就是玩玩，那只好给钱了。可李大宝自和她相处以来早已捉襟见肘，一分钱也拿不出了，只好回去找老婆要。老婆问李大宝要这么多钱做什么，李大宝支支吾吾一会儿说毕业分配找工作，一会儿说要给老师送礼。离毕业尚早，给老师送礼也不能要这么多钱，李大宝老婆感觉事情有点蹊跷，就留了心。结果在一个周末，李大宝和女学生见面正争吵时被李大宝老婆逮个正着。

女老板见多识广，当即给了女学生一笔钱，先把他们的事了断，然后就向李大宝提出离婚，让他净身出户。李大宝痛哭流涕，说是女学生先勾引自己的，然后又长跪不起，表示坚决悔改，希望老婆再给个机会。李大宝老婆咽不下这口气，当即就给了他一巴掌，然后驾车扬长而去。

李大宝在他老婆走后就变得很是消沉，老婆先是断了对他的经济供给，李大宝的生活一下子就回到了解放前。李大宝只能依靠学校发的一点生活费艰难度日，尽管如此，李大宝还是爱上了喝酒和抽烟，用他自己的话说：哥喝的不是酒，喝的是郁闷；抽的不是烟，抽的是痛苦。

有一天晚上，李大宝一个人在寝室里喝酒又抽烟的时候就出事了，那天他喝闷酒喝得有点多，点上一支烟还没抽到一半的时候就睡着了，香烟先是燃着了李大宝的蚊帐，等李大宝感到热浪滚滚、瞬间酒醒的时候，火势在房间已经很大了，李大宝用被子、扫把扑了几下子，结果发现火势却越烧越大，然后只有夺门而逃。

当大哥上完晚自习往回走的时候，发现研究生公寓北楼已经浓烟滚滚、火光冲天，他第一个想到的是夏清在不在寝室。当他跑到公寓楼下，外面已经站成了一道人墙，救援的消防队还没有赶到，大哥不顾别人的阻挠，拨开人墙就往楼上冲。到三楼的时候遇到了困难，巨大的浓烟和火势已经把三楼的楼梯口淹没，大哥全然不顾，一个箭步就从火焰和浓烟中穿了过去，然后甩掉已经着火的外衣就冲向516寝室。

大哥来得正是时候，夏清在房间里已经被浓烟呛得晕了过去，大哥用房间仅有的水把被子打湿，披在夏清身上，然后背起夏清就向楼下冲去。火势更大了，但这一次有湿被子的掩护，大哥还是穿过了浓烟和火焰。当到达一楼脱离危险的时候，大哥也被呛得倒下了。

消防队随后赶到，经过半个多小时才扑灭了火焰，火灾造成的后果是有三个男生被烧成重伤、两个女学生体表被烧伤，所幸无人员死亡。

消防队员查找了火灾原因，很快就发现火是因312室一烟蒂燃起的，李大宝的口供也证实了这一点。随后的处理决定是：李大宝被开除，承担被烧伤的学生的医疗费并给予经济补偿，并赔偿给学校造成的经济损失。

随后的那一段时间，公寓楼因为火灾要重新装修，大哥他们被临时安排住进了学校的招待所，因为需要安排的人多，招待所的被子已经不够用了，而天气也日益见凉，大哥每每在夜里被冻醒。

但大哥的心却是从未有过的温暖，因为这场火灾，他和夏清的关系很快有了质的飞跃。

据说后来李大宝被开除回家后，老婆并没有不要他，把多年赚的钱全部拿出，还不够赔偿学生的医疗费和学校的经济损失，李大宝从此也就安心地在老婆的店里给老婆打工挣钱还债。

6. 身体和灵魂在狂风暴雨的夜晚交融在一起

姚三胖对管炜也基本没有心情再抱有想法了。二年级下学期的时候，面对即将到来的补考，姚三胖的神经几乎快绷不住了，整夜整夜地睡不着觉，身体状况越来越差。姚三胖因为住在校外，来回学校不方便，便买了辆旧自行车。因为滨江省会城市是丘陵地带，滨江大学校园的地势也是高低不平，高地和低地之间有台阶，骑车的时候遇到这样的台阶只能下车推行。有天天黑的时候，姚三胖不知是因为在思考英语语法还是着迷于学术问题，根本没有注意到台阶，他骑着车按照正常的行驶速度从高处直接飞向了有十个台阶的低处，旁边树林有谈恋爱的男生女生，只见一道黑影从空中掠过，以为是有人在炫车技，随即看到姚三胖摔了个人仰马翻，后来到医院检查，胳膊肘和肋骨都骨折了。

他的女朋友陪着他住了半个多月医院，见姚三胖这个样子，实在放心不下，便主动辞了代课老师的工作，专门在校门外租了间房子来陪读。

在陪读初期，姚三胖的精神还一直处于恍惚中，一次女朋友不在，自己一个人在家放水洗澡，先放了一池子滚烫的热水，后来可能又是因为思考问题，竟忘了还没有放冷水，就脱光衣服径直跳了下去……当他“哇哇”叫着从池子里跳上来的时候，下体已经是大面积烫伤。

女朋友把姚三胖再次送进医院，从此对姚三胖便形影不离地守护着，生怕再出什么意外。有女朋友看着，姚三胖再没有空间对管炜想入非非了。

管炜也在这一学期被市文艺广播电台聘为兼职播音员，主要精力也从学校广播站转到了电台里。大哥也辞去了自己在校广播站的工作，因为有新生加入，没有管炜和大哥的校广播站依然办得红红火火。

经过了这一场生与死的考验，夏清再也不把大哥拒之门外了，对大哥仿佛也依赖了许多，无论去教室、图书馆还是食堂，经过三楼的时候，都会来找大哥。李大宝和姚三胖都不在寝室了，夏清来大哥寝室也方便了许多，有时还会在大哥寝室待上一段时间，看大哥的藏书，发现大哥的被子没叠，就会提出严厉批评，然后亲手把被子叠好。

那天晚上，当他们从图书馆回来，经过他们唱歌的那片草坪的时候，夏清突然停下来，前后看了看，然后问大哥："你想不想亲我一下？"

"什么？"大哥一时没有反应过来，他看着夏清绯红的脸，立马意识到自己问得好愚蠢。

夏清闭上眼睛，已经在等着大哥了，大哥上去用双手轻轻地扳住了夏清的双肩，然后开始吻她，夏清的身体轻轻地悸动，旋即就松软了，她张开自己洁白如玉的牙齿，任大哥的舌头伸进去吮吸。大哥闻着夏清身体散发出诱人的体香，很是陶醉，月光静静地洒落在他们身旁。春天的夜晚，晚风中虽然还裹挟着丝丝凉意，却一点感觉不到寒冷。

从那个晚上后，大哥就自由出入 516 室了。大哥想夏清的时候，就会穿过五楼那道没有上锁的铁门，敲开那扇贴着孟庭苇海报的门，等听到夏清一声清脆的"请进"声，大哥就进来，发现房间就夏清一个人时，他就可以拥抱夏清，然后扳过她的身子吻她。自从有了第一次后，夏清已经不再拒绝大哥的热吻。只是有一次，她从盥洗室回来，刚进房间，突然有人从后面抱住自己，先是本能的一惊，正要喊出声来，嘴巴就被捂住了，这个时候她就知道是她的摽有梅来了。夏清对此做法有点生气，转过身来正要发出她的抗议和恼怒，嘴巴旋即被大哥吻住，她的小气愤也随即被一阵幸福的感觉取而代之。

夏清没有表达出自己的小抗议，大哥却得寸进尺。第二次发生类似场景的时候，夏清决定小小地惩治一下大哥。那天她回到寝室，感觉空气中似乎有大哥进来的气息，她佯装不知。大哥这次从后面抱住夏清，手却故意地触到夏清充满活力和弹性的胸部，夏清一下子呼吸急促，脸也瞬间变得绯红，然后用自己的高跟鞋使劲往下一跺，正踩在大哥的脚面上，大哥发出"哎哟"一声惨叫。夏清回头说："这是二十招防狼术的第一招，让你不老实！"大哥边叫边说："真是最毒莫过妇人心啊！"

6 月底的时候，大哥和夏清处理完学校的事情，决定先出去游玩放松一下，然后再回家。他们选择的地方是明太祖朱元璋的故乡。一大早他们登上了长途汽车，抵达后先游览了古城墙，城郊的明皇陵，下午的时候他们便去游览灵山洞。

灵山洞位于县城南灵山国家森林公园内，距县城 30 多公里，已有 5 亿年的地质历史，在 1500 年前的《水经注》中已有记载。灵山洞留有多处唐宋题刻，朱元璋初起义时曾据此屯兵，并在洞内外留下众多古迹。

大哥和夏清手拉手进入洞内，因为时间较晚，游人已经不多了，洞内显得十分清静。大哥和夏清第一次进入这神秘的世界，感觉心情格外好，他们借助洞内微弱的灯光，沿着湿滑的地表往里走，不时为喀斯特溶洞感到惊奇。他们越往里走，湿度越大，光线越弱，一千多米的溶洞越发显得幽深，等感觉快到溶洞尽头的时候，突然一条小溪横亘在他们面前，挡住了去路。原以为可以直接出洞，没想到还得原路返回，夏清累了。大哥说："我背你吧。"夏清犹豫了下，没有拒绝，从后面一跃跳上了大哥的后背。大哥心里幸福的感觉涌了上来，正要转身往回走时，忽然听到远方的小溪传来阵阵水声，他们循声望去，竟然发现洞中的小溪上飘过来一叶扁舟，洞中能驶船，很是神奇。

小船是专门用来接游客的，大哥他们跳上了船，船工几乎不用船桨，手撑壁顶就可以缓缓前行，洞内溪流淙淙，如鸣佩环，甚是优美。夏清以手拂水，清凉怡人。

"快看，那是什么？"夏清突然有了新发现，大哥循着夏清指的地方望去，发现一朵朵白色的闪亮的小花，在水中荡漾，甚是漂亮可爱。船公介绍说："你们真是运气好，不是所有的游客都有这个运气看到的。你们看到的是我们灵山洞的镇山之宝——桃花水母，又称桃花鱼，是地球上最原始、最低等的生物。距今约 6.5 亿年了，被称为生物进化研究的'活化石'。桃花水母对生存环境要求极高，活体是非常罕见的，极难制成标本，被国家列为世界最高级别的极危生物，更是有'水中大熊猫'之称呢！"

“哇,简直太神奇了! 摽友梅,我们许个愿吧!”夏清很是激动,开始合掌于胸前,对着这难得一见的神奇物种许下自己的愿望,大哥也学夏清的样子,在心里为自己和夏清许下关于他们爱情的美好愿望。

灵山洞虽然历史悠久,但真正被发现和开发却是近几年的事。据说是20世纪80年代末,当地一个农民上山打野猪,在山顶上突然发现一个深不可测的洞口,农民回去又喊了许多人来,想下去探个究竟,于是就把一根长绳子固定在洞口边的一棵大树上,有人顺着绳子下去,发现洞底是一条小溪,水体深,水面阔,又有人带着木板打着火把陆陆续续下来,借助木板漂流过那条小溪,越往前走,越感到高深莫测,洞内集奇、险、秀、峻、雄于一体,或现飞禽走兽之形态,或呈人物之瑰玮奇异,或有古步道、演兵场等遗迹。洞内如此之奇美,让当地农民很吃惊,并很快报告了当地政府。当地政府随即进行了开发。大哥去的那一年,正是灵山洞刚开发出来,因为名气还不大,所以游客不甚多,景区的配套设施还不够齐全。门口除了管委会开设的一家招待所,其他几乎什么都没有。

大哥和夏清出洞的时候,天已经快黑了,他们只有在管委会的招待所住下。服务员问要几间房,夏清对服务员说两间,然后对大哥说:“男女授受不亲,不准你有非分之想!”大哥那点小心思一开始就被夏清扼杀在萌芽状态。

“山上有野猪,只要你不害怕就行。”

“不许你吓唬我,这深山老林的,确实有点恐怖呢。”夏清还真有点紧张。

天真正黑下来的时候,大哥和夏清已经分别住到紧邻着的两间房了。不一会儿,山上就起风了,风吹树林,发出“哗哗”的响声。

山上的夜来得格外早,大哥经过一天的奔波,也确实累了,十点钟还不到,大哥就已经睡着了。

这个夜晚注定是不寻常的。大哥刚刚进入梦境,山上就已经狂风大作了,山风刮断了树木,发出呼啸的声响,像无数轰鸣的列车,驱走了夜的安宁。夏清被这各种各样的怪异声响吓得睡意全无,她仿佛还从风中听到了怪兽“嗷嗷”叫声,“没有,没有,山上没有野兽的,都是‘摽有梅’这个坏蛋吓唬我的。”她在心里安慰自己说。可夜的狰狞似乎不仅没有停止的意思，反而变本加厉起来。

“咔嚓”一个霹雳，山上忽然下起了倾盆大雨，雨流如注，闪电不时划破夜空。大哥也被那声霹雳惊醒了。“她睡了吗？”

夏清紧裹着被子，坐在床上，吓得瑟瑟发抖：“摽有梅，你这个王八蛋，你只顾自己吗？”

屋外，风越来越急，雨越来越大。

大哥敲击墙壁，表达对夏清的关心和问候，可又一个霹雳响起，夏清根本听不到，她已经害怕得不成样子了。

大哥决定下床到隔壁看一下夏清，他打开门的时候，一股狂风几乎将他吹倒，他艰难地走出，到了夏清的门前，开始敲门并呼唤夏清的名字。

夏清听到风雨中有大哥的呼唤，再也按捺不住，打开门，大哥随着风雨一起拥了进来。夏清穿着睡衣，不顾一切地冲上去，扑倒在大哥的怀里，开始擂大哥的胸膛：“摽有梅，你这个坏蛋，我以为你不管我了。”然后嘤嘤地哭了。

大哥紧紧地抱着夏清，开始吻她：“不怕，宝贝，有我在呢！”

夏清不知是因为恐惧还是兴奋，脸色一片绯红，呼吸也开始变得急促，“摽有梅，你为什么这么坏？”夏清回应着大哥的吻。

外面的雨下得似乎更大了，狂风挟着雨水通过房门的缝隙吹进来，发出尖锐的哨子音。此时，仿佛只有这个房间是安宁的、温暖的，同时又是充满激情的。大哥和夏清热烈地拥吻着，夏清已经轻轻褪去了睡衣，大哥看到了夏清美丽得没有一丝瑕疵的胴体，大哥亲她的双乳，夏清再也没有拒绝，也许她早就想好，早就做好准备，只是不知道这一天在什么时候到来，也许今晚，就是这个美好日子到来的时刻。

当大哥进入夏清体内的时候，夏清就开始轻轻地呻吟起来了。感觉是美妙的，大哥自从没有了英子，没有了祁红，他已经很久没有爱过。这种感觉已经离他很远很远，他曾经以为，曾经怀疑，他不会再这么刻骨铭心地去爱一个人，可这个人不仅说来就来了，而且在这个夜晚已经彻底属于他了。夏清没有拒绝自己，说明她也是爱自己的，他觉得自己的身体和灵魂在这个狂风暴雨的夜晚已经和夏清紧紧地交融在一起，任狂风大作，任暴雨雷霆，都动摇不了他们的爱恋。夏清，我爱你，至灵山无棱，淮水为竭，天地合，对你的爱也绵绵无绝！

激情过后，大哥发现，夏清不是处女。

英子是，祁红是，夏清不是，可这又有什么呢？只要他们相爱，就可以超越一切。夏清已经读过四年的本科，谁能没有过去？你许友梅没有吗？你的过去不比任何同龄人要复杂得多、要灰暗得多吗？

只是一个闪念，大哥不会去探听夏清的过去，他在心里对自己说，让一切的一切都成为既往，他要好好把握这来之不易的幸福！

7. 天赐良机

最后一个学年的时候，姚三胖又搬回了312，他女朋友那里出了点问题。

姚三胖的女朋友辞去代课老师的工作专心来陪读终于收到成效，姚三胖的身体好转后，第二学年成功通过了英语考试，最后一学年可以安心写毕业论文了，可生活问题立马摆在他们面前。姚三胖一个月只有几十元生活补助，女朋友代课时攒下的一点钱交了半年房租后就所剩无几了，摆在他们面前的是一日三餐问题。眼看着囊中日益羞涩，日子一天天捉襟见肘，女朋友就和姚三胖商量着出去找点事做挣钱养家，商量的结果是还干老本行，找一个家教做。姚三胖白天去上课的时候，女朋友就到市中心的新华书店门口举着个“家教”的牌子，静等着望子成龙、望女成凤的家长们来找她。一连几天，前来问津的很少，即使偶尔有几个，一问她能辅导孩子什么课，她说语文，家长就摇摇头走了。一是找家教辅导语文课的本来就少，多是要求辅导数理化和英语的；二是家长一听她开口说的是乡下普通话，就对她的语文水平表示置疑，再看她拿出的毕业证竟然是高中毕业，家长就开始用狐疑的眼光看她：“有没有搞错，高中毕业就来带家教，不是误人子弟吗？”

姚三胖女朋友在新华书店门口站了一个月，遭到的都是白眼和鄙夷，就想着另谋生路。她看路边有个门面摆的牌子上面写着“招聘”两个大字，就进去打听，看有没有什么可以挣钱的工作。接待她的是个精瘦矮小的男人，小脑袋上忽闪着一对大耳朵，长得有点像外星人。外星人说，他这里什么工作都可以介绍，服务员、小保姆、营业员、抄写员、瓦工、木工、水泥匠、搬运工……这么多行业，总有一个适合你。姚三胖女朋友说：“那你帮着介绍一个吧。”外星人说：“你交一百块钱中介费，保你找到工作，找不到还可以退款。”

姚三胖女朋友从怀里掏出仅有的五十块钱说：“我没有那么多，就五十了，可以吗？找到了发工资再补给你。”外星人皱了下眉头说：“看你这个小姑娘也不容易，五十就五十，给你个面子吧，不过交五十就不能开票了啊。”姚三胖女朋友说她也不能报销，要不要票无所谓。姚三胖女朋友交了五十块钱，外星人说：“你想找什么工作，我给你开介绍信。”姚三胖女朋友就到牌子上寻找可以找的工作。姚三胖女朋友觉得抄写员不错，营业员也可以，实在不行，干饭店服务员也行。外星人说：“我给你介绍几家，你自己挑。”

姚三胖的女朋友觉得这五十元花得很值，就拿着外星人开的三张介绍信，一家一家地找。先去一个公司应聘抄写员，到了那家公司却被告知，我们从没说要招聘抄写员，我们招聘的是会用电脑的打字员，你会用电脑吗？姚三胖女朋友说：“不会，我还没见过电脑。”又去了第二家，是一个花店招聘营业员，店主看完她的介绍信说：“我们从没有委托中介介绍营业员，他们一定是看了我们登在报纸上的广告，才介绍你来的，我们的人早就招满了。”就剩一家了，姚三胖女朋友想，我堂堂一人民教师出身，做个服务员总可以吧，她就顺着介绍信上的地址找到了那家饭店，饭店老板说：“以前我们是招过服务员，不过现在刚刚招满，等到年底的时候，有服务员要回家过年，那时候我们比较缺，你可以等几个月再过来看看。”

第二天，姚三胖女朋友又去找中介，说没有找到工作，外星人又给开了几张介绍信，女朋友拿着信跑了一天，说法基本和第一天的差不多，姚三胖女朋友觉得自己上当受骗了,就回到中介想要回那五十元钱,没想到外星人一听要钱翻脸了,说:“我们给你介绍了这么多家,是你自己条件不行能怪我们吗?你如果有时间,我们还可以继续给你介绍,直到你找到为止,钱既然交了从来就没有退的道理。”

姚三胖女朋友气哭了,回去向姚三胖说了这两天的遭遇,姚三胖很生气,就去找那家中介理论。外星人看着姚三胖肉墩墩的样子说:“你是从哪里来的?我们收过你的钱吗?把发票拿出来我看看!”

姚三胖和女朋友拿不出来,姚三胖气得要打外星人,女朋友拉住他说:“算了,幸亏只交了五十,如果交一百有票据就好了。”姚三胖生气地说:“从来就没见过比你还笨的女人!”

姚三胖的话刺激了女朋友,女朋友觉得再也不能这样,一定要想办法挣到钱,不能让三胖这样轻看自己。

此后不久,姚三胖就发现女朋友不一样了。一开始女朋友说,她遇到了一个同乡的小姐妹,给她介绍了工作。有工作后,姚三胖家的伙食变了,每日三餐可以有肉有鱼吃了,后来发现他女朋友穿着也开始变了,不仅买了新衣服,穿着变得时尚,而且晚上出去还开始涂脂抹粉了。姚三胖问她找的是什么工作,她说小姐妹介绍她在一家歌舞厅做服务员。

姚三胖开始心生疑窦,说:“一个服务员应该也挣不了多少钱,你省着点花,用钱的地方多着呢,还有在歌舞厅上班可得学会保护好自己,那里可没有什么好人。”女朋友说:“我主要负责端盘子送水什么的,舞厅里的姑娘忙不过来的时候,我最多陪客人唱唱歌、喝喝酒,没什么大不了。而且唱歌喝酒结束的时候,客人一般都会给小费。”女朋友还说,等她挣够了钱,就租个大点的房子,以后还可以自己买房子。

姚三胖觉得不对劲。有一天晚上,女朋友很迟才回到家,姚三胖抬了一下惺忪睡眼,正准备接着睡,忽然听到家中好像有“叽叽叽”的鸟叫声,女朋友拿出个新的 BP 机看了看,对姚三胖说,这是歌舞厅老板为方便工作给她们配的通讯工具,呼她回去加个班,她去去就回来。

女朋友一夜未归,第二天回家倒头便睡。姚三胖从女朋友的包里翻出了几千元钱和几个避孕套。

姚三胖什么都明白了,气得差点吐血。想来想去觉得自己还是应该先稳住,等哪天拿到了直接证据再说。

后来在一个晚上,姚三胖等女朋友出去后不久就跟着到了那家歌舞厅,发现女朋友进去之后就换了件几乎袒胸露乳的服装,几个女人齐刷刷地拥进包厢陪一帮男人唱歌喝酒,姚三胖透过包厢门的缝隙往里看,发现男人们对她们动手动脚,她们从不反抗,等曲终人将散,便有人开始给她们每个人发一张百元大钞。

这只是上半场,下半场的时候,女朋友和几个小姐妹便开始换回便装,随那帮客人出去吃夜宵。

姚三胖远远地看着他们在一家饭店推杯换盏,其中有的已经醉得不成样子,他的女朋友坐在一个谢了顶的男人旁边,男人的手不时地在她身上摸来摸去。夜宵结束的时候,那群男人一人搂着一个女人朝宾馆走去。

姚三胖打了个报警电话,告诉了警察宾馆的具体位置和名称,就回去了。

第二天,报纸报道了警方昨晚查获某宾馆卖淫嫖娼的新闻。

姚三胖没再去管后面的事,他收拾了自己的东西,在最后一学年开始前,就搬回了312宿舍,和大哥住在了一起。

姚三胖女朋友被罚了点钱放出来后,到312找过姚三胖,她告诉姚三胖自己这么做都是为了他,为了这个家能过上好日子,姚三胖一言不发,等她说完了,就说:“我不认识你,你走吧。”

姚三胖女朋友哭着就跑开了。

据说,姚三胖女朋友后来回到家乡所在的城市继续重操旧业,挣了不少钱,发达后曾经回到省城来找过姚三胖,姚三胖始终没有再见她。女朋友后来就回到老家,开了个美容美发店,然后嫁了个老实人,安安稳稳地过起了日子。

姚三胖已经很久不知道管炜的近况了,把女朋友的事处理完之后,才想起向大哥打听起管炜。大哥告诉他,管炜这个学期已经同广播电台签订了求职意向书,现在已经成为一个专栏节目的主持人,就等着毕业办手续了。说起找工作的事,姚三胖更是一脸愁云,被英语拖得毕业论文还没有写,现在又出了这么一档子事,自然是没有时间找工作。问大哥工作的事,大哥说自己还没有开始求职,他是在等夏清,夏清在哪个城市,他就要去哪个城市。

以夏清的学业成绩,学校有意向让她留校任教。夏清如果留校,大哥和姚三胖等中文系的学生就不用再想了,一是中文系的留校名额一般一年只会有一个;二是谁的专业实力和人脉也比不上夏清,在本科的时候,夏清就一直是中文系有口皆碑的尖子生,他的导师又是中文系主任,看样子留校是水到渠成的事情了。

大哥就在想该去什么单位的时候,突然在他面前出现了一个天赐良机。

第三届古代散文学术研讨会在北京召开,大哥和常先生合作完成的《骈文与中国文化精神》一文受到组委会的高度关注,并受邀到会参加研讨。

大哥随着常先生到北京开会,会上,提供学术论文的会议代表分别发言,因文章是大哥执的笔,常先生就把发言的机会留给了大哥。常先生是很有风度的人,凭他在学术界的声望,自然不需要再用一篇文章为自己扬名,他想把大哥这个新人推荐给更多的学者认识。

大哥在发言时说:"确立于魏晋、繁盛于六朝的骈体文,是一种讲求对称美、建筑美、含蓄美、色彩美和音乐美的特殊文体,这种文体的形成,与丰厚深沉的中国传统文化的积累密不可分。《尚书》《周易》《诗经》等历史典籍中的骈词俪句,已奠定了汉民族讲求对仗美的特殊风格,人类童年时期形成的朦胧美学意识影响了华夏民族文化史的发展,形成了中国文化中讲究对称美和韵律美的两大特质,不断影响着作家的思维方式,引导着他们把文章向骈俪化方向发展。而以儒家思想代表的为中国传统文化深沉印记的'中庸'思维方式,不仅从更深层次上影响了作家的思维方式,通过对偶来达到平衡与和谐的统一,而且还深深地影响到了骈文特殊的审美特性——温柔、典雅、中和、含蓄。”大哥最后说，“因为汉字本身的复杂性和丰富性已足以作为中华文化的载体，用蕴含着中华文化信息的汉字连缀而成的文学，显示着中华文化的博大与精深，而在此土壤中产生出的骈文雍容典雅，同样显示着华夏文化的一种无穷魅力。”

大哥的发言获得了阵阵掌声。著名骈文研究专家、首都京华古籍出版社社长朱一潜先生对大哥频频注目和点头。会议结束的时候，朱先生和常先生边切磋太极拳，边向他打听这个学生的情况。

朱先生和常先生不仅是学术上的好朋友，也是太极拳友，每次见面都要切磋下推手，看彼此的功力是否有长进。常先生学术之余，潜心研习杨氏太极拳，得田兆麟大师真传，对于太极秘传八段锦、老架、中架、推手、散手等均有较高造诣。朱先生在学术上与常先生不相上下，但在太极拳上却略逊一筹，几个回合下来，朱先生已经只有招架之功。

“常先生，我发现不仅您的功夫日渐长进，您培养的这个研究生也不错。”停下来的时候，朱先生对常先生说。

“哪里哪里，是您承让了。我的这个研究生不仅天资聪慧，学习也很用功，算是我的得意门生了。”常先生说。

“许同学毕业后有什么打算？是想继续读博士还是先工作？”

“这个我还没有问起过，朱先生有什么好的去处推荐吗？”

“他如果想进出版社我倒是可以助一臂之力，我们社正在招贤纳士，正好我也需要个骈文研究的助手，我发现你们的文章很有见地。”

“那篇文章是他执笔写的，我只是看了下，提了些意见，以后给你做助手，肯定没问题，把他交给您，我是最放心了，到您那里，他可以边工作，边继续做学问，我想这应该是他最理想的去处了。”

“他如果同意，回去后我们就按程序办理这件事情。”

“他不会不同意的，我替他先做这个主并向您表示感谢了！”

当会议结束常先生和大哥说起这事的时候,大哥却略显迟疑,常先生说:“这是一件很值得高兴的事,你好像不是很开心,到首都京华古籍出版社,一方面有良好的薪资待遇,另一方面还可以继续做你的学问。在滨江省,我可没有本事能帮你找到这么好的单位。不知你在犹豫什么!”

“我慎重考虑下。”大哥心事重重地说。

常先生显然对大哥的这个态度极为不满,也没有再说什么。

大哥从北京返回的时候,为夏清买了个收录两用的随声听,他想这样夏清既可以用来听她喜爱的广播节目,也可以用来播放音乐或英语磁带。大哥把礼物送到夏清的房间去,夏清很是喜欢,回报大哥一个甜蜜的香吻。

小别后欢聚,大哥用自己热烈的拥抱和亲吻表达自己的相思和爱恋,但夏清好像并不是很投入,一副心事重重的样子,大哥问她,她也只说没什么。

大哥坐下来,开始很认真地和夏清谈毕业去向的问题,大哥和夏清说起了首都京华古籍出版社的事。

“有这么好的机会啊,值得恭喜!”夏清说。

“可我打算放弃。”大哥平静地说。

“为什么?”

“当然是为我们!”大哥说,“我不希望我们分开。”

“我觉得你应该慎重考虑。再说,你这么大的付出,我感觉很有压力,感觉自己承受不起。”

“压力?我自觉自愿的,你怎么会有压力?再说,你不希望我们在一起吗?”

“我的去向还没最后定呢,怎能让你做出这么大的牺牲?”

“相比于我们在一起,这点牺牲又算什么呢?”

“我觉得你不应该轻易放弃。”

“我心里已经有决定了。”

没多久,首都京华古籍出版社的意向函就寄到了滨江大学中文系,大哥拿着信件去找常先生解释自己放弃的理由，常先生大为恼火，最后说：“你的决定我尊重，工作的事你自己多想想办法吧，我无能为力了。”

8. 走了为什么不说一声

常先生在夫人的开导下，很快理解了大哥，虽然在找工作的问题上常先生不愿意再去动用自己的关系，但心中的不快很快就烟消云散了。

12 月份的时候，学校宣传部筹备滨江大学新年联欢会，专门向常先生发出邀请，希望常先生能够登台表演一段国粹京剧。常先生欣然应邀，并向他们隆重举荐大哥，说届时师徒将同台献艺。

因为师徒经常在一起研习，几乎用不着排练，等常先生选好了曲目，他们在一起唱了几遍，常先生又对大哥的几处唱念进行了纠正和指点，然后就静等上台演出了。

大哥把这消息告诉夏清，希望夏清能够观赏他的演出，夏清说：“你终于登上大雅之堂了，我还以为你永远都只能在草坪上演出呢。”

月末的周五晚，滨江大学大礼堂人山人海，鼓乐齐鸣，礼堂内人满为患，连长长的过道都挤满了密密匝匝的人，阵势和情形绝不亚于今天的明星演唱会。

主持人管炜一袭蕾丝白色长裙闪亮登台，对大哥来说已经是十分熟悉和优美的声音再次在耳边响起，大哥想起了他们在一起主持校园广播的情景，仿佛已很久远。

“尊敬的各位老师、同学们，滨江大学新年联欢会现在开始！请欣赏第一个节目：舞蹈——盛世欢歌。”

大哥和常先生已经在后台候场。大哥虽然不是第一次登台演出，但这么大的场面还是第一次，登台唱京剧也是第一次。不知道大哥的心里是不是会有些紧张，他想夏清一定坐在某个角落，静等着大哥登台。他向人群中寻找夏清，人太多了，到处人头攒动，连一张熟悉的面孔也找不到。

管炜开始介绍常先生和大哥了。

“京剧是我们中华民族之瑰宝，我校中文系教授常醒兵先生潜心研习姜派唱法多年，饮誉京剧艺术舞台，今天，他带着他的弟子，也是我的校园广播的搭档许友梅同学同台演出，下面我们首先请许友梅同学登台献艺，他表演的曲目是《孝感天》——”

大哥登台亮相，场下已经是掌声雷动。

伴奏音响起，大哥开始唱：

风飘飘冷飕飕黄昏惨淡
曾记得在生时束带顶冠
虽是儿在黄泉也觉心酸
悲切切尊国母魂丧魄断
悔不该图兄位自惹伤残
辜负了生身母无依无伴
儿在那黄泉路也觉羞惭
儿在阴娘在阳两相隔断
母子们要相逢今世也难

大哥吐字归韵讲究，大小嗓结合得天衣无缝，高中低音俱全，韵味纯正婉转，意境深邃高远，把共叔段阴谋夺权失败后的悔恨凄怆和伤感表达得淋漓尽致，场上的人虽然不是人人都能听得懂，但对一个三十多岁的年轻人演唱京剧却颇感新鲜，等大哥演唱结束时，赢得了全场雷鸣般的掌声。

当常先生上台演唱他的保留曲目《玉门关》时，大哥已经飞似的跑下台到人群中去找夏清，他需要夏清分享他演出成功的喜悦，他要拥抱夏清，他要长长地吻她。

常先生在台上开始字字珠玑地念定场诗：

投笔从戎羡虎头
男儿谈笑当封侯
玉门关外三千里
建立功名冠九州
……

大哥在场内挤了一圈又一圈，终不见夏清的影子，有同学认出了在人群中转来转去的是刚演出的大哥，还有几个小女生对大哥挤眉弄眼，大哥冲出礼堂。常先生演唱的二黄慢板从身后传出来：

听树梢风悠悠人烟寂静
对此景不由人心不安宁
都只为鄯善王犹豫不定
怕的是通西域大功难成
……

大哥通过那条长长的林荫道，跑向研究生公寓楼。

516大门紧锁，夏清，你在哪儿？

大哥颓然地坐在516门前，样子有些凄凉。

隔壁的小姑娘伸出头来："你找夏清吧，她下午的时候已经随他的老师去上海了。"

夏清离开学校一个星期，大哥失魂落魄了一周。那几天里，大哥对夏清应该是心生埋怨和责怪的，常常自言自语："走了，为什么不提前说一声呢？"

当夏清回来的时候，大哥的不快便已经烟消云散了，见到夏清他已经露出了浅浅的笑容。夏清仿佛什么都没有发生过。大哥向她描述自己演出情景的时候，夏清甚至没有兴趣和耐心听。等大哥感到兴味索然、静静地看着她的时候，夏清说："你说完了吗？说完就回去吧，我累了。"

这是怎么了？大哥百思不得其解。而此后的夏清对自己似乎更加冷淡，关系就这么莫名其妙突然变得若即若离起来。

直到这学期快结束的时候，夏清家里发生了一件大事，大哥陪着她回了趟老家，这种状况似乎才有所改观。

那天，大哥在夏清的房间里，面对着对自己不冷不淡的夏清，正想着该说点什么，房间的小喇叭里突然传出楼下传达室的呼叫声：

"516，夏清电话！"

学生公寓里没有电话，楼下的传达室有通往各个寝室的喊话设备，等夏清匆匆忙忙地跑下楼时，大哥也跟了出去。

大哥远远地看到，夏清接电话时，状态已经不对了，泪水哗哗地往外流，身子几乎要瘫软了下去，大哥赶紧冲下去，扶住了她。

夏清告诉大哥，她父亲病危，需要马上回去。大哥提出陪着她一起回，夏清没有拒绝。

他们简单地收拾行囊，下午就乘车赶往西山市。一路上，夏清坐在大哥的旁边却不和他说一句话，显得很悲伤，大哥不知道该如何安慰她，就让夏清靠在自己的身上。夏清先是把头靠在大哥的肩上，没一会儿，整个身体都瘫在了大哥的怀里。夏清的绵软和柔弱，激发了大哥强烈的保护欲，他把双手十字交叉形成了个圈，围揽住怀里的夏清，仿佛生怕她从自己的身上滑落。车子开得飞快，大哥无暇顾及沿途的风景，不一会儿，车子就进入深邃葱郁的大别山了。

夏清的家在大别山的最深处，翻过山就是邻省的地界了，这里保存着华东最后一片原始森林，在崇山峻岭中，时而茂林修竹，时而龙潭飞瀑。大哥没有想到夏清的家在这么一个山清水秀的地方，等车子在一个小镇上停下来，大哥知道目的地到了。

夏清的家位于小镇尽头的山脚下，是一个独立的小院子，等大哥和夏清到达门口的时候，夏清的身体已经彻底瘫软了，门口的花圈和院中传来的哭声已经告诉她，父亲没有等到她，已经离她而去了。

在大哥的搀扶下，夏清走进院子中，父亲的相片已经悬挂在屋子的中央，旁边缀上了黑纱。大哥能够看得出，夏清的父亲年轻时应该是一个很帅的男人，棱角分明的脸上满带着慈祥的笑容，安和而宁静，正静静地对着他们微笑。一个精瘦而面容姣好的中年妇女颤巍巍地走过来，应该是夏清的母亲了，她一把拉过夏清，母女两人抱头痛哭。

夏清的父亲是在上午突发脑溢血走的。当夏清接到电话的时候，其实她父亲已经不行了，母亲怕夏清坚持不住，没敢直说，只是告诉她父亲病危。其实夏清从母亲的电话中何尝听不出，她只是把自己的悲痛放在最后这一刻爆发而已。

安葬是在两天后，待在夏清家的这两天里，大哥感觉自己好像完全是个多余的人，其实在他把夏清送到家里的那一刻，他的任务就已经完成了。夏清是家中独女，终日陪伴和安慰着母亲，母亲整日以泪洗面，夏清也消瘦和憔悴了许多。大哥找不到更好的语言和行动来安慰她们母女，也许她们也不需要别人的安慰吧，失去亲人的痛苦，只有经历过才会知道。大哥作为一个旁观者，除了对她们母女言语安慰一番，做一些力所能及的事情，其他好像都是多余的。

等夏清的父亲火化后，夏清的母亲似乎才关注到大哥这个人的存在，当晚，她把女儿拉到自己的房间。

“清儿，我一直未来得及问，陪你来的那个小伙子是谁啊?”夏清母亲问，声音中还满是疲惫和悲伤。

“妈，他是我的研究生同学。”夏清回答，但她知道母亲一定明白，自己能够将一个陌生人带回家，绝不只是同学这么简单。

“小伙子看起来还挺不错的，是哪里人啊?”

“荆涂县的人，和我读一个系。”

“哦，你爸爸临终前交代几句话，妈现在告诉你啊。”

“好的，妈，您说。”

“我和你爸十几岁就插队到西山来，一晃30年过去了，我们一直都想回到上海去，但因为你一直在上学，我和你爸都无法完成这个心愿。你爸临走前说，等你今年毕业了，就想办法到上海去学习或工作吧，然后把他的骨灰也带到上海去。你爸没有等到回上海的那一天，他说，他在天上也要看着我们母女回到上海去。”

“妈，我听您的，也听爸的。”

9. 月亮很圆，却如冷水般彻骨冰凉

最后一个学期不约而至。

研究生里，除了大哥和夏清这一对，黄达和何薇的关系也已经公开。不知道何薇用了什么方法，还真把黄达搞定了，自从两人正式确立恋爱关系后，黄达竟然不在外面祸害别的女孩子了。按黄达自己的说法，何薇是用了不得的床上功夫把他搞定的。何薇长得娇小柔弱，肤白体香，一上床后就变得柔媚似水，缠缠绵绵，对他百般温情。黄达说，他在何薇那里尽情宣泄了他的花心和情欲，再无心情和体力去拈花惹草，准备这辈子就和何薇在一起了，他已带着何薇见过父母，父母已认可这个准儿媳，他们准备毕业的时候就办结婚手续。

可还没有等到毕业，黄达家里就出事了。据说是江北市的市长在出国回来后带回一沓用英文开的发票，报销后一直没有事，后来上级部门来审计，发现其中一张发票上面写着“Sex service charge”。审计工作中有专业人员，拿着这张发票看了半天，最后报告审计组组长这张是“性服务费”。审计组组长犹豫再三，最后把发票交给了省纪委。省纪委从调查这张发票开始着手，专门找市长谈话，市长的心理素质不是一般的差，一听说省纪委的同志来找谈话，不仅立马交代了他们出国观看淫秽表演和公款嫖娼的事情，还连续交代了多起贪污受贿的事实。最后为争取立功表现，检举揭发了市委书记黄达父亲的买官卖官、贪

污受贿的部分事实。省纪委将黄达父亲“双规”后，很快查实了他贪污受贿的事实和来路不明的巨额财产，其中包括在省城为其子黄达购买的一处房产。黄达的母亲因为多次参与收受巨额财产，也未能脱了干系，没过多久，也被司法机关带走了。

黄达又搬回了313房间。大哥桌子上的报纸刊登着关于江北市委书记和市长双双被“双规”的报道，他出于关心和好奇，对着黄达的房间观望，从门缝间发现，黄达正躺在何薇的怀里哭泣，黄达对何薇说：“我现在除了你已经一无所有了，你会离开我吗?”何薇看着怀里的黄达，脆弱得已如同孩子，她细语安慰着：“不会的，不会的，你不要多想，事情总会过去的。”她的目光却有些游离。

傍晚，大哥来找夏清。

516的房门虚掩着，大哥只是象征性地把门敲了一下就推门而入。

夏清的房间里有不速之客。

那一刻大哥有点惊愕和恍惚，一时间竟搞不清自己是不速之客，还是新来者是不速之客，因为他分明看到了夏清和一个男人正紧紧地抱在一起。

是他打扰了他们，还是新来者破坏了他和夏清?

大哥有点蒙，不知道是该说声“对不起”就走开，还是该坐下来和他们谈谈。

还是夏清打破了沉默，当大哥推门惊开他们后，夏清平复了下状态，对大哥说：“许友梅，我给你们介绍一下，这是我的师兄栾文明。”夏清仿佛一切都没有发生过，然后对着那个男人说，“栾师兄，这就是许友梅。”

栾文明伸出了手，大哥的手没有伸出去。

“谢谢你对夏清的照顾和关心，你们的事，夏清都和我说了。我这次来主要是接夏清到上海去参加复旦大学的博士生招生考试，我们的导师费先生已经向复旦大学的褚文杰教授做了推荐，褚教授说，夏清的专业课功底应该是没问题的，只要能通过全国统一的外语考试，应该可以顺利地去上学了。”

一切都太突然，大哥想知道夏清的态度，当他看到夏清对栾的这番话频频点头时，他再也坐不住了，再待下去，他生怕自己的泪水会滑落下来，便夺门而出，头也不回。夏清跟在后面喊："许友梅，你听我解释！"

解释也许是需要听一听的，但大哥却一刻也不想在516待下去，他一直跑向林荫道，跑到他和夏清常去的那块草坪上。夏清紧随其后，随即他们在草地上停下来。夏清说："我一直想和你说说我和他的事情，却不知道怎样说才不至于伤害到你。"

夏清说，栾文明是费先生的第一届研究生，在他跟费先生读研期间，夏清正在读本科，那个时候，中文系已有意保送夏清读费先生的研究生，所以在费先生家里，他们就认识了。

栾文明后来一直追夏清，一直追到自己快毕业时，夏清已经被中文系决定保送读研了，才接受了这位师兄。在他们恋爱后没多久，栾文明就面临毕业。那个时候他们刚刚开始热恋，夏清对栾文明十分依恋，想让栾文明留校任教，这样他们可以天天相伴在一起，等夏清研究生毕业，他们就可以结婚。可栾文明对留校任教不感兴趣，他想继续深造谋求大的发展。夏清说："即使这样，你也可以先留下来，然后等我毕业后我们一起读在职博士。"可当时栾文明已经和他后来的博士生导师褚文杰教授取得联系，褚先生已经认可了他这个学生，机会难得，栾文明一心要走，夏清挽留不住，自己在寝室里哭了几个晚上，最后和栾文明提出了分手。栾文明知道自己面临鱼和熊掌的选择，经过一番痛苦思索后，毅然选择了自己的远大前程。

开始读研的那段日子，夏清的内心极为痛苦，所以大哥总能从夏清唱孟庭苇的歌声中听到淡淡的忧伤和哀愁，直到大哥走进了夏清的生活，她才重新开始快乐起来。这样的日子一直持续到那次新年联欢会，直到夏清去了趟上海。

夏清随费先生到上海见到了复旦大学的褚文杰教授，褚先生对费先生培养的研究生一直很是欣赏，看费先生身边又有一个年轻漂亮、功底扎实的女弟子，就问夏清有没有读博士的想法，那一刻，夏清对留校任教的工作有了动摇。

栾文明听说费先生和夏清来了，当然要宴请恩师和前女友学妹。这时的栾文明已经在市委办公厅工作，官至正处，有了自己的房子和车子，却还没有结婚。听说褚先生想让夏清读自己的博士，再次燃起了自己心中的热望。那几日，栾文明利用自己手中的一点小权力，鞍前马后地给费先生和夏清的上海之行提供全方位的服务。直至临行前，费先生要单独去拜访一位老朋友，栾文明终于有了可以和夏清单独在一起的时间，他向夏清表白，分开这么多年，他一天也没有忘记夏清，他依然爱她。

夏清动心了。

夏清从上海回来后，一直纠结着去上海读书的事，对大哥开始变得不冷不热。直到父亲去世，父亲的临终遗愿和母亲的热切期盼，她的意向明显偏向了另一边，经过一番痛苦的思考，夏清最终决定选择上海。

夏清把自己的想法和费先生沟通后，费先生也不好多说什么，学生想继续深造，理应表示支持。留校任教一事，自己是系主任，自是好办，重新物色一个毕业生就行了。

这就是事情的全部，大哥想知道的一切都在片刻之间有了答案。

末了，夏清对大哥说："许友梅，我是爱你的，请相信我对你的感情。过去，你给了我很多的快乐和幸福，我会永远记着你，永远爱着你。虽然，栾文明过去伤了我的心，我曾发誓永远都不会再爱他。可是，现在他能给我想要的生活，帮我了却父母的心愿，我无力抗拒。许友梅，希望你能理解。"

大哥本可以不用再说什么，但他依然没有放弃最后一丝的机会和可能："即使要回上海，我们也不用选择分开，我可以考博士，到上海去和你在一起。"说这话时，大哥已经明显感到自己的底气不足。

"不用了！不要说你的外语成绩离博士生统一考试还有一段距离；再说，即使考上了又能确定留在上海吗？还有，留在上海又能怎样呢？"

是啊，大哥，一无所有的你打算到一线城市里白手起家吗？而栾文明已经在那里为夏清备好了房子、车子和所有的一切，就等着夏清过去，他就可以迎娶夏清了。而你，需要夏清等你奋斗吗？等你努力地复习考博，等你努力地攻读完博士学位，再等你努力地找工作，努力地赚钱买房子、车子吗？你要人家等你多少年？而这个等待一定会有结果吗？你要强求别人放弃已知的、将要到手的幸福归宿，而选择和你的未知的、八字还没一撇的未来吗？

那一刻，大哥觉得理解了夏清。

夏清走了，临走时给了大哥最后一个拥抱，大哥哭了，夏清也哭了，然后像一阵风从大哥身边飘走了。

大哥呆呆地杵着。2 月的天气，草地的绿意还没有吐出，一片苍黄。起风了，冬天的落叶还没有完全散去，被风齐刷刷地吹到大哥的脚下，大哥想对着天空喊些什么，却发现天空仿佛在瞬间都化成了碎片，落入眼中，变成了热泪。

那天晚上，月亮很圆，却如冷水般彻骨冰凉。

大哥知道，自己输了。

他再一次失去了。

10. 对话沈嘉——毕业那年说分手

“校园爱情是美好的，没想到大哥的结局也是毕业那年说分手。”沈嘉说。

“这对大哥可能要残酷了些，他毕竟到了输不起的年龄。”我答。

“是的，他已经是三十大几的年龄了，而且经历了那么多的坎坷。不过这样的结局我们应该都能理解，谁也没有责任为你的年龄与坎坷埋单。”

“是的，夏清应该有自己的选择，虽然这个选择带有功利色彩。”

“这算什么呢？我见得比你多了，宁愿坐在宝马车里哭，不愿坐在自行车上笑，虽然饱受指责，但我们除了引导，却无力改变什么。”

“是的，你的舞台上，这样的事情屡见不鲜，有房有车有钱，就会有人爆灯，像我辈小人物，只有被灭灯的命运。”

“我也是小人物。”

“你不是小人物，主持加小面、名人加产业，没有这么大牌的小人物。”

“你低调点好吧。”

“低调,是我、是大家喜欢你的原因。”

“少来,大哥后来怎样,去哪工作了?”

“大哥向省城的多家新闻、出版、高校等单位投出了简历,个个都是石沉大海。如果在省城联系不到单位,省教委一般会按照学生的原籍,分配到所属地市一级教育部门,由他们分配安排工作,一般是到当地的大中专院校教书。大哥实在没有了办法,这时他想起了自己的乡镇工作经历和特长,他决定到省计划生育委员会去碰碰运气。”

“哦,这个他倒是有过基层工作经历的。”

“省计生委人事处的同志接待了大哥,认真查看了大哥的简历和读研究生期间发表的文章,让大哥回去等消息。”

“后来呢?”

“人事处的同志把大哥的求职材料交给了一个姓赵的处长,巧合的是,这位赵处长正是当年到双河乡检查工作的那个业务科科长,他看到大哥的名字感觉似曾相识,再仔细核对大哥的经历,看到双河乡计生办的工作经历时,他想起来了,大哥正是当年那位优秀的计生办代主任。”

“挺巧合的,你确实像是会编电视剧。”

“你觉得像电视剧吗？那就认真考虑下呗!”

“又来了,继续说大哥!”

“赵处长和大哥见面时,两个人已经不谈工作的事,而像两位老朋友那样叙了旧。回忆当年的那一次检查,赵处长仍能记得当初的细节和情形,对大哥当年的工作仍赞不绝口。末了,赵处长说,计生委正缺少为主任写材料的人,今年计生委里给了综合处一个编制,他正在物色优秀能干的毕业生,缺的就是大哥这样既有基层工作经历,写作能力又好的人,大哥如果愿意,马上就可以签协议并早点来报到吧,过来得越早越好,他们现在正缺人手,工作忙不过来,大哥一来就能当顶梁柱使用了。”

“就这样留下来了?”

“是的,尽管不是大哥最想去的单位,但大哥当时想终于可以留在省城和夏清在一起了，工作即使不满意，以后还是有机会调动和改变的。”

“只是说好的爱情呢，却结束了。他的那几位同学呢？”

“大哥没多久就搬出了312，最后的两三个月，大哥在学校的事情已经不多，只剩下最后的毕业论文答辩了。等到大哥毕业论文答辩结束，去学校拿毕业证的时候，大哥得知：管炜到广播电台上班后，有了自己的男朋友。姚三胖因为夏清的离去捡了个大便宜，被留在滨江大学中文系任教。何薇出国了。黄达下落不明。”

“大哥从此再也没去过滨江大学吗？”

“取毕业证时，大哥最后一次经过学校的那片草坪，苍凉地挥手和自己生活三年的地方告别……”

“他的内心一定很凄凉。”

“你觉得这个故事怎样？”

“挺好的，这样的故事现在还是挺受欢迎的，前有《致青春》，后有《匆匆那年》。”

“那就拍个电影、电视什么的呗！”

“你就不要再跟风了，这样的题材已经火不起来了。”

“那你觉得什么样的故事能火起来？”

“这个不好说，只要你写得好，观众就会喜欢。”

“你说的可是观众哟，没说读者。”

“真受不了你的执着，好吧，我答应你，如果后面的故事写得好看，我倒是可以考虑帮你推荐一下，不过这个打不了包票。”

“可不许反悔哦！沈嘉，下一段，我一定给你更好的爱情故事！”

“拭目以待！”

“好嘞！好嘞！”

第五段感情经历　那一场风花雪月

一周后，我没有如期写好第五段感情经历，而是给沈嘉打了个电话。

“沈爷，我想请教您个问题。”

“你说，只要不是关于《木兰诗》的就行。”

“你也知道《木兰诗》的问题？”

“我听张佳一说的。”

“他现炒现卖啊！”

“说说你的问题吧？”

“我想问问您，您觉得世纪之交，对我们生活改变和影响最大的是什么？”

“那应该是互联网吧？”

“沈爷高明！我正是要和你探讨这个话题。”

“为什么？”

“因为这与大哥的第五段感情经历有关。”

“哦，那应该是快到 2000 年了。毕业后工作这几年，他一直没有新的感情？”

“没有。”

“哦，那可是一个男人的黄金时期，他都荒废了，真是可惜！”

“没事，四十还一枝花呢。”

“那你打算从哪写起？”

“既然是感情经历，我打算就从五年后写起，所以征求您的意见。”

“不用客气。怎么写，是你自己的事，没有必要征求我或者是读者的意见。”

“那好吧,我就从这里写起。”

“当然,为保持故事的连贯性和完整性,我建议,对大哥这几年的生活,你在文中可以一笔带过地交代下。”

“沈爷,您真高明,我也是这么想的!”

“是夸我呢,还是夸自己呢?”

“呵呵。”

“打算什么时间完稿?”

“再给一周时间吧!”

“哦?这可是你第一次破例用两周的时间来完成。”

“因为我觉得这是大哥感情经历中最浓墨重彩的一部分,所以我想多花些笔墨。”

“你的意思是说,这段感情对大哥来说,是最刻骨铭心的?”

“是的,我肯定!”

“天哪!经历过那么多,不说兰兰和冷血胡,从英子、祁红到夏清,她们还都不算大哥最刻骨铭心的经历?”

“是的,都不是。”

“那我倒是很期待了。”

“好的,您稍等,一周后,我带给你那一场风花雪月的浪漫与感动……”

1.再次相亲

新的一天开始了,清晨下了点小雨,空气中散发着清新的花香。

大哥手提公文包,走进自己的办公室,房间已经被打扫过了,显得很整洁。按大哥的级别,在计生委是没有资格拥有单间办公室的,综合处为让大哥有个安静的环境给领导写材料,在计生委主任周富生的亲自过问下,大哥搬进了这个套间,自己一个人在里面一间,外间是他几个年轻的同事。

大哥刚把手里的公文包放下，周主任一个电话就把大哥叫进他的办公室。

“小许，请坐！”周主任和蔼可亲地招呼着走进门的大哥，蜷缩在老板椅里面的身子稍微动了下，算是表示对年轻后生的器重。

大哥落座。

“小许，你进计生委综合处工作已经五年多了，综合处是个核心部门，重要性非同小可，你进综合处以来，工作尽职尽责兢兢业业，可以说是有口皆碑的。我今天请你来，是想给你透露一下，党委准备提拔你为综合处副处长，这些尚需民主测评、党委会正式研究后才能确定，你个人对此事有什么想法？”

“谢谢周主任的关心，能够得到领导的信任是我最大的荣幸，我一定继续努力，不辜负领导的栽培。”大哥说，心里却并没有太多的得意，位置已经空出很长时间，或许这只是水到渠成的事情。

“你能这么说我很高兴。”周主任站起来，走到大哥身边，语重心长地拍了拍大哥的肩膀，“你还年轻，前程远大，应该以更严格的标准来要求自己。”

“我会的，请周主任放心。”大哥谦虚地说。

“先就这样，你去忙吧，记住，要注意保密。”周主任站起身来叮嘱了一句。

大哥笑着点点头，起身离座。

“对了，小许，”周主任忽然又叫住了他，“还有件事，我随便问下，你现在个人的事情解决得怎么样，有女朋友了吗？”

大哥听着周主任对这件事竟然用“解决”一词，不禁想发笑，看来领导是把自己的个人感情生活当成了一个难题。

“谢谢周主任关心，我还没有女朋友。不过，此事我也不着急。”大哥想，领导怎么会问起这事，不过工作归工作，生活归生活，他可不想把工作和生活弄在一块儿。

“哦，这个事情也得抓紧，你今年三十几了吧？”

“快四十了。”

周主任顿了下：“我给你介绍个女朋友怎么样？”

大哥心里想的是拒绝，嘴巴却不听使唤：“谢谢领导关心。”

“如果你同意的话，这个周末我安排你们见一面。”

相亲在周五的晚上进行。

周主任的外甥女，一个三十出头的老姑娘，姓吴，叫吴小曼，戴着厚厚的深度近视眼镜，有点局促地坐在饭店里大哥的对面。

大哥到计生委工作以来，这几年没少相过亲，其中不乏姿色和条件不错者，但大哥却一点感觉没有。一方面可能是大哥还没有彻底从和夏清的那段感情中走出来，另一方面可能是大哥心底里不太接受男女的这种认识方式。周围的同事朋友也为大哥的事情张罗过，可人家一听大哥三十大几的年龄，既无房也无车，任凭你如何吹嘘大哥的优秀，人家连听的兴趣都没有。我们考虑大哥的面子，不好将实情告诉他，只能劝他降低标准。大哥后来再相亲几乎就麻木了，相亲的方式几乎千篇一律，先是中间人各自吹嘘己方的条件，然后是各自带着自己的主子赶往指定地点，大哥起初是梳头洗脸、西装革履地打扮一番，后来相多了甚至都懒得再打理一下自己了。大哥总结这几年相过的女人，有高的矮的丑的俊的胖的瘦的，有矜持的奔放的还有不男不女的，有的涂脂抹粉唇红齿白花枝招展，有的不修边幅邋里邋遢抽烟喝酒口腔溃疡。见过了形形色色的女人，大哥越来越疲惫和厌倦，特别是对于有些女子故意磨磨蹭蹭迟到在十分钟以上或者半小时以内，见面后第一句往往是“不好意思迟到了，路上太堵了”，既显示自己是有车一族，先富起来的人，又婉转表现出自己是矜持的人，在个人问题上还不着急，让大哥觉得很虚伪和无聊。见面的过程几乎千篇一律，中间人介绍双方认识后一般是先坐下来吃饭喝茶，然后是随便找一个并不存在的借口或理由离开，把时间留给男方女方。男方女方开始坐而论道、谈古论今甚至还有的谈理想谈爱情谈人生，但到最后都会切入正题，有的直奔主题：“你有住房吗？多大的？有车吗？国产的还是进口的？有存款吗？几位数？”有的拐弯抹角套你的情况：“现在外面租房子贵吗？你有驾照吗？你平时有些什么兴趣爱好呢？喜欢境内旅游还是境外旅游呢？父母是上班还是退休了呢？”等双方交换情况后，如果物质条件匹配，往往会留下电话号码；如果连电话号码也没留，说明双方都不想再见，一顿饭一壶茶后大家分道扬镳各自继续下一次相亲。大哥每每如此，都会产生错觉，觉得自己不是在找终身伴侣，而是在和别人谈一笔生意谈一桩买卖。大哥还在别人的撺掇下去过一次相亲会，他看到那种场面就不由自主地想起记忆中小时候乡下热闹的牛马市场，大舅二舅三舅们穿梭在一拨拨牲畜中间，论强壮比大小看牙口品优劣，然后是一番讨价还价砍价论性价比，觉得生意能做就一手交钱一手交货，买卖不成便各奔东西另寻买家卖家，这让他感觉严重不舒服不适应，从此他再也没去过，也不想再去相亲。

这次他有点为难，周主任的面子他实在不好不给。

"见一面而已，男同志女同志喝喝茶聊聊天，没什么大不了，如果郎有情妹有意的，那感情好；如果没有那意思，只当是多认识个朋友！"那天，周主任看大哥有些迟疑，最后说出的这番话，让大哥实在找不出推托的理由，即使心里很别扭，也只得来了。

落座后自然是没得话说，还是吴姑娘打破了沉默："听我舅舅说，你挺聪明能干的。你的名字是什么意思啊？怎么有点像女孩子的名字，女孩子才叫梅儿、桃儿、杏儿的吧？"

"父母起的，起的时候也没有征求我意见，据说出自《诗经》。"大哥想幽默一下，让气氛轻松些，吴姑娘显然没听懂大哥的幽默，说："那时候你还小啦，征求意见你也不懂的。"

大哥无趣地咂了咂嘴。

吴姑娘继续说："《诗经》是什么呀？好像上学时有学过的，我回去查查好啦。"

大哥不再说话，低头吃饭，一餐饭总算要结束了，吴姑娘要大哥的电话号码，因为周主任的关系，大哥给了她。

吴姑娘竟然开心地"咯咯"笑起来了："其实我舅舅已经把你的电话告诉我了，问你要电话，就是看你对我有没有那个意思！"

大哥开始新一天的工作，修改周主任在即将召开的全省计生工作会议上的讲话。五年的磨炼，大哥对他现在的工作早已经驾轻就熟，成为省计生委公认的响当当的一支笔。每逢重大会议和活动，大哥都是勇挑重担，承办主要负责人的讲话。和早年在乡镇时的计划生育工作相比，如今已发生了翻天覆地的变化，大哥经过纵向对比、深入调研和理论思考，连续在国家人口与计划生育委员会主管的刊物上发表多篇有深度的关于农村计划生育工作的理论文章，引起全国同行的广泛关注，大哥以自己的工作实力，逐渐确立了自己在单位内无人能撼动的笔杆子地位。

下午三点，计生委召开主任办公会议，听取综合处关于全省计生工作会议的筹备情况报告。综合处一把手董处长因病缺席会议，由大哥负责汇报。大哥汇报了主报告的总体框架，又详细汇报每个部分的主要内容。周主任听完，表示满意，他补充说："修改的时候要把握这样一个基调，总结成绩要理直气壮，分析形势要实事求是，部署任务要高瞻远瞩。请综合处尽快将初稿送各位副主任征求意见后定稿。材料一定稿，就立即下发会议通知准备开会。"

一年之计在于春，每到春天都要召开全省会议对工作进行部署，这是综合处最忙的时候了，看样子今天晚上又要加班了。下班后，办公室的同事们都走了，大哥打开一盒方便面，注了热水，就开始全身心地投入材料修改中。

"哟，你吃这个怎么能行啊？会营养不良的！"吴小曼不知什么时候出现在门口。

"你好，请问你是找周主任，还是……"大哥不明来者何意。

"我不找舅舅，舅舅已经回家了，我听他说你在加班，就过来陪陪你。"吴小曼说完，眼镜片后面的脸蛋竟然有点红了。

"哦，谢谢。"大哥一时不知说什么好，"不过，我工作的时候是不用人陪的。"

"人家就坐坐好啦，不打扰你的。"吴小曼开始翻桌上的报纸。大哥继续修改材料，吴小曼不时地通过报纸上方瞄一眼大哥。

今天确实太忙了，大哥前两天晚上想好的，上班后一定和周主任说一说，大哥甚至想好了该怎么措辞才不会让周主任尴尬，既不伤情面，又能委婉拒绝。可今天一上班，不仅把这件事忘了，而且想好的词也忘了个精光。

大哥想尽快结束这尴尬的局面，只有早一点把活干完，可心里越着急，却越进入不了状态，总觉得桌子对面厚厚镜片后面的两道热光灼得他难受，浑身不自在。

“写好了吗？我等着你一起去吃四川菜呢。”吴小曼看大哥心不在焉，以为已经差不多了。

“我还有一会儿，要不，你先回去？”大哥尽量委婉些。

“我不，我就要和你一起走！”吴小曼执拗地撒娇。

“那好吧，我们走吧！”大哥实在不想再这么待下去了，既然人家铁了心，想躲看样子也躲不开了，不如找个地方把事情说清楚吧。大哥这样想。

大哥关好门，吴小曼屁颠屁颠地跟在后面下了楼。

出了计生委的大门，眼前就是那座刚刚耸立起来的城市立交桥，五彩的霓虹灯把桥身装扮得甚是斑斓，他们沿着桥下走，穿过草坪上健身的人群，大哥走得飞快，把吴小曼远远地抛在了后面，吴小曼“呼哧呼哧”地喘着粗气赶上来，一把挽住大哥的胳膊，嗔怪道：“你干吗呀！”

大哥想把吴小曼的手拿开，可吴小曼好像生怕大哥再跑丢了似的，把大哥挽得铁紧。

“你先把手放开，我有话对你说。”大哥只好停下来，很认真地对吴小曼说。

吴小曼把手放下，做出很认真听大哥说话的样子。

大哥说：“吴小曼，你是很好的姑娘，可是，我……”大哥看着吴小曼盯着他热切的目光，一时间竟然觉得自己开不了口。

“你喜欢我吗？”吴小曼显然对大哥的欲抑先扬会错了意，脸刹那间变得绯红。

大哥摇了摇头，他等待着吴小曼的失望甚至是眼泪，他做好了准备。

“可是我喜欢你！”吴小曼坚定地说，“不论发生什么，我都不会放弃的！”吴小曼说完，头也不回，大步流星地走了。

大哥怔怔地站着,心想,这事变得是不是有点小麻烦?

2. 他恨不得抽自己几个大嘴巴

第二天,大哥用了一上午才把材料修改好,等下午送到周主任办公室的时候,他就想好了要把吴小曼的事情说清楚,谈这件事的角度、思路甚至具体的句子大哥想了一个晚上。

周主任正在打电话,等放下电话的时候,大哥把讲话稿恭恭敬敬地递到周主任面前,周主任示意大哥坐下,就开始看会议材料。

领导看东西的时候,大哥不好开口说工作以外的事,只能静等着周主任看完。

周主任说:“嗯,基本成形了,你们先发会议通知吧。”

周主任示意大哥可以走了,大哥没有走,说:“周主任,还有件事想汇报一下。”

周主任抬着头,眼睛从老花镜片上方看着大哥:“你说。”

“我……”大哥刚开口,电话又响了,主任拿起电话:“喂,什么事?”

主任的脸色渐渐变得严肃而沉重:“我马上下来!”

周主任放下电话对大哥说:“大门口有批群众在上访,说见不到我就不走,你陪我一起下去看看。”

计生委大门已经被围得水泄不通,几十名衣衫褴褛的乡下妇女在大声叫喊着,脚上的布鞋沾满泥巴,有两个年龄稍大点的妇女还和门卫撕扯了起来,大门的旁边停放着几辆破旧的手扶拖拉机。

“周主任来了!”大哥喊一声,“大家安静一下,有问题好好反映,周主任会为大家做主的。”

妇女们一起围了上来,围在前面的还上来抓住了周主任的手:“周主任啊,你可要为我们做主啊!”

周主任让大家先安静,请她们派出几个代表到会议室谈问题,其他的同志到信访办休息。妇女们很快推荐了五个人出来跟着周主任和大哥往大楼的会议室走,其他的同志却不愿意走,专门负责信访工作的同志好言相劝着,让她们散了。办公室又下来几名女同志,一起连劝带拉着向后门的信访办走去。

这群妇女来自江北市土楼县,她们反映的问题主要是计划生育手术并发症引发的赔偿问题。

上访的妇女们向周主任呈上了病历和各式各样的化验结果,她们说这个问题先是反映到县里,县里一直拖着不解决,她们又反映到市里,市里也一直没有说法,她们这次到省里来反映,希望省计生委能为她们做主,对她们的伤害做出应有的赔偿,并还她们一个健康的身体!

周主任认真地听她们倾诉,不时地翻看着她们送上来的病历和化验报告。等她们把诉求表达完了,周主任说:“你们反映的情况和问题我已经十分清楚,我代表省计生委给你们一个答复,我们一定会认真调查、处理、解决此事！不过这些需要医疗卫生部门的确认,如果是我们计生部门的责任,不管涉及谁,我们都会一查到底,还你们一个公道！对造成的后果,一经核实,该赔偿的赔偿,该治病的治病,对责任人该处理的移交司法机关坚决依法处理!”

上访的妇女对周主任的答复很满意,连声表示感谢,周主任把她们送到了大门口,请她们放心,和她们一一握手道别。

大哥陪周主任回到办公室后,周主任在她们的上访材料上批了长长一段字,让大哥把材料交给信访办转由江北市计生委处理。

大哥还想说点别的,发现周主任已经很累了,靠在椅子上已经眯起了眼。

从周主任房间出来后,大哥下午又把整套的会议材料修改整理了一遍,做到万无一失。傍晚下班回到家的时候,他已经筋疲力尽了。几年的机关工作经历已经告诉大哥,筹备会议工作要细之又细,每一个环节都不允许出错,特别是会议讲话材料又是工作重点中的重点,会议一旦开始,就如同中央电视台春节联欢晚会的现场直播，错了就错了，没有机会推倒重来。之前大哥曾在一个整治机关作风的会议上写过这么一句话："坚决不准在机关内部搞帮派主义、搞小圈子。"那时办公室还没有电脑，送到打字室打印的时候，打字员把"小圈子"打成了"小围子"，校对的时候，大哥没有看出来，结果第二天领导开会的时候就读成了"小围子"，幸亏错误不是很严重，很多人没有听出来，但这个小事情却让大哥感觉到，领导的讲话材料中真是一个错别字也不允许出现。大哥在系统内听过领导人种种读错字、断错句的笑话，有把"接下页"读出来的，还有读出"括弧，此处可能有掌声"的，林林总总。笑归笑，领导的错误给下属也有启示，那就是依据每个领导的习惯，尽量写短句，避免生冷僻字，遇到比较专业、容易读错的文字，要向领导解释清楚，即使领导口头上说"这个我懂的"，让你觉得好像很多余，其实领导心里是很赏识你的细心的。这样久而久之，你就成了领导信任和放心的人，以后谁的材料报到他那里，他都会先问一下："许友梅看了没有？"如果回答看了，他就放心地签字了；如果回答没看，他就会把材料退给来者，说："送给许友梅同志先把把关。"久而久之，你的一支笔的地位就确立起来了。

领导需要两种人：一种是鞍前马后左右逢迎溜须拍马的人，一种是确有真才实学肯干事能干事的人。溜须拍马的人让领导舒服、找到当领导的感觉，下基层检查工作的时候也需要这样的人为他造势，这样的人在领导面前谨小慎微挤眉弄眼低三下四，时时处处放低自己，把自己低到尘埃里，反衬出领导的高大和威猛，让领导觉得自己是天下第一，世界唯我独尊。有人编出了这样一个段子："和领导一起上厕所时，不要站在领导的前头，让他觉得你像领导他像秘书；掏出来的东西不要太多，让领导觉得你比他的大；尿得不能太高太快太远，让领导觉得他不如你威猛强壮；领导尿完了你就得打住，没尿完也得憋着，别让领导觉得他不如你持久；尿得方向要跟领导保持一致，以此显示你忠诚可靠；领导抖三下，你就抖七八下，让领导觉得他的工作效率比你高得多；领导掖起来了，你赶紧收起马上给领导让路，让领导觉得何时何地他都有绝对权威；领导用一只手，你必须用两只手，让领导觉得他才是真正的一把手。"虽然是笑话，刻画得却非常生动。

但每个单位确实是有许多硬任务、硬指标是必须完成的，领导也是需要政绩的，这时候，领导就需要有真才实学确实能干事的人为他们撑起来。当然，如果你兼具了两种本事，一定会在机关里如鱼得水，前途无量。大哥只有实干之本领，没有拍马之能力，只能靠一支笔在机关里安身立命。

大哥由最初的不适应到渐渐地适应，尽管内心还有挣扎，但一辈子也许就这么过了，等以后找个人结婚了，就这么相妻教子，日子倒也稳定安好。

但自己有一天会不会厌倦，大哥没有把握。因为常常有一种强烈的孤独感重重地侵袭着他，让他感觉灵魂在踽踽独行，找不到归宿感。

大哥在沙发上躺了一会儿，就起身到厨房去准备找点东西吃。这个两居室算是计生委对他的特殊照顾。本来这次分福利房的条件必须是已婚，但大哥在那间单人宿舍实在待腻了。分房子的时候，大哥就把自己的困难和要求向周主任说了一下，周主任立马就给后勤处打了电话，说许友梅是单位引进的人才，是笔杆子，你们后勤处对于这样高学历的人才要给予特殊照顾，后勤处处长在电话里连声说“是”。结果分房子的时候，大哥就有了这么一套位于计生委家属院的两居室。大哥拿到房子的时候想，他也就是抱着试试看的心理，没想到领导的一句话能起这么大的作用，看样子权力还真是好使。

大哥在厨房里正弄得叮当响的时候，好像听到了敲门声，大哥走出厨房，就听到对门的邻居在和吴小曼说话，邻居小曼长小曼短地叫着，计生委的院子里几乎没有人不认识周主任的这个外甥女的，邻居热情地邀请她到家里坐坐，吴小曼说，她来找许友梅的，以后有机会再到邻居家坐。

吴小曼“砰砰”地敲门，大哥只好把门打开。邻居看大哥系着围裙、搅着碗里的鸡蛋来开门，立马就明白，吴小曼是大哥请来的客人，是座上宾，看样子关系不一般。

第二天就有邻居和同事向大哥恭喜，说你和周主任的外甥女挺配的，你能找到周主任的外甥女是你的福气，以后的前途也是无量的。

全省计生工作会议如期在省城稻香村宾馆举行。

全省19个地市的计生委主任、综合处处长(办公室主任),重点县区的计生委主任参加了会议,会期两天。第一天上午的会议主要是周主任的工作报告,用了三个多小时的时间。周主任在报告中全面总结了过去一年的工作,并指出以上成绩的取得,得到了省委、省政府和国家人口计生委领导的高度重视和肯定。周主任说:“在看到成绩的同时,还要充分认识当前我省人口计生工作面临的突出矛盾和问题,形势相当严峻,任务相当艰巨。”

周主任在读到最后一部分今年工作任务部署时,嗓子都有点哑了,大哥想是不是自己的材料写得太长了,让领导读得这么辛苦。但等到上午的会议结束后,大哥就不这么想了。周主任的报告获得了十几次的掌声,当会议主持人一宣布休会,就有几个市的计生委主任上来和周主任握手,恭维说周主任的报告内容丰富生动,思路新颖清晰,角度高屋建瓴,对指导他们今年,乃至今后一个时期的计划生育工作都有重要的指导意义。周主任听到赞扬声,做报告的疲惫顿时烟消云散,满意而又谦虚地说:“报告是经过集体讨论集体智慧产生的结晶,但是其中融入我很多的思想和对工作的思考,希望能对你们开展今年的工作具有参考意义。”地市的同志连声说:“不是参考意义,是重要的指导意义,我们回去后一定向党委、政府汇报,认真贯彻落实,将会议精神和周主任的讲话落到实处。”

下午的工作是参观,参会人员分别参观了省城几个区的计生办和计划生育药具管理站等单位,晚上观看在省城大剧院的计划生育专场文艺演出。第二天上午的会议是分组讨论,直到下午,分管省长到会讲话后,会议才圆满闭幕。大哥想起那么几句话:会议没有不隆重的,闭幕没有不圆满的,讲话没有不重要的,鼓掌没有不热烈的,领导没有不重视的,成就没有不巨大的,工作没有不扎实的,成效没有不显著的。算是对这次会议也是对所有会议的高度概括,明明很多内容和过程是走过场,但过场又不得不走。谁敢说这次会议不重要?可以不用召开?指导部署各市开展工作,这是省级计生部门的主要职能,连这么重要的会议你都说不重要,你有本事干脆把省计生委撤销好了。

庆功宴是在会议结束的当晚举行的。为庆祝会议胜利闭幕，周主任隆重设晚宴宴请会议代表。席间有几个熟悉点的办公室主任过来对大哥说："听说周主任的报告是你写的，果然出手非凡，不愧是省计生委的笔杆子。"大哥连忙说："不敢不敢，主要是领导的思想和智慧，我们只是简单做了文字处理工作。"心想他们的话要是让领导听到了，会犯大忌的。

吃饭也是按程序进行，先是周主任致祝酒词，然后各桌开席。酒过三巡后，领导开始一桌一桌地挨着敬酒，领导一般是随意点一点，下属都得喝完。但今天晚上的周主任好像十分高兴，每一桌都和大家喝了个满杯，等晚宴快结束的时候，周主任已经有点微醉了。

宴会结束，周主任拉着大哥的手说："小许，你们会议组织得很好，你的工作能力也很强，等会议结束后，我们就开始研究综合处的人事问题了。"大哥连声说着谢谢领导关心和栽培之类的话。周主任最后说："我们家小曼对你印象挺好的，你们要好好相处哟！"大哥想说些什么，可又觉得不是时候，只好嘴巴里"啊啊"地应承着，一转脸就恨不得抽自己几个大嘴巴。

3. 佳人有约

会议结束后，大哥彻底放松了。周五下班时分，大哥正闲得没事做，就在办公室里一帮年轻同事的簇拥下进了一家酒店。

这是一家新开业的中档酒店，窗明几净，煞是清爽，他们找了一张大点的桌台坐下。办公室唯一的女同事小李被大伙推举做了点菜员。大家说说笑笑，不亦乐乎。

大哥喜欢这些比他年轻十几岁的同事，他们涉世不深，毫无城府，和他们相处可以用真面孔示人，不必伪装，他喜欢这种轻松的感觉，这么想着，他开始不经意地打量着四周，然后他的目光被一个人影吸引住了。

一个女子正独自临窗坐着，乌黑的长发披在她一袭白裙上，她的五官很精致，恰到好处地分布在略显苍白的脸庞上，肌肤细腻柔嫩，仿佛吹弹可破，难怪那个叫贾宝玉的情种说，“女人是水做的”。她看起来很纤柔，弱不禁风，就像一株细雨中的莲花，娇嫩而纯净。她吃得很慢，举止文雅，那份悠闲仿佛只是在品尝，她的眼睛偶尔抬起，目光闪烁迷离，好似锁着一层雾，大哥想起了四个字“我见犹怜”，他并不是那种特别细腻的人，但眼前这个女子的清丽，让他有几分入神了。

“风景这边独好！”同事胖子小黄发出了喝彩。

很显然，她已经引起了在座全体男人的注意，单身女人本就是醒目的，更何况像她这般雅致的女子，大家七嘴八舌地评论着、赞赏着。

“许处，谈谈你的审美观。”同事王刚边看美女边问大哥。

大哥笑着打起了哈哈，同事这样称呼他，他也懒得再去纠正，反正是迟早的事。但他可不会和这群乳臭未干的毛孩子一起参与这种幼稚的讨论，他要把这份欣赏默默地藏在心里。

“许处，都说你是坐怀不乱的柳下惠，看到这样的女人你真的一点也不心动?”胖子小黄接着想撩拨一下眼前这位平易近人的大哥。

看样子大家不会轻饶他了，大哥故意装作轻描淡写地打量一眼那个女子。

“群众的眼睛是雪亮的，果真秀色可餐！”环视一圈，他说，“今天的晚饭可以节约资源了，每人只许吃半饱。”

大家笑起来。

“我有必要提醒在座的所有男士，”小李点好了菜起身抗议，“难道在你们眼里，只有身外的景色，就没注意到眼前的风光吗?”

“就你？哈哈……哈”胖子小黄高声笑了起来，“帮帮忙好不好？我每天面对的都是你这处好风光，害得我一身的旅游恐惧症。”

“你个猪八戒！”小李起身开始追着胖子小黄打。

“哈哈！”众人大笑，大哥也笑了。

女子并没有被这边的嘈杂声吸引住，她依旧那么安静，旁若无人，她甚至没有用眼角来扫一下他们。这多少让这群男人有点失望，她招来服务员付了款，轻轻起身离座，一袭白裙像风一样飘然远去。

众人收回了目光，感觉有点没趣儿，此时菜上来了，大家开始轮番相互敬酒，酒宴的欢快渐渐弥漫了整个桌台。

大哥这个晚上喝得有点高了，因为同事们都知道大哥的酒量，几个年轻人总是先干为敬，然后站在大哥的跟前等着大哥喝完，大哥是爽快人，不好欺负年轻人，几轮下来，头已经有点晕了。看样子随着年纪的增长，酒量真是不如从前了，大哥这样想着，不知不觉就来到了自家楼下。

大哥想起饭店里遇到的那个姑娘，然后就想到了夏清，唉，年华已逝，美人他处，斯人独憔悴。

“嗨！”吴小曼突然从旁边的草地上窜过来，把大哥吓了一跳。她今晚穿了件大红色的连衣裙，把胖乎乎的身材裹得紧绷着。

“你怎么在这里？”大哥问。

“人家已经等你很久了。”吴小曼想撒娇，大哥在想用什么办法可以止住她发嗲。

“有事吗？”

“怎么啦，人家都到你楼下了，不请我上去坐坐吗？”吴小曼忽闪着镜片后面的大眼睛问。

几个邻居走过楼下，纷纷和他们打招呼：

“哟，小曼来找友梅啊！”

“有空到我们家玩啊。”

“小许还愣着做什么？赶紧请人家到屋里坐啊！”

大哥没有了办法，只好让吴小曼跟自己到了家里，进来谈一谈也好，今晚就把事情说开了。

“你喝酒了耶，我听说，男人喝酒都会很兴奋的？！”吴小曼一进屋竟然直扑向大哥，要来吻他，把大哥吓了一跳，赶紧躲开。

“你先坐吧，我有话跟你说。”大哥让吴小曼坐下。

“小曼，你听我说。”大哥刚要开口，就被吴小曼打断。

“我好喜欢你这么叫我，在家里，只有舅舅和舅妈这么喊我，你这样喊我，我好高兴。”吴小曼又一次扑上来，“梅哥哥，我喜欢你！”

这个称呼只有英子叫过，那已是很遥远的记忆。今天，当另一个姑娘这样喊起的时候，不仅没有激起大哥的美好回忆，反而坚定了他必须快刀斩乱麻的决心。

当大哥再一次要制止吴小曼强吻的时候，大哥发现，她已经把连衣裙拉链从后面打开，露出了胸罩和上半身雪白的肌肤。

“你要做什么！”大哥想用喊声止住吴小曼。可她全然不顾，三下五除二就把自己脱了个精光。

“来吧，我决定把自己的第一次交给你了！”吴小曼有点大义凛然的样子，肥硕而依然坚挺的双乳直逼向大哥，白里透红的胴体泛着光泽，像一面充满诱惑的肉墙向大哥压来。

大哥的性欲已经沉睡了很久，自从和夏清那一次在灵山洞后，他再也没有过。偶尔有冲动和需要的时候，大哥也是自行了断，成为不婚族“青年自卫（自慰）军”中的一员。如今当一个姑娘赤身裸体地立在自己面前，等着自己享用的时候，那一刻，大哥感受到了强烈的刺激和需要，他多么想扑上去，不管这个女人是谁，不管自己爱不爱她，他都可以亲吻她、占有她，宣泄自己久违的情欲！

可大哥随即就被自己的想法吓清醒了，这不是你爱的女人，是周主任的亲外甥女，占有她意味着什么，你应该清楚的。

大哥一激灵酒就醒了。他躲开正平移过来的吴小曼，从沙发上递过一条长毛巾，替吴小曼搭在身上。吴小曼看大哥躲之犹恐不及的样子，“哇”的一声哭了起来。

外面的邻居听到哭声，对着大哥的门指指点点，不知道里面究竟发生了什么。

第二天上班，大哥想无论如何要跟周主任说清楚了，再这样下去，马上就既成事实了。周围的同事、邻居都认为他和吴小曼恋爱了，不管是在单位还是在家属区，总有人在后面指指点点：“看，这就是那个快成为周主任外甥女婿的人，这小子运气好，桃花运、官运都不浅啊。”还有人过来问长问短、问东问西，直接或间接地打听、询问、求证，甚至有的还跟自己套上了近乎，说以后多关照、在周主任面前多美言啊之类的话，让大哥觉得莫名其妙，觉得自己非向周主任摊牌不可了。

大哥敲门进入周主任房间的时候，竟然发现吴小曼在里面哭泣，吴小曼梨花带雨，已哭成泪人儿。

周主任看大哥进来了，说：“小许你过来，我正好要找你谈一谈。”

大哥喊了声：“周主任。”

周主任说：“小许，前一段时间听小曼说你们处得都挺好的，正好我也忙，就没时间过问这个事。昨天怎么搞的？把小曼气成这样。女孩子是用来哄的，你好好安慰下吧，正好我有个事要出去一下。”周主任拍了下大哥肩膀，走了。

“周……”大哥望着周主任远去的背影，噎住了。

计生委为表彰奖励综合处成功组织全省计生工作会议，给大哥他们的办公室配备了电脑并连入互联网，这在20世纪90年代末期还算是个新鲜玩意儿，大哥有幸成为新世纪到来之前的第一批网民。

午休时分，大哥还在想着他和吴小曼的事情，感觉有点心烦意乱，便打开新安装好的电脑，想找点东西玩玩，借以打发这烦闷难耐的时光。

他打开本地一个网站，好奇地点击了下聊天室，发现里面熙熙攘攘、人头攒动、唇枪舌剑，闹得正欢。第一代网民们对网络聊天是好奇而又认真的。对于在网络上产生情感这事，大哥在感觉荒诞的同时，觉得也有它存在的道理。这让他想起那部美国大片《西雅图夜未眠》，女记者安妮通过收听广播电台的情感热线，被一个带着八岁儿子的单身父亲山姆的故事深深感动，从此就关心起那个“西雅图未眠人”，内心开始幻想一场跨越时空的爱情，写信去约山姆情人节在纽约帝国大厦顶楼见面，后来便发生了一场浪漫唯美的爱情。这个故事同网络时代刚来临时的网恋现象何其相像，爱情就是在虚幻中想象着才美丽。影片故事发生的那个年代还没有网络，如果那个时候互联网已经普及，安妮没有必要对广播里的一个拖着油瓶子的单身男人产生幻想和兴趣，只要语言沟通没有问题，她可以随时随地打开互联网，随便和世界各地的任何一个男性聊天，谈情说爱、坠入情网、神魂颠倒、想入非非，最后从虚幻到现实，从网聊到电聊，从电聊到见面，或者是见光死，或者是发生一场一点也不逊色于帝国大厦的浪漫爱情。

那个时候，市面上已经开始流行一部叫《第一次的亲密接触》的书，大哥对畅销书一直很关注，便买来一读。对于小说中描绘的网络恋情，大哥除了些许的感动外，也是充满了好奇。也许正是在这种心理的驱使下，他才决定进聊天室看看。

聊天室里热闹的气氛是有感染力的，大哥很快忘记了现实的不快，心也变得温暖起来。忽然一个网名吸引了大哥的关注——“晓来霜醉”，还是个女性。“晓来谁染霜林醉，总是离人泪”，看网名，一定是个充满诗意和才情的女子，电脑那端的她会是怎样一个人呢？大哥心里充满了好奇，便取了个“摽有梅”的网名，把鼠标点向了对方。

第一次交谈，大哥感觉对方就像她的网名一样，透着才情和凉意，对方语言简洁，打字的速度也很慢，这使大哥越发感觉到笼罩在她身上的那层淡淡的忧郁，激发了大哥想进一步探究她的冲动。

那一天，大哥也缓缓地说了很多，从他过去的经历谈到他现在的生活，大哥不知道自己为什么会对一个陌生的人说那么多，对方好像也被他的真诚所感动，耐心地听大哥讲他的故事，偶尔做个应答。两个多小时一会儿就过去了，上班时分，两人才依依不舍道了别。

此后的时间里，大哥觉得自己好像有了某种期待，这真是一种很奇怪的感觉，明明是虚无缥缈的东西，反而觉得很浪漫。也许，自己还有再爱的能力和激情，大哥这么想着，不觉笑了。

第二次在网上遇到“晓来霜醉”时，已经是一周以后了。

“几日不见，隔三秋兮。”他点击她。

“美学中有句术语——‘距离产生美’，不是吗？”她回应。

“那只是理论想象，不入园林，怎知春色几许？”他调侃地打出字。

“你好像未饮佳酿，已经醉意蒙眬了。”她善意地取笑。

大哥不禁大笑了，这种快乐是他很久未曾感受到的，他觉得她距离自己不那么遥远，让他难以触摸了，这种感觉是一种说不出来的亲切。那晚，他们聊了很久，尽管都是些不着边际的话，但大哥还是有几分激动，他觉得生活中久违的欢愉又回来了。大哥为自己在情感上历尽坎坷还能有这种感觉而高兴，这一切都在说明，自己似乎还有爱的期待，他甚至想起了初恋的味道，感觉自己仿佛正置身于一张无形的网中，而身体却是越来越重地往下沉，这难道就是网恋？他想着继而又感到荒唐，他甚至还不知道对方的姓名年龄，但这个女人已让他充满了向往，他觉得她就像一个女神，可望而不可即。

又是一个午后，大哥收到了晓来霜醉发来的“伊妹儿”，这是上次聊天时他留下的邮箱地址，上面只有简单的一句话：

“适度的孤独或许是心灵的释放，可今晚的我，不想再孤单！”

佳人有约？这让大哥欢呼雀跃，他马上精神大振，给晓来霜醉复函。

“今晚七点我在长江路‘贝蕾’咖啡屋订座，不见不散。”

发出邮件，大哥开始起身在柜子里翻找，他整理一新，好像要去赴一场相亲和约会，这种感觉让他觉得自己很滑稽，但同时又抑制不住自己内心的激动。

4. 黑洞洞的枪口对准了他们

贝蕾咖啡屋里，音乐轻扬，是萨克斯吹奏的世界名曲，悠扬的旋律在弥漫着咖啡清香的小屋里回荡着。高贵典雅的布置，温馨柔和的灯光，衬托出一种浪漫的情调，大哥喜欢这里的感觉，他偶尔也和同事来这里，他曾设想和一个异性在这里共度时光的美好，今天他要在这里约见晓来霜醉，激动是可想而知的。

大哥抬手看了看时间，已经七点了，他为自己叫了份咖啡，心里揣度着晓来霜醉的模样，他不知道自己是否可以在没有任何标识的情况下一眼将她认出。而他是有备而来的，为了验明正身，特意带了本常醒兵先生译注的《诗经》，正好把它翻到了《摽有梅》这章。

的士在贝蕾门前停住，沈洁漪走了下来，她穿着浅绿色的紧身套装，身材被包裹得亭亭玉立。第一次赴这样的约会，沈洁漪为自己的鲁莽感到有点不安，她对那个“摽有梅”并无太特别的印象，只是想排遣一下孤独，网络上他的网名他的不俗的谈吐和他所毕业的那所名牌大学都吸引了她，她喜欢和高智商的人交往，她不喜欢平庸。

只是见一面而已，她这么想着便推门走了进去，在昏暗的灯光下，她看到了那首《摽有梅》的诗篇，继而看到了一个高大成熟的男人。

“摽有梅？”她低呼，似在自语。

大哥闻声迅速抬起头，他的目光接触到了那双曾经迷离的、锁着雾的眼睛，而此刻这双眼睛是明亮的，大哥感到血往上涌，幸福似乎正从天而降。如果说网络上的晓来霜醉让他备受吸引的话，眼前的沈洁漪早已彻底让他心动了，这正是那天和同事聚会时偶遇的长发飘飘的女子，是他所喜欢、仰慕和憧憬的。

“晓来霜醉？”大哥应着，声音里带着喜悦，他有点抑制不住心里的欢愉。

沈洁漪轻身落座，两人对视着哑然失笑，气氛在笑容中不再拘谨。

“喝点什么？”大哥招来服务生。

“乌龙茶，谢谢。”沈洁漪回答。

服务生很快送来一壶热茶。

“我们曾见过面。”大哥说着，为沈洁漪斟上茶。

沈洁漪怔住了，她在记忆里搜索，但毫无印象。

“你的眼睛曾经薄雾轻漫，深不可测！但现在却是剪水明眸，清澈见底！真想象不到，同一双眼睛竟有着完全不同的风情。”

“你在暗中观察我？”沈洁漪问。

“不是观察，是观赏！你的淡雅曾让我想到水中芙蓉，还有你的娇弱，更是楚楚可怜，当时的你是一处风景，吸引了所有人的目光，我不过是其中之一。”

沈洁漪打量着眼前的这个男人，他看起来稳健儒雅：“你比我想象的要帅气，我本以为你是个老夫子呢。”

沈洁漪说完，轻声笑了。

“和你相比，这个评价不为过的。”大哥也笑了。

沈洁漪端起杯子，放在唇边抿了一口：“男人的魅力在于智慧而不是年龄，何况，我也不年轻了。”

“可你看起来那么年轻。”

“一个三十岁的女人还可以再用‘年轻’来形容吗？”沈洁漪反问道。

“或许你是个例外。”大哥笑着说。

“你不过是看到了一点点的我。”

“如果可能，我愿意更深入地了解你。”大哥说，“网络中的你似乎很孤独。”

“是吗？网络给人的感觉往往是虚幻的，不一定真实。”沈洁漪眼睛里的光亮消失了，她的神情黯淡起来。

大哥有点不安，他为自己无意破坏了融洽的气氛而懊恼。

“知道我为什么今晚约你？”她突然问。

“有什么特别的意义吗？”大哥思考着，却找不到特别的答案。

“明天凌晨两点，有一场流星雨，是20世纪最壮观的一次，也将是最后一次。”沈洁漪缓缓地说，透着网络上的凉意，这是大哥熟悉的感觉。

是的，大哥想起今天晚报上是刊登过这则消息。

“这个城市对于我来说是陌生的，我几乎没有朋友。”沈洁漪接着说，语气很低沉，“你愿意陪我一起看吗？”

“当然！”大哥不假思索地回答。

沈洁漪的双眸又起了雾，落寞重重地包围着她，她看起来是那么孤寂无助，让大哥不觉心生几分怜爱，他很想用自己的双臂拥着她，给她一点关爱。

“你看过流星雨吗?”沈洁漪轻声问道,抬眼望他。

“也许。记忆不深刻了。”大哥思考着,然后摇摇头。

“他们说每一颗流星的陨落,都预示着地球上一个生命的消亡。那么今晚,将是充满着悲伤的。”

“那只是传说而已,我们每个人都会很好地活着,不是吗?”

“生命太脆弱了,稍纵即逝,所以我喜欢刹那间的美丽。”沈洁漪说着情绪低落下来。

“你太忧郁了!”大哥望着她轻叹一声,“但愿我能够让你快乐一点。”

沈洁漪也注视着他,目光中有着感动。

“这是个不寻常的夜晚,我们把今天最难忘最开心的事写出来,彼此分享好吗?”大哥提议,试图缓和一下气氛。

沈洁漪点点头,表示赞同。

大哥拿出两张纸,递一张给沈洁漪。

“现在就写,默数到10,一起交卷。”

沈洁漪拿出了笔低头沉思。

“1、2、3、4……10。”

大哥和沈洁漪在同一时刻把写好的纸条交给对方,他们迅速地打开对方的纸条,不禁笑了起来。

大哥和沈洁漪的纸条上分别写着:

“我见到了晓来霜醉。”

“我见到了摽有梅。”

……

时间在不知不觉中流淌,当他们离开咖啡屋时,已是近凌晨两点,春末夏初的夜风夹着凉爽,温柔地吹着,他们来到附近的一所大学校园。

操场上已聚满了学生,他们放声高唱着、欢呼着,天空中,流星开始零星闪落,但不一会儿便像雨点似的在苍穹中飞洒,壮观而美丽,装点着夜空,人们开始沸腾起来,这个夜晚让他们疯狂。

大哥和沈洁漪找了一处无人的空地并排坐下，大哥的心情是激动和愉悦的，他沉默着，静静地感受着这份疯狂，流星的夜晚让他沉醉，他甚至忘了还有明天。

“我们许个愿好吗？”沈洁漪轻轻地说。

“好啊。”大哥学着沈洁漪的样子，合起双手闭起了眼睛。

片刻，他睁开了眼，问道：“知道我许了什么愿？”

沈洁漪摇摇头，止住了他：“不许说，否则就不灵验了。”

大哥笑了，眼睛里闪烁着柔情，他凝视着沈洁漪，低声说：“有明月，有清风，有流星，有你在我身边聆听我快乐的心！我祈求，让这一刻永存！”

沈洁漪没有说话，她的心绪突然变得复杂起来，但瞬间，又被眼前的疯狂感染了。

那个夜晚，城市不眠！

日子流水似的过去，大哥沉浸在和沈洁漪会面的快乐中，他的欢快溢于言表，感染了周围的同事，大家都看出了他的春风得意。

“许处，真是人逢喜事精神爽啊。”胖子小黄笑着说。

“那当然，马上就要正式任命了，许处可谓前途无量，能不高兴吗？”小李补充做着说明。

大哥不置可否，他依旧是快乐的，但这份快乐是来自沈洁漪，这一点只有他自己知道，又有两周没有她的消息了，她在哪里呢？他正寻思着，周主任走了进来。

“小许，我明天要出差，下午推迟下班召开一个紧急会议，你通知到各个处。”

“是为一季度工作总结的事吗？”大哥问。

“算一条吧。”周主任对大哥神秘地笑了笑。

大哥有点心领神会。自从那天周主任语重心长地教导他后，吴小曼也好久没来找他了。大哥想，这样正好，大家也许不用说得太明白，他那天的行为已经算是明确表示了拒绝，吴小曼也许知难而退了，而周主任那样说，也许是安慰吴小曼，或者说是给他外甥女一个面子，如果这件事情就这么结束了，既没有驳了周主任的面子，也没有伤害到吴小曼单纯的感情，这是大哥最求之不得的。

华灯初上，初夏的燥热开始包围整个城市，正是下班时间，路上的人行色匆匆，大家都朝着不同的方向赶，这个周末是忙碌的。大哥透过办公室的窗子漫无目的地看着外面，静等着六点半开会时间的到来，心里却还在牵挂着沈洁漪，心里想，不知道她怎样了。

此刻，沈洁漪也正随着人潮毫无目的地走着，觉得心里空荡荡的，心情有些低落，四周的喧嚣让她反感，她甚至想找个安静的地方痛快地大哭一场。

她慢慢地踱进了一条荫蔽的小道，道路的一侧是护城河，此时黑暗已重重落下，从树梢中透出的路灯灯光很淡，她感到虚弱无力，便在水边的一个石椅上坐了下来，孤独肆无忌惮地向她袭来，她好想靠在一个温暖的臂弯里休息一会儿。

这时，她想起了摽有梅，那个从网上下来的男人，他兄长般的真诚，让她感到亲切和信任；他眉宇间那一抹纯情，又是她很喜欢的。那天分开后他们再无联系，她好久没上网了，他的形象几乎要从她的脑海中褪尽。而此刻，沈洁漪却很想见到他，也许他可以帮她驱散那些讨厌的孤独，她这么想着，便翻出大哥留下的手机号码，犹豫片刻，拨了出去。

大哥正襟危坐在会议室里，会议已经开始，周主任致着开场白："各位，今天的会议很重要，我们首先听取一下各部门一季度工作总结和全省计生工作会议后各地的贯彻落实情况，并对下一步工作进行部署。等第一项议程结束后，请党委成员留下来，我们听取一下综合处副处长职务人选的民主测评情况，然后研究确定拟任命人员。下面开始会议的第一项议题，先请各处室汇报，从综合处开始，小许，你先说。"

大哥坐直了身体，表情显得严肃而庄重。

“今年以来，综合处充分发挥了计生委党委的参谋部和司令部作用，按照党委在全省计生工作会议上的部署，全处同志充分发挥主观能动作用，推动全省各地对深入贯彻落实会议精神……”大哥有条不紊地陈述着，他对自己的口才很自信，这是多年教师工作经历和机关工作磨砺出来的。

“丁零零……”手机响了，大哥瞟了一眼，赶紧随手掐断，继续陈述：“全省工作会议后，综合处先后多次赴各地调研，编发会议贯彻落实情况通报，推动工作深入开展……”

手机再次响起，还是那个号码，大哥迟疑一下，决定接听。

“对不起。”他说完打开了手机对着话筒，“喂！”

“我是沈洁漪。”沈洁漪自报家门。

听筒里传来的声音，让大哥惊喜万分，这么多天来，他一直在想着她找着她。

“耽搁大家几分钟。”大哥拿着手机进了走廊。

“你在哪里？”他急促地问，好像对方会立刻消失似的。

“护城河林荫道口，一个人，你来陪陪我行吗？”沈洁漪的声音充满了温柔。

“现在不行，我正在开一个重要的会议！一个小时后我和你联系好吗？”大哥压低了声音说，他突然想起最近报纸上连续报道的几起护城河抢劫案，开始紧张，“沈小姐，快离开那里，不安全！在附近的餐馆里等我，我们一起吃晚饭。”

“可是，我很想立刻见到你！”沈洁漪的话语中透着执拗。

“给我一个小时的时间，我保证！”大哥有点心急起来，他希望自己可以分身。

“不，二十分钟，过时不候！”沈洁漪的口气带着命令，这让大哥有点意外，他眼里的她是那么温文尔雅。

“沈小姐，对不起，大家都在等着我呢，我去了，一小时后见！”大哥说完挂断了电话，回到会议室。

大哥接着陈述，但已经没有了刚才的热情，他有点心不在焉，草草地收了场。他的失态引起了众人心照不宣的注意，机关里敏感的工作气氛练就了他们一双双洞察秋毫的眼睛,那个电话发挥了它的公众效应,有些人脸上已经含有嘲弄的意味。

大哥汇报结束,周主任发表了对综合处和大哥工作成绩十分肯定的讲话。

“近段时间以来,综合处的工作很有起色,虽然董处长因病请了长假,但这一点没有影响到综合处的工作,许友梅同志虽然不是在副处长、处长的位置上,却能够积极争先进位,出色地完成了党委交给的工作任务……”

大哥一句也没听进去,他在想着沈洁漪,不知道她会不会生气,她还在那里吗? 现在的社会治安糟透了,一个单身女人滞留在那个地方很危险,他被这些问题纠缠着、担忧着,他又想起了报纸上的那些报道,后脊背冒出冷汗。

就在这时,手机又一次响起,会场上顿时安静下来,大家把目光齐刷刷地对着大哥,周主任已经明显表现出不高兴,面色开始有点愠怒。

“以后开会时间请大家一律把手机关闭。”他提高了声音说。

还是那个号码,大哥已经顾不了太多,他的心里此刻最重要的是沈洁漪的安危,这一点正是他与众不同的地方,如果他贵为皇族,他也会是那个爱美人不爱江山的主。

他再次接通了电话,这次他没有离开房间,而是尽量把声音压低些。

“喂!”

话筒那端没有应答,只是传来一阵嘈杂的声音。

他有点不安:“喂!”他冲着话筒大声叫着。

众人怔了怔,然后用一种看猴似的眼光望着他。

“……摽有梅……快来救我!”话筒中传出沈洁漪断断续续的呼救声,夹杂着若隐若现的撕打声,信号断了。

大哥迅速地从座位上弹了起来,沈洁漪出事了?! 这是他的第一个反应,他的心脏因为紧张而剧烈地跳动起来,来不及多想,他已经冲到了周主任的面前。

“周主任,对不起! 我的一个朋友出事了,可能人命关天,请允许我现在请假!”大哥说完,夺门而出。

周主任气得脸色发青地呆坐着。

“太不像话了！”他发出一声怒吼。

大哥拦住了门前的一辆的士。

“护城河林荫道口，我付你双倍车费，越快越好！”

司机接到指令后，飞奔着向前驰去，大哥开始拨打沈洁漪的手机，对方已关机，大哥心中闪过一丝不祥的念头，他迅速拨通了110。

“喂，公安局吗？我现在报案！”大哥的声音因为紧张而有点发颤，他现在还不能预知沈洁漪遇到的危险，对方的犯罪动机和犯罪人数，此刻，求助于警方无疑是最稳妥最快捷的办法，“护城河林荫道口有流氓正在欺侮一名女子，很危急，具体情况不明，请你们赶紧派人过去。”大哥快速地说完，发现自己的手心已经握出汗了。

“哥们儿，出事了？”司机扭过脸关切地问，“需要帮忙吗？我一帮弟兄们，刚从号子里放出来，治他们，小菜一碟，帮得了你的。”

大哥笑了笑，算是领情：“不用了，警察马上就到。”

“是你什么人？”

“女朋友！”大哥脱口而出，他被自己吓了一跳，他竟然对沈洁漪用了这么个字眼。可是，他接着又被这个称呼感动了，心里溢出一股幸福。

的士在林荫道口停了下来，因为车速过快，紧急刹车声在寂静的空间显得格外刺耳，大哥跳下车子，他环顾了一下四周，这里静悄悄的，昏暗的灯光洒在道路上，树影憧憧，水边间有哇鸣虫吟，祥和是这里的气氛，哪里有打斗过的痕迹？大哥感到纳闷。

“哥们儿，是这里吗？”司机伸出头问，很显然，他也有点糊涂了。

大哥正迟疑着，有一个声音柔柔地从身后传来。

“你用了十八分五十三秒！”

沈洁漪正站在他身后不远处望着他，她穿了件黑色的带着亮片的高领无袖上装，下面是一条黑色长裙，月光洒在她白皙的面容上，她看起来娇俏而妩媚，此刻，她的眼睛里正闪着几丝诡秘和狡黠。

大哥立马醒悟，他被眼前的这个女人愚弄了，可是他并不气恼，反而觉得有点儿兴奋和刺激。总之，他又见到了她，她是安全的，不是吗？她还是那么让他心动，大哥的心绪荡漾起来，欣喜在他的心田散开。

“哥们儿，需要帮忙吗？”出租车司机探出头，打趣地问。

“谢谢，不用，这儿我能处理好！”大哥朝出租车摆摆手，示意他可以走了。

“哥们儿，玩得有点大了！”司机抛下一句话，一溜烟走了。

“你差点把我吓死，知道吗？我报警了呢！”大哥走近沈洁漪，双手怜爱地抚在她的肩上，像长辈一般，仿佛要给她一份坚实的力量。

“我要在二十分钟内见到你。”沈洁漪轻声说，她安静的表情似乎什么也没有发生过，根本无法把她同刚才的那场惊心动魄的恶作剧联系起来。

“这个路段最近常有事故发生，沈小姐，下次不能再冒这个险了，小心喊多了狼来了！”

“我不管，你不会置我于不顾的，对吗？”沈洁漪说着，把头轻轻地靠在了大哥右侧的手臂上，她看起来很疲倦，似乎想休息一会儿。

大哥感到心中最绵软的地方被触动了。一阵凉风吹过，她柔弱而单薄的身子，似乎在等待着他的拥抱和温暖。

沈洁漪的眼睛微闭着，长长的睫毛垂下来，在眼睑处留下一片阴影。

“给我一件衣服，我冷！”她低声请求。

大哥看了看身上的衣服，有点为难，他只穿了一件中袖衬衫，里面没有背心。

“我很乐意。”他说，类似的举动几年前在滨江大学里他做过，可那时他年轻，没有什么不能做的，即使过了头，别人也会理解和原谅，但现在大哥知道自己已经不年轻了，他说，“但我怕我的不雅把你吓着。”

“我不在乎！”沈洁漪吐出坚定的四个字。

大哥迅速地脱下衣衫给沈洁漪披上。他裸露着的身体在黑暗中泛着光，但他没有羞涩，只有几分兴奋，体内好像有一种欲望在萌发，他低呼一声便紧紧地拥住了沈洁漪，嘴唇重重地盖住了她的，他感到了她的回应，她的舌尖在他的齿间缠绕着、吮吸着，胸部在剧烈地起伏。晚风拂来，枝叶婆娑，月亮静静地在树林间穿行，大哥觉得幸福来得太突然了，他甚至没有做好迎接它的准备，而此刻，他宁愿什么也不去想，就这么全身心地吻着，直到世界静止。

大哥的手机发出了悦耳的鸣叫声，衬托出夜的安谧和宁静，大哥和沈洁漪忘情地吻着，谁也没有理会。

电话那端，人事处赵处长抬起头向周主任禀报："电话还是没人接。"周主任有点怒不可遏："打，再打，看他接不接！"

"举起你的双手放在脑后，蹲下！"

寂静被打破了，身后警笛声大作，几束强光照过来，十几个全副武装荷枪实弹的警察冲下110警车，黑洞洞的枪口对准了他们……

5. 你还有多少古灵精怪

自从发生了那天开会的事情，大哥提拔的事暂时搁浅了。当人事处赵处长把这个消息告诉大哥时，大哥并没有太多的失望，这是他意料之中的。赵处长说完这事又顺便提醒大哥，周主任外甥女的事情你要处理好，周主任和他姐姐感情最好，他姐姐就这一个宝贝女儿，几年前他姐姐和姐夫在一场车祸中意外去世后，吴小曼就跟着周主任生活，周主任膝下无子女，就把吴小曼看成了亲生女儿。赵处长说："和吴小曼的事情如果处理不好，就不是提不提拔这么简单了。"大哥不知道这句话是赵处长关心自己想当然随便说的，还是周主任委托他这么过话给他的。大哥听后很不舒服，如果是后者，那就有点赤裸裸威胁的意思了。大哥想，周主任对自己一直不错，应该不是那样的人。

好容易到了周末，大哥彻底放松了自己，晕沉沉地睡到晌午，他睁开眼睛却觉得并不清醒，天是阴的，云层压得很低，空气中散布着初夏特有的闷热。

"砰、砰、砰！"有人敲门。大哥有点纳闷，来人拜访，怎么连个电话都没有打？大哥睡眼蒙眬地打开门。

“梅哥哥，是我！”吴小曼神气活现地出现在门口，“从来都不去找我，梅哥哥一点也不想我啊！”

“是你啊。”大哥感觉有些突然，还是把吴小曼请进门到沙发上坐下。

“梅哥哥，那天是我不好。”吴小曼一脸愧疚地说。

大哥不知道她有什么好与不好，最近和沈洁漪的相遇，使他都快忘了还有吴小曼这个人，如果不是赵处长的提醒，他已经意识不到还有这么一件事件需要处理了。

“小曼，我有话对你说，我想我们之间有些事情应该说清楚。”

“梅哥哥，你看我这身衣服漂亮吗？”吴小曼没有接大哥的话题，她把注意力放到了自己的新衣服上，她是想来和大哥一起逛街的。

大哥看了一眼吴小曼，他的脸上浮出一丝苦笑。吴小曼穿了一件黑色的T恤，衣服的中间是一排细碎的、用一些劣质的金线钩出的零乱的图案，下面裹着一条大红色的长裙，因为没有熨烫而显得不够平整，使得她的整个身形看起来有些臃肿，她不是一个讲究的女人，或者说她不知道该怎样恰到好处地展示自己，这使得她暴露出一些土气和不伦不类。大哥皱了皱眉，在心里给了四个字的评价：“惨不忍睹！”他不置可否地笑笑算是给了答复。

吴小曼并没在意大哥的表情，她跑到大哥的穿衣镜前顾影自怜起来。

“陪我出去逛街吧，夏装打折呢！”吴小曼终于离开了镜子，她走到大哥面前挽住他的手臂。

大哥望了望窗外的天，乌云在翻腾着，不时传来雷电声，气压很低，沉闷的空气让人感到有点窒息，这是暴雨来临前的预兆。

“要下暴雨了。”他尽量说得平和些，不知道这算不算一个拒绝的理由。

吴小曼也看了看天，她立刻放弃了外出的打算，因为她已经听到了雨点由缓而急地敲打着雨篷的声音。瞬间大雨已经铺天盖地地下下来了，窗台上迅速聚满了水流，雷声大作，夹杂着闪电，这是入夏以来难得一见的一场大暴雨，她开始庆幸没在这场大雨中外出。

大哥打开了手机，他在期待着沈洁漪的电话，几天过去了，她像失踪了似的没有一点消息，那晚的一幕在他的脑海里已烙下了印记，他很真实地感受到了她绵软的身体和温热的唇，这一切让他感受到了致命的诱惑，他再也抗拒不得。可是，他不想让自己太冒失地主动去打搅她，他希望能在她需要的时候出现在她的面前，他宁可默默地守着这份等待，尽管他非常想她。

正在这时，手机响了，他看了看号码，突然心跳加速起来，电话是沈洁漪打来的。

“喂！”他接听了手机，躲进书房。

“外面在下大暴雨呢！”她说。

“是的。”他答。

“看过美国影片《云中漫步》吗？你来陪我‘雨中狂奔’吧！”她在电话中叫喊着，“我喜欢这份刺激，来吧，和我一起感受刺激吧！”她的声音带着疯狂和兴奋。

“你在哪里？我马上过来！”大哥毫不犹豫地答应了，他不知道自己为什么竟然没有思考。

“我在寒池亭！给你20分钟的时间。”

这是位于城市西北的一个休闲广场，距离大哥家大约有三四公里，他抬手看了看表，20分钟，应该来得及。

他走回客厅，想象着该怎么打发眼前这个人。而吴小曼也正用狐疑的眼光打量着他。

“省里来了几位领导，让我去作陪一下。”他尽量说得平缓，让自己的声音听起来自然些。

“现在？这么大的雨？你疯啦！”吴小曼面露惊愕，她一时难以理解。

“你舅舅应该告诉过你，单位正在对我的提拔问题进行考核，上层路线还是要走的啊。”大哥说着，进了卫生间拿出把雨伞，他拉开房门，急速冲下楼。

“那我怎么办？”吴小曼对着大哥的背影喊。

“你看电视吧，走时把我房门带上就行了！”大哥头也不回。

吴小曼望着大哥快速消失的背影，忍不住走到窗口向楼下望去。雨水正呈柱状从天空中向下倾泻，地面上积水很深，她看到大哥正站在大雨中拦截过往的的士，手中的雨伞已被大风吹得翘起来，他的后背裸露着，脚踝处被积水淹没了，一辆的士驶来，他迅速上车掩上车门消失在风雨中。

的士停在广场边，大哥远远地就看见了沈洁漪，她正撑着伞向这边张望。

"嗨！"她看见了他，兴奋地朝他挥手。

大哥此时的模样是狼狈的，皮鞋正从里往外冒着水，脊背全湿了，头发贴在脑门上。

"我们不要打伞在雨中奔跑，好吗？"她冲到他身边，收起了撑开的雨伞，看到大哥在迟疑，她伸手打翻了他手中的伞，雨伞在地面上转了几圈，迅速被卷进雨雾。

"哈哈哈哈！"沈洁漪大声地笑着，大哥第一次听到她这么放纵的笑声。

"快来追我吧！"她丢下这句话便冲进大雨，雨水迅速地淹没了她，她跑步的姿态很优美，在水柱中若隐若现。大哥被这份喜悦感染了，他像是回到了大学时代，血气方刚的年龄，他迈开双腿朝前面的身影追去。

暴雨中的广场上没有他人，他们尽情地奔跑着，追逐着，任凭雨水冲洗，大哥感受到了体内年轻的力量，他觉得生活是美好的，他希望就这样一直跑下去，而不管明天将会如何。

远处的天空渐渐发亮，雨不知不觉小了起来，沈洁漪终于停了下来，她有点上气不接下气。她穿了件天蓝色的裸背吊带连衣裙，外面套了件透明的同色丝织披肩，而此时，湿透的衣服正紧紧地裹在她纤细的身体上，凹凸有致，她长长的头发垂在胸前，她的面孔很洁净，大哥不觉望得发呆。

"告诉我！"他走近了她，凝视着她的眼睛，"你还有多少的古灵精怪？"

沈洁漪没有说话，她用眼睛回答了他，她的目光是清澈的，有一种孩子气的顽皮，丝质的披肩滑在她的臂弯处，露出了白皙而颀长的颈子，她的肩膀很削瘦，胸部不大但在剧烈地起伏着，她是性感的，不是吗？她的唇微微地向上翘着,好像在诱惑着他,大哥顿时被融化了,他无法再承受下去,他感到有一种冲动在体内爆发了,他知道那是性的渴望,他身体的某个部位已经在迅速膨胀起来,他伸出了双臂,把她用力地揽在怀中。

“你让我痴迷!”他呻吟着,低下头去捕捉她的唇。

可是,他落空了。她突然抽身离去,甚至没有再看他一眼就拦住了身边的一辆的士,钻了进去。

大哥怔住了,他有点找不到北,他冒犯了她吗？他被大雨浇得有点迷糊,他不能清楚地去思维,他突然发现路上行人正驻足望着他,像看着一只怪兽,有的人还在窃窃发笑。他知道,自己此刻的模样一定是非常滑稽可笑的。

大哥病了,高烧近四十度,住进了医院。

他昏睡了一夜,乱梦纷纷,脑袋似乎要炸开了。清晨的阳光淡淡的,透过窗子照在大哥的脸上,他努力地睁开眼睛,首先触到的却是吴小曼略带焦虑的目光。

“你终于醒了,我等你一天一夜了,好担心。”看着大哥睁眼,吴小曼惊喜地说。

“我怎么了?”大哥显得很虚弱,试图坐起来,吴小曼制止了他。

“医生说是淋雨受凉引发的高烧,你都被烧得胡言乱语了。”吴小曼说,替他掖了掖被角。

大哥的意识恢复了,他想起了昨天和沈洁滂雨中狂奔的事,不由得脸红了。“我胡言乱语了?”大哥问。

“你不停地喊着一个名字,”吴小曼说完望着大哥,“你好像有点紧张?”

“让我躺一会儿,”大哥虚弱地说,“我会和你说清楚的。”大哥想,今天也许是说这件事的好时机。

“是关于一个女人吗？我只想知道这些。”吴小曼已经有点急不可耐了。

大哥闭了下眼,想提一下精神。

“对不起,梅哥哥,是我胡思乱想了,是吗?”吴小曼试图否认自己的怀疑,她有点沉不住气。

“你没错，是我的生活中出现了一个我喜欢的女人。”大哥已经不想再错过说出这句话的最好机会，大哥如释重负，语气平静。

吴小曼颓然地倒在椅子上，水杯从手中滑落，碎了一地。

“不，这不是真的！”吴小曼脆弱地说，泪水夺眶而出，不停地用手摇动着大哥，她希望这只是大哥和她开了一个玩笑而已。

“是真的，我很爱她。”大哥对吴小曼说出了他对沈洁漪都没有说出口的那句话。

吴小曼好像生命的大厦在顷刻间倒塌了，她无法面对这个事实，夺门而出。

“吴小曼，我还有一句话，”大哥对着吴小曼的背影喊，“谢谢你照顾我！”

吴小曼的身影已经踉踉跄跄地消失在医院长廊的尽头。

6. 一半是海水一半是火焰

周主任一脸愠怒地坐在办公室里，几个来汇报工作的属下还没有讲完，就被他发脾气赶走了，计生委所有的事他都能搞得定，就这一个过去看似老实的许友梅，把他的家庭搅得鸡犬不宁。

昨天，当吴小曼哭哭啼啼把许友梅另有所爱的事说出来时，他也震怒了，这个浑蛋，一方面在和他家小曼谈朋友，一方面又和别的女人勾勾搭搭，这不是脚踩两只船吗？简直是道德败坏，岂有此理！

他想把许友梅喊过来臭骂一顿，又觉得以他的身份似乎不妥，凭他几十年的官场经验，他觉得有些话、有些事，还是让手下的人出面说和做才好，于是，他拨通了赵处长的电话：“小赵，你过来一下。”

日子就这么一天天挨过去，已经快有一个月了，沈洁漪再没有出现过，大哥打了无数次的电话，不是占线就是忙音，这无疑让大哥心里多了份疑虑和挂念。

昨天夜里，他做了一个梦，梦见一片无垠的大草原，太阳灿悠悠地挂在天边，羊群像一簇簇雪白的棉花时隐时现，一个白衣女子，在水清草绿间漫步着，微风扬起她的长发，满天飘舞着五彩的絮花，她的身影似乎在飞，在她不经意的回眸间，大哥看清了，那双锁着雾的眼睛。女子站住了，向他张开双臂，唇边荡漾着盈盈的笑意，大哥心里涌出一股暖流，情不自禁地向前追啊、追啊、追……却总是抓不到。大哥一激灵醒了，却感觉对沈洁漪的思念越发地强烈起来。

此后的一段日子里，依然没有沈洁漪的信息。大哥常常陷入回忆中，沈洁漪的形象是鲜活的，在他的脑海里时时浮现，他有种患得患失的痛，这种感觉让他明白了什么是相思若疾的滋味，他清楚地知道在他的感情世界里，沈洁漪已坚固地占据了他心灵的一角。他决定给沈洁漪写一封信，一诉衷肠！

沈洁漪几天后看到大哥发来的邮件，多少感到有点意外，她认真地读着。

洁漪：

你好！

读信之前，请务必原谅我的冒昧，经过几周的苦苦思索，我还是决定将我对你的感情和盘托出，希望没有引起你的反感，否则我会羞愧难安的。

现在想来，命运是如此厚待我，让我认识了你，也许任何见过你的人都会毫不吝惜笔墨地来赞美你的容颜，我也必须承认一个年轻漂亮的女子带给男人的吸引力。但我对你的感觉绝不仅仅是一张漂亮的脸蛋，像平日里从我身边走过的那些美丽而空洞的面孔。因为那样说会亵渎你。

我不是一个圣贤，但可以肯定的是，我对你的感情是纯洁的，我至今记得与你在网络中的相遇，你淡淡的忧郁，浓浓的诗情，历历在目！从那时起，你已潜入我心，让我对你产生一份莫名的憧憬，我和你未曾谋面却感到似曾相识，你用你的孤独敲打着我的心灵。我的寂寞也从此一发不可收，也许正是相同的感知，才会让我对你有着如此强烈的惺惺相惜，你的出现，或者仅仅只是惊鸿一瞥，却改变了我的情感世界，我仿佛已经历了一个世纪的迷惘，蓦然回首，找到一片灯火阑珊处。

我曾以为网络只是一个梦，而我在梦中沉睡着不愿清醒，但那天你终于站在我的面前，我几乎快要被这份幸福醉倒。知道吗？你丰富了我的想象！你的典雅，你的纯净，你不染尘俗，玉洁冰清！我们品茗畅谈，宛若故友，从那天起，你已占据我心，我再不能释怀心中对你的眷恋，你如同一块磁铁吸引着我不断向你靠近，我无力抗拒！请原谅我的坦诚，我并不想涉及爱情这个神圣的领域，可是我必须承认，我喜欢你！时至今日，这份感情已毋庸置疑。我挣扎过，然而我的努力是那么苍白无力，我抑制不住心中对你的思念，多日的思考，我终于明白，我应该尊重自己的感情，即便这番表白会引起你的厌恶，我也要无憾于自己的心灵。

很久没有你的消息了，那天你突然离去，再无踪影，我想如果是我的举止冒犯了你，你已经用冷漠回击了我，原谅我那天的鲁莽，我所做的一切只是因为情不自禁，我无意破坏你的心绪，也许我们根本就属于两个世界，我们有着各自不同的运行轨迹，但命中注定我们在这里相遇，我不想走开，不想回避，只想永远和你在一起！如果你用这么长时间的冷漠拒绝我，请给我点儿时间，我会悄悄地走开，远离你的视线，远离你的世界，还你一份清静。

洁漪，我不知道这是不是我最后一次呼唤你的名字，想到这儿，我不禁伤感阵阵。我像是经历着失恋，脆弱得像劲风中的一株幼枝，但是，不要为我担心，我依然有我的坚强。你我的相识好似昙花一现，虽短暂但香味久远，与你的一切我会永世珍藏！

行笔至此，我突然又被记忆中的那份浪漫感动了，你的身影随风掠过我的窗前，我的心瞬间便被温柔覆盖起来，我想起一位诗人的话：在长长的一生里，欢乐总是乍现就凋落，走得最急的往往都是最美的时光……

许友梅

沈洁漪读罢信的那一刻，已泪流满面，多日来郁结于心的相思此时如清泉般汩汩流出。她感到自己的意志正在被一种无形的力量摧毁着，而她只能眼睁睁地看着坚强在支离破碎。她随手拿起电话，拨通了大哥的号码。

月色有些清冷，覆盖着大地，仿佛蒙上一层薄霜。公园里还有零星的游人，沈洁漪依着湖边的草坪坐了下来，她恢复了安静，看起来那么纤弱。大哥不由得心生一股怜爱，但今晚他不敢轻举妄动，他怕沈洁漪会再次从他的身边溜走，他坐在一旁默默地观望着，欣赏着她亦喜亦忧的表情。

“我们喝点酒解寒吧。”沈洁漪提议，她觉得有点冷。

“没问题！我这就去买。”大哥立即响应，他朝着不远处的一个小卖亭跑去，不一会儿便带回了一瓶红酒和一些熟食。

“肉是刚用微波炉热过的。”大哥说，他斟了一杯红酒递给沈洁漪，“来！举杯邀佳人，对影成四人。”

沈洁漪接过杯子，深深地啜了一口，红红的液体流入腹中，她打了个冷战，又深深地啜了一口。

“缓着喝，太凉了，会伤胃。”大哥说着，也大口地喝下去。

“咱们今天别悠着，不醉不归好吗？我长这么大还没尝过醉酒的滋味呐。”沈洁漪说，一口喝光了杯子里的酒，她感到肚子里有点发烧，她凝视着大哥，脸上泛起一抹酒精燃烧的红晕。

“今晚的你好像与以往不同。”大哥觉得此时的沈洁漪是这么火辣。情欲迅速在体内沸腾起来，他站起身想清醒一下，他怕自己又会有抑制不住的冲动。

“看着我！”沈洁漪命令着，她风衣的上扣被风吹开了，袒露出纤长的脖子，吸引着大哥的目光，大哥不敢再对视下去，他的忍耐在接受极限的挑战。

“不要再喝了，”他牵住沈洁漪的手，想拉她起身，“我送你回家，明天还要上班呢！”

沈洁漪站起身来，她步履有点蹒跚，一头扑倒在大哥的怀中，此刻，她是如此渴望被眼前的这个男人关爱，她仰起唇，“吻我！”她轻呼。

大哥紧紧地抱住了沈洁漪，他的堤坝此刻已崩溃，他用力地吻她，带着多日来的痛楚，多日来的相思，还有满腔的柔情。

月光洒在他们相拥着的身体上，仿佛一塑蠕动着的雕像。夜风徐徐吹来，沈洁漪打了个冷战，她清醒了些，整理一下凌乱的衣衫，迅速脱离大哥的怀抱，她开始感到羞愧，转身朝大门跑过去。大哥收拾起地上的狼藉，紧追其后。

公园的大门被锁住了，已经过了开放的时间。沈洁漪用单脚踩上去，飞身跨越了高高的栏栅，她轻轻地跳落在地上。大哥随之跟着翻越，可是他太心急了，过快的速度使得他的脚从栏缝中滑脱，整个人重重地从门栏上砸了下来，他感到一阵透心的痛，脚踝处已经不听使唤，他坐在地上直不起身。

此时的沈洁漪早已消失得无影无踪了。

她到底是怎么了，为什么总是这么飘忽不定？大哥又一次一头雾水，怔怔地站着，百思不得其解。

沈洁漪在等一个盼望已久的时日，她知道这个日子即将到来，如今等来了却没有特别的兴奋，相反，她的思绪却被几分惆怅缠绕着，与许友梅的这段纠缠不清的感情真的到了尾声，她反而不能洒脱地走开了。面对这种惆怅，思念便像个热气球似的，在她的心里膨胀着，也许，她该再见见他的，这样让自己的离开也不再遗憾。

她打开电脑，给许友梅发了个邮件。

本想不相思，为怕相思苦，几番再思量，宁可相思苦。

陪我去南方看海，好吗？

她发完邮件，突然感觉自己是不是有点冒失，但与此同时，她又感到一种浪漫的气息涌了出来。

大哥看到沈洁漪发来的邮件，感觉幸福仿佛再次从天而降，不禁一阵阵眩晕。他向单位请了公休假，便准备着与沈洁漪去旅行了。

初秋的南方海滨，依旧是暖洋洋的，和煦的阳光均匀地涂抹在沙滩上，洒下一片金色的光晕，五彩的遮阳篷零乱地分布在岸边，湛蓝的海水向天边延伸，连成水天一色，海水轻柔地吹，带着海水的气息，腥热的空气中弥漫着椰汁的清香，海面上波光粼粼，偶有海鸟在展翅翱翔，这是秋日海岛特有的景象，让人心旷神怡。因为不是旅游高峰期，这里的游客并不多。

大哥和沈洁漪并肩坐在一块偏僻的岩石上，他们看着海浪涌来退去，聆听着波涛撞击岩石的声音。这里没有城市的喧嚣，没有熟悉的人群，他们可以自由地舒展自己。沈洁漪凝视着远方，她有点伤感，她知道，这将是他们最后一次相聚了。大哥丝毫没有感受到伤感，他的心情无比惬意，沉醉在浪漫和相聚的欢娱中。他偷偷打量着沈洁漪的侧影，她的长发被海风轻轻撩起，露出宽阔的额头，挺拔的鼻骨，优美的唇线，她沉思的样子像海边一尊美丽的女神，让大哥有几分陶醉。

“我们沿海边走走吧?”沈洁漪脱下鞋子，站起身来，她甩了甩头，似乎要让自己洒脱些，然后跳下岩石，赤足走在沙子上。

“为我做一件事好吗?”她望着跟在身后的大哥，有点撒娇地说。

“当然可以!”大哥毫不犹豫地回答。

“你去捧一朵浪花给我!”她说。

大哥怔怔地站着，他还没来得及思考这句话的含义，沈洁漪不知何时已绕到他的背后。他的后背遭到重重一击，他一个趔趄向前冲去，身体扑进了海水里，一排海浪打来，海水迅速把大哥淹没了……等海浪退去时，大哥才“呛呛”地从海水中露出头来。

“哈哈哈哈……”沈洁漪笑得前仰后合，她跌坐在沙滩上直不起腰来。

大哥从海水中狼狈地爬起来，他看到了沈洁漪的坏笑，他试着朝她冲过去，也许他该惩罚她一下。

“别动!”她止住了笑，温柔地看着他，“还可以再为我做一件事吗?”

她的目光融化了大哥，大哥的心中溢出万般柔情，他知道此刻他甚至愿意去为她摘天上的太阳，如果她需要的话。

“说吧！”他说，“只要不是让我在海滩上裸奔就成。”

“人家求爱的时候都是单膝着地，送上鲜花或戒指，说声‘我爱你’，我到现在还没有享受过你的这个待遇呢！”她说，眼睛里露出促狭的神情。

大哥再次怔住了，男儿膝下有黄金，他的膝盖还从未给人下跪过，但此刻，他却愿意为眼前这个让他沉醉和痴迷的女人献上这份礼，他弯下右膝着地，做手举浪花状，深情地献给沈洁漪。就在这时，一排巨浪向他卷来，击在他的身上，把他的身体向前推去，他就势扑在了沈洁漪的怀中，“我爱你！”他大声呼唤，拥着她，吻住了，又一排海浪涌来，淹没了他们。

沈洁漪的衣服全被海水浸湿了，身体的曲线完美地展现给了大哥。大哥把目光滑向她的胸部，他看到了一条隆起的弧线，激起了他无穷的畅想，他有点不能自持，伸手探了进去，他触到了她柔软的乳房，揉搓着，感到自己的下体迅速地膨胀、坚挺起来，体内的欲火正熊熊燃烧着，“我要你！”他低呼了一声，再次把她压在下面，扯下她的胸衣。

“哎唷！”大哥裆部受到了沈洁漪的突然重击，发出了一声惨叫，便翻身倒地，捂着自己的命根子痛得爬不起来。

沈洁漪疯笑着在沙滩上奔跑起来，短短的潮湿的裙子紧紧地裹住她丰满的臀部，她看起来是那么富有青春朝气。大哥望着眼前优美的身影，不觉有些着迷，他忘记了刚才的疼痛，仿佛又恢复了元气，他朝着沈洁漪追去。

沈洁漪扑向了大海的怀抱，她要在浪尖上感受海涛的搏击，她喜欢这种冒险的刺激。大哥扑向她，一把将她从海水中揽起，她的身体在翻滚的海水中已绵软得如一团絮，她的眼睛动情地望着他，激情在他们的心中荡漾。

“征服我，好吗？”她的声音仿佛从遥远的天际飘来，那么轻柔。

“不行！被你踢坏了。”大哥开始吻她，“我爱你！大海可以为我作证！”

她褪下了薄衣衫，露出雪白的胸脯，大哥俯下身去亲她，她开始呻吟起来，眼睛里焚烧着爱的渴望。海水轻轻退去，露出她半裸的身体，大哥的手顺着她的双腿向上摸去,扯下了她的短裙和最后一件衣衫。海水涌了上来,浸泡着她美丽的胴体,大哥一阵幸福的眩晕,他用力将她压在了身下,他最坚挺的部位向着她最柔软的地方进军,直达她的体内……

海水在他们交融的身体上起伏着,他们的灵魂已进入了另一个境界变得缥缈起来。此刻,宽阔的海面上,一半是海水,一半是火焰……

7. 你给了我最浪漫最铭心刻骨的爱恋

沈洁漪打开信箱,收到了老公发来的伊妹儿。

漪:

爱妻。

你已经好久没和我联系了,发生了什么事?虽然分开快一年了,脑海里还全是你的影子,非常想你!我又兼了份工,是帮格林太太补习中文。她是个中国迷,一直畅想着去中国投资,希望我的帮助能让她早日实现梦想,今晚将是我们的最后一堂课。你不必为我担心,在美国,每个人都在满负荷地工作,这是司空见惯的。

昨天,就你来美读书一事,我已办完了全部手续,只等你早点飞来了。亲爱的,想到我们即将团聚,心中溢满了甜蜜和幸福。盼聚。

你的伟

月光如水,洒在窗棂上一片斑驳,沈洁漪凝望着窗外,泪水渐渐浸湿了她的双颊。

她开始给大哥写最后一封信。

梅:

当我的指尖轻轻地敲击着键盘时,我听见离别的钟声正从遥远的天际响起。再有20多小时,我将离开这片养育我三十年的故土,飞越太平洋,到一个陌生的国度里,开始崭新的生活,请原谅我的不辞而别,也许我们从此就天各一方。

一直以来,我都怀着一颗愧疚和爱你的心,想向你道出一切,但我总是一次次软弱和退缩,没有勇气向你和盘托出这一切,我知道,在怕伤害你的同时,我更害怕失去你!

可是,不属于我们的终将离我们而去,也许我们是在错的时间遇到了我们不该认识的人。我曾经无数次地挣扎,可终究不能自已,今天,在我们即将离别之际,我已经没有勇气能够当面对你说声:对不起!

我收拾我的行囊,记忆却把你不经意地卷起,往事被一页页翻开,我的世界里仿佛又下起一场流星雨。那个夜晚,你像一枚枫叶,悠然飘进我的心灵,灿若桃花的笑容,欢歌犹在我的耳畔回荡,我无语沉醉。清风徐徐吹来,我又听见涛声阵阵,眼前便是那片湛蓝的大海,我呼吸着岸边的椰香,你亮如星辰的双眸,柔情犹在我的心田激荡,我不禁爱潮盈动……

思绪在纷飞,像风中飘舞的落叶,带着深秋的凉意,心被离愁坠得好痛,沉甸甸的是载不动的情伤。让记忆随风渐渐飘远,我终将从你的世界里悄然淡去,就这样苍凉地向你挥一挥手,道一声:亲爱的,保重!

祝一生平安!

爱你的洁漪

沈洁漪发出邮件,心情轻松了许多,她已在心里把这段情缘做了个了断。时钟指向两点,她简单地吃了点面包,便出了门。她去了趟电信局,把电话和手机都销了户,现在的她就像一颗水珠,很快就要从这块土地上蒸发了。

第二天清晨,她睁开眼时,阳光已经从窗口射到她的床前,一个好天气!她开始起床洗漱,为自己冲了杯奶,随意吃了几块饼干,然后来到梳妆台前,精心打扮了自己，长发被盘在脑后，看上去增添了几分成熟。她端详了一眼镜中的自己，心情有点沉重，此去已不知归期何年，想到这儿她甩甩头，试图把伤感抛开。

的士驶进机场，沈洁漪提起行李走进候机大厅，她将乘坐九点三十分的飞机从北京转飞纽约。

她快速地办理好登机手续，便找个位置坐下来，这时，她感受到了一个高大的身影在她的面前站住了。

“你真是一个绝情的人！”大哥出现在她的面前，眼睛里注满伤痛，他的神情带着疲惫。

沈洁漪没有想到他会出现，从昨天到现在，这个人的影子像空气一样，几乎无时不在地出现在自己的脑海和思维里，可当他真的出现在自己面前时，她却呆住了。

“知道吗？从昨晚到现在，我已经处于疯狂的状态，我拼命地拨打你的手机，你已经停机，给你发邮件却不见你的回音。我所能做的最后一次努力就是在最早的航班起飞前在这里等你。你太残忍了，你准备就这样突然消失，去折磨一颗已成碎片的心吗？”

“对不起，梅……”沈洁漪嗫嚅着，她整理了一下情绪，“我本该早点告诉你实情的，我所做的一切只是为了减少你的伤感。”

大哥深深地叹了口气，他的双手轻扶住沈洁漪的肩膀，注视着她，目光变得柔和起来：“我没有责怪你对我隐瞒了这些，但是我不能接受你的不辞而别，你要独自飞越那么久，至少让我送个行，说几句祝福的话吧。”

大哥的话让沈洁漪心生几分感动：“你真的不怪我吗？我害怕送别的气氛，古人说，‘离恨恰好春草，更行更远还生’。我宁可悄悄地走开，就像徐志摩诗中所写：‘我轻轻地走，不带走一片云彩。’”

“我不会勉强你做任何事情，只要你快乐！”大哥说，他控制住自己的情绪，给了沈洁漪一个灿烂的笑容。

“我们之间是一个美丽的错误。”沈洁漪犹豫着还是说了出来。

“更是一段致命的邂逅。”大哥补充说。

“不要恨我好吗?”沈洁漪说,显得很沉重。

“怎会?你给了我一段最浪漫、最刻骨铭心的爱恋,我会永远记着你!”大哥的目光中没有怨恨,只有宽容和爱恋。

“我要走了,可能后会无期。”广播里传来提示登机的声音,沈洁漪深情地看着大哥,“可以再吻我一次吗?”

大哥把沈洁漪紧紧地搂在怀里,第一次,也是最后一次对她说:“我爱你。”然后便开始吻她。他用力地吸着她的唇,像是要把她吞进腹中。

“去吧,一路平安!”一段长长的吻后,大哥推开她。

沈洁漪点点头,转身向登机口走去,她突然停住,回过头来对大哥喊:“请忘记我!”然后就消失在大厅里。

大哥痛苦地闭上了眼睛,他感到胸口一阵剧痛,像是被撕裂开,鲜血正慢慢渗出。

蔚蓝的天空中,一架波音747展翅插进云端。

8.对话沈嘉——关于老式文青

我如约在一个星期后,赶出了以上文稿,还是在周五的晚上,我和沈嘉在上次那家咖啡馆见面。

见面时,我先和沈嘉寒暄了下,我说:“沈爷,你一个大名人,每天都日理万机的,却还要抽出时间见我、读我的狗屁文字,真的有点不好意思。”

沈嘉说:“你一直都牛哄哄的,一副天下谁人不识君的样子,什么时候变得矫情了?快把第五段感情史拿给我看!”

“我有点不好意思,怕你觉得我写得太文艺范儿,把大哥的这段感情史写得太唯美，没有烟火气。”

“真受不了你这副熊样，你能再装×些吗？”

“好吧。”我把文稿交给他。估计他会看很长时间，就一边喝咖啡，一边看窗外，无数红男绿女正在灯红酒绿的夜色中穿行。

沈嘉一直沉浸在文稿中，沉浸在大哥的这段浪漫感情史中，偶尔抬起头，只是用目光和我交流下，没等我说话，他又把头低下，继续读。

直到快十一点的时候，沈嘉终于把最后一页纸读完了，然后掩卷“嘘”了口气：“挺唯美，挺感人，也挺文艺。”

“老式文青，您听过这个词吗？”

“好像在杂志上见过，是指我们和早于我们这一代的文艺青年吗？”

“好像六七十年代出生的人，多少沾上点文艺范儿，都可以这么叫。”

“是的，我们和大哥一样，年龄上虽然有些差距，但思想都是成熟于政治解冻、文艺复苏的八九十年代，那时候我们对文艺持有一种敬重和朴素的情怀。”

“所以这种特质可能已经深入到大哥的骨髓里面，与当前这个功利的年代显得格格不入，甚至显得滑稽可笑。”

“那是必然的。”

“我给很多人讲到大哥的这段感情史，他们表示不理解，明明是沈洁漪为填补感情上的空虚，玩弄了大哥的感情，大哥不仅不恨她，而且还说爱她，这不是贱吗？”

“这也许就是大哥不一样的地方。大哥不是贱男，他是当下流行的暖男。他温暖了别人，哪怕自己被伤害得体无完肤。”

“他的暖男的体质里保留有老式文青的情怀。”

“大哥过去应该是那种可以理直气壮地说喜欢文艺，大声朗诵爱情诗，找对象，也可以理直气壮地标榜自己是‘喜欢文学’的人。”

“那是一个值得怀念的年代。”

“你觉得现在的年代不好吗？毕竟时代在进步着。”

“时代在进步的同时，有些东西却在退化，比如文艺，比如文艺青年。”

“怎么了？”

“我只知道像我这样写大哥的这段感情史，网友会用‘矫情’‘装×’之砖将我拍死。”

“也未必，什么东西都不能指望所有人都喜欢，比如《玫瑰相亲》。”

“《玫瑰相亲》是喜欢的多，不喜欢的少，沈嘉大人更是喜欢的多，不喜欢的更少。我的要求并不高，有一部分人喜欢和理解就行了。”

“十几亿人口，一小部分还得了，你胃口不小。”

“呵呵，十几亿人口怎么了？你知道现在还有几个人读书吗？在这个快餐碎片成为主流阅读的时代，已经没有人再关注文艺、关注纯文学的东西了，所以我要制作特别的《玫瑰相亲》，借你沈嘉的大名和人气，吸引更多的人来关注大哥的感情史，思考我们走过的年代。当然，这些都不是最主要的。”

“最主要的是什么？”

“是我的书能够卖掉，甚至是大卖啊！”

“可真够不要脸的，拜托你，不要脸的时候，能不能隐蔽些？”

“不要脸的不是我一个，好吧？你看现在的所谓女文青，要么用下半身写作，要么通过疯狂自恋，煽动媒体炒作，为自己扬名敛财；而所谓男文青，只是打着文艺的旗号骗财骗色。现在的年代，已经快没有文艺，只有碎片；没有爱情，只有肉欲了。”

“你说的现象有，但并不是主流。”

“主流是什么？是对文艺没有了敬畏之心，文艺变得没有尊严，调侃诗人和作家如同戏谑假冒伪劣产品；当然，有些诗人和作家也在堕落，不再关注文艺应当肩负的社会责任，文艺完全沦为市场的奴隶。当然，这也不能全怪作家和诗人，你看过一个叫‘死活读不下去’的排行吗？”

“看到过，好像四大名著悉数在列，榜首的是《红楼梦》。”

“这究竟是文艺的悲哀，还是时代的悲哀啊？”

“你说的确实是时代的现象，‘短、平、快’的阅读习惯，正在消解着阅读的严肃意义，使读书彻底沦为一种娱乐化的消遣。”

“岂止是读书？在当下，任何悲惨的社会事件，都会在三五秒之内被恶搞成快速消费的段子和笑料；而恶搞、恶趣味却在网络世界疯行。一个号称‘国民老公’的富家子弟只要在微博发言就会有女网友呼喊‘老公操我’，一个央视体育频道的主持人只要在微博发言就会有男网友齐喊‘捏你奶子’，这世界怎么了？”

“呵呵。你什么时候开始愤青了？”

“没办法，小人物嘛。我又不是你这样的社会名流，说话随意惯了，不怕别人拍我。”

“我们是不是说走题了，不是说大哥吗？”

“好，继续说大哥，正基于以上原因，所以我要保留大哥身上残存的文艺青年特质。”我又把几张纸从包里掏出来。

“这是什么？”

“一个老式文青手稿。”

“大哥的？”

“他怀念沈洁漪的，我拿出来给大家看，以此来让我们对老式文青保留一份敬畏，让他将纯情和文艺进行到底，同时也让网友们砖块扔得更猛烈些吧！吼吼！”

四季歌

我们所有的故事，都是从春天开始，宛如江南水乡流出的小溪，百转千回，弯弯曲曲衍生出许许多多的缠绵……

春

三月，桃之夭夭，梨白如雪。

你像从戴望舒的诗篇中走出的精灵，撑着油纸伞，踏着青石板路，穿过寂寞而又幽深的小巷，袅袅婷婷，向我走来……

那个季节，本应与往常一样，却因为你的出现，而变得异乎美丽。

那时的你我，流连在虚拟世界里，没有凡世尘俗，指尖下流淌的，只有诗意和率真。

以至于后来你无数次问我最初对你的喜欢，是否仅仅因为你的网名？

我无言。因为我是追梦的人，你指尖下流淌着的才情，如柔丝般牵着我的心灵，云游遐想，自由自在地驰骋在无域无疆的青青草原上。

或许只是为了心灵的短暂放飞，却不曾想，生活与情感的轨迹却由此改变，由此飞转直下……

其实，我并未期待会遇见什么，却在抬首见你的那一瞬，温香软玉仰目心惊，顷刻间心花开遍。

"巧笑倩兮，美目盼兮"，我惊诧于你的美丽，不只是来自你的容颜，更来自你的才华和多情。你静若处子，动如飞瀑，在我平静的心湖激荡起层层涟漪……

我不知道我是不是撞见了爱情？

春天是生产童话的季节。那一年的春天，我们开始编织童话，编织梦想，编织爱情。

在我的意象里，女人是水做的，晶莹，剔透。

而你，却是个爱水的女人。我们所有的浪漫，所有的故事，几乎都与水有关。

春水涣涣的三月，我们一起走进那个黄昏，从此你迷上那一池春水，迷上了岸边那一抹如血残阳。你沉醉其中，拉着我的手，问，愿否一生分享？你不知晓，其实我的感动亦在同一时刻倾潮泛滥……

人世间，或许只有相知到极处，才会有这样心旌摇曳的默契！

你知道吗？和你在一起，我的心中诗兴荡漾。

于是，就在那个季节，我开始——

为你写诗/为你静止/为你做不可能的事/为你学会弹琴写词/为你失去理智……

夏

那个夏天,你被晒成了一只小泥鳅。

这都是我的罪过,是我点燃了你的激情,让你和我一起疯狂,一起不停地做傻事。

烈日下,有我们暴晒的身影;骤雨中,有我们狂奔的足迹;午夜里,有流星划过苍穹,洒落我们眸间的旖旎……

也就是在那个夏天,我们远离身边的喧嚣,开始了生命中最浪漫的一次远行。

在美丽的海滨,我们一起观海听涛。我没有想到,第一次看大海,是能和你在一起,这是上天对我的厚爱。

以前总喜欢读海子的诗:

从明天起,做一个幸福的人
喂马,劈柴,周游世界
从明天起,关心粮食和蔬菜
我有一所房子,面朝大海,春暖花开

海子是忧伤的诗人,早逝的生命,陨落的才情,给人们留下了一串串惊叹和无数个关于生命的猜想。

大海对海子而言既陌生又极有诱惑力,他很想走出封闭,走向广袤的大地,走向海边。他向往平淡生活,然而这种生活是虚无缥缈的,于是他开始逃逸,开始神往大海。

我想海子一定是孤独的,否则,他如何忍心在生命的第二十五个春秋便选择匆匆与世永诀?

而我不会孤独,因为有你存在;我也不用逃逸,因为有你陪同看海。

凝望着你迷人深邃的双眸,我抑制不住自己想跳下去的冲动,血管里传送着血液澎湃的轰鸣声。

亲爱的,我来了,我生命中最最重要的部分,让我张开双臂好好拥抱大海、拥抱你,好吗?

你知道,有时候一次深情相拥,足以超过一万句海誓山盟。

亲爱的,我可以长长久久地拥有你吗? 我不敢渴求"执子之手,与子偕老",如果可以,只求当我闭上眼睛的时候,我不会感到死亡的疼痛,只有一生路尽蓦然回首时的甜美眷恋。我不同于海子,虽然这个世界已有百般的疮痍,但是我依然如此地眷恋它,只因为有你。

那一年,那一夏,在大陆架东部的大半个海洋里,一半是海水,一半是火焰。

那是我的热情、我的梦想、我的爱情在燃烧……

秋

秋天是收获的季节。

你说你喜欢这个季节,喜欢秋的落寞、悲凉和忧郁。

而我却在这个季节失去了一切。

你在这个季节离我而去。

我傻吗? 亲爱的,你说你喜欢我的痴情,可是为什么,为什么在我以为从此可以长相厮守时,你却选择匆匆离我而去?

那一天,你平静地离去,焚烧尽我们所有美好的回忆。我向你赠上最后一个吻别,是为了让你长长久久地记着我,你憔悴得如同秋风中的一片枫叶,从我的生命中轻轻滑落……

从此，我们将天各一方！

“青山遮不住，毕竟东流去”。亲爱的，我留不住你匆匆离别的足迹。你听得到吗？我的灵魂在哭泣，生命在寂寞地歌唱，唱那首忧伤的歌：

我怎么都不想睡
天特别亮也特别黑
当我深深地呼吸
心中充满想你的甜蜜……

亲爱的，虽然你走了，可我依然要感谢上苍，感谢上苍让我得到你！

没有爱的灵魂会死去吗？

我不知道，虽然我已不知道活的意义。

冬

我渐渐习惯了没有你的日子，习惯了一个人晒太阳，享受一个温暖的午后。大海与水边我已不再去，因为我怕如春草般滋生疯长的思念。“青青子衿，悠悠我心。与君有约，子宁不来？”思念如水涣涣，我心似影悠悠，何其缱绻和伤感。

我们没有一起走进冬天，但我却常常把你和雪花联系在一起，是因为你的冰清与美丽。

假如我是一朵雪花
翩翩在半空里潇洒
我一定认清我的方向
不去那冷漠的幽谷
不去那凄清的山麓
也不上荒街去惆怅

飞扬,飞扬,飞扬

纷飞的雪,是你快乐的心在舞蹈,是我寂寞的灵魂在唱歌。在那个冬季,我幻想着,某个傍晚,某一场漫天飞舞的雪花里,我们携手相约,此后一生,我们一同感受雪花的浪漫、雪花的快乐。

亲爱的,生命与爱情有轮回吗?

可不可以在经历了一个春夏秋冬的轮回之后,还会与你不期而遇?

亲爱的,你好吗?

我想象着,你的小手一定冰凉,我可以牵着它继续朝前走吗?尽管没有未来,没有方向。

我看见,你露出了浅浅的微笑。

所有的爱情都没有归宿吗?

春去秋来,夏走冬至,可不可以告诉我,未来,还有没有这样的季节、这样的日子,可以让我们一起走过?

相濡以沫不能够,相忘江湖已惘然。

前途漫漫,我找不到方向。我不想,我不敢想,我也想不出答案,我只想对你说:

情人总分分合合

而我们却越爱越深

认识你

让我的幸福如此悦耳

能不能不要切歌

继续唱我们的歌

让感动一辈子都记得……

第六段感情经历　唯一一段婚史

又是一个周末，我像往常一样打开电视机，发现《玫瑰相亲》竟然由双播改单播了。我非常吃惊，这一段时间虽然经常见到沈嘉，可从未听他说过，我遏制不住内心的疑问，拨通了沈嘉的电话。

估计双改单后沈嘉在家也是闲得无聊，我的电话竟然顺利接通了。

“喂，沈嘉，这么好看的节目怎么双改单了？也不提前征求下观众的意见！”

“靠，你以为你是谁呀，这是台里的意见，你如果能代表观众，就去问我们台长吧。”

“那星期日的晚上你们播什么？”

“电视剧版《玫瑰相亲》啊！”

“沈嘉，你又调侃我。网友们都说你变心了，精力不放在《玫瑰相亲》了。”

“是你在调侃我，好吧！我的心不属于我自己，属于电视台和观众。”

“那你真的能考虑下电视剧版《玫瑰相亲》吗？”

“可以啊！这样，下期录节目的时候，你过来，在节目开始前那一段话，我就把时间交给你，请你谈谈你的创意，看观众是不是感兴趣，你感觉怎么样？”

“真的？”

“当然真的，你是观众，我还敢欺骗观众？”

“沈爷威武！”

我终于有机会进《玫瑰相亲》啦！啦、啦、啦……

我坐在候播室，内心很激动，沈嘉问我：“紧张吗？”

我说："不紧张！"

"节目开始的时候，他们会喊有请主持人，我就从电梯下去。你出场的方式有两种：一是你和我坐电梯一起下；二是提前到我站的位置旁边坐好，开场白后，我请你上场。"

"我选一！"

"你确实够不要脸的。导播，开始吧！"

我听见场内一阵阵欢呼，然后和沈嘉一起走进电梯，观众应该首先会看到我们脚和腿吧，好在我今天穿的是很时髦的新鞋子和新裤子。

电梯缓缓降落，我和沈嘉一起昂首阔步走下电梯，立即被一阵阵欢呼的热浪冲击得有点眩晕。看沈嘉，我自岿然不动，开始了他老套的开场白。

"各位观众，欢迎光临《玫瑰相亲》，欢迎柳雪老师、黄华老师！有请我们22位漂亮的单身女性！"

"哗！"台下又一阵欢呼。为什么没有人欢呼我？难道他们没有发现沈嘉今天的出场与往常不一样吗？

好在沈嘉很快开始介绍我了。

"细心的观众一定发现，今天我的身边提前出现了一位男士，那么他是谁呢？我想先请观众们猜一猜。"

"第一位男嘉宾！"台下有个观众喊。

"第一位男嘉宾的爸爸！"又一个观众喊。靠，我有那么老吗？我想瞅瞅是哪个呆货这么说的，立马又被第三个声音、第四个声音、第五个声音淹没了。

"女嘉宾的爸爸！"

"拍短片的导演！"

"节目赞助商，做广告的！"

"卖狗皮膏药的！"

"哈哈哈……"

站在台上的我呆若木鸡，脑门上的汗水哗哗地往下流。

沈嘉说："严肃点，录节目呢！导演，刚才这段掐掉！"

台下立马安静了下来。我瞅一眼柳雪，大哥的梦中情人，也正用讥讽的眼光瞧着我，他们是觉得我没有资格、不应该和沈嘉一同出场吗？沈嘉，不制作我的节目也就罢了，不用这么出我的丑吧？

好在沈嘉是厚道人，很快转入了正题。

“站在我身边的这位，他的名字叫小警老许，是我们的一位忠实观众。他一直有一个创意，想为他的大哥制作一期特别的《玫瑰相亲》。恰逢我们的节目双改单了，他的想法如果能得到观众和电视台的认可，特别版的《玫瑰相亲》即将在以后的每个周日和大家见面。那么，他想象中的节目是什么样子呢？下面就把舞台交给小警老许，请他谈谈他的创意，有请！”

我颤颤悠悠地上前一步，脑门上的汗水哗啦啦全被我这一颤抖落到地上。

“我……我……我……”

我一激灵在床上打了个滚，懵懵懂懂爬起来。靠！原来是黄粱一梦啊！

梦醒了，我乖乖地回到电脑前，继续惨淡经营，写大哥的第六段感情经历。

周末的时候，我再次赶赴江州，在电视台见到沈嘉。想到大哥的感情史快写完了，以后再也没有机会来见沈嘉了，阵阵失落漫上心头。我什么时候变得多愁善感起来了？

“沈爷，我前两天做梦了。”见到沈嘉的第一句就说这个，我想把那天的梦境变成现实。

“你们文人骚客春梦多。”沈嘉头都没抬下。

“我梦见你了！”

“你又不是女观众，梦我干什么？”

“沈嘉，谁规定梦你是女性的专利？你是男女皆宜好吧？”

“你又来了！我对你的梦不感兴趣，大哥的第六段感情史写好了吗？”

“写好了。是最后一段了。”

“哦？你确定是最后一段吗？那他应该是有一个好的归宿了吧？”

“他结婚了。”

“这是好事。”

“好事还是坏事，你看看就知道了。”

我把手稿递给沈嘉，他开始认真地读起来。

1. 婚礼上的他显出几分落寞和孤单

夕阳渐渐西沉，天空的光亮暗了下去，城市被喜庆的气息笼罩起来。

这是家高档的酒店，耀眼的灯光映射出大厅里的金碧辉煌，大厅中间耸着一座嶙峋陡峭的假山，石缝间青苔密布，水流淙淙，环绕在假山周围的是透明的鱼缸，五颜六色的热带海洋生物浮游其中，真似一组动静相融的画面，显示出设计者的独具匠心。

《婚礼进行曲》正轻声演奏着，一场盛大的婚宴即将拉开帷幕。特邀司仪、市广播电台著名主持人管炜一身靓妆走上台，她手持话筒，用一种专业化的优美嗓音高声宣布婚礼正式开始。

新娘吴小曼身着一袭蕾丝面料的白色婚纱，略施粉黛，如瀑的秀发在脑后盘成一个美丽的髻，相貌平平的吴小曼经过化妆师的精心打扮，今晚像一颗璀璨的明珠，光彩夺目。她紧紧依偎在新郎的身旁，踩着《婚礼进行曲》的节拍，款款朝着宴席走去。掌声如潮水般响起，空中肆意飞舞着的彩带和纸屑把喜庆的气氛散布到每一个角落，吴小曼的脸上泛起淡淡的红晕，管炜继续她煽情的开场白：

“这是个充满着喜庆的日子，首先我代表所有的来宾向新娘吴小曼和新郎许友梅表示由衷的祝福，预祝他们白头偕老，永结同心！下面，开始婚礼的第一项，请新人谈谈恋爱经过，让我与在座的所有来宾成为这段美丽爱情的永久见证人。”

管炜是大哥请来的，毕业后的几年里，大家在同一个城市里各自忙碌着，疏于联系，但他们都在心里记挂着对方。每逢大哥的生日，管炜会在电台节目中专门为他送上一首英文歌曲 *Yesterday Once More*（《昨日重现》）。她说，把这首歌送给一个她尊敬仰慕着的兄长，祝他生日快乐。守在收音机前的大哥也总是一成不变地在等待着这个特殊的礼物，感受着这份友谊和浪漫，也会在某个日子不经意地打一通电话给管炜，送上几句问候的话。几年来，他们一直保持着这种若即若离的默契。

来参加大哥婚礼的，除了管炜外，还有姚三胖。公寓北楼的那一批研究生，当年随着毕业都涣然而散，姚三胖提前给大哥送了贺礼，本来不打算到现场来，但当他听说管炜要来主持这场婚礼时，当即表示一定前来，和过去心中的偶像叙叙旧。大哥说："人家早已名花有主，你小子到现在还贼心不死啊。"姚三胖说："我不点菜，看看菜单总可以吧。"

婚宴中爆发出热烈的掌声。大哥接过话筒，神思却有点恍惚，让他介绍和吴小曼的恋爱经过，大哥嘴角不经意地流露出一丝苦笑。

沈洁漪走后，大哥在情感上万念俱灰，面对着毫无前景的未来，掂量着自己已经不惑的年龄，他十分茫然。那次，当赵处长奉周主任之命前来提亲时，大哥竟然无奈地叹口气，说："好吧，我考虑一下。"接下来的事情发展得非常快，每当大哥形单影只地面对空房，沉浸在对沈洁漪的怀念中不能自拔时，吴小曼总是及时出现，帮大哥洗衣烧饭，扯东道西，无意中转移了大哥的注意力，用絮絮叨叨的话语，敲打着大哥内心深处的孤独和寂寞。过了一段时间，大哥竟然习惯了吴小曼在自己身边，虽然吴小曼从未从精神层面真正走进大哥的世界，但却从柴米油盐中走进了大哥的生活，那一段时间，当吴小曼一天不来时，大哥竟然有了不适应的感觉。

大哥和吴小曼的婚礼本是一件私事，但因为周主任的缘故，却办成了计生委历史上最奢华的一次宴会。接待办主任出面，租下了稻香村宾馆最大的宴会厅。婚礼开始前，接待办主任已经请省城最出名的婚庆公司把宴会厅布置得富丽堂皇。婚礼前几天，同事们就开始陆陆续续地带着红包到办公室表示祝贺，婚礼还未开始，大哥收到的礼金已经到了六位数。

也许并没有多少人真正会对大哥和吴小曼的恋爱经过感兴趣，没有人不知道吴小曼是周主任的外甥女，周主任亲自做媒，许友梅攀龙附凤，大家对许友梅这个乘龙快婿的婚姻或是嫉妒，或是鄙夷，闲言碎语时脸上多带有一丝意味深长。

站在台上的大哥此时心里极为复杂，恋爱经过几乎为零，大家的误解他也不好辩驳。一向以表达见长的大哥竟然在台上一时语塞，他整理了下思绪，清了清嗓门说："感谢大家的光临和祝福，也谢谢小曼对我的关心和照顾，今后，我们将一起风雨同舟，携手共度漫漫人生路。"大哥说这些话时，脸上没有太多的幸福和激动，我却发现他眼睛中的迷惘和惆怅。

宴席上照常响起稀稀拉拉的掌声，管炜说，掌声不够热烈。大家开始配合性地使劲鼓掌。

"亲亲新娘子。"席间有人可能觉得这样不过瘾。

"亲亲新娘子，亲亲新娘子！"宴席上起哄声迭起。

大哥俯下头，在吴小曼娇艳欲滴的双唇上轻轻点了一下。吴小曼的脸顿时像经过染色似的红透了，幸福洋溢在她日益变宽的脸上。

婚礼继续按程序进行，到了拜父母、高堂和夫妻对拜的时刻，大哥和吴小曼对着刚从家乡赶过来的父母鞠躬时，发现父母的眼睛有些湿润，他们流露出的是发自内心的高兴。大哥的情感和生活有了归宿，我们一家人盼这一天已经盼了很久。

例行的程序走完了，宴会开始。大哥没吃上几口，就和吴小曼挨座敬酒。姚三胖坐在管炜身边，他丝毫没有顾及过来敬酒的新娘的感受，借着微醺的酒意对管炜说："你在我心里永远都是最美的。"

婚宴继续着，有人陆陆续续开始离席，大哥站在大厅的门口开始送客。

晚风中夹着凉意，从大哥的身边徐徐吹过，大哥好像有点儿醉了，他站在大门口的身影，被宴会厅里射来的五颜六色的灯光拖得好长，显出几分落寞和孤单。

新婚的日子里，大哥也没有休婚假，就直接上班了。其实这么做，倒不是为了表现自己多么敬业，实在是他觉得和吴小曼一起待在家里或出去旅行太过于乏味和无趣。计生委领导对大哥的表现都大为赞赏。过后不久，计生委召开党组会议，大哥被提拔为综合处副处长。处长病退后，计生委一直把处长、副处长的位置空缺着，大家都知道这是为许友梅预留着，彼此心照不宣。

大哥在工作上顺风顺水的同时，和吴小曼婚姻生活上的不和谐没过多久就显露出来。

吴小曼早年意外失去双亲，心灵上遭受巨大打击，虽然后来有舅舅舅妈收养了她，并且对她也很不错，但吴小曼还是形成了孤冷、多疑的性格。三十几年来，从小学、中学到专科学校，竟然没有一个男孩子喜欢过她、追求过她，这让吴小曼又变得十分自卑。她对许友梅的喜欢是发自内心的，许友梅成熟稳重而又彬彬有礼，大自己十来岁的年龄，又恰到好处地弥补了自己内心深处对父爱的缺失。她把许友梅看得有多重，内心就有多害怕失去，童年生活的阴影始终笼罩在她内心深处。

吴小曼对许友梅的喜欢是个痛苦和煎熬的过程，由相亲时对许友梅的一见倾心，到后来自己一直被他拒绝，但因为有舅舅能为自己做主，吴小曼一直没有失去信心。沈洁漪的出现对吴小曼是个致命的打击，让她也想过放弃。但随着沈洁漪的离去，吴小曼重新看到了希望。在舅舅等人的操持下，加上自己的不懈努力，吴小曼最终如愿以偿。她十分珍惜这段来之不易的姻缘，她想好了今生要守护好这个男人，为他生儿育女，和他生生世世永远在一起。

夏日的阳光来得格外早，房间里虽然还滞留着新婚的气息，但丈夫却从未亲口对自己说过一句我爱你，这让吴小曼不仅觉得委屈，还感到了一丝不安和惶恐。她觉得该起床了，想在起床前抱一抱自己爱着的人，便在迷糊中伸出手去探摸身边的床铺，她扑了个空，睁开蒙眬的双眼望去，却没看见丈夫的身影，床铺是平整的，没有睡过的迹象，丈夫彻夜未归？她这么想着，顿时清醒了，翻身起床。

她穿了件浅色的纯棉睡衣，微微有点发皱，一段时间以来，可能是日子变得安逸的缘故，自己的体态也一天比一天胖了，透出几分臃肿。她的皮肤虽然还算白皙，才三十几岁的年龄竟然已经有点松弛，眼角竟然爬上了几丝不易察觉的细小皱纹。她在镜子前细细地端详了下自己，内心开始一阵恐慌。

书房的门开着，吴小曼往里看了一眼，却没有看见墙脚沙发上躺着的丈夫。大哥这几天太累了，昨天刚把上报省里的材料写好，办公室的同事约他出去聚一聚，席间，大哥喝了不少酒，想把内心的块垒清洗下。结婚几个月来，他丝毫感受不到婚姻带来的快乐，吴小曼每天晚上不到九点就要上床睡觉，上床后还要紧紧抱着他才愿意入睡，让他感到呼吸都有点困难。晚上这样也就算了，到了白天，她依然像团棉花一样无时不在地缠着自己，让他感觉到有点窒息。他希望有自己的空间，可以在书房里静静地看书或写点东西。吴小曼几乎每隔三五分钟就会进来一下，给大哥递上杯水，或削上一个苹果，如果大哥动电脑，吴小曼就会变得异常紧张起来，大哥手下键盘噼里啪啦的声音仿佛在敲打着她敏感的神经，她都会迅速地推开书房的门，眼睛紧紧地锁住屏幕，看大哥是不是在和哪个女性聊天。为此，她恨不能把家里的互联网线切断，可又怕自己的丈夫不高兴。大哥的思路经常这样被吴小曼打乱，等吴小曼警戒解除，退出房间后，大哥再也没有了写东西的兴致。

如果只是这些大哥尚且还能忍受，可吴小曼连他上班的时间也不放心，经常打着找舅舅的幌子来他这里探班，就让他变得是可忍孰不可忍了。吴小曼经常突然降临他的办公室，或检查他的抽屉，或查看他的上网记录，让他觉得在同事面前颜面尽失，可周主任的办公室就在对面，虽然生气也不好发作。

昨天他喝得太久太多了，等深夜回到家里的时候，发现吴小曼竟然破天荒地没有等他，也许她也有累了的时候。他看了眼慵懒地睡在床上的自己的妻子，鼻孔里竟然发出了鼾声，让他觉得无法忍受，便踱步到书房，想一个人静一静，躺在沙发上，不知不觉间竟睡着了。

吴小曼极度不安起来。她是个平实的女人，对生活没有过高的要求，她眼里的幸福便是守着老公，平安健康地生活，一起吃饭一起休息，闲暇时散散步，逛逛商店，每晚睡觉时可以随手触摸到自己的男人，来情趣时可以与之畅快淋漓地做一回爱。对她而言，丈夫是她生命的全部，即便偶有不快，也好像晨雾一般，见到阳光立刻便烟消云散，这种幸福是随时可见的，让她感到踏实。但现在，吴小曼脑海中闪过一丝不祥，似乎刚刚收获的幸福就要离她远去。

结婚以来，除非出差在外，丈夫是从不会夜不归宿的。但昨晚？她找不到答案了，她试拨丈夫的手机，话筒中传来电脑提示音：你所拨的电话已关机。她想起丈夫昨晚去和同事约会，这是他下班时在电话里告诉她的，她迅速找到了话机旁的同事电话簿，挨个拨打起来。

"你好，打扰一下，我是许友梅的妻子，他昨晚没回家，请问他是否和你待在一起？"

对方否定了。

她开始拨第二个电话，得到的依然是相同的回答。

她连续不断地拨打电话，重复着相同的语言，却不断地被对方否定了，她绷紧的神经仿佛要被一个个的电话给扯断了。

就在这时，一个愤怒的声音从她的身后响起：

"你准备向全世界宣布你的丈夫彻夜未归吗？"

不知何时丈夫已站在了自己的身后，他被妻子一个个的电话吵醒，继而愤怒了，他感到自己的尊严受到了摧残，一个被妻子到处找寻着的丈夫，会被同事怎样看待？这么想着，他不觉气急攻心。

"友梅！"吴小曼看见了丈夫，欣喜地抱住了他，"我以为你失踪了，很怕找不到你，当我看不见你而又不知道你去了哪里时，我觉得自己好像要疯了。"

她语无伦次地说着，委屈的泪水悄然滑落。

2. 假如婚姻中没有爱情

新的一周开始了。大哥刚进门，便感觉出了这里与以往的不同，同事小李与她对面的胖子小黄正悄声议论着什么，看见了他，便立刻锁住了口。

“说什么呢，小李？神秘兮兮的。”大哥问道。

听到大哥的发问，小李抬起了头，从深度近视眼镜后面盯着大哥问：“许处，你周五怎么一夜没回家呐？”

“没有的事！”大哥矢口否认。

“哈哈哈！”众人笑了，这些年轻人都由衷地喜欢眼前这位温文尔雅而又能力超群的上司，他们常常会在大哥面前做出一些放肆之举。

“我们每个人都在星期六的大清早收到一条寻人启事，失踪者有点像许处您呐。”胖子小黄坐过来说道。

大哥皱了一下眉头，但他旋即笑了。

“说出来你们可能不信，我真的哪儿都没去，就在书房里睡觉，可我老婆就是找不到我，你们说是不是很可笑？”

“许处你可真能说笑，简直是新版的天方夜谭。”胖子小黄接着说。

“我是如实地满足了你们的好奇心，信不信由你们。”大哥说着，朝里面的办公室走去。

“小许，等一下。”

周主任走进来叫住了他，他环视了一下四周，刚才围坐在一起聊天的年轻人迅速各就各位，开始了手上的工作。

“你到我办公室来一下。”

周主任说完走出了房间，大哥随身跟了出去，几个年轻人互相望着做了个夸张的鬼脸。

周主任先在办公桌后面坐了下来，然后让大哥落座。“小许，你的副处长试用期很快就要满了，综合处处长这个位置有很多人盯着，但我一直不同意安排人过来，为什么这么做，不用我多说，你应该懂的。”周主任站起来，走到大哥身边，语重心长地拍了拍大哥的肩膀，“你还年轻，前程远大，应该以更严格的标准来要求自己。”

“我会的，请周主任放心。”大哥谦虚地说。

“你星期五晚上去了哪里？小曼都把电话打到我这里来了。”

大哥脸红了，他一时语塞，不知该从何说起。

周主任笑笑：“你不用解释了，要注意搞好家庭关系，稳固的大后方是革命胜利的前提，这是毛主席他老人家总结出来的，即便是当今这个和平年代，它也同样适用的噢！”

大哥尴尬地笑了，他觉得有点羞愧，也为吴小曼莫名其妙的兴师动众而感到懊恼和气愤。

下班时分，大哥一个人走在回家的路上，他看着行色匆匆急着往家赶路的人们，心里有点凉。

这个夜晚，他不想回家，他想向人倾诉，哪怕是个陌生的路人。他的心底突然又生出了那种莫名的孤独感，过去每当这种感觉到来的时候，他都想把自己置身于一个荒漠或陌生的城市中。在生命中出现沈洁漪的日子里，他曾把这种感觉远远地抛开了。可今天这种感觉却又重重地袭来，令他有点猝不及防、难以抵挡。

大哥裹一裹衣衫，在街上漫无目的地走着。城市的灯火次第亮了起来，道路两边住宅楼里的灯光透露出暖融融的色调，想象着每个家庭里可能发生的事情，大哥觉得自己的心里更冷了。

大哥突然想起了管炜，不知她最近怎样了，大哥这么想着，就拨通了管炜的电话。

电话的那端异常嘈杂，管炜说，她正和一帮老朋友聚会，如果不介意就过来和他们一起聚聚。

大哥本来不喜欢这种聚会，但又实在不想回家，就按管炜提供的地址，走进酒店包厢，大家还没开始，正在等着他。

聚会竟然是为一个朋友的离婚而设，按理说，离婚是感情生活中的一个挫折，气氛应该有点悲情才对，可席间却充满了欢声笑语。

“诸位，现在我宣布宴会开始。今天宴会的主题是：祝贺刘鸿宇同志冲出围城,走向新生!”说完,大家开始鼓掌。

大哥只好应景拍两下。

“离了好,离了好。来、来,干杯!”有人倡议,大家一起站起来,举杯一饮而尽。场面马上变得欢快起来。

“天下大事真是合久必分、分久必合呀!”有人慨叹道。

“古人说过人有悲欢离合,月有阴晴圆缺,此事古难全。过不到一起就好合好散,我认为刘鸿宇的选择是正确的。”另一个人发表看法。

“管炜,你对婚姻有什么看法? 我们想听听你的高见。”坐在管炜旁边的人问。

“对对对,怎么把管炜给忘了,你常主持婚恋节目,可谓见多识广,谈谈你的看法!”有人附和。

“因为工作的原因,我接触过很多婚姻和家庭,我感觉现在有些家庭,婚姻正一步步走入困境。”管炜声音优美,像在做节目。

“就没有幸福的吗?”有人插话。

“别打断,让管炜接着说。”刘鸿宇显然对管炜的话感兴趣,抢白了一下那人。

“套用一句名言,幸福的婚姻总是相似,不幸的婚姻却各有各的不幸。应该说,目前我们的婚姻状态下,有一些夫妻是没有爱的,爱已演变为亲情,所以现代婚姻的出路,最终可能走向的大多是亲情式婚姻。但这种没有爱的婚姻就像垒在沙滩上的石块,随时都有倒塌的可能。”

“许多婚姻之所以还在存续,可能是没有受到外力的冲击,或只是基于现实利益的一种妥协!”有人不无感慨地说。大哥对此话深有同感。

“想让婚姻中的爱情成为一条新鲜的河流,除非把爱情永远保存在未完成时。而这做起来很难,甚至不可能。”管炜说。

“那假如婚姻中本来就没有爱情呢?”大哥第一次发言参与话题讨论。

“原来这位老兄是先结婚后恋爱啊!”大家笑嘻嘻地说。

“我觉得男女之间最完美的结合也许不是婚姻,我现在对婚姻已是‘不识庐山真面目,只缘身在此山中’。”大哥说。

“不要这么悲观嘛！现在除了刘鸿宇,谁不是‘身在此山中’啊!”

“有些事啊是越讨论越糊涂,不是有一句名言吗？叫‘人们一思索,上帝就发笑’。我看,我们大家还是别讨论了,喝酒吧!”有人倡议。

“来来来,喝酒,干杯!”

……

聚会结束后,管炜约大哥走走,大哥也正好觉得有话要和管炜交流,两人一道走出酒店。

华灯初上,秋意阑珊,昏黄的街灯里,树木的叶子一枚一枚脱落,只剩下光秃秃的树干和枝杈,凄冷地伸在夜空中。大哥和管炜并排走着,路人不时向他们投来艳羡的目光,俨然是把他们当成了一对恩爱夫妻。大哥和管炜都能感觉出行人目光中的含义,在学校广播站的那段日子里,人们就用这种眼光看他俩,他们怎么能不熟悉呢？那时的大哥,在众人的注视中,自己还感觉微微有点得意,可今天,这种目光却让大哥感觉到一丝苦涩。

“你好像不开心?”管炜早就感觉出了大哥的沉默背后似有隐衷。

“你过得好吗?”大哥反问管炜。

管炜点点头。

“我觉得生活已失去了航标。”大哥淡淡地说。

“你好像很忧郁。为什么会这样?”管炜问。

大哥感到黑色的夜幕渐渐朝自己压下来,他感到沉重,甚至有点窒息。他不知如何开口向管炜说出自己内心的苦闷。

“也许它们一直都在陪伴着我,我只是曾经忘却罢了。”

“可我觉得,你应该快乐一点生活。”

“快乐难道不需要一点理由吗?”

“你应该现实一点,也许就会快乐一些。”

“我好像永远无法真正融入现实的生活,所以也很难快乐起来。”

“我了解你，在学校时你好像就是这样。”

“不，我觉得现在的生活已发生了质的改变，恐怕再也回不到过去了。”

“你是指——家庭？她不好吗？”

“中年男人爱说的一句话是：‘我的妻子不了解我。’可我觉得比这还要糟糕。”

“我在工作中接触到许多中年女性，女人三十、四十以后，可能心理会发生很多变化，她们的心理健康确实应该引起社会关注。”

“她的心理？”大哥沉思着。

“如果你愿意，到我的节目中来，如何？我现在正在做一档婚姻与情感的访谈节目。”

“原来你在从我身上找素材啊？”大哥压抑的心情稍微好了些。

“为什么不可以呢？我们已经很久没有合作过了，就像过去我们在学校广播站一样，重新一起做一个节目？”

“等我有了足够的勇气，我会去放飞自己的心情。”

“我期待着和你的再次合作！”

和管炜分开后，大哥忽然觉得这个夜晚豁然敞亮了许多。天上繁星点点，朝他调皮地眨着眼睛，有点像在大学校园时，某个夜晚他们围坐在草坪上，管炜看他时晶亮的双眸。

3. 声音是那般的熟悉，难道是他吗

周五晚，市广播电台直播间。

管炜为大哥戴上耳机：“马上就要开始了，还和过去一样，你不用紧张。”管炜说完，自己也戴上耳机。

直播间的电子钟指向七点半，导播已准备就绪，管炜对着话筒，清脆优美的声音开始在城市上空飘扬：

听众朋友们，晚上好，《都市生活》节目还是在老时间和你见面，欢迎你准时收听我们的节目。今天我们的节目话题是，关于中年人的情感与婚姻。有人说，婚姻是个万花筒，里面有迷人的色彩，令人流连忘返。可越来越多的中年人却感觉到他们的婚姻正走入困境。欢迎听众朋友，特别是中年朋友打电话参与我们的节目，我们的热线电话是3636369，中波936千赫，主持人管炜，等着你的到来……

一段轻松的音乐，管炜向大哥递过一个会意的眼神，对着话筒继续进行她的开场白：

直播间里，我们特地请来了我的好朋友、一位中年男士，来和大家一起讨论这个话题，出于可以理解的原因，我们隐去他的真实姓名，暂且称他为M先生，下面就先请M先生和我们一起分享他的情感、他的故事以及他眼前的困惑，希望听众朋友们一起参与我们的讨论。

大哥对着话筒，开始他的讲述，声音是低沉的，略带着沙哑：

我是一个中年男人，一介书生，凡夫俗子，和所有这个年龄的人一样，我也有着一个在外人看来平静和谐的家，我的妻子是经人介绍后认识，那个时候，我刚刚经历过一场轰轰烈烈的恋情……

说到这儿，大哥停住了，神情有点迷茫，仿佛陷入了深深的回忆中。

一个偶然的机会，我认识了一个女子，她青春、率真、活泼，我在不知不觉中被她吸引，但我知道她吸引我的绝不仅仅是她的年轻和美丽。我从不知道天底下有如此丰富多彩的女人，她的静如白云悠悠，她的闹如雷鸣电闪，她的柔如溪流淙淙，她的疯如瀑飞雨落，她是那种集千万极端于一身的人，她仿佛来自梦幻，浪漫却不真实。和她相处的每一刻时光，都像初恋般如痴如醉的美妙。

后来，我才知道，她是个留守女士，而当我知道这一切的时候，她也永远地离开了我，飞到了大洋彼岸，我也从狂热中重新回到了现实。

万念俱灰的我，就在这个时候选择了我现在的妻子，她是个平实的女人，是我上司的亲戚。

机关工作是清闲的，但离我的梦太遥远了，如果我是一个留恋仕途追求官职的人，我会为让自己左右逢源磨平棱角光滑如玉而乐此不疲，可我恰恰不是，生活不经意中没有了航标。

妻子不是那种特别优秀的女人，她的快乐和我不同，她和很多步入中年的女人一样，守着自己的男人，过着平实的日子便很满足。也许是她性格本身的缺陷，也许是我过去那段情感对她的刺激和影响，她变得越来越多疑，因为越来越害怕失去，便把我缠绕得越来越紧，我觉得自己在婚姻里快要窒息身亡了。

有人说，我选择她是一桩政治婚姻，这些闲言碎语我都能忍受，可现在的我却一天天地发现，我和她竟没有一点点的爱情。有人说，没有爱情的婚姻是不道德的，我现在越来越迷惑，到底是继续坚持这桩婚姻是道德的，还是结束没有爱情的婚姻是道德的？古人说四十不惑，可我却越来越迷惑了……

吴小曼静静地坐在收音机前，再也抑制不住自己的情绪，伤心地哭了……

管炜被大哥深深地打动着，她几乎忘了自己正在主持节目，当大哥把问题留给听众、也留给管炜时，她这才缓过神来，继续进行她的节目：

M先生的故事讲完了，他也把一个值得关注和深思的关于爱与婚姻的问题摆在了我们面前，我们先来听一听收音机前的听众朋友对此有什么看法和建议，请导播切入第一路热线……喂，这位朋友你好，欢迎你进入我们的节目……

吴小曼已经成了一个泪人儿，接下来的节目她一个字也听不进去，她拿起电话，开始拨打热线，听筒里传来“嘟嘟”的占线音。

她再拨，还是占线。

管炜的节目还在继续：

是应该为爱情权利辩护，还是为传统的伦理道德辩护？虽然我和听众朋友们一样还没有找到明确的答案，但我仍想通过电波传达我对中年朋友的希望和祝福，当爱已经不在时，我们必须从容面对明天的生活，不管时空如何变换，太阳每一天都是新的，只有走出心灵的泥淖，才能走向新生活的彼岸。下面我把一首歌《你走你的路》送给M先生的妻子、送给中年朋友和收音机前所有的听众朋友——

如果你的生命注定无法停止追逐
我也只能为你祝福
如果你决定将这段感情结束
又何必管我在不在乎
如果我的存在只能增加你的痛苦
为何你不对我说清楚
无非我知道我将会孤独
在我们相识的最初

管炜抬头看了一下直播间里的电子钟，离节目结束时间还剩最后2分钟，继续说：

不知不觉中，30分钟的节目就要结束了，在歌声中，让我们再接听最后一路热线……喂，这位朋友你好……喂！喂！这位朋友，你的电话已经接通，为何不说话？

热线电话里传来“呜呜”的啜泣声，随着电波在城市的上空盘旋着。“友梅，再给我一次机会好吗，我一定努力让你爱上我？呜哇……”吴小曼的声音已经失控。

管炜迅速掐断电话：

听众朋友们，因为时间关系，今天的节目就到这里，欢迎你继续收听本台的节目，中波936千赫，主持人管炜和导播谢谢你的参与，再见！

祁红静静地坐在收音机旁。

这个男人的声音是如此熟悉，难道是他吗？

时光一下子被拉回到二十年前，那段青葱的岁月……

在那座小山上，他们约定好一起私奔后，就再也没有见过他。

二十年前，父母带着她回到省城后，为她重新办理了高中的学籍，她又经过一年复读，终于考上了滨江医科大学。在校园里，结识了现在的丈夫，毕业后没多久，他们就结了婚。新婚的生活是幸福的，但没有多久，问题就出现了。年轻时候的那场人流手术，竟然剥夺了她做母亲的权利，丈夫的钱挣得越来越多，他们的隔阂却因此而越来越深。丈夫越来越忙，她已经很久没和他共进过一顿晚餐了。她常常想，这样的生活，有什么意义呢？

她也算个知性的女人，在省城的这家大医院里，已经是一个小有名气的副主任医师。她才不会像个乡下妇女似的，跟着他和他闹呢，他忙就让他忙去吧，能够独享这份宁静，其实也好。

但今晚，这份宁静却被收音机里的人打破了。

许友梅，他怎么会出现在省城里？

4. 他已经感觉不出留在她身体里还有什么快乐

做完节目，大哥回到家，也许因为一次倾诉，他感觉心情稍微轻松了一些。当他轻轻地推开门时，立即被眼前的景象惊呆了，一刹那间他还以为这是梦境，或者是走错了家门：房间内烛光摇曳，一朵朵鲜艳的红玫瑰含苞待放，从音响中传出优美的萨克斯音乐《回家》，轻柔地飘荡在房间的每一个角落，室内洋溢着温馨和浪漫的情调。烛影和花香中，妻子吴小曼正含情脉脉地望着他，她一袭奶油白浅色睡衣，薄如蝉翼，丰满圆润的身躯几乎是全部暴露给了大哥。她的头发有些微湿，带着水汽盘在脑后，脸上不知是由于激动还是因为热水的沐浴，微微泛出点红晕，残存的青春气息仿佛在她的身上回光返照了。大哥静静地看着自己的妻子，今晚竟呈现出几分妩媚和动人来。结婚以来，大哥不仅没有认真地看过吴小曼一眼，甚至连肌肤相亲也很快失去了兴趣和乐趣，每个月之所以还有那么一两次，完全是因为身体的本能需要和吴小曼的软磨硬泡。人说三十如狼四十如虎，可过了四十的大哥，性的欲望早就变成了一潭波澜不惊的死水。今晚，他感觉自己身体竟有点想复苏了。

“友梅，还记得今天是什么日子吗？”吴小曼带着淋浴后的清香，迎立在大哥的面前。

“今天……”大哥想不起来。

“三年前，我们就是在今天认识的。”

“噢。”大哥哪里还能记得起，也许他心里从未装下过面前这个女人，经吴小曼这么一说，他还是想起了三年前戴着深度近视眼镜、局促地坐在自己面前的那个吴小曼，那时的他怎么也不会想到，这个女人，后来会成为自己的妻子。

“友梅，让我们从今天真正开始好吗？”吴小曼从后面抱住了大哥。

“开始什么？”大哥有点摸不着头脑。

“开始我们的爱情啊。”吴小曼把大哥抱得更紧了，大哥感觉后背被她肥硕的乳房抵得很严实。

“小曼，对不起，这种感觉我总是找不到，我不能欺骗自己的感觉，也不能欺骗你。”

“你的心里还装着她吗？”大哥知道，吴小曼说的是沈洁漪。

“过去的事早已经翻篇了。”大哥平静地说。

“那是因为她，那个主持人？”吴小曼继续追问。

“我和她只是普通的同学关系，我们之间的感情与任何人都没有关系。”

“可我不相信，没有别人，你为什么会不爱我？”

“小曼，我和你说不清，也许，我们的结合本身就是个错误。”

吴小曼从后面松开大哥，哭了。

大哥不知如何安慰她，转身轻轻拍打吴小曼裸露的双肩。

吴小曼扑向大哥的怀抱，“友梅，爱我一次好吗？就一次。”吴小曼仰面哀求大哥。

大哥点点头，挤出三个字：“我努力。”

吴小曼幸福地闭上了眼，然后开始解大哥的外套、领带、衬衫、皮带，大哥也配合地将吴小曼的睡衣轻轻挑落，吴小曼光洁丰腴的胴体立刻逼真地展现在他面前，虽然这幅图像他有些熟悉，但他似乎从未认真地欣赏过、享受过它，也许是因为大哥的长期不使用，它在今晚爆发出火一般的热情，焕发出诱人的光彩。

大哥甩掉自己的衣裤。吴小曼已经在等待着他的光临。

大哥将吴小曼压上，用双手将吴小曼高耸的双乳攥在手里，然后用舌尖蜻蜓点水般戏弄着乳头，云雾缭绕的气息迅速在吴小曼的全身漾开，大哥还没有进入，吴小曼已经幸福地发出了尖叫……

大哥感觉到了久违的兴奋和刺激，他把自己燃成了一团火，疯狂地在水面上做出各种游泳动作，他酣畅淋漓，感觉到了他在吴小曼身上从未有过的快乐，他觉得自己在慢慢升腾，进入了仙境……

“友梅，永远不要抛弃我好吗？”快乐至极的吴小曼也没有完全丢下自己的隐忧，她得不到许友梅的“我爱你”，也许她只想要一个承诺，这已经是低到尘埃里的要求了吧。

可吴小曼的话语却把大哥从快乐的顶峰抛却下来,大哥好像被泼了盆冷水般打了个激灵,顿时感觉到了索然无味,他已感觉不出留在她的身体里还有什么快乐,迅速蔫了下去……

大哥匿名在电台参与的节目因为吴小曼的一个热线电话而变成了实名制,大哥的情感生活成了朋友圈和同事们津津乐道的话题,这让大哥很是尴尬,像被人当众剥光了衣服一样难堪。

早晨刚上班,大哥就被周主任喊进了办公室,周主任一脸的严肃和凝重,把桌上的文件拍得啪啪响。

“你现在成名人了。家里的事情都处理不好,还跑到广播电台去丢人现眼。”

“我没想到会成这个样子。”大哥说。

“还没有爱情了?你当初干吗去了?没有爱情干吗娶小曼?”

“……”

“爱情是什么?爱情就是平平淡淡过日子。小曼哪点不好?对你这么上心,你还跑到外面去出她的丑!”

“……”

大哥不知道该说什么,和周主任交流爱情与婚姻,这比交流计划生育工作不知要难多少倍。

“你现在事业正处在上升期,要好好把握自己的生活。如果生活脱了轨,工作能力再强也等于零!”

周主任近乎赤裸裸的威胁让大哥很不舒服,他感觉生活和工作像两面墙,从两边徐徐向他挤来,逼他服从和就范,大哥感到了从未有过的压抑。

明明是家里的事情,组织有什么权力干涉?从周主任房间出来,大哥的心情正烦着,手机响了,是吴小曼打来的。大哥看一眼,随手丢在了一边,任凭它在一旁不停地鸣叫着。

吴小曼早晨把大哥送出门的时候，心里的不安就升腾起来。昨晚丈夫戛然而止，然后就是倒头大睡，让她一头雾水。夜里，她把丈夫紧紧地抱着，生怕他从自己的怀里滑脱，丈夫在睡意蒙眬中几次想把她推脱，她反而抱得更紧了。

早晨看着丈夫西装革履，衣着光鲜地出门，她内心再次空洞了起来，不知道自己该做些什么。

吴小曼百无聊赖地从客厅走进卧室，又从卧室走进客厅，实在是找不到事做，就开始打丈夫的电话，一遍又一遍地重拨，对方就是不接听。

吴小曼走出家门，找到了路边的一个公用电话，再次拨通大哥的电话。

国家人口与计划生育委员会的领导九点钟就到了，大哥陪同着到计划生育药具管理站检查工作，刚到目的地，电话响了，大哥看是个陌生号码，便接通了。

吴小曼在电话的另一端委屈得已经泣不成声，自己的号码他不接，陌生的号码一打就接了，这是为什么？他到底在做什么？吴小曼没有说话，就把电话挂断了，她决定去看一看，并当面问一问他为什么不接自己的电话。

吴小曼到办公室的时候，小李和胖子小黄都在，看到周主任的外甥女来了，都热情地打招呼，胖子小黄为吴小曼沏了杯茶。吴小曼进入里间，在大哥的办公桌上坐下。

大哥的电脑临出门时没有关，吴小曼点击鼠标在里面搜索着，她点开一个文件夹，里面是大哥保留的和沈洁漪的邮件往来、海边的照片和《四季歌》的文章，吴小曼开始读起来，泪水从厚厚的眼镜片后面不停地流出。

吴小曼的精神要崩溃了，她将大哥的文字和照片一页页地打出来，送到舅舅的房间。

周主任飞快地一页页读着，已经气得脸色铁青。

大哥陪着国家计生委的领导检查完一天的工作，又共进了晚餐，回到家时，已经筋疲力尽了。

吴小曼午饭和晚饭都没有吃，从舅舅那里回到家就上了床，躲在被窝里哭泣，被子被泪水打湿了。

大哥看到散落在客厅沙发上的他和沈洁漪的照片以及那些优美的文字，很是吃惊。

吴小曼颤巍巍地从床上起来，五官已经扭曲，她一把揪住大哥："许友梅，既然已经和我结婚，你为什么心里还想着她？"

大哥推开吴小曼的双手，尽量克制住自己："都是过去的事，不知你用什么办法，为什么还要把这些东西扒出来？"

"既然已经过去了，你为什么还要保留这些东西？"吴小曼继续不依不饶。

"这是我的隐私，请你给我点私人空间好不好？"

"夫妻之间有什么隐私？你这样做，就是对我不忠！"吴小曼的声音变得很大了。

"我们真没办法交流了，简直是匪夷所思！"

"我知道，你的眼里只有别人，就是没有我！"

"那有什么办法？你以为我是故意这样的吗？"

"我有办法！"吴小曼歇斯底里地冲向厨房，拎出了一把锋利的尖刀，大哥惊恐地看着她。

"你冷静点，你要做什么？"

"我要看看你的心，里面到底装的什么！"吴小曼虎视眈眈地盯着大哥，大哥冷冷地站着，心里想，如果吴小曼真的扑过来，他也不会闪躲，正好一刀可以痛快地将他们的关系了断。

吴小曼和大哥对峙了几秒钟，实在没有勇气把手中的刀刺向自己的丈夫，就转而把刀尖转向自己："我要让你看看我的心，今天就死给你看！"

大哥震惊了，急忙冲上去夺吴小曼手中的刀，还是晚了一点点，刀尖已经刺破了睡衣里面的肌肤，鲜红的血液渗了出来。

大哥用力掰开了吴小曼的手，刀"咣当"一声掉落地上。

大哥赶紧拨通了120急救电话。

5. 他迷路了

祁红今晚值夜班。

急诊室里送来个自杀的女人，好在刀口并不深，她简单为病人处理了下，就止住了血。病人的情况是完全不用住院的，但却赖着不走，口口声声说再也不想回那个家。

病人身边的那个男人，身材虽然比二十年前发福了一些，但她依然能够辨识出是当初那个奔驰在篮球场上的健硕身影，只是眼神已不再是过去那般如水的清澈，沧桑全写在脸上了。二十年了，不知他过得怎样，看样子不好，甚至很糟糕。

真的没有想到，二十年后，还会和他以这样的方式见面。如果自己摘掉口罩，他还能认出自己吗?

她有几次想冲动地这么做，但最终还是没有勇气摘掉。

伤口处理完，病人还是哭哭啼啼赖着不愿意走，对男人说除非你答应我以后好好过。

可以看得出，他很无奈，但他还是点了点头，搀扶着她走了。望着他们离去的背影，祁红的心里怅然若失，还能再见到他吗？她遏制住自己差点喊出他名字的冲动。

因为120急救车的到来，使吴小曼自杀这件事在计生委家属院人人皆知，周主任再次大为恼火。

一周后，计生委党组研究人事问题，大哥的副处长没有如期转正，只保留副调研员待遇。人事处赵处长调任综合处工作，任主任助理兼综合处处长。

大哥和吴小曼的关系也陷入了最低谷。大哥回家后，几乎不愿再和吴小曼说话。吴小曼先是主动求和，向大哥道歉，一边又去找舅舅，要给大哥官复原职。舅舅说，看他的表现再说。

姚三胖也结婚了。

来参加姚三胖婚礼的老同学自然也不多，同年级的只有管炜和大哥。大哥自从上次做节目后还没有见过管炜，两人在席间聊了一会儿，管炜问起大哥的近况，大哥简单说了下那期节目对他现在生活的影响，然后只是叹息和摇头。

"未来该何去何从，我已经找不到方向了。"大哥眼里充满迷惑。

"都怪我，如果不是我动员你去做那一期节目，也许还相安无事着。"管炜深表歉意。

"这与你无关，问题一直存在着，只是差一个导火索而已。"

"你有什么打算？关于未来。"

"没有打算，我迷路了……"

婚宴很快就结束了，管炜开车，提出送大哥一程，大哥上了副驾驶座。

一路上，气氛轻松了许多，他们开始聊过去学校那些事，一晃好几年过去了，两人都有些唏嘘。

汽车的前方，一轮皓月冉冉升起，管炜打开窗，晚风带着凉意，轻轻掠过她的头发，大哥看一眼管炜的侧影，轮廓清晰而生动，这个夜晚还是很轻松的。

管炜提出到郊外的湖边去转一转，大哥欣然同意。

夜是静的，吴小曼睡得不沉，她带着一丝牵挂不时地被零碎的梦惊醒。她摸了摸身边，床铺还是空的，打开台灯看了看闹钟，已经三点了，她起身在书房里找了一圈，丈夫还没回来，她拨了大哥的手机，已关机，她试着给大哥的办公室打电话，接通后，话机里传出传真机的尖叫声，她不由得一阵心焦，瘫软在床上盯着白白的墙壁胡思乱想起来，月光好亮，照白了她的脸。

听到了楼下汽车的声音，吴小曼起身，伸出头去往外看。大哥正从管炜的车上下来，和管炜挥手告别。透过路灯的光亮，吴小曼看到汽车驾驶位置管炜美丽的侧影，瞬间崩溃了。

大哥轻手轻脚地打开房门，被吴小曼脸上泛着的青光吓了一跳。

“你怎么还没睡？”大哥想平缓一下气氛。

吴小曼的脸上布满震惊、愤怒、恐惧和痛苦，五官已经严重扭曲和错位，一汪一汪的泪水正汩汩地顺着脸颊往下淌，她的声音已经发颤：“友梅，告诉我，这不是真的，你在骗我！这一切不是真的！”她的声音很低沉，夹杂着难以名状的痛苦。

“你误会了，只是普通的同学关系……”

“你骗鬼去吧！普通的同学能在一起待这么久？谁知道你们在一起做了什么？”

“我们什么都没做，只是在一起说说话，这不可以吗？”

“许友梅！你不是没有前科，你让我怎么能相信你？”

“那就没有办法了。”大哥平静地答道。

“你为什么要背叛我？欺骗我？你玷污了我对你的感情！”

“我没有欺骗你，我说的都是真的。”

“你说得多轻巧啊！可你知道你的过去，包括现在，对我的伤害有多深吗？”

“请你冷静点，我没有有意伤害过你。”

“我冷静不了！你一直在伤害我。”吴小曼发出了歇斯底里的一声吼叫。

“你……”

“你摧垮了我的精神，毁灭了我对你的幻想！”

“……”

“你还有多少事情在隐瞒着我？欺骗着我？都告诉我！我能承受、我愿意承受！”

“……”

“你不爱我，为什么要和我结婚？你是个感情骗子、婚姻流氓、道德伪君子!”

“……”

“你说话啊,你为什么不说话？我恨你!”吴小曼再也控制不了自己,发疯似的扑向大哥,用手指撕扯大哥的衣服,朝着他的脖颈和胸膛抓去。

大哥的颈项渗出了血印,他揪下吴小曼的双手,把她朝床边甩去。

吴小曼一个趔趄扑倒在床边,头颅正撞击在床上,出血了,吴小曼回过头来愤怒地瞪着大哥,眼睛里露出凶光:“看不出来,你还是个家庭暴力者！今天我要和你拼了!”吴小曼再度扑过来,“啪!”给了大哥一巴掌,然后用头狠狠地朝大哥撞去。

大哥捂着自己发烫的面颊,看着母狮子一般在自己胸部撞击着的吴小曼,两滴痛苦的泪水从指缝间流过。他用足了力气,推开吴小曼,悲愤地掉转身欲开门出去。

“许友梅,我不让你走!”吴小曼呼啸着一个箭步冲上来,一把将大哥抱住,“你走,我会死的……”说完,身子就瘫软了下去。

夜晚的这一场风暴,在计生委的家属院再次引起了轩然大波,很多家的灯光次第亮了起来,尽管是在深夜,还是有好心的邻居拨通了周富生家的电话。

周富生夫妇赶到时,大哥已经离开了家,吴小曼倒在床上,床边散落着空药瓶子……

没想到这么巧,一值夜班就遇到这两个人,只不过这一次,病人的情况要严重得多。经过一番洗胃和输氧处理,病人才渐渐脱离危险。这一次,是非住院不可了。祁红开好了住院单,交到男人手里。

他向自己看了看,目光中除了一丝感谢,就是深深的痛苦和无奈。她想,这一次,她一定要和他好好谈谈。

6. 当爱已成往事

祁红医生的办公室。

大哥静静地坐在医生的对面,看医生开好住院单,递到他手里。

“她会留有后遗症吗?”

“应该不会。她是怎么了?这已经是第二次了。”

大哥看着面前这个戴着口罩的女医生,无奈地摇了摇头。

“你为什么不愿意说一说呢?也许,我能帮助你们做点什么。”

“谢谢你挽回了她的生命。但你帮不了我们。”大哥显得很痛苦,然后起身要去办理住院手续。

“你等一下。”

大哥停下来。

祁红摘掉了口罩,静静地看着大哥。

“你?还有什么问题吗?”大哥不解地看着她。

“你认不出我来了吗?”祁红问。

大哥这才认真地盯着她看,在记忆里搜索着。眼前的这个女人,除了那双眼睛似曾相识之外,他实在找不到答案。

“看样子我真的是老了。”祁红很失望。

“不好意思,你一定是搞错了。”大哥转身走了。

“你是许友梅吧?”

大哥站住,背影凝固了下,然后转过身来。

“你是……”

“不记得我,你总该还记得《四月的纪念》吧?”

“你是?祁……红……”

祁红的泪水从脸上滑落。

“真的是你?”大哥的表情开始慢慢复苏,思绪也被拉回到那段记忆中。

“我曾经去那条河边等你很久,后来还去你家找过你。你当时,为什么不辞而别?”

“出了那么大的事,我还能有自由吗?”

“你过得好吗?”大哥问。

“不怎么好,倒也还能过得下去。你呢,到底是怎么了?”

“你都已经看到了,我还能有什么办法?”

“你不爱她吗?”

大哥点点头:“我曾经想只要心如止水,生活就还能过得下去。可是……我真的不知道该怎么办了。”

“总会找到解决问题的办法的,你不要太灰心。”

“不说我了,你呢? 这些年怎么过来的? 应该比我好多了。”

“倒是曾经爱过。”祁红淡淡地说,“但那已是很久以前的事了。因为那次手术,我失去了当母亲的权利。”

“没想到……那件事对我们的生活产生了这么大的影响。如果不是那样,也许……”

“你是说也许我们会结婚,有我们想要的生活吗?”

“可生活无法推倒重来。”大哥苦笑了下,“即使重来,可能我们也改变不了自己的命运。”

“这还真的是命,我信了。”

“没有孩子,会影响到你们的感情吗?”

“岂止是影响,他现在生意越做越大,可他常说,这有什么用? 没有子嗣,我们能带得走这么多的财产吗?”

“如果还爱着,总会找到其他的弥补途径,比如……”

“你是说抱养吗? 他怎么可能让这么一大笔财产流入他姓的孩子。”

“真没有想到我们的生活会是这样。对未来,你有什么打算吗?”

“没有,听天由命吧。你呢?”

“等她好了。也许我已经没有别的路可走了。”

“你是要离婚吗？”

“还有别的选择吗？”

“比如……将就下……”

“那样子，也许我会痛苦死的。”

“我了解你的，我也相信你可能会改变什么，但我，已经没有这份动力和勇气了。”

“一起努力向前走吧！”大哥伸出手，祁红把手递过来，旋即她轻轻地靠近大哥，和他做了个轻轻的拥抱。没有温暖，只有凄冷。

吴小曼康复出院后，两人正式分居。大哥搬进了计生委的宾馆里。

虽然是内部宾馆，价格优惠了很多，但终不是长久之计，大哥正想着该如何解决住的问题时，突然得到一条消息，计生委的援疆指标到了，一共是两个名额。大哥觉得这是个改变目前生活现状的好机会，便找到人事处长主动要求报名去新疆工作两年。

计生委召开党组会议，研究援疆和人事调整问题，在研究去疆人选时，人事处提出了包括大哥在内的后备人选。

“许友梅这个同志不能去，像这样的人去新疆，丢滨江计生干部的脸。”周富生首先发话。

“新疆这么艰苦的地方，大家都不愿意去，许友梅主动愿意到艰苦的地方去，我觉得可以考虑让他去。”一个副主任对周富生否定许友梅去很不理解，提出了自己的观点。

“他的动机有问题，你知道吗？”周富生啪地拍响了会议桌，“他之所以想去新疆，是为了达到他的个人目的！”

众人面面相觑，不知道周富生要说什么。

“他去新疆的目的，是为了造成他和他的妻子吴小曼分居两年的既成事实，好达到他和吴小曼离婚的目的，你们说说看，怀揣着这种动机的人，能让他达到目的吗?”

大家看周富生震怒的脸,没有人再说话。

研究完援疆人选,会议第二项是机关人员调整变动问题,周富生说:“许友梅这个同志已经在综合处干了很多年,该给他换换位置了,况且他已经不适合做这里的工作了。”

会议研究的最后结果是,许友梅调离计生委机关,到二级机构——滨江人口学院干他的老本行当教书先生去。

郊外的小芒山脚下,大哥和祁红并排走着。

人是物非,此山也非彼山。他们还是聊着过去,思绪再次回到二十年前,他们在山中约会,月亮爬上来,他们仍然久久不愿归去的缠绵情景。只是如今,只有怀念与感伤,爱情,已被山风吹逝。

“我可能要走了。”大哥对祁红说。

“你要去哪里?”

“离开这里,到另外的城市去。”

“就没有别的选择了吗?”

“没有。”

“可你已经不小了,重新开始新的生活,是很艰难的。”

“我已经顾不了这些了。还在这块土地上生活,我会窒息而死的。”

“你会考虑,因为我而留下来吗?”

“因为你?”

“你的意外出现,刚给我的生活中带来一抹光亮,又很快要暗淡下去了。”

“只是荧光一闪而已,那也许并不是光亮,因为我们都回不到从前了。”

祁红哭了。

大哥想起了二十年前,祁红也曾在自己的怀中哭泣,那时只为了一次小小的诗歌朗诵比赛,如今,她的泪水里已经满是沧桑。

大哥紧紧地拥抱了祁红,也许是给她一个安慰,再最后给她一丝温暖,他知道，这可能是他们的最后一个拥抱了。

当人事处长来找大哥谈话，告诉他援疆没有通过、新的岗位在等着他时，大哥平静地说："我要求辞职。"

一周后，人事处收到了大哥的辞职报告，吴小曼收到了律师送到的离婚协议书。

吴小曼把协议书送给舅舅周富生看，人事处也把许友梅的辞职报告送到他办公室。

周富生先是挥笔，在许友梅的辞职报告上批了："同意。"然后转身对哭哭啼啼的吴小曼说："同意，让他净身出户！"

一个月后。

大哥手拉行李箱，站在机场的候机厅里，形单影只。

大厅里传来提示登机的声音，大哥朝安检口走出。

吴小曼披头散发，气喘吁吁地出现在机场大厅里，她急切地寻找着大哥的身影。

大哥突然被人从后面抱住了，吴小曼哭着在后面喊大哥的名字："友梅。"

大哥回转身，看着泪水涟涟的吴小曼："多保重！"除了这三个字，大哥不知道还能说些什么。

吴小曼从口袋里掏出一张银行卡，递到大哥手里："友梅，我把我们的房子卖了，你走了，我不想再住在那里。这是卖房款，全部在这里，你一个人出去打拼不容易，这些钱，带着吧。"

"不用，不用，这是你的，我不能要你的钱。"

"不，是我们的，你拿着用吧。记着，在外面如果生活得不好，再回来，我们重头过。"

大哥感动了，对吴小曼说："小曼，你是好人，只是可惜，我们没能成好夫妻。"

“别说了。”吴小曼捂住大哥的嘴，“友梅，你能最后抱我一次吗？”

大哥深深地抱住了吴小曼，催促登机的声音又响了，吴小曼一把把大哥朝安检口推去。

“友梅，记住我，我爱你！”

祁红静静地站在机场大厅的柱子后面，看着眼前的一幕，泪水洒落了衣襟。

7. 对话沈嘉——该给大哥怎样一个结局

“大哥就这么走了？多年的付出就此付之东流了。他可真是个感情至上主义者，情种。”沈嘉说，“他后来去了哪里？”

“深圳。”

“奔五的人了，还要去打拼，一切重新开始，真是不容易。他后来在那边怎么样？”

“起步时很艰难，后来发展得很好，现在已经相当好了。”

“哦，他可真是能经得起大起大落的人，祝福他！感情上呢？”

“好像还没有着落，具体他也不愿意多说。你觉得把他的情感故事制作成电视剧版《玫瑰相亲》怎么样？”

“那得有人投资啊！”沈嘉笑笑说，“真有人投资，我倒愿意像你写的这样，帮你客串一下，听你讲故事好了。只是这个故事好像还缺少个结尾。”

“我想好了两个结尾，你帮我斟酌一下。”

“愿闻其详！”

“第一，请大哥来《玫瑰相亲》，你们为他做个加长版的 VCR，把他的六段感情史全拍出来，然后让他牵手一位女嘉宾，从此开始爱情之旅。”

“这个结尾不错。”沈嘉说，“要不你给大哥打电话，问他愿不愿意来参加《玫瑰相亲》，如果他愿意来了，我们把他的感情史浓墨重彩渲染下，如果哪个女嘉宾喜欢上了他，故事不就圆满了吗？你就再也不用这么绞尽脑汁了。”

“好，我现在就打！”我拨通了大哥的电话。

大哥在电话那端听我说完后，沉默了一会儿，用很低沉的声音对我说：一、他不可能这把年纪了还上这个节目，创下史上年龄最大的男嘉宾这个纪录，被全国人民耻笑；二、现在他正纠缠在一段剪不断理还乱、看不到未来的情感纠葛中……

“大哥有了新的感情史？”沈嘉听完我的复述，吃惊地问。

“我也是第一次听说。”我说，“但听大哥的语气，他对这段感情好像还是不乐观。”

“真够晕的。那结局怎么写？就把他现在这段感情写成个完美的结局，反正他们目前至少还没分手。”

“我还没说第二呢。”

“第二我替你想好了。你从他经历过的故事里再找一个人物，这个时候重新出现，大哥纠结于现在的情感和过去的情人之间，这样矛盾冲突是不是很激烈，很好看？”

“沈嘉，你确实太有才了，我只想到让过去的一个人物出现，没有想到还有这个戏剧冲突。写他在矛盾冲突里，终于找到了真爱，这也是读者和观众都期盼看到的。”

“你觉得还有谁能出现呢？”

“祁红或沈洁漪。让她们一个人的老公有外遇，然后过不下去了，离婚后来找大哥。”

“那就选沈洁漪吧，我想观众肯定更希望她再出现一次。毕竟祁红已经重新出现过了，再出现既不是读者和观众期望的，剧情也太狗血。”

“你觉得沈洁漪出现不狗血？”

“也许观众喜欢和期待这样的狗血呢！”

“好，两周完稿，保证。”

“服你，快枪手！”

第七段感情经历　光棍太久会被杀掉的

我按照和沈嘉商量好的思路开始构思故事结尾。

这对我来说有些难度，因为沈洁漪生活在美国，我到现在为止对这个美帝国主义国家几乎一无所知。我唯一的出国经历是为了逮一个毒贩子到过位于金三角的缅甸，而且那里全是中国人，就连手机信号竟然也是中国移动的！对于一个一点出国经历没有的人，想编一个她老公和一个洋女人鬼混外遇，实在是难啊！唉，码字这活，真不是好干的。

我想啊想啊想，想得快趴在桌子上睡着了。

“砰、砰、砰！”有人敲门，谁啊，又来捣乱！

我揉着惺忪的睡眼，打开门，眼前随即亮了起来，门前——竟站着个大美女！

“你好！”我立马变笑脸相迎，我就是这个色样，“找我吗？请进，请进！”

“你不问问我是谁吗？”

“进来说！进来说！”我狠狠地骂自己，靠，就不能淡定些吗？

美女走进门，我寒碜并脏乱差的房间立即蓬荜生辉。

“你请坐，请坐！”

美女在房间里巡视了一圈：“我坐哪儿？”

“哦，不好意思，我给你挪位置。”我把沙发上的臭袜子、内衣内裤、裤腰带统统捋到一边，终于有一块可以盛得下美女小屁股的空间，“你请坐吧。”

她皱下眉，总算勉强坐下来。

“我来找你打听个人。”

“谁啊?”竟然不是专门来找我的,失望。

“许友梅。”

“我大哥啊!”

“我知道你是他弟弟。”

“您是?”

“我叫沈洁漪。”

“……”我还能说什么?这房间里八辈子没来过女人了,否则不会这么乱。可今天来了个女人,竟然又是大哥的女人!唉,悲哀。可是,故事结局的女主角终于出现了,我的故事不愁编不下去了!哈哈,这也是好事。

“你就是沈洁漪啊!”我终于缓过来了。

“你认识我?”

“不认识,但很熟悉。”

“你真挺逗的。”

“我说的是真的。”

“听你大哥说过吧?”

“是的,他说过,我写过。”

“你写我?”

“写你。”

“把我写成什么样?和眼前的真人像吗?”

“像,像极了,一模一样!”

“能给我看看吗?”

“现在不行。”

“为什么?”

“因为故事还没有结局。”

“什么结局?”

“你得告诉我,你为什么来找大哥?”

“我离婚了。”沈洁漪平静地说。

真是太狗血了。

“为什么呢?”

“能不提这个吗?”

“是不是因为你老公有外遇了？他是怎么和外国女人搞上的?”我假装愣头青。

“你怎么这样?”沈洁漪脸上有明显的不快,“你已经可以写故事的结局了,反正我已经单身了。你能告诉我你大哥现在在哪吗?”

“你不告诉我,我就不告诉你。”我倔强。

“那我走了。”沈洁漪真的起身了。漂亮也任性!

“得了得了,我丑人不和美人计较,我认输。我告诉你,他不在滨江。”

“他去哪了?”

“比较远。”

“比大洋彼岸还远吗?”

“哦,我忘了你是穿过大半个地球来睡他。这么说已经不远了,很近。”

“你也读余秀华吧？说话又不是写诗,你能不绕弯子吗?”

“哇！你们国外也知道这个人?”

“我只是关注下国内文艺界而已。你说正题。”

“对不起啊,我只是想让你陪我多说说话,我这房间很久没来过女的了。”我的不要脸的境界在于,心里怎么想,嘴巴就能怎么说。可惜她是大哥的女人,我也不能有什么非分之想了,我貌似极不情愿地吐出四个字:“他在深圳。”

“原来他去了那里,难怪我在滨江总是找不到他。他在那边还好吗?”

“你指哪方面?”

“各方面,生活和感情,他有女朋友了吗?”

“生活得很好,感情上嘛,好像有,好像又没有。”

“你怎么又卖关子?”

“我说的是真的,我不确定,正撺掇着他上《玫瑰相亲》呢!”

“这个不用了,他的心动女生回来了。”沈洁漪挤出个苦笑,略显无奈,“只是不知道，他的心动女生还是不是我了。"

"那你自己去找他问问吧。"我把大哥的电话给了她，"我希望你们有完美的结局。"

"为了你的小说？"

"更为了他的幸福。"我笑笑，"当然，顺便也为了你的幸福。"

"还有别的吗？"沈洁漪见我话好像没说完，追问了一句。

"当然还有，为了你成为我的嫂子，我成为你的小叔子。"

"那怎样？"沈洁漪看我一脸坏笑，问完就后悔了。

"小叔子和嫂子的关系微妙啊，可以偶尔不正经下，甚至玩玩小暧昧啦！哈哈！"

"去！难怪你大哥说你没脸没皮的。"美女脸竟然红了。我如果告诉她，小时候就意淫过大哥的女人，她一定会把"没脸没皮"四个字换成"臭流氓"的。

"啊？这王八蛋背后净说我坏话。"我故作惊讶。

"嗯？你敢骂你大哥？我一定告你一状。"美女想吓我。

"你请便啊，我已经长大，看见老光棍，不怕不怕啦！"我嘚瑟。

"真看不出来你们是一个妈生的。"沈洁漪拿着我写给她的号码，转身要出门。

"喂，他没告诉你我和他不是亲生的？"我追出去。

沈洁漪回头狐疑地看了我一眼，估计是看出了我眼里的不正经，不想再啰嗦，说："我走了。"

"有了好消息一定告诉我一声，我等着大结局呢！"我回归正常。

沈洁漪回头用手指做了个欧拉手势，丢下一个甜美而沧桑的笑，走了。

我没有直接给大哥打电话，是想让沈洁漪给他一个惊喜，我想象不出来，大哥见到沈洁漪的刹那，会是怎样的一种心情和感受。

我给沈嘉打电话，告诉他沈洁漪回来了。

沈嘉说："不是已经说好这么写的吗？打电话给我干什么？"

我说："不是小说，是现实，她真的回来了。"

沈嘉说："你编吧编吧，接着狗血剧情编，还说什么真的假的、虚构的现实的干什么？我只要好看就行。"然后"嘎"的一声挂了电话。

简直牛×爆掉了！

我开始构想大哥和沈洁漪见面的场景，怎么把这个画面描写得好看、性感、沧桑、感动……老情人归去来兮，幸福……

晚上写得很晚，第二天早上，我还在被窝里半梦半醒，想象着大哥和沈洁漪热吻的场面，电话就急吼吼地把我吵醒了。我一看，竟然是大哥的号码，报告喜讯来啦！我接听。

"喂，我是——沈洁漪。"

切，这么嘚瑟！还用大哥的电话打给我！没想到你们这么快就旧情复燃，干柴遇烈火熊熊燃烧，刚一夜疯狂，天不亮就打电话过来，让我分享久旱逢甘霖的快乐，也太急了点吧！能不能低调点，考虑下单身狗的感受？

"喂！"我用凶巴巴的语气表示着抗议。

"呜……"沈洁漪在那端哭了。

"你一大早哭什么丧？是大哥不要你了吧？这是你咎由自取啊，谁让你当初抛弃他的！"

"你大哥——他……死……了！"

"你他妈才死了呢！"

"他真的……死了，是被人……谋杀的。"

我听沈洁漪的口气不像是开玩笑，立马有点蒙了。

我给沈嘉打电话，用几乎哭泣的声音告诉他，完美的结局没有了，剧情编不下去了，大哥被人谋杀了，我得去深圳，了解并处理后事，为大哥申冤报仇。

沈嘉听我说完，将信将疑。我从电话里能感觉到他也很吃惊，说："你去你去，有情况告诉我，故事不能没有结局，不管喜剧还是悲剧。"他可能感觉这个时候还说这句话有点不妥,末了劝我说,人死不能复生,要节哀顺变。

大爷的,怎么像当初我爸劝大哥的口吻。一定是用我写的台词。

我顾不了那么多,当即向单位请了公休假,到深圳去探个究竟。

1. 真的发生了命案

我刚下飞机,沈洁漪已经在出站口等我。

已经没有了第一次见面时的轻松,沈洁漪在车上给我讲了事情的大致情况。

她那天到深圳后已经很晚,第二天一早就用我留给她的号码,给大哥打电话,里面传出一个男人的声音,但好像不是大哥的。电话里的人说,他们是深圳市公安局的,问她是大哥的什么人,沈洁漪说是大哥的一个朋友。电话里的人告诉她,你要找的人死了,初步判断是被人谋杀的。你能帮助联系上死者的家属吗?沈洁漪说行,她得到现场确认是他后,可以帮公安局联系上死者家属。

沈洁漪按警察说的地址,找到了大哥的住处,也就是命案现场。

现场已被封锁。听围观的群众说,是早起作业的渔船,发现位于别墅区附近的海面上漂浮着一团若隐若现的黑影,便划过去打捞,结果发现是一具男尸,当即报了警。

警方到达现场后,初步勘验了尸体:死者面部因为受到多次钝器伤,已经面目全非,手部、背部还有三十几处伤,左手骨折。警方以现场为中心,沿海岸线两端进行搜索,在死者落水附近的海滩上发现了大量血迹,便循着血迹寻找,找到了海滩附近的一幢别墅。警方随即对别墅封锁并进行现场勘查,发现别墅的院子内和车位旁有少量血迹。进入房间勘查,客厅内有大量血迹、血污,有一截被撕下来的乳白色衣服袖子和一枚纽扣,沙发上遗落一个手机,手机上也留有血迹。地上有几个空酒瓶和几瓶没有打开的酒,旁边有几摊血迹,地上撒满大量玻璃碎片,房间内留有多枚血足印,墙上有一条长长的血迹带,房间内明显有曾经搏斗过的迹象。

警方将有价值的物证一一收集，采取了血样留作进一步化验，并决定进一步对死者进行尸检。

就是这个时候，沙发上大哥的电话响了，警方赶紧接听。

电话是沈洁漪打来的，警方由此联系上沈洁漪和我。

沈洁漪说，警方根据初步的勘验结果推断，这应该是一起典型的杀人抛尸案件。

虽然从警已经多年，但以一个被害人家属的身份赶到命案现场还是第一次，这对我而言，除了内心的极大悲痛外，对于我的警察身份，无疑也是一个极大的讥讽和挑衅。

当我到医院的太平间里，我撩开遮在死者身上的白布，不知是因为海水的浸泡，还是犯罪分子太凶残，死去的大哥竟然已经是面目全非。我曾经无数次面对被犯罪分子残害的死者，虽然每一次都强忍悲愤，决心将凶手擒获以告慰死者灵魂，却没有流过一滴眼泪。如今，当面对的被害人是自己的手足兄弟时，多年职业铸就的铮铮铁骨似乎只在瞬间就被粉碎，我再也无法控制自己的悲伤情绪，任泪水倾泻而出。站在一旁的沈洁漪也是一脸悲痛，然后哭着跑开了。临走时她好像对我丢下句话，让我在破案后打个电话给她，告诉她凶手是谁。

后来，我一直也没有打过沈洁漪的电话，她也没有再找过我打听后面的事情，不管是生活里还是小说中，都算是和她就此别过。

警察把大哥身上的伤口一一指给我看，有着多年刑事侦查经验的我似乎可以想象出当时搏斗场面的激烈，凶手伤害大哥时的穷凶极恶。

到底发生了什么？凶手是谁？为什么要杀害大哥？凶手和大哥到底有怎样的深仇大恨？虽然迷雾重重，我发誓一定要和深圳警方一起尽快找到杀害大哥的凶手，替大哥报仇雪恨，讨回公道，让杀人者血债血还！

是仇杀？情杀？还是谋财害命？

警方查验了大哥别墅里面的物品，房间的物品没有丢失的迹象，书房抽屉里还有两万元左右的现金，大哥钱包里的现金和银行信用卡都在。侵财型犯罪可以排除。

那就是仇杀或情杀？

从现场看，房屋门锁没有被撬动过，窗户没有翻越过的痕迹，犯罪嫌疑人应该是大哥认识或熟悉的人。作案人获取大哥信任后进入房间，再经过一番搏斗将大哥杀死，最后投入大海。也不像是仇杀。

警方对别墅内采取到的血样进行了化验，发现现场洒落的血迹分属于O型和AB型血的两个人，几摊大的血迹和血污都是大哥在反抗搏斗中流出的O型血，而那个留下AB型血的人可能就是杀害大哥的凶手。警方对遗留现场的衣服袖子和那枚纽扣进行了仔细查验，发现衣服袖子为蕾丝质地，纽扣比较小巧别致，应为女性所有。警方由此判断，犯罪嫌疑人应该是女性。

女性？难道大哥的死与女人有关？

警方又从别墅通往海滩的痕迹进行查验，发现地上除自然滴落的大哥O型血滴外，没有再发现AB型血滴。地表没有人体被拖动留下的痕迹，也没有车辙或其他搬运工具留下的痕迹。说明大哥是被悬空抬着或扛着扔进大海。

我在深圳找到了大学时候的同班同学，他正好就在刑警队工作。因为是同行，他很快在第一时间向我通报了以上勘查、化验结果和相关推断。我提出了疑问：一个女人如何将大哥运往海边抛入大海的？如果有他人协助，为何现场连一点痕迹都没有留下？

同学说："你的疑问也是我们需要探究的真相。只有找到这个AB型血的女人，一切谜团才有可能解开。"

警方很快开始对大哥生前的生活圈进行摸排。

居住在别墅区的邻居提供了一条有价值的线索：有两个男人和生前的大哥走得很近，经常光顾别墅，两人都是三四十岁的样子，一个留着光头，身上有文身；另一个瘦瘦的，眼睛阴阴的，两个人看起来都不像好人。邻居们说，最为关键的是，两个人几乎在大哥被害的前后时间，都奇怪地失踪了。

他们追问有没有看见过女性到过大哥的别墅。有一个老太太说，她曾看见过一个身材高挑、长得十分漂亮的年轻女性进过大哥的别墅。老太太说，她之所以记得，是因为那女的太高了，穿着又特别夸张暴露，像个模特儿，所以一下子就记住了。

那两个常常光顾大哥住处的男人是谁？他们和女子之间是什么关系？深圳警方根据前期勘验，初步推断有两种可能：一是三人合伙作案，在毁尸灭迹后，两个男人匆忙中只清理了他们留在现场的痕迹；二是两个男人作案，女性的遗留物是他们的障眼法，他们作案后把女性的物品丢在现场，目的是转移警方视线，嫁祸他人。

我问我的同学："你们为什么排除了女性单独作案的可能？"他说："从目前掌握的情况看，女性一个人完成凶杀并抛尸灭迹的可能性不大，现场的物证也证明了这一点。"

深圳警方随即把工作重点放在了那两个男人身上。而我则认为应该从现场遗留物入手，去寻找那个女人的踪迹。

深圳警方的调查很快取得了重大突破。他们调查了大哥生前开办的劳务公司。虽然公司已经关闭，现在是人去楼空，但他们还是从相关部门的登记资料上找到了这家公司的另外两个合伙人——两个绰号分别叫大头和川子的男人。他们利用户籍资料对两人的相貌特征进行比对，并再次走访了别墅区的邻居。邻居说，正是这两个人在大哥生前经常出入别墅。

警方向我通报了以上情况，并问我是否认识这两个人。我倒吸了一口凉气，竟然是他们！

大头和川子和我年纪相仿，是小时候和我一起偷桃摸枣听大哥吹笛子拉二胡然后对大哥一脸崇拜的小伙伴。上中学的时候，我和大头和川子之间的关系就已经渐行渐远，两人不仅经常旷课，还纠集了一帮社会青年，经常在校园周边打架，成了出名的小混混。自从到省城上学和工作后，我与两人就彻底不再联系。我如今再次听到这两个名字，而且可能与大哥的被害有关，确实让我吃了一惊。

到底是不是他们两人干的？他们怎么会对大哥下如此毒手？只有找到他们，才能彻底解开谜团。

深圳警方很快找到了大头和川子。两人因为另外一起案件已被关押在看守所。得到这个消息，我和警方一样，十分惊喜，大头和川子犯有前科，说不定这起案件是他们尚未交代的罪行。

警方就大哥被害案件再次提审了大头和川子，结果令他们大失所望，大头和川子在大哥被害前已被关押，他俩对大哥被害的事情竟一无所知。

大头和川子作案的可能性被排除，那名女性作案的可能性增加。

警方试图从他们那里了解更多的线索和情况，问他们大哥生前曾密切接触哪些人，在生意场上有没有结下仇人，特别是与异性有没有过感情上的纠葛。

大头和川子共同指向了一个人，道出了一个女孩的名字——白莎莎。

2. 案件果然与一个女人有关

只要找到白莎莎，就能找到大哥被害案件的突破口。

深圳警方利用公安网络查找叫白莎莎的女性，发现深圳市的户籍资料上竟没有这个名字。白莎莎会不会是外地人，户口根本不在深圳？警方调取全国人口信息库，发现全国范围内，叫白莎莎的女性共 10 人，根据年龄特征排除 6 人，剩下的 4 人再通过身高等体貌特征进行比对，又排除了 2 人。剩下 2 人分别在冀北省和陕南省。

深圳警方向冀陕两省发出协查通报，两地很快做出回复。两个白莎莎不仅血型不是 AB 型，案发期间也从未离开本地到过深圳。

调查表明，白莎莎是个假名字。

我根据大头和川子提供的地址，到一家叫大成的建筑公司找寻那个化名叫白莎莎的女人。公司的人告诉我，他们公司确实有一个叫白莎莎的人，但这个人已经从他们那里辞职，至于去了哪里，他们也不清楚。

使用假名字，在大哥遇害后又蹊跷消失，白莎莎身上的疑点越来越多。

警方调取了大哥被害前一个月的通话记录，发现有一个号码和大哥联系紧密。警察顺着号码打过去，发现号码已经停机。警方进一步到电信部门调取这个号码原先的登记资料，发现号码的主人并不叫白莎莎，而是一个叫王斌的人。

王斌既然和大哥频繁通话，那么和大哥之间定然有某种关系。警方很快根据王斌的身份证信息查找到王斌是苏北省江阳县人，警方长途跋涉到达江阳县的乡下找到王斌。王斌说，一年前他是在深圳市打过工，在一个工地做泥水匠，身份证曾经丢失过一次，之后回到家乡他又补办了一个，从此也没有再去深圳，至于警方说的许友梅这个人，他根本不认识。

警方调查走访了村民，并到当地派出所查寻了王斌的身份证补办记录，发现王斌没有说谎。

案件再次陷入了僵局。

深圳警方很快又调整了工作思路，决定从遗留现场的那截衣服袖子和纽扣入手查找。

警方仔细查看了那枚纽扣，上面有两个类似环形相扣的标志，旁边还有一串很小的英语字母“Gucci”，这是著名的意大利时装奢侈品牌。衣服的品牌显示着它的主人的消费水平。警方打通了古驰公司上海总部的电话，了解到该品牌在深圳的代理商只有一家，位于深圳核心区域的地标建筑万象城内。警方随即带着那截衣服袖子和纽扣赶到万象城的古驰专卖店，经过店家仔细核对，确认是他们家售出的一款夏装。店家查看了销售记录，这款夏装在整个深圳市共销售了三件，而乳白色的这一款只销售了一件。店家找到了那件衣服的销售小票，并根据销售日期调取当天商店的监控录像，显示当天确有一名女子来店里购买了那件乳白色衣服。警方把视频监控中的镜头放大，一个身材高挑、时尚靓丽的年轻女子出现在眼前。

警方并没有满足于通过视频监控录像看到的购衣女子的形貌特征，随后又调取了当日整个万象城商场内的视频监控记录。视频显示，该女子购得衣服后，拎着装有 Gucci 服装的手提袋，分别在四楼购买了一双 LV 男皮鞋和在一楼购买了一盒迪奥香水后，下到了负一楼的地下停车场，上了一辆白色宝马车，驾车离去。车库门口的监控视频显示，该女子驾驶的宝马车号：×ASS958。

警方随后调取了大哥被害前后进入别墅区的视频监控，很快有了收获：他们发现在大哥被害前后的时间段里，别墅区入口处的视频显示，号牌为×ASS958 的白色宝马车进出过别墅，而从视频上能够看到，开宝马车的正是商场里那个买 Gucci 服装的年轻漂亮的女人！

警方发现，这辆白色的宝马车在大哥死后的一段时间里，就再也没有在别墅区出现过。通过和别墅保安核实，这辆车并不属于这个小区，他们查阅了案发当天的车辆进出登记记录，这辆宝马车到访的正是大哥所居住的九号别墅！

一个个间接证据即将形成证据链，锁定了这个穿 Gucci 服装开宝马车的女人。警方通过公安网车辆查寻系统很快调取了车号为×ASS958 宝马车的车辆信息。信息显示，车辆归大成建筑公司所有，公司法人：钱其亮。

深圳警察再次到大成建筑公司调查宝马车的使用人。公司的人证实，这辆车确实是那个叫白莎莎的人在使用，白莎莎辞职后，这辆车再也没有在公司出现过。

车和人去了哪里？警方询问了公司负责管理车辆的办公室主任，办公室主任对车辆去向闪烁其词，似有隐衷。警察对其言明了政策后，办公室主任说：“这件事只有董事长一个人知道，你们找他才能问个清楚。”

在公司的最后一站，警方会见了钱其亮其人。

钱其亮对警方的来访甚为不满，态度也十分蛮横。他说：“公司想买什么车，买车给什么人开，是公司的权利，至于车辆哪去了，这是公司的隐私，警方无权过问和干涉。”直到警方说出车辆使用人可能与一起杀人案有关时，钱其亮表现出一脸的惊讶说：“不可能，白莎莎不可能杀人！”

警方问白莎莎在哪。钱其亮眼神中闪过一丝惊慌，他说，白莎莎辞职了，他也不知道人去了哪里。

钱其亮在说谎。我和深圳警方的观点一致。

深圳警方下步工作的思路是以车找人。我则决定私自行动，跟踪钱其亮，寻找白莎莎的藏身地。

当天傍晚下班时分，我守候在大成建筑公司门口，等待钱其亮下班。

六点左右，钱其亮从公司走出，自己开车驶向公路。我驾驶临时租来的车紧随其后。

钱其亮的车子拐过几个路口，驶进一个高档小区，然后停车走了下来。他进入 8 号楼后，我也走进小区的单元门，眼看着钱其亮乘的电梯到 18 层停了下来。

我乘另一部电梯紧急升上 18 楼，走了下来，一梯 4 户，白莎莎有可能居住在其中一个房间。

我下楼找到小区的物业管理处，向他们亮明身份，要求了解 8 号楼 18 层 4 户的人员信息。登记信息显示，1801 房间归大成建筑公司钱其亮所有。

与此同时，深圳警方也把车辆信息提供给交警支队并向他们求援。交警支队随即向全市各个交警大队通报了案情，部署在各个交通路口和卡点查找那辆号牌为×ASS958 的白色宝马车。

交警通过各个路口的监控视频，很快就在路上发现了那辆要找的车。交警按照指令并没有立即堵截那辆车，而是派车跟踪并立即报告市局指挥中心，指挥中心发出指令，由刑警支队另派挂着民用牌照的车辆，在指定路口替下交警支队跟踪的警车。

刑警的车跟随着那辆宝马车走进了我正在守候着的小区，我们几乎同时发现，从宝马车上走下的正是视频中显示的购买 Gucci 服装的女子。女子身材高挑，气质高雅，手提 LV 皮包，款款地走向了 8 号楼的电梯，便衣警察尾随其后，紧跟着上了电梯，女子在 18 楼停下，走下电梯，警察跟在后面，女子打开 1801

号房间的门，正要进入，回头看到两个男子一直跟在后面，便问："你们找谁?"

"你是白莎莎吧？我们找你好久了。"一个警察说。

白莎莎一脸惊悸，手中的 LV 手袋"啪"的一声掉在了地上。

……

法网恢恢，疏而不漏，凶手已经找到，案件终将水落石出，大哥，你即将可以瞑目于九泉之下了！

深圳警方在 1801 的两个卧室内分别对白莎莎和钱其亮进行了询问。

钱其亮否认认识许友梅，坚称对发生的案件不知情，与被害人没有任何关系和冲突，只有过业务上的合作关系。问其和白莎莎的关系，钱其亮承认，他们是情人关系。

在另一个房间，深圳警察对白莎莎进行询问。

白莎莎装出吃惊和无辜的样子，并表现出一脸惊悚："许友梅死了？我不知道，我什么都不知道，我没有杀人！"

警方询问的同时，依法对其住处进行了当场搜查。

在白莎莎的衣柜里，警方找到了那件脱了半截衣服袖子的 Gucci 上衣，袖口和纽扣与遗留现场的物证相吻合。此外警方还在白莎莎的房间里找到了一条带着血迹的牛仔裤和一双带着血迹的鞋子。

白莎莎被当场带走，随后对其进行刑事拘留。因为没有找到钱其亮参与案件的直接证据，警方在对其做完笔录后只能暂时将其放出。

几天后，DNA 鉴定结果表明，牛仔裤和鞋子上的血迹都与大哥的血液吻合。

警方抽取了白莎莎的血液进行了化验，白莎莎就是在现场留有 AB 型血液的人。

第二次审讯正式开始。

"你认识许友梅吗?"

"认识。"

“你们是怎么认识的？”

“这个话题很长，你们确认有兴趣听吗？”

“那说说你们最后一次见面吧。”

“在他的别墅里。”

“你交代一下杀害许友梅的经过。”

“我说过，我没有杀人。”

当警方将衣服袖子、纽扣、牛仔裤、鞋子、DNA 检验报告、车辆出入别墅登记记录等物证一一呈现在白莎莎面前的时候，白莎莎叹了口气：“好吧，既然你们感兴趣，我就全部交代，把我和他之间发生的一切都告诉你们。”

我打了个电话给沈嘉，到深圳来还没和他联系过。我告诉他杀害大哥的凶手找到了，是一个女人。

沈嘉没有表示吃惊，他对警方很快找到凶手表示高兴。同时，很期待我告诉他到底发生了什么。

根据白莎莎的供述和警方掌握的证据，我用以下文字努力还原大哥在这个世界上最后一段生活的真相，同时也给沈嘉，给读者一个真实的故事结局。

可能你永远也想象不出，故事的结局竟会是这样……

3. 初到深圳

几年前。

深圳机场。

大哥走出出站口，已是晚上九点多钟。

他拎着行李走出机场，望着广场上熙熙攘攘行色匆匆的人群，不禁有些怅然。

一直打不到车,大哥在路边站立许久。

一辆黑色的旧桑塔纳轿车驶了过来,停在大哥面前。

"用车吗?"一个三十岁上下的男子从驾驶室伸出了头,副驾驶上坐着一个和他年龄相仿的人。

大哥朝马路远方看一看,确定还是没有出租车驶过来。

"不用看了,在深圳,这个时候你打不到车的。"车上的人继续说。

看样子只有坐这个黑车了,大哥点下头。坐在副驾驶位置上的人开门走下来,打开了后备厢,把大哥的行李放了进去,大哥上了后排座位。

车子启动,车上的两个人主动同大哥攀谈了起来。

"大哥去哪里啊?"

"到市中心找一家宾馆,干净点就行。"

"大哥是第一次到深圳来吧?"

"以前出差来过,但对这个城市还不是很熟悉。"

"深圳可是淘金的好地方,每天都会有数以万计的外地人怀着希望来这里淘金,同时也有数以万计的人希望破灭不得不离开这里。大哥到这里是公干,还是……"

"我是来打工的。"大哥淡淡地说。

"哦,以大哥的年龄,这里的活可不好找。"

"是的,四十多了,还要背井离乡。"大哥悲观的情绪不经意间流露。

"大哥是哪里人啊?"

"我是滨江省的。"

"啊? 我们还是老乡呢!"

"哦,幸会! 你们是滨江哪里的?"

"我们是珠城市荆涂县的,大哥呢?"

"我也是荆涂县人,后来在省城工作。"

"真是太巧了啊,大哥,本来我们准备宰你一下的呢,算了,今天免费拉你了！”

“那怎么行？你们做生意总要赚钱的。”

“哪里啊，看大哥气质非凡的，就算和你交个朋友了。”

“朋友可以交，但钱总是要付的。”

“大哥可真够絮叨的，以后都在这里混了，这点小钱算什么！”

车子到了一家宾馆门前，大哥下车，两人坚持不要钱，坐在副驾驶的人看着大哥说：“怎么看起来有点面熟？”

开车的人也仔细看了看大哥：“你——不会是友梅大哥吧？”

“我是叫许友梅，你们是？”

两人一起发出了惊叫：“大哥！你不认识我们啦？我是大头，他是川子！”

“哦！”大哥在记忆中搜索着。

在小时候的村庄里，我和大头、川子经常围着大哥转。大头头不大，但因为常生虱子而整日留着光头，大家就喊他大头。川子的母亲是泸川人，被人贩子拐卖到我们村，以500元的价格卖给了村里的老光棍，也就是后来的川子爸做媳妇。川子妈妈为了纪念和怀念她再也回不去的家乡，就给儿子起名叫川子。那时候，我们还小，现在一下子变成了三十几岁的人，所以大哥认不出，但这两个名字大哥还是依稀记得。

“是你们啊，世界真是太小了！”

两人上来一起拉着大哥，不再让大哥住这家宾馆，并且告诉大哥，这家宾馆因为给他们的回扣多，所以他们总是把陌生的客人往这里带，这家宾馆不仅价格昂贵，卫生和服务都不行。

两个人先把大哥拉到海边的大排档餐馆吃了顿海鲜，算是为大哥接风，然后拉着大哥到他们的住处去看一看，说在附近有一家宾馆，可以安排大哥住下。

大头和川子租住在深圳市城乡接合部的城中村，那里是外地来的淘金者和农民工聚集的地方。这个时节，在滨江省天气已经有些微凉，但在深圳市天气依然很闷热。他们到达城中村的时候，很多农民工睡在路边的马路上，还有三五一伙的人光着膀子围在一起打牌赌钱。路边的小饭馆生意出奇地好，来自不同地方的淘金者，操着不同的方言，在划拳行令大声吆喝着喝酒。车子在村中拐了七八个弯，终于在一家宾馆门前停下。他们告诉大哥，这家宾馆价格不高，离他们住的地方也近，这样他们来找大哥也方便。

大哥在宾馆只住了一周，大头和川子就在他们的住处附近，为大哥租了一套一居室的房子。大哥搬进新租的房子后，就开始在深圳市找工作。

大哥尝试着到一些公司去应聘，HR 们看了看大哥的简历和年龄后就把他否决了。他们要的是有专长的年轻人，大哥的中文硕士，擅长的最多是文字了，按说可以做个文案或秘书什么的，可他们的条件基本上清一色是二十八岁以下、女性。

又找了半个多月，仍然没有一个单位对大哥感兴趣，大哥和大头、川子商量，请他们出主意。大头出了两个主意：摆地摊、开餐馆。川子说实在不行，买个二手车和他们一起开黑车也行，其实他们这行也挺赚钱的。

大哥觉得大头的主意可以试试，不能总是这样坐吃山空，他决定先练练摊，说不定能摸出些门道来，大丈夫就得能屈能伸，等摊练大了，他以后可以开门面，代理服装品牌，什么事都得从基础做起。

大哥上午睡觉，下午到深圳市最大的服装批发市场去买些小袜子、鞋垫子、T 恤衫、牛仔裤。晚上的时候，大哥就背着鼓鼓囊囊的蛇皮袋子，到城市最繁华的万象城门口的天桥上，把货物齐刷刷地摆开。大哥有小时候到集市卖春联的经验，所以经商还是有些头脑的，再说面对陌生的城市，他也不用顾忌有人会认识他，于是生意开张的时候，大哥一般是先吼一嗓子："走过路过莫要错过，便宜卖了哎！"便有行人驻足看东西，大哥的东西比别人的要便宜块儿八毛的，东西销得很快，往往是白天进的货晚上差不多都能卖掉。卖了几次，有了经验，大哥就拣最抢手的东西进货，后来基本上是当天进货当天出货，大哥每日都可以挣个三百两百的了。

可这个生意没做多久，大哥就小栽了个跟头。那天大哥正在天桥上吆喝着，忽然见同行小商贩们一个个卷着东西就跑，有的货物散落在地上也顾不得回头。大哥知道情况不妙刚弯腰收拾货物，城管就赶到面前了，四五个城管把大哥的东西往车上一甩，然后让大哥跟他们走。大哥说："东西都给你们了还要怎样?"城管说："到队里去接受罚款。"

大哥在城管队里交了一千元罚款，还写下了保证书，保证不再摆摊影响市容。末了城管接过钱和保证书说："你在小商小贩里，字是写得最好的。"

摊不能摆了，大哥决定另找生路。他想到大头的第二个主意，准备开一家饭馆。

大哥决定先在小门面里积累点经验，等做成了再到市中心去开门面把生意做大。于是大哥就在城中村里交了两万元转租费租了间门面房，房子本来就是做餐饮的，大哥直接换了个招牌，没怎么费事就可以开业了。

大哥招好了厨师和服务员，饭馆很快就开业了。在大头和川子的帮助下，经常有来自全国各地的打工者光顾，来这里吃晚餐、吃夜宵，有大头和川子罩着，没有人敢赊账或赖账不给钱，一个月下来，一盘账净赚了一万多元，大哥分别拿出一千元给大头和川子，两人呵呵笑着都推托了，说本来就是一家人，他们怎么可能拿这个钱。

饭馆开了两三个月，生意也越来越红火的时候，这天突然来了一批人，挨家挨户地量尺寸，然后在大哥的饭店门口写了个大大的"拆"字。

因为路要拓宽，两边的门面房都要拆除。原来是上家开饭店的人早闻到了风声，大哥不仅生意做不成了，两万元转让费也有去无回。

大头和川子要去教训那个转让饭店的人，可一打听，人早已回到了苏北老家。

大哥暂时没有了事做。傍晚，大头和川子说要带大哥出去转转，看看他们是怎么赚钱的，能不能给大哥一些启发。大哥坐上了大头和川子的桑塔纳车，他们敞开车窗拉着风朝市中心地带进发，因为还是下班高峰期，一路上有打不到车的人对他们招手，但川子今晚好像不想做生意，一直把车开到了一个路口才停了下来。大哥下了车，川子把车停在人行道上，四只眼睛贼溜溜盯着路面行驶的车辆。

拥堵永远是城市交通最大的问题，当信号灯由绿变红的时候，车辆已经排成了长龙，后面有辆奥迪车终于按捺不住，当信号灯再由红变绿的时候，车子越过道路中界线，想占左边的道路插队跑到前面去。大头和川子瞅准了机会，飞快地发动桑塔纳车上了道路，按正常行驶的方向，迎着那辆越线行驶的奥迪车就冲了上去。只听得"咣"的一声响，大头和川子的桑塔纳车撞上了奥迪车，车灯碎了一地。车主从车上下来，大头和川子也下了车。

奥迪车在事故中负全责。大头和川子嚷嚷着要报警，车主说："你们要多少钱？"大头说："让交警来处理吧。"车主说："赔你们一千块钱，如何？"大头说："不行，一千块钱还不够修车的，我人也受伤了，要到医院拍片子做检查。"川子说："我伤得比你重，我全身都要检查下。"车主无奈，回头向坐在副驾驶位置的一个女人要了两千块钱，递给了他们说："这样总可以了吧？"大头说："你怎么开车的，下次注意点，幸亏碰到我们好说话的，要不然跟你没完！"

奥迪车走了，大哥说："你们怎么能这么干呢？"

大头说："钱难挣、屎难吃啊，我们这么干，也是没有办法，我们总得活下去吧，而且还想活得好点。"

川子说："我们刚来的时候，白天在火车站当黄牛倒卖车票，晚上就在车站的候车大厅过夜，就这样还不断有人驱赶我们让我们滚蛋。"

大头说："你是刚尝到打拼的滋味，我们不仅摆过摊，卖过菜，当过服务员，送过快递，还为卖淫嫖娼拉过皮条，可如今干哪行都不容易。"

川子说："我们不仅挣不到钱，还要忍受城里人的白眼。他们认为是我们破坏了他们的城市。可是没有我们这些人，他们就买不到菜，找不到保姆，饭店没有服务员，工地得停工。他们的生活一天也离不开我们，为什么还要瞧不起我们？"

大哥说："要想别人瞧得起，就得从自身做起，以后我们找点正经生意做，不要再干这些事了。"

大头说:“谁让他违章的？他不违章我们也不碰他。”

大哥说:“他们违章自然有交警管他们,这个不用你们操心的。”

川子说:“交警忙不过来,等会修下车,我们再逮几个酒驾的给你看。”

大头和川子把车子开到修理店,把撞坏的车灯换了,把破损的地方涂了点漆,就继续上路了。

已是晚饭结束时分,三五成群的人喝得醉醺醺的开始从富丽堂皇的酒店往外拥,大哥劝不住他们,也想看看他们到底做什么,看到两个人又把车子埋伏在一家大的海鲜城外面等着。

有一个已经喝得歪歪扭扭的人从饭店里面出来,挥手对送他的人说:“没事没事,我没喝多。”然后就打开车门,上了一辆奔驰车。

大头和川子点头示意,然后发动了车子。大哥明白他们又要故伎重演,决定拦下他们。可两人对难得的机会丝毫没有放弃的意思,对大哥说,这是最后一次,别耽误他们做生意,就呼地开车蹿出去了。

奔驰车还没有倒出门口的车位,大哥拦不住他们,决定和车主说一说:大哥拦住车头,里面的人打开车窗,醉醺醺地对大哥说:“滚开,神经病!”

大哥好言相劝:“你不要酒后开车,这样是有危险,也是会吃亏的。”

里面的人说:“我有酒后驾驶证,交警都管不住我,你他妈算老几啊,再不滚开老子就撞你了啊!”奔驰车呼地从大哥身旁蹿了出去,刚从人行道开到主干道的时候,大头和川子开着桑塔纳车就冲了上去。

又是咣的一声响,大头和川子的桑塔纳车和奔驰车又咬在了一起,刚装的桑塔纳车零件又撒了一地。

车主歪歪扭扭地下车:“你们撞我干什么？看看你们这破车,还不值我一个车轮子钱!”

大头说:“我们就是穷光蛋,你也不能欺负我们穷人啊,破车就该被你撞吗?”

车主说:“分明是你们故意撞的我!”

川子对大头说:“他不承认我们就报警吧。”然后开始摸电话。

车主打了个酒嗝，赶紧上去阻止川子打电话："你们想怎样？"

大头说："你觉得应该怎样？"

车主开始数包里的钱，递给每人几张百元大钞。两人一起摇头说："不要，不要，我们报警，等警察来处理。"

车主想怒却不敢发作，问他们："你们到底想要多少？"

大头伸出两个手指头，车主掏出两千元，大头和川子仍旧摇头不接。

车主说："两位哥，两位爷，我没带这么多现金。"

川子指指路边的银行，大头说："银行卡一天最多只能取两万。"

车主犹豫了下，无奈地从包里掏出银行卡，晃晃悠悠地向自动取款机走去，大头和川子相互看一眼，嘴巴笑开了花。

深圳市整治黑头车违法载客的呼声和要求越来越强烈，原因是一辆黑车拉载一个外地客人从汽车站到火车站不足三公里的路程中，敲诈外地旅客两千元车费，外地人随即报了警。此事在媒体上曝光后引来民众一片骂声，政府不得不重视，运管部门和公安交警部门联合执法，对非法营运车辆进行查处。大哥劝大头和川子收敛些，不要上街拉客了。两人不看新闻不看报纸，对大哥的劝说也不理会，说："我们先攒点资金，等我们挣到本钱了，就一起合伙干大事！"

大哥坚持每天看当地报纸，关注当地的新闻，研究和琢磨着这座每天都有大量外来人员拥进来的城市，晚上的时候，大哥就回到自己的出租屋里，和这些外来务工人员居住在一起。报纸上对于他们的报道和关注似乎一天也没有停过，关于他们的生存状况问题、关于他们的违法犯罪问题、关于他们长年在外的性问题、关于他们的子女就学问题……大哥觉得在这些人中间应该有一个强大的市场。

大头和川子不顾政府的禁令，顶风而上，继续上街找违章的车辆碰瓷。终于有一天，两人没有回来，大哥接到了公安局的电话，告知大哥两人已被治安拘留，让大哥来交罚款。大哥问原因，警方说因为敲诈勒索。那天他们像往常一样出去，看到一个越线行驶的车辆，就故伎重演，结果被正在联合执法整治黑车的交警用密拍设备拍下了全过程。大头和川子伸手接钱时，被执法的交警人赃俱获。被抓获后，两人一口咬定这是他们的第一起，以前从没有干过，警察找不到之前他们作案的证据，因为情节轻微，尚不够刑事处罚，就对两人处以 15 日治安拘留，并处一千元罚款。

在大头和川子被拘留的十几天里，大哥继续就外来人员的就业和生存状况问题进行调研，他发现这成千上万的外来务工人员中，各种各样的人才和劳动者应有尽有，在市场经济大潮中，越来越多的像他一样的“单位人”变成了“社会人”，到深圳这个地方来淘金。而在深圳，越来越多的用人单位由过去“为我所有”的用人模式向“为我所用”转化。大哥利用一周的时间，考察了深圳市的劳务公司，发现目前开展这项劳务派遣和输出服务的公司并不多，大量的大学毕业生和社会闲置待业人员仍然缺乏好的就业机会。大哥感觉到，成立一家劳务公司，专门开展劳务派遣业务，在深圳应该很有前景。

大哥决定等大头和川子出来的时候，带着他们一起干，好把他们引上正道。

4. 新的生活

大头和川子出来后，对大哥要成立劳务公司的事并不感兴趣。他们并没有像大哥期望的那样，就此改邪归正。没有了桑塔纳车，兜里揣着碰瓷敲诈来的第一桶金，两人天天想着用什么办法能把这些钱变得越来越多。很快，他们发现了新的途径。

在此后相当长的一段日子里，大头和川子都是白天睡觉晚上出去。大哥问他们在做什么，他们也不说，只说发现了一个新的来钱途径，如果大哥感兴趣，哪天可以带他去看看。

那天晚上，当夜幕降临的时候，大哥就跟在大头和川子后面，七拐八抹地走进了一条幽深的巷子，在一个院门口停下来。大哥跟他们来，就是要看看他们两个到底在干些什么。

院子外面站着两个人，把他们拦下来，看到是大头和川子，就点头让他们进去，然后拦住大哥问："你是什么人？干什么的？"

大头和川子连忙说："这是我们大哥，刚来深圳不久，绝对不会有问题的。"

两人狐疑地再次打量下大哥，对大头和川子说："你们如果惹事，老大非剁了你们不可，进去吧！"

大哥他们进门的时候，差点没被房间内的烟雾熏晕过去。二三十个人围在一张方桌子旁边，桌子中间摆了四墩牌，四周押满了厚厚的钞票，被称作庄家的人不断催促着："快快快，押押押，还有没有？没有就离——手——"然后把色子投撒了出去。

大哥认识，他们在玩牌九赌博，他小时候和我们一起玩过。据说这种古老的赌博方式起源于宋代，宋徽宗宣和年间叫骨牌，现在叫牌九或天九牌。牌九的大小和形状类似于麻将牌，总共只有 32 张，每张牌上刻着不同数目的圆点，圆点上涂着红黑不同的颜色，分别代表着大小不等的数字。赌博的时候，一般是由一个人也可以两三个人合资做庄家，类似于今天的斗地主游戏中的地主，由庄家和另外三方赌输赢，另外三方的参与人数不限，通过牌九的大小、花色和有无对子比输赢。这种赌博方式至今在赌场和一些偏僻的农村地区还很猖獗。

余华的作品《活着》中写到主人公福贵年轻时候爱赌博，赌博时常玩的是麻将、牌九和色子，结果每赌必输，半年下来就把祖辈留下的家产全输光了。牌九这种赌博方式最大的特点是赌注大小没有限制，它可以使你一夜暴富，也可以使你一夜之间倾家荡产。

大头和川子一上桌就像苍蝇见了血，不一会就把带来的几千块钱输了个精光。两人把求援的目光投向大哥，大哥劝他们回去，两人说这是最后一次，玩过瘾了以后就不来了。两人说着就到大哥口袋里摸钱，大哥口袋里的两千多块钱被他们摸到，他们一分为二，没用几下就又输掉了。

大哥拉他们走，两人还是不愿意，说要再看会。大哥提前走了，大头和川子在场里开始借高利贷接着赌。

大哥劝两人很多次，可两人已经赌红了眼，那架势八头牛都拉不回来了。

没过多久，要账的就来了。

那天晚上，大哥刚回到出租屋，就听到外面大头和川子居住的地方一片嘈杂，还伴随着棍棒敲击声和喊叫声。大哥急忙出去看个究竟，只见院落里聚集了十几个人，个个手里拿着棍棒或砍刀，大头和川子早已被来人打翻在地，两个人都蜷缩在地上，用手抱着头，地上已经有一摊摊血迹。

"再不还钱，就要你们狗命！"领头的人一脸刀疤，叫嚣着，丝毫没有罢休的意思。

"住手！"大哥大喊了一声，众人一起停下看着大哥。

"你是什么人？给我一起打！"刀疤脸一挥手，众人围了过来。

"他们欠你多少钱？"大哥问。

"连本带利二十万。"刀疤脸说。

"这么多？有欠条吗？"大哥继续问。

刀疤脸从口袋里掏出一把纸条，上面写着数额不等的借款，下面是大头和川子歪歪扭扭的签字和手印。

"我给你们钱，你先放了他们俩。"

"你有钱？我们怎么才能相信你？"

"你们等下跟我去银行取钱好了，取不到钱，你们就把我扣下。"

刀疤脸这才勉强相信，大哥去取存折，和刀疤脸一起到银行，从吴小曼变卖房产的钱中取出二十万，替大头和川子赎回了两条狗命。

等大头和川子身体恢复后，两人并没有痛改前非就此罢手，他们不甘心多日来用那辆旧车碰撞出的血汗钱都落入别人腰包，况且还有大哥的二十万。

一天晚上，两人背着大哥，再次进入了那家赌场，这次他们是有备而来。

两人进赌场后分坐于两边，赌到第三把的时候，两人手中的一张牌同时丢在了地上，弯腰去捡的时候，两人的手碰到了一块，然后开始争执，都说其中的一张天牌是自己的，两人边吵边开始动手，先是拍桌子，然后互相拳击，众人拉不住，大头拎起一条长板凳朝川子砸去，川子一躲，牌九桌被砸了个稀巴烂，三十二张牌和色子撒在了地上。

刀疤脸出来，给了两人各几个耳光，两人连连认错，答应明天赔他一张新桌子和一副新牌九。

两人回到家在躲开众人目光的时候，互相击了下掌，庆祝第一步计划成功。

第二天，两人起床，从外面买回了一张新的牌九桌和一副新牌九。等傍晚的时候，两人将牌九桌和新牌九送到了刀疤脸的赌场，然后继续低三下四地向刀疤脸道歉，说那天太冲动了，坏了赌场规矩，他们咬牙切齿地发誓，以后再不会发生这种事了，刀疤脸挥挥手后，两人就坐下来开赌。

大头和川子这次坐在了庄家的位子上，他们不知又从哪里借来十万元高利贷，等大头把牌九摆好的时候，川子把钱往桌上一甩说："今天玩把大的，十万元全放这里，挺着大家押了。"

赌徒们看庄家钱多，纷纷往上押钱。大头和川子不一会儿就赢了几十万。

当天晚上，两人从赌场回来后，就到大哥的出租房，还了大哥二十万现金。

经过几个月紧锣密鼓地筹备，大哥的劳务公司很快成立了。

这几个月来，大头和川子不仅腰包鼓了，见识也长了，听说大哥把开办公司的手续办得差不多了，只是在经费上还有些困难，两人二话没说，分别出资五十万。大哥说算是借他们的，因为公司前景如何，一切还不得而知。两人说，风险共担，算是他们三人合资的，如果不景气折了本，他们也无所谓。最后两人说，这点小钱，对他们已经是毛毛雨了。

这半年来大哥因为一直在跑劳务公司的事，对他们的事一直没有过问，两人信誓旦旦在大哥面前表态，两人不偷不抢也不会再去赌博，他们在合伙和朋友做生意。实际上大哥不知道，他们每天晚上都在赌场里泡着，只是现在的他俩，早就时来运转了，似乎每天都会有进账。半年来到底赢了多少钱，没有人会知道,两人每天晚上偷偷地把存折拿出来看,数字已经升到了七位。两人钱多了,在这一带社会闲散人员中的地位也逐渐提高。大哥发现两人的身边经常有一帮喽啰,虽然大头和川子经常对他们吆五喝六,但那帮人对他俩却俯首帖耳。后来大哥才明白,这帮人都是欠了他俩赌债的。

大头和川子这半年来在赌场上只赢不输,赌徒们都羡慕他俩的手气和运气,只有刀疤脸一个人有点纳闷。他开始观察并研究,他发现大头和川子不做庄家的时候是有输有赢,但只要一当庄家,色子和牌九掌控在自己手中的时候,基本上每局都赢,他想起半年前两人那场蹊跷的打架,然后爽快赔偿的牌九桌和新牌九,他似乎有所醒悟,问题肯定出在这里。

当凌晨时分,赌徒散尽的时候,刀疤脸把那张牌九桌拆开了,他发现里面掩藏着个巨大的秘密,桌子的夹层里有一个电路板。他把电路板拆下来,天亮的时候找到了一家麻将桌销售店,找到老板说,他桌子里的这块电路板坏了,问能不能修?老板把电路板拿到手里琢磨了半天说,这不是他家卖的,但他见过这个东西,应该是色子控制设备,可以通过遥控器控制桌面的色子,老板问他遥控器带来了没有,他可以帮着检查一下。

刀疤脸全明白了,他马上想到自己可以另配一个遥控器靠此赢回半年来输掉的钱,但他想到这样不仅来得慢,而且很容易被大头和川子识破,他想赢回输掉的钱也不是那么容易,他决定玩一把大的。

几天后,刀疤脸在东方海鲜酒楼宴请大头和川子。大头和川子不知刀疤脸葫芦里卖的什么药,但人家主动约请,也没有不去的道理。席间,刀疤脸在已经暴发的大头和川子面前表现得异常奴颜媚骨,一方面表达对两人运气和手气的羡慕,一方面又讨教两人赌场获胜的技术和法宝。两人都喝得面红耳赤说,过去他们一直都输,现在是老天开眼让他们时来运转了一阵子,说不定过一段时间运气背了,钱又回到你刀疤脸那里。刀疤脸说,哪里,哪里,他已经面临破产了,问他们俩愿不愿意让钱生钱来得快点。大头和川子听到刀疤脸说到钱,就有点警觉,竖起耳朵听刀疤脸说下文。刀疤脸说,他现在输光了,连放高利贷的钱也没有了,所有的家底中只剩下市中心那一套二百平的房子了。刀疤脸说,他想向两人借点钱,利息可以按八分算。这比他平时放给赌徒的高利贷还要高一些。

大头和川子互相对视一眼,大头问:“你打算借多少?”

刀疤脸伸出一个手掌。

川子问:“五万?”

刀疤脸摇摇头。

“五十万?”

“不,五百万。”

大头和川子起身要走。

刀疤脸说:“你们如果不放心,我可以把那套房子先抵押给你”

大头说:“我们没有那么多钱。”

刀疤脸说:“利息按十分。我把房产证交给你们做抵押。”

川子说:“房产证交给我们还不行,你如果有诚意,就把房子让出来给我们住,这样我们才会觉得踏实些,正好我们租的房子马上要拆迁了,暂时也没地方住。你如果觉得行,我们就成交,马上办手续;如果觉得不行,那这事就算了,这顿饭算我们请,以后还是朋友。”

刀疤脸做出痛苦和不舍状说:“唉,哥们儿现在是遇到了难处,你们不能这么落井下石吧。”

大头说:“我们只是觉得这样踏实些,房子我们又不要你的,你什么时候还钱了,我们什么时候就搬走。”

刀疤脸一脸的无奈和痛苦,说:“我明天就搬家,然后我们办手续。”

阳历 5 月 18 日正是阴历四月十八,是个好日子,大哥的优媒劳务公司正式成立。因为这个日子好,大头和川子非要赶在这一天搬家不可,大头说不光做生意讲究这个,搬家也讲究。

大哥对他们新搬的住处颇有疑惑,问他们房子的来源。两人说,一个朋友出国了,他们临时借住的,等朋友回来了,他们再重新租房子。大哥还想继续追问,两人把大哥出租房的铺盖卷往搬家公司的车上一甩说:“你爱去不去,我们要和这里告别了,你如果想赖在这里,就等着政府拆迁的推土机来埋你吧,这样我们还可以获得一笔赔偿费!”

新的生活开始了。

大哥的优媒劳务公司开张后每天都门庭若市,大批的求业求职者前来咨询和登记。大哥把这些人员通过计算机建立了一个强大的劳务人员资料库,接下来要做的,是如何将这些人派送到用人单位去。

大头和川子最近也不去赌博了,倒不是他们迷途知返改邪归正了,是因为他们找不到赌场了。

刀疤脸把房子抵押给大头和川子,拿到五百万后赌场也不开了,竟然在一夜之间消失了。惊得两人一身冷汗,暗自庆幸,幸亏把房产证和房子拿到手,否则差一点竹篮打水,两人想到价值远超过五百万的房子还在自己手里,心想怕你跑了才怪,最好死在外面他们可就赚大发了。但同时,他们也隐隐地觉得,刀疤的失踪有点蹊跷。

大头和川子也正式进入劳务公司,帮大哥拓展业务。大哥看他们浪子回头,很是欣慰。

5. 初识白莎莎

大成建筑集团有限责任公司是深圳市较富有名气和实力的一家建筑公司,如果能和这样的公司合作,公司的前景将是无限广阔的。为进一步拓展劳务公司的业务,这一天,大哥走进了这家公司。

接待大哥的是人力资源部美丽的白莎莎小姐。

白莎莎小姐身材高挑,青春亮丽,模样不像人力资源部经理,倒更像是个模特。

大哥递上自己的名片，向白莎莎介绍优媒劳务公司的人才资源情况。

白莎莎说，以前同他们合作的劳务公司因为没有及时为工人缴纳工伤保险，在一次施工事故中，两个工人受重伤，因医疗费和伤残补助问题引起了纠纷，公司对此很不满意，他们也正准备重选一家信誉好的劳务公司合作，她让大哥把资料留下，等她的通知。

大哥出门的时候，发现大成公司的楼下一片嘈杂和打斗声，门口来了几十个人，保安已经抵挡不住了，这群人带着棍棒，叫嚣着让大成公司还钱。

公司领导打电话给白莎莎，让人力资源部通知各部门年轻力壮的员工都出来迎战。

大哥随着公司的人往外走时，门被来者死死把守着，为首的一个人说不还钱今天谁也不准离开半步。大哥看了下那个人，发现有点面熟，仔细看，发现他的脸上有块刀疤。

公司的人和刀疤对峙着，人虽然多，但个个都是赤手空拳，真正打起来估计也不是对手。

白莎莎看大哥还没走，对大哥说："你那里不是人才济济吗，你如果能把今天的事摆平了，我可以建议公司以后就和你们合作。"

大哥说："我试试。"便开始给大头、川子打电话。

大头和川子听说刀疤找到了，很是兴奋，急忙驱车赶来。

刀疤正站在人群前面肆无忌惮地叫嚣着，大头和川子从人群夹缝中挤到了前面，两人一看果然是他们要找的刀疤，大头说："刀疤！你让我们找得好苦啊！"

刀疤一愣神，看到眼前意外出现的大头和川子，大惊失色，立马转身钻进人群中溜走了，来人一看为首的跑了，也不知大头和川子是何方神圣，立马一溜烟散了。

大哥喊来的人不战而屈人之兵，令大成公司很感兴趣。这帮人来闹事不是一次两次了，用什么办法可以摆平这些人，让公司不再受骚扰，是他们一直头疼的问题。公司的领导层向白莎莎了解到大哥的来历后，让白莎莎传话，如果能将公司的另一件事摆平，今后就和优媒劳务公司长期合作。白莎莎对大哥说，那天来公司要钱的人，是他们的一家材料供应商派来的，他们之所以欠供应商的钱，是因为他们承接的万恒大厦的装修款迟迟不到账，派人多次到万恒要账，但对方就是置之不理。

大哥和大头、川子说起这事，两人说这事好办，交给他们了。

第二天，大头和川子纠集了一帮过去欠他们债的赌徒，又通过以前在拘留所认识的人，总共叫来了一百多号人，每人发了200元工钱，上午十点钟，就把万恒大厦门口围了个水泄不通，为造声势，大头和川子让人打出了“还我农民工血汗钱”的横幅，他们也不找公司的人谈，大头和川子从来的人中挑出了两个水电工，让两人找到大厦的配电房把大厦的电闸关了，整幢大楼立马陷入黑暗中。大头和川子一挥手，一百多人随即突破保安的阻拦，拥进大厦的各个楼层开始大声叫喊：“万恒大厦欠债还钱！万恒大厦欠债还钱！”

大厦陷入一片混乱中，公司的白领们电脑全部被停电关机，无法办公了，也不知发生了什么事，纷纷面带惊悸携包逃出大楼。

第二天，万恒的欠款就到了大成公司的账上。

大成公司与优媒劳务公司正式签订劳务派遣合作协议。

因为有了和大公司的合作，大哥的劳务公司很快赚得第一桶金，生意也逐渐红火了起来。

这天晚上，大哥在公司里正清理账目，突然接到了白莎莎的电话。

白莎莎在电话里说，她遇到了点麻烦，问大哥能不能来帮帮她，通话的时候，电话里还不时传来嘈杂声。

大哥按白莎莎提供的地址赶到的时候，发现白莎莎的家门被一群人堵上了，为首的是一个四十多岁的妇女，疯狂地擂打着白莎莎的房门，叫骂着：“婊子开门啊，你这个不要脸的东西！偷人家老公，还想做缩头乌龟，出来我撕了你！”

大哥看情况不好对付，立即给大头、川子打电话，让他们多带些人来，再喊几个做保洁工作、力气大点的妇女。

大头和川子带来的人很快赶到,其中几个妇女将那女的架开,大头和川子很快用拳头和巴掌将其他男人侍候走了。

大哥敲白莎莎的门,告诉她没事了,白莎莎这才把门打开了,对大哥说:“你能进来一下吗?我有话和你说。”

大哥进屋,大头和川子带人撤了。

这是一套装修考究的四居室,屋内摆满了莎莎常用的名牌包、名牌首饰等奢侈品。莎莎把大哥让进沙发,倒了杯水,然后叹了口气,说:“这种日子我过够了,你说我该怎么办?”

白莎莎开始给大哥讲她的故事。大哥不知道莎莎为什么要和他说自己的故事,也许是她太无助了吧。

莎莎说,她来自连海市,原名白丽莎,初到深圳是来参加闽粤地区模特大赛的,白莎莎是她到深圳后给自己起的艺名。凭借青春靓丽的外表和优雅脱俗的气质,莎莎在大赛上一路过关斩将,顺利进入决赛。进入决赛后,佳丽们开始各显神通,纷纷寻找后台和潜规则,拉拢贿赂评委。莎莎一个人在深圳,没有什么路子,自己也比较单纯,就傻傻地静等着决赛的到来。

决赛的前一天,大赛组委会的工作人员找到莎莎,说他们老板要见他。莎莎问你们老板是谁,工作人员说是这次大赛的赞助商。

见面的地点是在深圳市最大的海鲜酒楼,席上十几个人,莎莎有的认识,有的不认识,认识的都是大赛上的评委。坐在最中间的人莎莎不认识,一个四十多岁的男人,身材微胖,还戴着眼镜,一副儒商的打扮,席上的人有的喊老板,有的喊钱总。钱总让莎莎坐在自己身边,酒席开始。

席间,莎莎发现在台前一直趾高气扬的评委们对老板极尽阿谀之态,老板倒是对莎莎呵护备至,不时扭过头和莎莎说话,问莎莎年方几何,是哪里人,在深圳还有什么亲戚,说如果遇到困难和问题就来找他。众人过来敬莎莎酒时,老板一律挡住,说莎莎明天还有比赛,不能喝酒,再说他最讨厌看别人给女孩子灌酒,这样的人都没安好心。

酒席快散的时候,老板说:“明天的比赛你们一定要公正公平,像莎莎这样优秀的选手一定要让她脱颖而出。”

酒席结束,老板让莎莎上自己的车,要亲自送莎莎回家。莎莎报了一个出租房的地址,车子就朝莎莎的住处开去。一路上,老板叮嘱莎莎说:“明天的比赛要放松,不要紧张,今天的评委你也都见到了,他们没有什么可害怕的,我相信,凭你的实力,一定能取得冠军!”

老板给莎莎留了电话,莎莎很感动,对老板的印象也不错,对第二天的比赛也充满了信心。

比赛如期举行,老板还亲自到场观看比赛。莎莎在走台中,不时和老板对视一眼,她发现每次看老板时,老板都向她投来鼓励、肯定和赞许的目光。莎莎发挥出色,经过自由风格装、泳装、道具造型展示和才艺展示等环节的比赛,顺利夺得冠军。

主持人宣布白莎莎获得本次比赛的冠军,场上响起了经久不息的雷鸣般掌声,闪光灯刷刷地闪个不停,莎莎头戴桂冠,光彩照人。

当主持人宣布有请本次活动的赞助商、大成建筑有限公司的董事长钱其亮先生为获奖选手颁奖的时候,处在激动和兴奋中的莎莎给前来颁奖的老板一个大大的拥抱。

那天是莎莎一生中最开心的时刻。比赛结束后,老板让手下为莎莎送上一大束鲜花,还亲自为莎莎设庆功宴。晚宴上,两人因为高兴都喝了不少酒。老板说,他之所以选中莎莎,是喜欢莎莎的清纯的气质和姣好的容貌,如果莎莎同意的话,可以加盟到大成公司来。

晚餐结束后,还是老板送莎莎,不过这次他们没有按照莎莎指示的路线走。老板说,他要带莎莎去一个地方,有一个惊喜送给她。

车子最终开进了一个高档小区,老板让莎莎随自己上电梯,到了 18 层,老板递给莎莎一串钥匙,让她打开 1801 的门。老板说:“这是公司给你安排的新住处,你以后就不用回到自己的出租房里了。”然后又拿出一串钥匙和一个手机盒子说,“公司给你配了辆车,已经停在楼下的车库里,还给你配个新手机,已经入好户,你以后就用这个手机和我联系。”

莎莎被这个晚上一起拥上来的成功和幸福击懵了,有几次她甚至咬了下自己的嘴唇看疼不疼,以确定自己是不是在做梦。最后,当老板过来抱她亲她的时候,她没有拒绝,她已经无法抵挡这光芒四射的前景,无法抵挡这突如其来的青睐和诱惑。

那个晚上老板也就在1801过了夜。

随后莎莎就到公司上了班,老板隔三岔五地会到1801过夜,没过多久,老板的老婆就知道了这件事并且摸到了莎莎住的这个地方。

第二天快下班的时候,莎莎又给大哥打电话,她说害怕那个泼妇再找上门,自己不想回家,问大哥能不能再帮帮她。

大哥清理完手头的事情,赶到大成公司时,已过了下班时间,莎莎还在公司等他。看到大哥来了,莎莎莞尔一笑,对大哥说:“谢谢你,陪我到海边走走吧,我有事和你商量。”

大哥上了莎莎的汽车,驱车到了海边,他们走下车,海风轻轻吹来,掀起了莎莎美丽的裙角。

莎莎说:“谢谢你能帮助我,你愿意帮我到底吗?”

大哥说:“不客气,你说吧,我能为你做什么?”

“这事可能有点麻烦。”莎莎表情有点阴郁。

大哥说:“没事的,天下没有过不去的坎,我历经的坎坷比你多。”

“那个女人还会来找事的。”莎莎说,“而钱总也为这件事头疼不已。”

“我能为你做点什么?”大哥问。

莎莎说:“你愿意假扮成我男朋友一段时间吗?这样不仅那个女人不会再来找我的事,钱总也会因为你帮助解决家庭矛盾而心存谢意。”

大哥迟疑不下。莎莎说:“这会给你添麻烦的,算了吧,我自己处理好了。

尽管如此，还是要谢谢你。”

大哥说：“我试试看吧，但愿能帮助到你脱离难关。”

莎莎很感动，对大哥说：“你是个好人！”

大哥苦笑了下。

两人一起在海边吃完饭，然后就开车往回走。

到了莎莎住处的时候，果然发现那个妇女带着一帮人正围堵在莎莎的楼下。

莎莎不敢下车，大哥先走下来，过来打开莎莎的车门，扶莎莎下车，然后揽住莎莎的腰身说：“走吧。”莎莎把头靠在大哥的肩膀上，两人亲密地往家走去。

看着两人勾肩搭背地上楼，那妇女没再跟着，带着人走了。

大哥给莎莎送进门，示意自己的任务完成了，也该走了，莎莎说：“进来坐会吧，也许他们没有走远，在附近观察着呢，你现在就走，戏就穿帮了。”

大哥觉得莎莎说得有道理，就和莎莎一起进屋。

房间的钟表的时针已经指向午夜十二点，莎莎说：“要不今晚就委屈你下，住在这里算了。”

大哥对莎莎的提议有点意外，莎莎说：“我怕那些人还没有走。”

大哥说：“那我睡沙发好了。”

莎莎笑了：“我可没说让你上我的床，要不，我们换下，我睡沙发也行？”

大哥说：“为了完成光荣的革命任务，吃这点苦不算什么！”然后便倒在沙发上和衣而睡，莎莎从房间抱来了被子。

屋外的那帮人确实在小区门口守候到凌晨才走的，那妇女确认莎莎有了男人，从此也不再来找莎莎的麻烦。

大哥以为这事到此就算结束了，可莎莎说，戏才刚刚开始，你现在退不了场。

莎莎告诉大哥，她怀孕了。

6. 暖男献身

大成公司的董事长钱其亮的资产早已过亿，唯一遗憾的是年过四十膝下还无子，老婆为他生下一女后子宫便成了一片盐碱地，任他怎么辛勤开垦却再也没结出果实来。

钱其亮出生农门，凭借其胆大心细早期到深圳打拼挣得了第一桶金后，便开始进军房地产业，后来生意越做越大，钱越挣越多，想生个儿子继承他庞大家产的想法也越强烈。他为妻子请到了深圳市最好的妇产科医生，检查的结果令钱其亮很绝望，医生告诉他，他老婆已无生育可能。

莎莎怀孕的事情对他来说是个喜讯。他本来是逢场作戏，施舍点小恩小惠，准备玩一段时间就扔掉，没想到莎莎怀上了自己的孩子，他决定正式把莎莎包养下来，让她把孩子生下来。

钱其亮是不可能让莎莎威胁到他的婚姻的。他是个商人，权衡过利弊，如果离婚，老婆至少分得一半的财产，他的一半财产就会不翼而飞，这还是好的，现在自己不小心又让老婆知道了他和莎莎姘居的事实，如果起诉到法院，他是过错方，老婆让他净身出户也不是没有可能，想到这个后果的时候，他不禁一身冷汗。

这段时间，尽管莎莎怀孕了，他也不敢轻易到 1801 来，只是在电话里嘘寒问暖。

这一天，莎莎生病了，心情也十分悲凉，给老板打电话，他没有接；她就给大哥打电话，说自己快死了，问大哥能不能送她到医院。

大哥很快赶到，当莎莎忍着剧痛打开门看到大哥的时候，一头就扑到他怀里哭了起来。

莎莎因为急性肠胃炎住院了。大哥让大头和川子帮着处理公司的事情，每天抽出时间来照顾莎莎。莎莎只能吃流质的食物，大哥每天在家里煲了粥或汤,给莎莎送饭。莎莎很是感动。

而这期间,钱其亮连个电话也没有,完全像从人间蒸发了。

莎莎心寒透顶。她回想起自己和老板认识之初,她还以为老板是真的喜欢她,她以为自己可以和老板结婚,可相处了一段时间,当她和老板提出这个要求时,老板说,除了结婚这件事,什么要求他都可以满足和答应她。自己很失望,却无力改变现状,她从没有想过自己会成为人们常说的二奶,这个身份让她很痛苦。现在自己怀孕了,不仅连应有的关心都得不到,甚至自己生病了也没有人照顾。而大哥这个几乎算是陌生的男人,却让她备感温暖。

莎莎出院静养了半个多月,这期间,钱其亮出国了。莎莎突然打电话对大哥说,她想把肚子里的孩子打掉了,现在就想打,问大哥能不能陪她。

第二天,大哥陪莎莎来到了医院。

医院的人很多,大哥为莎莎排队挂号。等半个小时过去他们挂完号到 5 楼妇产科的时候,门口的长椅上已经坐满了病人。

莎莎脸上很疲倦,看样子昨天晚上没有睡好。大哥为莎莎找了个位置,让莎莎坐下,莎莎无助的目光中带着感激,对大哥再次挤出一个浅浅的笑。

导医终于喊到“白莎莎”的名字,大哥陪着她进去。

医生是一个五十多岁的老太太,经过一番检查后医生说:“胎位正常,要多注意休息。”就低着头开始写病历。

“孩子我不要,我是来做手术的。”莎莎说。

医生抬起头,看看大哥,说:“你们商量好了吗?像你这个年龄,以后机会可不多了,即使再怀上,精子的质量也不会很高。”

大哥一时没缓过来,等莎莎看自己的时候,他才恍然说:“哦,我们商量好了,孩子我们不要。”莎莎投来感谢的眼神,大哥“被爸爸”了一次,却没有丝毫的不愉快。

医生不再说什么,低头开手术单。

莎莎要进手术室的时候，目光中流露出紧张和慌乱。大哥拉着莎莎的手说：“不要害怕，只是一个小手术。”莎莎的手冰凉，大哥想再多给她注入些暖意，医生很快就把莎莎推进了手术室。

大哥去交完费用，以家属的身份在外面静候着，竟然不知不觉就产生了错觉，恍然间大哥感觉自己和莎莎好像早就认识，莎莎肚子里的孩子，是他们不小心造成的后果，他甚至有点担心，莎莎在里面疼不疼，尽管这是他很熟悉的一个小手术。

等莎莎被手术车推着出来的时候，大哥看到莎莎脸色煞白，疼痛让她的五官紧蹙在一起。大哥上前扶她坐起来，莎莎捂住自己的腹部，泪水潸然落下。

大哥把莎莎搀扶起来，她的臂光洁而滑润，因为体力不支，整个身体都歪向了大哥一边。

“要不我背着你走？”大哥征求莎莎的意见。

“那样我肚子会更疼的，傻瓜。”莎莎说，语气中带着嗔怪。

大哥有点不好意思，自己还专业人士呢，做完手术的妇女腹部是不能挤压的，自己连这个都忘了。

“我抱着你走吧。”大哥没等莎莎同意，已经把她横抱了起来，莎莎迟疑了下，紧接着就用手抱住了大哥的脖子。

他们就这样走出医院的大门，俨然一对情侣或新婚夫妻。那是一个浪漫的姿势，大哥想起，他曾这样抱过英子、祁红、夏清和沈洁漪，如今，她们都早已从自己的生命中远去，而眼前怀里的这个女人，会与自己的生命发生交集吗？

大哥每天晚上去看莎莎，给莎莎送去补品，关系逐渐近了起来。大哥给莎莎端水送饭，对莎莎照顾得无微不至。莎莎对大哥的关爱，总是报以感激和温情脉脉的目光。有时候，莎莎会突然从后面抱住大哥，把头贴向大哥的背部，静静地靠一会，大哥知道，莎莎此时很脆弱，她只是需要一个肩膀休憩，就静静地不动，配合着莎莎。

莎莎很快就能下地了，身体逐渐恢复，也不再需要大哥照顾了。最后一个晚上，大哥烧了满满一桌子菜，莎莎陪大哥共进晚餐。那一晚，大哥告诉莎莎，不管以后莎莎遇到什么困难和问题，他都愿意帮她，愿意永远做她的坚强后盾。

那一刻，莎莎感动得哭了，她说大哥是她在这个世界遇到的最好的人。

莎莎说完，就扑到大哥怀里，开始吻大哥。大哥木木地回应着莎莎的亲吻，除了生理上有点反应外，大哥的内心却如死水一潭。

也许，自己早已失去了喜欢一个人的能力，他这么想。

和大成公司合作一段时间后，优媒劳务公司在深圳的影响力越来越大，先后又和几家大的公司签订合作协议，优媒劳务公司的劳动力派遣能力很快占据了深圳市的半壁江山。

大哥账上的钱越来越多，他发现深圳市房屋的价格也在不断攀升着，以大哥的判断，这也许只是个开始。他经过一段时间的观察，果断出手在海边购买了一套精装修的别墅，交了首付，办了手续，很快就入住了进去。他不想再和大头、川子待在那个来路不明的房子里，对他来说，买这幢别墅，既是生活需要，也是一项大的投资。

大哥带着莎莎参观他的新别墅，莎莎对这套价值不菲的观景别墅很是喜欢，她跑到阳台眺望着远方的大海，对大哥说，她从小就梦想着能拥有一套海边的房子，可以每天面朝大海，看潮起潮落，听海哭海笑的声音。

钱其亮这段时间只顾忙着生意上的事情，等他再见到白莎莎时，发现白莎莎的腹部已经平平，他异常惊诧，继而恼羞成怒，发疯似的揪住莎莎的脖子，问莎莎把他的儿子弄到哪里去了。

莎莎推开钱其亮，大声地质问他："在我生病的时候，你在哪儿？在我快要死了的时候，你在哪儿？我对你已经彻底绝望了，从此后，你走你的阳关道，我走我的独木桥，我不想再和你有任何纠葛了。"

钱其亮颓然地坐下，用双手捂住自己的脑袋，对莎莎摆摆手说："没有了孩子，你也没有了任何价值，滚吧滚吧，像你这样的女人老子不缺。”

莎莎毅然决然地驾车离开了1801。

那天，莎莎的吻让大哥颇感意外。他帮莎莎，完全是出于对一个弱女子的同情，但这件事情，却让自己变得很充实、很快乐。虽然莎莎的吻让大哥有点猝不及防，但经历过大风大浪的他明白，莎莎只是用她的方式表达对他的感谢，莎莎不会爱上一个四十多岁奔五而去的男人，他也不会再轻易爱上任何一个女人。

莎莎离开了自己的住处后就给大哥打电话，当莎莎驱车来到大哥的别墅时，一头扑向他的怀抱。

莎莎哭了，她告诉大哥，她没有了去处，问大哥，愿意收留她吗？

大哥把莎莎抱在怀里，告诉她，他愿意永久地收留她，只要她愿意。

莎莎对大哥说：“你真好，我的命真好，怎么会遇到你这么好的人。”然后就开始吻大哥。

大哥回应着莎莎的吻，莎莎边吻大哥边开始解大哥衬衫的纽扣，然后亲吻大哥的胸膛，她说她要把自己完完全全地交给大哥。大哥被压抑得已经太久太久的情欲慢慢开始复苏，他也开始解莎莎的衣服，莎莎完美无缺、曾赢得无数鲜花和掌声的身段一览无余地展露在大哥面前，这是已经很久没有感受过的快乐了，他无法抵抗这份原始的诱惑和渴望……

莎莎在大哥这里安顿好后，就开始出去找工作，她告诉大哥，从此后要自食其力，再也不依靠男人吃饭。

大哥说要不你到我们公司来吧，莎莎笑着说：“我说过不依靠任何男人了，这个男人也包括你，我的理想和兴趣是在T台上，我喜欢闪光灯‘唰唰’的声音，喜欢台下的人对我众目睽睽的感觉，我要找一份与我的特长与理想相关的工作。”

大哥看到莎莎积极向上的生活态度，心里由衷地为她高兴。

7. 流产与破产

大哥已经好多天没有见到大头和川子了，这天，他意外地接到了派出所的电话。他们俩出了点事情。

那天，两个人在夜总会怀里各搂着一个小姐喝酒唱歌的时候，派出所进来例行检查，发现了摆在桌子上的白色粉末，就给两人进行尿检，结果呈阳性。

因为两人是吸毒初次被查，还不能确定是否成瘾，公安机关就未对其进行强制戒毒，给两人各处以 15 日治安拘留。

两人被关的日子里，被毒瘾折磨得异常痛苦，等一放出来，立即找到卖零包的毒贩子过了把瘾。两人吸毒成瘾后，就开始无所事事，手里的钱只出不进，很快被他们挥霍得差不多了。两人开始到处找刀疤要钱，可寻遍了深圳市的每一个角落，也不见刀疤的影子，刀疤像空气一样在深圳消失了。

两人想着还有房子在抵押着，心里也不是太慌张，就开始张罗着卖房子，两人因为缺钱，要价低，房子很快找到买主。到房产局办理买卖过户手续的时候，房产局告诉他们，这套房子因为在银行已经被作为抵押办了抵押贷款，不能出售和过户，要想卖掉房子，必须先还了银行的贷款。两人带着房产证到银行查询房子抵押贷了多少钱，查询的结果是五百万。

两人傻了。刀疤用房子做抵押贷了五百万，又骗了他们五百万后，一定远走高飞逃之夭夭了，两人上当受骗了，恨得咬牙切齿，杀了刀疤的心都有。

他们没有把这事告诉大哥，在心里盘算着怎么才能找到刀疤，如果找不到，用什么法子才能捞回这么一大笔钱。

优媒劳务公司挣的钱越来越多的时候，大哥盘算着再开两家分公司，一个给大头，一个给川子。一是为了感谢当初他们的收留之情，更多地是想给他们俩找点正经事做，好早日改邪归正，这样做的好处还有一个，就是以后三个公司可以独立核算，大家各自挣自己的那份钱，自负盈亏，折了赚了都是自己的。大哥把开业以来的收入情况通报了两人，并说出了自己的打算。两人都说开分店的事再等等，他们现在正在外面做着生意，如果资金能运转得开，不如把钱先借给他们用用。大哥怕他们有想法，就把部分盈利分给了他们。

自从和莎莎有了那层关系后，大哥和莎莎就同居了。莎莎是青春美丽的，有这样一个美丽的姑娘陪伴，大哥感觉生活是充实和快乐的，也许未来他会喜欢乃至爱上莎莎。

莎莎和大哥同居后没多久，竟然意外怀孕了。

事情来得有些突然，大哥和莎莎都还没有做好心理准备。

莎莎问大哥，该怎么办？

大哥说："如果你愿意，就为我生下孩子，我会好好照顾你们的。"

莎莎说："我们还没有开始谈恋爱呢，怎么就有了孩子？他来得太早了点。再说，你也没说过爱我，就这样奉子结婚啊。"

大哥把手里的存折、房产证全部拿到了莎莎面前，说："我早已不会谈恋爱了，但对待生活还是真诚的，你如果愿意和我在一起生活，这些东西都是我们的共同财产，我会让你和孩子幸福的。"

莎莎说："让我考虑考虑吧。"

因为孩子的出现，大哥有了憧憬，重新燃起了对新生活的希望。

莎莎暂时不用去找工作了，因为妇为子贵，莎莎在大哥面前变成了娇宠的小女人，对莎莎的要求，大哥也是尽量满足，莎莎对奢侈品表现出强烈的兴趣和热衷，尽管过去钱其亮给她买的穿戴一样不缺，但莎莎还是一件一件往家买，这虽然违背大哥的消费理念，但对一个怀孕的女人，大哥还是不吝让她开心。怀孕两三个月,莎莎已经花掉十几万,对大哥说:“你还缺我一样东西呢?”大哥问是什么,莎莎说:“钻戒啊,你不打算和我结婚啊?”

眼看着莎莎的肚子已经微微隆起,大哥知道,举行一个仪式已经迫在眉睫了。

大哥安排好了公司的事情,带着莎莎去连海市见了她的父母。虽然莎莎的父母对女儿找了个这么大的男人心存疑虑,但知道莎莎怀孕也不好再说什么,只是偶尔地唉声叹气表示不满和无奈。莎莎用大哥的钱给父母在市中心买了套新房子,老两口因为即将乔迁新居马上笑逐颜开,很快接受了这个小不了他们几岁的新女婿。

大哥又回了趟老家,带莎莎见了我的父母,两位老人对莎莎的着装打扮虽然颇有微词,但看到大哥的情感和生活再次有了着落,并且他们也即将抱孙子,也是满心欢喜。

见完双方父母,接下来要办的,就是他们的婚礼了。

这个时候,大头和川子却出事了。

大头和川子毒瘾越来越大,找刀疤无望,手里的钱用光了,两个人就跟着一个向他们提供毒品的毒贩子后面混。毒贩因为常卖毒品给他们,圈内人不会有什么风险,便让大头和川子帮他打下手卖零包。两人跟着马仔干了两个月,赚的钱也只勉强够溜溜冰,两人头脑灵活,野心很大,岂是满足赚这点小钱之人?他们在圈内由接触上家供货商开始,不久就把这条道摸清,接触到了活跃在福建的毒枭阿三姐。他们的总头子竟然是个女的,多少有点出乎两人意料,一个女的都能有这么大的野心和成就,刺激了两人要在这个圈子内干出点名堂的欲望。两人因为本身就吸毒,很快就获得了阿三姐的信任,阿三姐发现两人聪明活络,就决定把他们发展为下线,让他们尝试再打开一条贩毒通道。这个时候,大哥刚好给了他们一批分成,两人先买了点冰毒回深圳探探路。

深圳作为沿海城市,在经济迅猛发展的同时,吸毒人员也日趋壮大,毒品地下消费市场也越来越大。大头和川子本来就是深圳吸毒分子中的一员，又做过两个月的马仔，对深圳的消费渠道已经很熟悉，带回的毒品很快在深圳销售一空。毒品的利润这么大，让两人瞠目结舌，野心也开始日益膨胀，想着什么时候再去干趟大的。

大头和川子被抓不是因为贩毒，而是因为吸毒，正所谓大意失荆州。那天两人正美滋滋地躺在宾馆的床上溜冰过瘾，外面的服务员把门打开了，两个警察跟在后面。警察先是对两人进行尿检，结果呈阳性，后查获了他们包里的少量毒品和大量钱款。

两人身上的毒品数量不大，又是供自己吸食用的，还没有触犯刑律。吸食毒品按律也就是强制隔离戒毒，两人同公安机关打过交道，也懂这点法律知识，警察没查到毒品，就获取不了他们贩毒的罪证，吸毒只是违法行为，治安拘留或强制戒毒而已，两人心里很有数，也不是十分害怕。可他们的手机不争气，自从进了派出所以后就不停地在那里鸣叫，警察本来就觉得两人身携巨款，绝不是一般的吸毒人员那么简单，就接通了来电者的电话，这些电话无一例外，全是找大头和川子要毒品的，警察顺藤摸瓜，通过手机，一举抓获十几名吸毒人员，还有几个坐地批发的马仔。吸毒人员和马仔全部供认大头和川子向他们提供过毒品，吸毒人员和马仔的言辞证据相互印证，大头和川子的贩毒事实很快被查清楚，证据形成了锁链。不仅如此，警方还通过对他们的上线进行追踪，很快发现他们是深圳刑警正在侦办的一起涉及福建和深圳两地的一个跨境贩毒通道的分支，有了大头和川子的这条线索，很利于打掉整个贩毒网络。

大头和川子被刑事拘留后，警察很快就找上了大哥的门。对贩毒分子财产的追踪和没收，是国内外打击贩毒活动的共同法则。贩毒分子以获取经济利润为最终目的，为了摧毁贩毒分子的经济基础和不当收益，毒品犯罪比较猖獗地区，公检法系统早已经开始加大执行贩毒分子财产刑的力度，对贩毒分子获取的利益予以没收，对房屋等不动产予以拍卖甚至炸毁，以起震慑和警示作用。警方在抓获大头和川子后，很快对两人在深圳市的财产进行调查，他们通过工商部门查到大头、川子和一个叫许友梅的人在深圳开有一家劳务公司，很可能与贩毒后的洗钱行为有关,随即查封了优媒劳务公司。

警方依法对大哥的住处进行搜查时,大哥和莎莎的婚礼才刚刚开始。

大哥是第二次站在婚礼的仪式上。从第一次结婚以来,大哥从没有想过自己还会再次结婚,如果不是莎莎怀孕,也许他们只是同居关系,至于这层关系能保持多久,谁也没有把握,但现在不一样了,是孩子把他和莎莎拴在了一起,同时,大哥也因此有了希望和寄托,大哥想到以后一家三口其乐融融的场景,内心还是涌起了温暖的感觉。

大哥和莎莎携手走上红地毯的时候,警察就来了,他们搜查别墅没有找到毒品和有价值的线索,就到婚礼现场来找大哥。

他们静静地坐在一角,静等大哥和莎莎把仪式进行完毕,然后才出现在大哥面前。

大哥被带走的时候,安抚着惊魂未定的莎莎说:"没事的,是大头和川子出了点事情,我去配合他们做个调查,很快就会回来的,你不用害怕,在家等着我。"临行前,大哥还对着莎莎的腹部听了听,对莎莎说,"好好照顾我们的孩子。"然后就走了。

莎莎呆呆地站着,摸摸腹中的未出世的孩子,显得很脆弱和无助。

大头和川子多次和警察打交道,早有了反侦查的经验,这次又明知是重罪,就来个大风不开船,拒不供述贩毒事实,让警方一时难以厘清犯罪的全部事实。

大哥因此受到牵连,被连续羁押了三个月。

三个月中,大哥交代完了他和大头、川子之间交往的全过程和经济往来,警方还是没能排除大哥参与贩毒的嫌疑,直到大头和川子再也扛不住,彻底交代了贩毒的经过,大哥才暂时被排除了嫌疑,被放了出来。

人虽然被放了出来,但警方认为,优媒劳务公司是三个人合伙开办,大头和川子的贩毒收益很可能通过劳务公司进行洗钱。警方决定,申请法院查封劳务公司,对公司的账户进行冻结,进一步深挖细查其是否与贩毒收益有关。

被羁押的日子里，大哥的身心受到了极大的摧残，警方三番五次地拷问，任他怎么解释，警方都不予采信，有时连续白天晚上的审问，让他得不到休息，试图摧垮他的精神和意志，让他彻底交代。大哥的精神极度疲乏，他想起了年少时的那次牢狱之灾，和此后他经历的一个又一个挫折，精神几度崩溃。

等他从拘留所出来时，已变得相当抑郁了。面对着这个陌生和深不可测的城市，面对即将到来的业无所从的生活，他感到了深深的恐惧和绝望。

8. 他就这么去了天堂

幸亏还有莎莎，还有即将出生的孩子，不知他们怎样了。

回到家里，房间是冰冷的，屋里布满了灰尘，看样子莎莎已经很久不在家了。打她的电话，一直没人接听。

大哥到处找不到莎莎，就到大成公司去碰碰运气，果然发现莎莎正从公司大门里走出来，手臂上挽着一个男人，大哥仔细看，竟然是钱其亮。

大哥看着莎莎上了钱其亮的汽车，心灰意冷，让出租车司机跟在他们车的后面，车子一直驶到了他们去过的海边餐馆，大哥也下车走了进去。

莎莎和钱其亮正面对面坐着，海风轻轻吹来，撩起了莎莎如瀑的长发，钱其亮色迷迷地盯着莎莎看，说："莎莎，今天晚上你真漂亮。"

莎莎莞尔一笑，没有说话。

钱其亮一把抓住莎莎的手说："莎莎，你再给我点时间好吗？等我把分公司开起来了，我就和那个黄脸婆离婚！"

莎莎说："你还在骗我。"

这时候，大哥出现在他们面前。

莎莎一脸惊恐："你——怎么出来了？"

大哥说："你不希望我回来，是吗？"

莎莎支吾着："不、不是……"

大哥径直过来拉莎莎："走，跟我回家！"

钱其亮横亘在大哥面前，直指着大哥说："你，给我滚开！"

大哥余光对着他说："你没有资格和我说话。"然后转过脸对莎莎说，"走，回家！"

莎莎一把甩开大哥的手，说："你别闹了！我们谈事情呢！"

大哥的眼睛直盯着莎莎，当目光由愤怒慢慢转为了平静，他回转身，大踏步走出了门。

钱其亮对着大哥的背影狠狠地"呸"了一口："就你个烂仔，老子用万分之一的钱就能把你砸个死无全尸！"

大哥悲愤至极，家里太冰冷他不想回，没有去处，便到大头和川子带他去过的酒吧。喝得快不省人事时，大哥问服务员要小姐，陆陆续续走来几个衣着暴露的小姐，大哥随意点了两个，一边一个坐在自己的大腿上，然后甩出一沓钱，让她们陪着好好喝酒，大哥喝多了酒，就开始抱着小姐疯狂地跳舞，有个小姐开始脱起了衣服。

大哥意识不清醒了，握住一个小姐的手说："莎莎，不要背叛我好吗？"然后扑到小姐的怀里哭了。

大哥病了。医生经过一番系统地检查后做出诊断，大哥因为长期心情抑郁，加上过量饮酒，肝、肺和胃都出了问题，要想恢复健康，就必须彻底戒酒，加强锻炼，保持心情舒畅。

大哥心情舒畅不起来，他感到了彻底的痛苦和绝望，他感觉莎莎正怀着自己的孩子离他远去。晚上的时候，大哥开始整夜整夜地睡不着觉，最后，他不再管医生的忠告，开始天天去泡吧喝酒，把神经彻底麻痹了，才好安睡一会儿。

大哥再次抑郁了，可能是旧病复发，他常常精神恍惚，出现幻觉。

雪上加霜的是，没过多久，警方来通知他，现在所居住的别墅，经调查是大头和川子开始贩毒活动后，以大哥的名义购买的，但因为三人一起合伙做生意，别墅是否是用毒资购买，还有待进一步调查，在案件调查清楚之前，法院要先行扣押，考虑到大哥一时居无定所，他们给了大哥两周的时间，请他找好住处，两周后他们来查封别墅。

面对破烂不堪的生活和未来，大哥几乎没有了活下去的信心。

莎莎在大哥被带走时起，已感觉生活突然从天上掉到了地下。

发现自己怀孕后，她感情的天平明显倾斜到了许友梅这一方，如果说钱其亮的许诺和诱惑让她感觉到像个肥皂泡一样，那么大哥给他的感觉是那么踏实可靠。许友梅虽然没有钱其亮的万贯财产，但他会倾其所有对自己好，况且凭他现在在深圳的发展，日后的前景也是十分广阔的。

大头和川子仿佛在一夜之间把他们的生活打回了地狱，打回到解放前。没有了经济收入，莎莎感觉在深圳这个笑贫不笑娼的城市一天都活不下去，她想到了过去，想到刚到深圳那时候住出租房、食不果腹的生活，更不要说奢侈品，她连看一眼的勇气也没有。

在最初的日子里，她还一直坚定着信念等大哥出来，虽然她已感受到了彻骨的冰凉。

独守空房的一个月里，莎莎一直在思考和挣扎，她不知道这个时候应不应该离开这间别墅。直到她接到了钱其亮的电话，泪水禁不住夺眶而出。

钱其亮已经很久没有莎莎的消息了，自从生活中没有了莎莎后，生活又恢复了死灰般的平静。公司的生意越来越好，钱赚得越来越多，可他突然觉得这些一点意义也没有。对于莎莎，他承认最初只是贪恋她的美色，当他知道莎莎怀孕后他迅速产生了让莎莎为他传宗接代的想法，可当这一切都失去了之后，他突然又怀念起这个妖精的好来，莎莎给他平静乏味的生意场上的生活带来了快乐和激情，莎莎住进 1801 的那段日子，他在身体上感受到新鲜和刺激的同时,精神也感到了极大的满足,他变得充实和信心倍增。可当莎莎从生活中消失,生活又恢复到往日的平静后,他又感到了百无聊赖。虽然自己的身边从不缺女人,但对送上门来的她们他感觉一个比一个乏味,终究还是想到了莎莎的好。

莎莎在再次搬回 1801 前没有告诉钱其亮她怀孕的事,而是自己偷偷去了一趟医院。因为钱其亮能够算出这个孩子不是自己的,他不可能接受莎莎带着另一个男人的孩子来和自己在一起,即使他不和她结婚。

大哥晚上睡不着,白天没精神,一直在家抑郁着。

他多次想到了死,可还是有点不心甘,唯一的牵挂是莎莎腹中的孩子。

莎莎竟然打来电话,起初大哥还以为是自己的幻觉,当莎莎说,她要来取一些衣物,同时她还有一些话需要和大哥当面说清楚时,大哥才知道这是真的。

大哥不知道莎莎要来和他说什么,内心深处残存的一点期望仿佛又被这个电话激发出来,也许她会看在腹中孩子的分上,重新选择和他在一起。那自己还能接受她吗？不论如何,必须让莎莎生下自己的孩子,那是他在这个世上唯一的希望。

大哥洗了脸,把自己修整了下,以至于别吓着莎莎。莎莎来了,穿着一件乳白色上装,浅色牛仔裤,显得休闲而随意。

大哥打开一瓶红酒,为莎莎斟上,在莎莎对面坐下,然后木木地看着莎莎。莎莎发现,眼前的这个本来就不小的男人显得更老了,人明显地消瘦了,脸色十分憔悴,好像在一夜之间头上就生出了很多白发。

莎莎仿佛也心生一丝悲悯,问他在公安局的情况,大哥从对面走过来,多日来的积郁让他在这一刻崩溃,情绪竟然一时失控,一把抱住莎莎,哭了。

大哥告诉莎莎,这么多天来,莎莎和孩子成了他唯一的希望和全部的精神支柱,他希望莎莎离开钱其亮,和自己在一起,把孩子生下来,他可以从头再来,一定让莎莎和孩子过上幸福的生活。

莎莎听完大哥的话，也哭了。她说，大哥对她的好、为她做的一切都让她很感动，她能感觉出大哥的好，此前，从没有人如此真心地对自己。

莎莎叹了口气，接着对大哥说，今天说这些已经晚了，她是来和大哥告别的。

大哥静静地呆立着，这样的场景他已经太熟悉不过了，他已经经历过无数次，英子的悲惨离去、祁红的下落不明、夏清和沈洁漪先后奔赴好的前程，也许每一次的生离死别都比这一次刻骨铭心，可唯一不同的是，这一次，眼前的这个女人，肚子怀着他的孩子，那是他在这个世界上唯一的牵挂。

“你愿意选择什么样的生活，是你的自由，我不想干涉。我唯一的要求是，希望你能把我们的孩子生下来，我会好好待他的。”大哥平静地说。

莎莎抚摸一下肚子，对大哥说：“他，早已不在了……”

“你说什么？你把我们的孩子怎么了？”大哥发疯似的冲上来，摸莎莎的肚子。

小腹平平，胎儿早已不在，大哥的泪水哗地夺眶而出，歇斯底里地摇晃着莎莎：“我们的孩子呢？我们的孩子呢！”

莎莎看大哥的状态，自知理亏，此刻她只想躲避，欲夺门而出时，大哥一把拉住了她。

莎莎甩开大哥的手，大哥从后面一把抱住莎莎，他把莎莎的脸扳过来：“你告诉我，为什么杀死我们的孩子？你是个刽子手！”大哥失控了，疯狂地揪住莎莎脖领抖动着。

莎莎疯狂地挣扎，抓他的脸，咬他的胳膊，揪他的头发。大哥倒在地上，莎莎也倒在地上，玻璃酒瓶掉在地上，碎了，莎莎的身上被玻璃碎片划破了，开始流血。大哥仍然抱住莎莎不放，莎莎就用碎玻璃疯狂地划大哥，试图让他松手，大哥的手臂上、腿上、后背上、脸上都出现道道血迹，血液顺着大哥的身体洒落到地上。

大哥疼痛地松开了手，莎莎逃脱大哥的怀抱，穿上鞋子，冲到客厅里，准备夺门而出，大哥上去一把试图抓住莎莎，却把莎莎上衣的一截短袖撕了下来，胸前的一枚纽扣也被拉掉了。大哥左手着地,倒在地上,一阵剧烈的疼痛过后,大哥摇摇左手,好像不听使唤了。莎莎已经头也不回地打开门,冲向自己的汽车,血液滴落到地板上、院子里、车轮旁,她上了车,发动引擎,“呼”的一声开出了别墅。

这就是犯罪嫌疑人白莎莎的供述,她坚持说,后面的事情她就不知道了。

9. 对话沈嘉——关于喜剧与悲剧

我和沈嘉的最后一次见面,是在深圳。

我打电话正要向他报告案件的侦破情况时,他说:“刚好在深圳出差,我们见个面吧。”

我们就在大哥生前的别墅见面。

沈嘉一脸的凝重。为了表示对逝者的尊重,他不再怕被别人认出,脱掉帽子拿在手上。

我带着沈嘉把大哥生前的环境里里外外看了个遍,包括残留在现场的证据。

我对沈嘉说:“杀害大哥的凶手还没有找到。”

沈嘉说:“能确定不是白莎莎吗?”

我对沈嘉说:“大哥的尸检报告显示:死亡的时间是在凌晨三点左右,而视频资料显示,白莎莎离开别墅的时间是在午夜十二点以前,白莎莎没有说谎,她不是杀害大哥的凶手。”

“那凶手是到底是什么人呢?一点线索也找不到吗?”

“没有,警方怀疑大哥是自杀。”

“这怎么可能?他们这么判断有什么依据?”

我首先给沈嘉看了警方提供的勘验检查报告。

报告显示:房间内血迹的形态都呈自然滴落形态,没有出现喷溅状血迹,说明了死者静脉和动脉都没有被异物刺破,现场的大量血液另有其他来源。

我按警方的解释给沈嘉看勘验记录中的照片,地面的血迹中有大量中空现象。我曾打电话给秦明,秦明查阅了大量资料,他说根据著名华裔博士、鉴识专家李昌钰的实践和理论,血迹呈中空形状多为内脏出血从肺部或气管里流出时,掺杂有大量气泡所致,血液一旦坠结在物体表面,气泡极有可能会留在血滴的中心位置,血干了以后,气泡会突然迸裂,留下一个中空的血滴形态。这个情况说明,死者生前在与犯罪嫌疑人的搏斗中并没有出现致命伤,现场的血迹是他自己吐出来的。

“原因呢?大哥为什么自杀?”

“他们说有两种可能性。一种是:死者生前患有抑郁症,从别墅中搜出的病历记录可以证明。死者极有可能在遭遇情感失败后在意识不清的情况下投海自杀。还有另一种可能是:死者生前参与了贩毒或洗钱行为,在警方开始对其调查并抓获了两个同伙后,死者畏罪自杀。当然,这种可能要等案件调查清楚后才能下结论。”

“这简直是在扯淡!”沈嘉有点气不平。

“我也这么觉得,但这已经不重要,他就这么走了。”

“如果是自杀,促使他这样的因素应该有三个,分别是流产、破产和抑郁。你觉得哪个因素是主要原因?或者还有其他原因?”

我打开手机微博,找到大哥的最后一条更新,是一首诗,我指给沈嘉看:“你从这里或许能找到答案。”

我满世界找你
不知能否遇得到
如果听到花开了
爱就不会再错过

我在梦里想你
是否还在爱着我
如果从此不醒来
你就永远属于我

我去天堂等你
从来没有离开过
如果来生再相遇
你会不会选择我

沈嘉沉思良久，问："大哥最后一刻还那么文艺。你觉得他寻觅、梦见和等待的人是谁？"

沈嘉的话让我一下子陷入了沉思，我按照警方的推断，想象着大哥在世上最后一个场景……

白莎莎走后，大哥颓然地坐在地上，玻璃碎片又刺破了臀部，他却丝毫感觉不到疼痛。他的目光开始变得呆滞和游离。他回到餐厅，打开一瓶白酒，咕咚咕咚地喝了下去，酒精迅速在体内燃烧，他感觉内心的痛苦似乎小了些，就又打开一瓶，咕咚咕咚地喝了下去……

大哥的身体晃动了几下，一个趔趄倒在地上，酒精在体内翻滚着，一股鲜血从腹腔内涌上来，大哥张开嘴，血液从里面涌了出来，流到了地板上……

因为酒精过量，大哥昏迷了一会儿，等他醒来时，神志已经不清了，幻觉又开始出现了，他看到了英子、祁红、夏清、沈洁漪在海边向他招手，他知道，她们在呼唤他，在她们的身边，还站着他未出世的孩子，他看不清是男孩女孩，孩子哭着在喊爸爸，他知道，孩子需要他，他的身边不能没有亲人，大哥向他们招手，露出甜美的微笑。

大哥站起身，朝海边走去……

“你说，他寻觅、梦见和等待的是英子、祁红、夏清还是沈洁漪？”沈嘉还在耳边聒噪，“应该不会是兰兰、冷血胡和白莎莎。”

我摇摇头说：“这，也许只有大哥知道。或许还有我们未知的。”

“还是让读者和观众去寻找答案吧。”沈嘉说。

“一千个观众就有一千个哈姆雷特，也许，一千个读者就能找到一千个答案。”我算是对沈嘉表示认可。

“但你这个剧本不能这样写，不能是这样的结局，这样的结局没法拍电视剧。”他还想着这事，而我几乎已经忘记。

“我懂的，电视剧不能这样写。但大哥的故事可能却真的是这样。”

“那怎么拍呢？如果哪天有人看到了这个本子，想把它拍成电视剧，一定想有个皆大欢喜的爱情结局。”

“那我们去天堂拍吧，天堂里一定有爱情！”

尾声 缘来是你

一缕阳光透过窗帘轻柔地洒在床上，我蜷缩在被窝里，浑身是汗，却动弹不得，眼前白茫茫一片，耳畔海浪阵阵，远处似乎还有嘈杂的人言和隐约的歌声，但却怎么也听不清，周围的一切似乎都被白雾弥盖。这是在哪里？难道我到了天堂来找大哥……

门外传来"砰砰砰"的敲门声，一声比一声急切，速度越来越快，力度越来越大，我倏然坐起，头脑中一片恍惚，竟然忘了身在何方。

门外传来高声的叫骂，声音竟是如此熟悉，我迷迷糊糊地下床开门，大哥竟然像小时候一样拎起我的耳朵："你这王八蛋是怎么了？打你电话不接，叫你也不开门，我还以为你是死了呢！"

我十分惊恐："我死了？还是你死了？大哥，你没死？"

"谁死了？你咒我死啊！老子的幸福生活才刚刚开始，你小子又开始胡说八道！"

"你不是在深圳自杀了吗？警方提供的证据我都看到了。"

"你还没睡醒吧？还是昨晚喝大了？什么自杀？谁自杀了？我这样的人早已刀枪不入，怎可能会自杀？只有你这样的小王八蛋才会想不开事，自绝于这个美丽世界。"

"大哥，我听说你在深圳遭遇流产、破产和抑郁，然后投海自尽，到天堂去寻找爱情去了。"

“你怎么和那帮警察一样胡说八道？那天我回到深圳时，去找深圳警方了解那桩贩毒案情，要回属于我的公司和房子。你猜那帮警察和我说什么？”

“说什么？”

“他们和你一个臭腔调，上来就问我你怎么没死啊！我立马和他们翻脸了，说你们就这样对待人民群众吗？”

“这个不怪他们。”

“那怪谁？我只不过离开一段时间到外面散散心，你们却认为我死了，你说这不是咒我吗？”

“他们不是咒你，他们只是怀疑，甚至连我都快相信了，因为我们都不知道后来发生了什么。”

“哪个后来？”

“白莎莎走后啊！”

“哦，以后不要再向我提起这个女人了。那天她走后，就已经彻底从我的世界消失了。”

“后来你去了哪里？”

“大头和川子出来了。他们因为涉毒不深，后来又戴罪立功协助警方破获了几起大的毒案，就被免于刑事处罚。他们出来后就到别墅找我，发现情况不对，就在附近找我，一直找到海边。”

“后来呢？”我急切地想知道最终的答案。

“后来他们就拉着我去继续喝酒了啊！那天我本来就喝多了，他们又拉着我，一直喝到天昏地暗失去知觉。他们说现在好了，我们三个都变成了穷光蛋，回到了刚到深圳时的样子，虽然穷些，但好在我们依然都活着。只要活着，就会有希望，相信案件终会水落石出，大哥的财产一定能保全。说完他们两个就开始一起骂莎莎，骂钱其亮，说一定找个机会将他们全部弄死。我在大头和川子那里睡了两天。他们为了帮我散散心，又拉着我出去游山玩水、吃喝嫖赌了一段时间，才放我回来。”

“哦，那死去的那个人是谁？”我有点恍然。

“你是问那个被当成我的人？”

“是的，我还哭过你。”

“你就是浑蛋。我哪知道他是谁？那个人的死和我半毛钱关系也没有，不知警察怎么就他当成了我，连你也这样认为，你说老子活得好好的，这么被死了一回，晦气不晦气？”

“这个真不能怪他们，那个死者已经面目全非，尸体又在别墅附近找到，你的别墅里又血迹满地，一幅搏杀过的迹象，很容易让人联想到一块。”

“这个不难吧？他们把死者的 DNA 和我的做个检测比对，结果不就出来了？”

“这个或许是他们的疏忽，或许他们压根就想不到那是个无名尸体。”

“那也不能随便安在我身上啊！你说，他们这样做，我能不能申请国家赔偿？”

我笑了：“大哥，这个不在国家赔偿的范围。不过，我发现你也快能做警察了，还能想到在这个环节做 DNA 比对！”

“有你这个警察弟弟，连这点还能想不到？你看看你们这帮警察，一天到晚都只顾吃干饭了！”

我搂着大哥的肩膀：“大哥，这个真不能怪我们警察的，哪个案子在侦破的过程中能不走点弯路呢？再说，这也不算个冤案啊，这个结局也没冤枉到你什么吧？”

“早点破案才好，也好早点洗去我的晦气。”大哥竟呵呵地笑了。

“希望是那样。”我也终于释然。

我开始起身下床，问大哥：“这次回来，对未来的生活有什么打算没有？”

“我就是要来告诉你，随着大头和川子被释放，警方也很快查清我与他们的贩毒案没有关联，他们还回了我的公司和房产。”

“哦，那是好事，公司还准备继续开下去吗？”

“不了，我已委托人将公司和房产全部变卖了。这次回来，就是要告诉你，我已不再回深圳，决定回滨江发展了，这样也好看着你，免得你小子这么大了还犯浑；同时也告诉你，我感情上已有归宿，就不用你再操心让我上什么相亲节目了。”

“啊？这么快？”

“我都这把年纪了，这还算快？亏你也能说得出口。”

“我未来的嫂子是谁？”

“你看，她在那！”

我揉揉还有些惺忪的双眼，朝门外看去，一个显得十分成熟但身材依然曼妙的女子，正迈着优雅的步伐，朝我们走来。早晨的阳光像瀑布一样从她的头顶倾泻而下，给她的轮廓镀上了一层云雾般的朦胧和辉煌，显得十分美丽和神秘。

等她走至近前，我才看清了她的脸，哦，原来是你啊……

后记：谈谈爱情，还是谈点什么

都说中文系毕业的人都有作家梦，我的这个梦好像更早一些，应该是在上小学的时候，不记得从哪里读到过一篇小说，我立刻被吸引了。

当时只是觉得这种叫作小说的文章看起来挺好玩，还没有想过有一天也会写小说。真正想写，是到了上中学的时候。那个时候，我们开始有课外书读，有杂志和报纸看，印象最深的是《青年报》刊登了一篇高中生龙新华的小说《柳眉儿落了》，是写学生早恋的。当时喜欢得不得了，以至于三十年后的今天，还记忆犹新。我的小时候，基本上还处于吃不饱、穿不暖的阶段，也就基本上从读这篇小说时候起，才知道人世间除了温饱问题，还有爱情这事儿。

那个年代的人们对于爱情还比较单纯，从我的父辈到哥哥姐姐，他们在劳动中大都经人介绍相识，彼此喜欢就在一起了，我不知道那时候是不是大家彼此身份、地位和经济状况都没有太大差距的原因，爱情中很少夹杂有物质的因素，虽然穷一些、苦一些，但是婚后可以一起奋斗，幸福地在一起生活。当时没有裸婚这个概念，但基本上大家都是裸婚。有个缝纫机、自行车什么的，已经算是大家电了。

那个时候的爱情虽然很纯粹，但旧的思想和势力却总是束缚和阻碍爱情的发展，相爱的人也并非都能走到一起。“人艰不拆”这个词语，是网络时代才有的，当时的人们还做不到。我看到、听到、遇到过很多都是本身很纯粹、美好的爱情，却被周围环境所左右、所破坏、所扼杀。正常的人性被压抑，真爱没有生存空间。我清楚地记得，大哥第一次和邻村一个姑娘自由恋爱时，他们一起去看露天电影，当他们肩并肩、手位手靠在一起的时候，整个村庄都传遍了，村里的老人都来向我父母告状,仿佛他们干了多么大逆不道的事。在周围势力的干扰阻碍下,大哥的这一段恋情最终无果而终。

我不知道这个世界是从什么时候开始变化的。物质生活一天天好起来,在人们本可以享受纯粹而美好的爱情时,爱情却一点点地在变质,功利和物质的因素掺杂进爱情中,挤压爱的空间,仿佛是在一夜之间,爱情在物质、地位、前途和利益面前,突然变得十分脆弱,变得不堪一击,几乎成了伤痕累累的代名词。你已经看不清,这世间是否还有纯粹意义上的爱情。当微博上粉丝排队在王思聪的后面喊"老公操我"的时候,当相亲节目中穷光蛋上台一片灭灯,高富帅出来美女互撕、争相爆灯的时候,当那个电商大佬夸他的"奶茶妹妹"是个"单纯"孩子,大家一片"嘘"声的时候,你还能分得清、看得清,这个世界上还有真爱吗?

在这个功利的时代,何处安放美好的爱情?

也许没有人能改变这样的现状,我也无意做这样的努力。渺小如尘埃的我,行走在天地间,日复一日地努力工作,安安静静地平淡生活,很向往着像村上春树那样,在吃吃米饭、乘乘地铁、逛逛旧书店之外,再写写普通人爱读的爱情故事,写写这个时代和社会。我希望自己在有个现实世界的同时,还有个丰富多彩的精神世界。爱情应该算是精神世界的东西吧,古人说"饱暖思淫欲",说明淫欲是建立在饱暖的基础上的,爱情应该是比淫欲更高级的需求吧?为什么我们在已经没有饱暖问题的时代,却失去了纯粹而美好的爱情呢?

于是,我有了写这篇小说的想法和冲动。

写作的过程是辛苦的。白天我有正经工作要做,工作中我是个勤奋的人,只有晚上和周末不加班的时候,我才有时间静下来写作。这个时候的写作是自由的,可以天马行空,自由地发挥想象,用心编写大哥磕磕碰碰、步步惊心的爱情故事。

在故事写完之后,我还要在这里碎碎念,完全是因为当过几年语文老师落下的坏毛病,在每篇文章的最后,还要拼命总结点什么。大哥在爱情中屡战屡败,屡败屡战,越挫越勇,肯定执着,我希望通过他对爱的坚守,传递出这样的正能量:爱情始终存在,请相信爱情,若爱请深爱。

这样的画蛇添足,也不怕读者朋友会烦。

这篇小说能够完成,得感谢我所经历的那些人和事。有人说,每个作家的第一本书,几乎都与他的经历有关,我虽不是作家,也未能例外,是阅历和生活给了我创作的源泉。说这话也同时想表达,希望你在读这本书的时候,不要把书中的人物、情节和场景与现实挂钩,不要对号入座,所有的故事都是虚构,没有影射某一个人某一件事。这就如同我写的是大哥,可又不是真实生活中的大哥,生活中的大哥一直生活得很幸福。我们都应该相信一个事实:没有哪个人的感情和生活会像这本书里的大哥那样复杂、坎坷和悲催,这么塑造,只是"杂取种种人、合成一个"而已。同样的,我也是杂取那些过往,纪念我们走过的童年和青春,纪念我们共同经历的那年那月,向新的时代致敬,祈祷爱情和生活更加美好。

感谢常森教授抬爱作序,他那么忙,做那么高深的学问,还来读我的书,给我以支持和鼓励。感谢法医秦明的热情推荐,感谢美女编辑汪爱武为本书出版付出的辛勤劳动。最后感谢读我书的每一位读者,在阅读快餐、碎片化的时代,你们能放下手机,抽出时间,读我的书,有点感动。如果一不小心你对本书也有了同感,甚或是某个情节也感动到了你,那我就已经感到万分欣慰了。

大圣

2016年1月5日